Jan Karon
Von Mitford ins Paradies

Jan Karon

Von Mitford ins Paradies

Aus dem Amerikanischen von
Anita Eichholz

Ehrenwirth

Die Deutsche Bibliothek – CIP-Einheitsaufnahme

Karon, Jan:
Von Mitford ins Paradies / Jan Karon. Aus dem Amerikan. von Anita
Eichholz. - München : Ehrenwirth, 1998
Einheitssacht.: Out to Canaan <dt.>
ISBN 3-431-03530-2

ISBN 3-431-03530-2
© 1998 by Ehrenwirth Verlag GmbH, Schwanthalerstraße 91,
80336 München (für die deutsche Ausgabe)
Umschlag: Atelier Kontraste, München
Satz: Utesch GmbH, Hamburg
Druck: Wiener Verlag, Himberg
Printed in Austria

*Für alle Familien, die sich Mühe geben zu verzeihen
und Verzeihung zu erlangen*

*»Und ich will euch die Jahre erstatten, welche die
Heuschrecken gefressen haben...«*

Joel 2, 25

Danksagungen

Mit herzlichem Dank an:
Candace Freeland; Barry Setzer; Joe Edmisten; Carolyn McNeely; Dr. Margaret Federhart; Pater Scott Oxford; Jerry Walsh; Blowing Rock BP; Crystal Coffey; Mary Lentz; Jane Hodges; Jim Atkinson; Derald West; Loonis McGlohan; Laura Watts; David Watts; Rev. Gale Cooper und meine Freunde bei St. John's; Rev. Jim Trollinger und meine Freunde bei den United Methodists von Jamestown; Pater Russell Johnson und meine Freunde bei St. Paul's; Roald und Marjorie Carlson; W. David Holden; Alex Gabbard; Kay O'Neill; Dr. Richard Chestnutt; Everett Barrineau und alle meine Freunde von der Viking Pengouin Verkaufsabteilung; Tante Wilma Argo; The Fellowship of Christ, The Saviour; Charles Davant, III; Posie Dauphine; Chuck Meltsner; Kenny Johnson; Pater Richard Bass; Rev. Richard Holshouser; Christine Hillis; Danilo Ragogna; Dr. Rosemary Horowitz; Helen Horowitz; Susan Weinberg; Sarah Cole; und Tim Knight.
Mein besonderer Dank gilt Judy Burns; Jerry Torchia; Dan Blair, einem Mitglied der Nationalen Schiedsrichter der Amateur Sofball Association; Flyin' George Ronan der Free Spirit Aviation; Dr. Bunky Davant, Mitfords Bereitschaftsarzt; Tony diSanti, Mitfords Rechtsanwalt; Alex Hallmark, Mitfords unermüdlicher Grundstücksmakler; und all den wunderbaren Lesern und Buchhändlern, die mithelfen, die kleine Stadt mit dem großen Herzen auf die Landkarte zu zaubern.

Inhalt

Kapitel Eins

EIN TEE UND EIN HALBER

Die Zimmerpflanzen durften sich als erste nach draußen wagen, um die frische, kühle Luft eines jungen Frühlings in Mitford einzuatmen.

Im ganzen Dorf stellte man eingetopfte, kraftlose Begonien und Farnkraut, Weiße Lilien und Hängendes Ampelkraut zu Dutzenden auf die Veranden, damit sie dort ein Tüpfelchen Sonne und die lang entbehrte Prise Bergwind abbekamen.

Sobald die Temperatur auf über 10 Grad anstieg, knallte Winnie Ivey drei Begonien, eine matte Gloxinie und einen Schwertfarn auf die Hintertreppe des Hauses in der Fliederstraße, in dem sie jetzt wohnte. Da fiel ihr der kriechende Weißklee ein, den die Blattläuse befallen hatten. Sie holte ihn aus der Küche und plazierte ihn auf das Geländer.

»Da habt ihr's«, sagte sie, indem sie die reine, schneidende Luft tief in die Lungen einsog. »Euer Stündlein hat geschlagen.«

Als sie am nächsten Morgen die Hintertür öffnete, erschrak sie bei dem Anblick, der sich ihr bot. Ihre Pflanzen, die sie so sorgfältig über den Winter gebracht hatte, waren ein einziger Matsch. Erfroren in beißender Kälte, von einer feinen Schneeschicht bedeckt, die auch bei den Fliederbüschen jede Andeutung einer Blüte zunichte gemacht hatte.

Dieses verflixte Kreuzworträtsel, an dem sie bis ein Uhr morgens gesessen hatte! Nur deswegen hatte sie die Abendnachrichten mit dem Wetterbericht verpaßt! Während ihre Füße immer eisiger wurden bei den sinkenden Temperaturen, hatte sie wie blödsinnig versucht, ein Wort für Baumgruppe zu finden, waagrecht, vier Buchstaben.

Schuldbewußt tröstete sie sich mit der Tatsache, daß auf diese Weise wenigstens das Blattlausproblem chemiefrei gelöst war.

Im Geschäft für Landwirtschafts- und Haushaltsbedarf schüttelte Dora Pugh den Kopf und seufzte. Vom blendend hellen Sonnenschein des gestrigen Tages hatte sie sich dazu verleiten lassen, die Schaufenster mit lebenden Küken, Gartenzaundraht, Blumensamen und Gießkannen zu dekorieren. Lieber sollte sie die Schneeschaufeln wieder reinstellen und die Streusalzvorräte zu Ausverkaufspreisen anbieten.

Coot Hendrick trieb bei Lew Boyd eine Wette in Höhe von fünf Dollar ein sowie eine Cola light. »Iss nich's erste Mal, daß es schneit im Mai, und's letzte auch nich«, sagte er grinsend. Lew Boyd konnte es nicht ausstehen, wenn Coot mit entblößten Zahnstummeln grinste. Am meisten ärgerte es ihn aber, daß die Skeptiker, Zyniker und Pessimisten gewöhnlich recht hatten, wenn es um das Wetter in Mitford ging.

»Igitt!« rief Cynthia Kavanagh aus, die eine feucht gereinigte Brücke über dem Verandageländer des Pfarrhauses über Nacht hängen ließ. Als sie den kleinen Teppich vom Geländer nahm, war er gefroren und konnte aufrecht stehen, wie ein Eis am Stiel.

Selten hatte Pater Timothy Kavanagh, Pfarrer an der Kirche Unseres Herrn und Erlösers, so ein Gejammer und Gegreine über einen zögerlichen Frühlingsanfang gehört. Sogar in der Buchhandlung »Happy End« mußte er sich Klagen anhören, als er an einem der folgenden kalten, bewölkten Vormittage einen Bildband über *Kolibris im Garten* zur Hand nahm und darin blätterte.

»Kolibris?« nörgelte die junge Hope Winchester und ließ die Kasse klingeln. »Welche Kolibris? Glauben Sie wirklich, ein Kolibri würde je seinen Schnabel in diese arktische Tundra stecken, in dieses ewige Halbdunkel, in diese... diese Zitadelle in Dorfstruktur?«

Den Ausdruck »Dorfstruktur« hatte sie erst gestern in einem

Buch gelesen, deshalb wollte sie den Begriff anwenden, bevor sie ihn vergaß. Sie wußte, mit dem Pfarrer der Kirche Unseres Herrn konnte man gewählt sprechen, hatte er doch mit keiner Wimper gezuckt, als sie letzte Woche das Wort »empirisch« benutzte und dabei genau zu wissen schien, wovon sie sprach.

Während also jeder lautstark lamentierte und anscheinend den Propheten Jeremia noch übertreffen wollte, waren dem Pfarrer die Klagen über den nicht einsetzen wollenden Frühling herzlich gleichgültig. Er mußte allerdings eingestehen, daß er vergangenen Sonntag den Ostergottesdienst mit langen Unterhosen und Skisocken unten drunter abgehalten hatte. Das kam wahrlich nicht oft vor.

Er schlug seinen Kragen hoch, stemmte sich gegen die Windböen und eilte ins Pfarrbüro.

Seit Ende Oktober hatte der Winter über ihrem Dorf Schnee, Eis, Graupeln, Hagelkörner und Regenstürme abgeladen. Ein ums andere Mal wurden sie von so dichten Nebelschwaden eingehüllt, daß man sie mit dem stumpfen Messer hätte schneiden können.

Wenn so viel Feuchtigkeit so viele Monate lang in den Boden sickerte, bedeutete das nicht, daß ihnen der prächtigste Frühling seit Jahren bevorstand? Und wog das nicht den endlosen Ansturm auf?

»Auf jeden Fall!« rief er mit weithin schallender Stimme und schlitterte am irischen Wollgeschäft vorbei. »Zweifelsohne!«

»Siehst du!« sagte Hessie Mayhew, während sie verstohlen durch das Ladenfenster hinausblickte. »Jetzt spricht Pfarrer Tim schon mit sich selbst, so weit ist es schon gekommen.« Sie seufzte. »Es heißt, wenn monatelang keine Sonne an die Zirbeldrüse kommt, läßt der Sextrieb nach.«

Minnie Lomax, die Preisschilder für vorgewaschene Wollpullis schrieb, sah mit halb zugekniffenen Augen hoch. »Was weißt du über die Zirbeldrüse?« Schließlich wollte sie nicht so indiskret sein und fragen, was Hessie über den Sextrieb wußte.

»Was wissen wir schon Genaues über die Funktion der Zirbeldrüse?« gab Hessie verschnupft zurück.

Onkel Billy Watson öffnete die Hintertür und, ohne die Schwelle zu überschreiten, nahm er das Hängekörbchen vom Nagel und holte es ins Haus.

»Was hast du nur wieder mit der Geranie angestellt!« keifte seine etwa fünfzigjährige Frau. »Ich hege und pflege das Ding über den Winter und nun isses mausetot.«

Der alte Mann sah zerknirscht aus. »Die war schon längst bevor ich sie rausgehängt hab über den Jordan!«

»Halt' mal die Luft an? Hast du gesagt, halt' mal die Luft an?« Miss Rose, die sich weigerte, ein Hörgerät zu tragen, starrte ihn wütend an.

»Ich sagte *über den Jordan*! Tot! Gelbe Blätter!«

Er ging zum Heizstrahler in der Küche und klatschte das Hängekörbchen geräuschvoll oben drauf. »So!« sagte er, verzweifelt über den Versuch, in diesem Klima einen Garten besitzen zu wollen. »Das wird das Ding wieder befeuern!«

Der Pfarrer bemerkte eine Ansammlung von Schößlingen der wegerichblättrigen Funkia im Blumenbeet vor dem Pfarrbüro. Also, wenn es um den Frühling ging, gab es etwas, worauf man sich verlassen konnte. Die Funkia war eine der robustesten Pflanzen, die er kannte. Wie der Postbote, ließ sie sich weder durch Hagel noch durch Schnee aufhalten. Wenn die Funkia erst einmal aus der Erde lugte, trieben ihre Sprossen unverzagt weiter – bis, ja bis ihre breiten Blätter durchlöchert wurden von einem Mitforder Sommerhagelwetter wie ein Schweizer Käse. »Das Leben ist ein Dschungel«, seufzte er und sperrte die Tür des Pfarrbüros auf.

Auf Schneeschauer und Frost folgte ein Tag Regen, gefolgt von einem plötzlichen Schneehagelsturm, der gegen die Fenster schlug wie die Schnäbel eines Schwarms Haussperlinge.

Er bemerkte, daß seine Frau blaß aussah. Sie saß am Fenster des Arbeitszimmers, starrte auf das höllisch schlechte Wetter und kaute an ihrer Unterlippe. Ferner kaute sie an der Nagelhaut ihres Daumens, wickelte eine Haarsträhne um ihren Zeigefinger, klopfte mit dem Fuß auf den Boden – nur so, zum Vergnügen. Er hingegen tat etwas Produktives und fing an, ein weiteres neues Buch zu lesen.

Ein kleines Feuer knisterte im Kamin.

»Unglaublich!« sagte er. »Du würdest dich wundern, wovon Schmetterlinge angelockt werden.«

»Keine Ahnung«, sagte Cynthia offensichtlich uninteressiert.

Die Hagelkörner prasselten gegen die Fensterscheiben.

»Von Vogelbädern!« rief er aus. Keine Antwort. »Vom Geißblatt ebenso!«

Er versuchte es noch einmal. »Denkst du an deinen Primel-Tee?«

Die zweite Auflage der im ganzen Kirchsprengel berühmten Teegesellschaft seiner Frau sollte in weniger als zwei Wochen stattfinden. Letztes Jahr um diese Zeit hatte sie auf einer Trittleiter gestanden, hatte der Küche und dem Eßzimmer ungestüm einen neuen Anstrich verpaßt, hatte die mindestens achtzig Jahre alten Vorhänge entfernt und Löcher in den Putz geschlagen, um so den Anschein einer »alten, italienischen Villa« zu erwecken. Nun saß sie hier und stierte teilnahmslos aus dem Fenster. Die zahllosen Zitronenviertel, Mini-Quiches, Gemüsesandwiches und andere Vorhaltungen, die sie benötigen würde, um einhundertfünfundzwanzig Damen zufriedenzustellen, welche fast ausnahmslos diesen Tee als Hauptmahlzeit betrachteten, kümmerten sie offensichtlich nicht.

Sein Hund Barnabas trottete herein und ließ sich wie betäubt neben dem Kamin fallen.

Cynthia fuhr fort, mit dem Fuß auf die Erde zu klopfen und mit den Fingern auf die Lehne des Ohrensessels zu trommeln.

»Hmmm«, sagte sie.

»Was hmmm?«

Sie sah ihn an. »D.G.K.«

»D.G.K.?«

»Der gefürchtete Kleiderschrank, mein Lieber.«

Sein Herz hämmerte. Bitte nicht. Nicht der Schrank. »Was ist damit?« fragte er und fürchtete die Antwort.

»Wir müssen ihn jetzt endlich vom Gästezimmer in unser

Schlafzimmer rücken. Erinnerst du dich? Wir haben besprochen, daß wir das im Frühling machen wollen!« Wie es ihre Art war, blitzte sie ihn plötzlich aus saphirblauen Augen an. Wie kam es nur, daß er nach anderthalb Jahren Ehe bei einem bestimmten Blick von ihr immer noch weich in den Knien wurde?

»Aha.«

»Also!« sagte sie ernst und streckte die Hände empor.

»Also was? Es ist kein Frühling!« Er erhob sich vom Sofa und deutete auf das Fenster. »Siehst du das da draußen? Nennst du das Frühling? Das, Kavanagh, ist so weit von Frühling entfernt wie ... wie...«

»Wie Triest von Wesley«, kam sie ihm zu Hilfe, »oder das Rote Meer vom Mitford-Bach.« Er war immer wieder verblüfft, wie flink ihr Köpfchen funktionierte. »Bitte schau nicht aufs Wetter, Timothy, schau auf den Kalender! Dritter Mai!«

Im vergangenen Herbst hatten sie den riesigen Kleiderschrank die Treppe in ihrem Haus hinuntergehievt, dann über die Hintertreppe und durch die Hecke, seine Hintertreppe hinauf, durch seine Diele und schließlich die Treppe zum Gästezimmer hinauf, wo er vor Erschöpfung am liebsten zu Boden gestürzt und auf dem Teppich liegen geblieben wäre.

Und, gefiel ihr der Schrank im Gästezimmer? Nein, überhaupt nicht. Sie saß da und fand schon den Anblick des Schrankes gräßlich. Sofort spann sie einen neuen Plan, der im Frühjahr zur Durchführung kommen sollte. Das bedeutete nochmaliges Schubladen und Schubfächer ein- und ausräumen, plötzliches Aufspringen der mit einem Seil zugebundenen Türen und noch mehr Ziehen und Zerren – dieses Mal über den oberen Treppenabsatz bis zu ihrem gemeinsamen Schlafzimmer, wo sich der Kleiderschrank, davon war er überzeugt, nachts über ihnen wie ein fünfstöckiges Parkhaus auftürmen würde.

»Welche Vorbereitungen triffst du für den Tee?« fragte er in der Hoffnung, sie abzulenken.

»Eigentlich keine, bevor wir nicht den Schrank umgestellt ha-

14

ben. Du weißt, Timothy, wie neugierig die sind. Sie stecken ihre Nase in jede Ritze und jeden Winkel. Ich hab' selbst gesehen, wie Hessie Mayhew letztes Jahr auf allen Vieren rumrutschte, nur um einen Blick in den Wäscheschacht werfen zu können. Und Georgia Moore hat jede Vitrine und jede Schranktür in der Küche aufgemacht, angeblich weil sie ein Wasserglas suchte. Dabei bin ich felsenfest davon überzeugt, daß sie nur wissen wollte, ob mein Geschirr auch ordentlich eingeräumt ist. Aus diesem Grund kann der Kleiderschrank nicht im Gästezimmer an der Wand stehen, weil er da ganz offensichtlich…«, sie machte eine kleine Pause und sah ihn an, »weil er da *offensichtlich* fehl am Platze ist!«

Nun war er geliefert.

Es war ihm gelungen, den Umzug eine volle Woche lang zu verzögern, aber als Ersatz für die Verzögerung mußte er vier Bleche Brownies backen (dieser flache Schokoladenkuchen mit Nüssen, der hinterher in kleine Stücke geschnitten wurde, war seine Spezialität aus seiner Zeit am Priesterseminar), er mußte den Herd reinigen, die Eisenhalter für das Kaminholz schwärzen, und den in die Höhe geschossenen Forsythienstrauch vor den Eßzimmerfenstern zurückstutzen.

Nicht schlecht, genaugenommen.

Am Samstagmorgen vor dem großen Ereignis am darauffolgenden Freitag stand er früh auf, betete, vertiefte sich in den 1. Brief des Paulus an die Korinther und überarbeitete seine Predigtnotizen; dann joggte er zwei Meilen mit Barnabas an der roten Leine und als er heimkehrte, fühlte er sich topfit.

Sein Herz bumperte noch vom Endspurt durch den Baxter Park, als er in die nach frischem Kaffee, Zitronen und Zimt duftende Küche stürmte und rief: »Packen wir's an!« Und bringen wir's hinter uns, dachte er.

Die Schubladen hatten sie herausgezogen, die Fächer geleert, die Türen waren mit einem Seil fest gesichert. Dieses Mal verrückten sie den Schrank auf einem Bettvorleger mit eingeweb-

15

tem Chenillemuster, den ein Vorgänger des Pfarrers im Haus zurückgelassen hatte.

»...*bessere Lebensqualität!*«

Cynthia blickte auf. »Was sagst du, Liebling?«

»Ich habe nichts gesagt!«

»*Mack Stroupe bringt nicht bloß Veränderung, er bringt Verbesserung...*«

Sie gingen zum offenen Fenster des oberen Treppenabsatzes und sahen auf die Straße hinunter. Ein neuer blauer Lieferwagen, ausgestattet mit einer Lautsprecheranlage, kreuzte langsam durch die Glyziniengasse. Auf der Ladefläche stand ein Schild mit der Aufschrift: *Mack für Mitford, Mitford für Mack.*

»...*Verbesserung, nicht Veränderung. Denken Sie darüber nach, Freunde und Nachbarn. Und vergessen Sie nicht – hier in Mitford lebt es sich schon jetzt gut. Mit Mack Stroupe als Bürgermeister leben wir alle noch besser!*« Es folgte ein lauter Schwall Country Musik: »*Wenn Sie sich für nichts einsetzen, müssen Sie's nehmen wie's kommt...*«

Cynthia blickte ihren Mann an. »Mack Stroupe! Bitte nicht.«

Er zog die Augenbrauen hoch, runzelte die Stirn. »Jetzt haben wir Mai. Die Wahlen sind erst im November.«

»Die fangen ein bißchen früh an.«

»Finde ich auch«, pflichtete er ihr bei und fühlte sich beklommen.

»Klarer Fall von Mißachtung der Lärmschutzverordnung«, sagte Rodney Underwood und zog seinen Revolverhalfter hoch.

Rodney war in den rückwärtigen Teil der Grillstube an der Hauptstraße gegangen, um den frühen Stammgästen in der hinteren Nische Guten Morgen zu sagen. »In Kapitel fünf, Abschnitt fünfzwo der Mitforder Magistratsverordnung heißt es: Keine Lautsprechanlagen für so was wie politische Kampagnen.«

»Fängt seine Politikerkarriere als astreiner Krimineller an«, sagte Mule Skinner.

»Scheint für Politiker in diesem unseren Land der Normalfall zu sein.« J. C. Hogan, Redakteur der *Mitford Muse*, wischte sich mit einem Taschentuch über die Stirn.

»Schaden entstand nicht. Er hat 'ne Verwarnung gekriegt, weil die Verordnung ziemlich neu ist. Bei uns konnt' ja jeder Politiker die Straße rauf und runter dröhnen, egal wie.«

»Und das Schild auf dem Lieferwagen?« fragte Pater Tim.

»Er kann mit dem Schild überall rumfahren, wo er will, der Wagen muß nur in Bewegung bleiben. Wenn er auf städtischem Grund parkt, ist er dran. Dann loche ich ihn ein und er darf die *Southern Living* lesen.« Soweit der Pfarrer wußte, war das örtliche Gefängnis die einzige Haftanstalt, in der man in der Zelle säuberlich gestapelte Hefte des Magazins *Southern Living* zur gefälligen Lektüre vorfand.

»Ich kann's nicht leiden, wenn ein Idiot sich so aufspielt«, sagte Rodney. »*Kein* Mensch kann Esther Cunningham ausstechen – und wenn ihr mich verpetzt, sag' ich, ihr lügt.«

»Genau«, pflichtete Mule bei.

»Auch wenn sie neulich rumgetönt hat, sie und Ray wollen im Wohnmobil abzwitschern und die Bürgermeisterei sein lassen. Soll es doch wer anders machen.«

Mule schüttelte den Kopf. »Fünfzehn Jahre sind eine lange Zeit, wenn man einen so undankbaren Job am Hals hat, klar!«

»Ist das Macks neuer Wagen?« fragte Pater Tim. So weit ihm bekannt war, besaß Mack keinen Heller Klimpergeld, da seine Würstchenbude gegenüber der Tankstelle nicht gerade der große Renner war.

»Ich weiß nicht, wem der Wagen gehört, aber bestimmt nicht Mack. So, Leute, ich muß weiter, ich kann nicht den ganzen Tag rumtrödeln, wie ihr.« Rodney eilte an die Theke, um seine Frühstücksbestellung in Empfang zu nehmen. »Schreiben Sie mal was Witziges in Ihrem Blättchen!«

J.C. grummelte. »Ich weiß nicht, ob ich sagen würde, niemand kann Esther ausstechen. Mack ist für Verbesserungen, und ein paar Verbesserungen sind bei uns fällig, wenn ihr mich fragt.«

»Dich fragt keiner«, sagte Mule.

Pater Tim wählte die Nummer von seinem Büro aus. »Frau Bürgermeisterin!«

»Herr Pastor! Sind Sie's? Gerade hab' ich an Sie gedacht.«

»Was geht hier vor?«

»Wenn dieser primitive Abschaum denkt, er kann mich aus dem Amt drängen, dann kann er was erleben.«

»Heißt das, Sie geben nicht auf und verabschieden sich nicht mit Ray im Wohnmobil?«

»Ach, i wo. Das sage ich nur, wenn ich nicht mehr weiß, wo mir der Kopf steht, nur um mich abzureagieren. Sie meinen doch nicht, daß dieser Armleuchter eine Chance hat, oder?«

»Um die Wahrheit zu sagen, Esther, ich glaube, er hat eine Chance...«

Esther senkte die Stimme. »Ach, wirklich?«

»Ungefähr die gleiche wie ein Schneeball im Juli.«

Sie lachte ihr unbändiges Lachen. Dann fügte sie nüchtern hinzu, »natürlich, es gibt *eine* Möglichkeit, wie Mack Stroupe auf den Bürgermeisterstuhl kommen könnte.«

Er war besorgt. »Tatsächlich?«

»Nur eine. Über meine Leiche.«

Zuhause passierte nahezu jeden Tag etwas Neues.

Am Dienstagabend sah er in der einst so düsteren Eingangsdiele des Pfarrhauses ein großes, gerahmtes Aquarell an der Wand hängen. Die Darstellung zeigte Violet, Cynthias weiße Katze, die Titelheldin preisgekrönter Kinderbücher, erschaffen von seiner nimmermüden Ehefrau: Violet sitzend auf einem Brokatdeckchen und in eine mit Kapuzinerkresse gefüllte Glasvase spähend, in der ein einziger, großäugiger Goldfisch schwamm.

»Phänomenal!« sagte er. »Eine richtige Veränderung.«

»Du kannst es ruhig als *Verbesserung* bezeichnen«, sagte sie geschmeichelt.

Am Mittwoch entdeckte er im Eßzimmer und im Wohnzimmer neue Chintzvorhänge, die den Räumen eine so blendende Eleganz verliehen, daß er beinahe rückwärts umgekippt wäre. Hatten sie nicht vereinbart, daß keiner von beiden mehr als einen

Hunderter ohne die Zustimmung des anderen ausgeben würde?

Sie konnte seine Gedanken lesen. »Tja, die Vorhänge haben fünfhundert gekostet, dafür ist das Aquarell mindestens so viel wert, der Marktwert liegt vermutlich noch viel höher. Dein Argument taugt also nicht.«

»Aha.«

»Ich male auch eins von Barnabas für dein Arbeitszimmer. Das bedeutet«, sagte sie, »daß die Familienkasse sich in der Lage sieht, auch für das Schlafzimmer neue Vorhänge zu bewilligen.«

»Du bist ein Finanzgenie, Kavanagh. Aber wozu brauchen wir neue Vorhänge, wenn wir in achtzehn Monaten in den Ruhestand treten?«

»Ich habe die Vorhänge so anfertigen lassen, daß wir sie überall hin mitnehmen können und daß sie auf alle Fenster passen. Sollten sie ausnahmsweise nicht passen, könnte ich sie immer noch zu Sommerkleidern umarbeiten oder meinem geliebten Geistlichen ein Gewand daraus schneidern.«

»So ist's recht!«

Warum hatte er nur das Gefühl, daß seine Frau ihm gegenüber immer alles durchsetzte? Hatte es etwas damit zu tun, daß er zweiundsechzig Jahre lang wie ein sturer Ochse gewartet hatte, bevor er sich verliebte und heiratete?

Hätten er und Cynthia eine förmliche Eingabe bei Petrus gemacht, hätte das Wetter nicht prächtiger sein können als am Tag des legendären Tees.

Zur allseitigen Erleichterung blühten tatsächlich die Primeln. Kaum hatten jedoch die vorwitzigen Blümchen ihre Kelche geöffnet, als Hessie Mayhew sich ihnen in Hinterhöfen und in jedem verborgenen Winkel rasant näherte. Sie kannte den Standort eines jeden Primelbüschelchens im Dorf, vom genauen Vorkommen der Waldveilchen, Fliederbüsche und Palmkätzchen ganz zu schweigen.

»Hessie kommt!« warnte ein unverdächtiger Beobachter die

Dorfbewohner, als Hessie am Tag des Tees ihre frühmorgendliche Tour begann. »Alle zurücktreten!«

Bewaffnet mit einer Auswahl an Körben, die sie wie Armbänder übergehenkelt trug, ließ sich Hessie weder von den Frauen der Episkopalkirche noch von denen der Presbyter, ihrer eigenen Kirche, helfen. Sie arbeitete allein, schnell und geschickt. Nachdem sie rasch die Gärten der Nachbarschaft durchquert hatte, peilte sie jenseits der Alten Kirchgasse verborgene, frühblühende Buschlauben an und durchkämmte sechs Kilometer Wegesrand entlang der Landstraße. Um Punkt 11 Uhr erschien sie mit triumphierender Miene an der Hintertür des Pfarrhauses.

Von schwarzem Dreck verschmiert und vom Morgentau durchnäßt überreichte sie Puny Guthrie, der Haushaltshilfe des Pfarrers, eine ungeheure Menge Blumen, Moospolster und Weinlaub. Dann sauste sie nach Hause, um zu baden, sich anzukleiden und eine antibiotische Salbe auf die aufgeschürften Knie zu streichen. Denn, als sie sich weit vorbeugte, um eine wilde Wachslilie zu pflücken, war sie mit ausgestreckten Gliedern zu Boden gefallen.

Die Frauen der Episkopalkirche waren bereits um zehn Uhr dreißig geschlossen eingetroffen. Sie stürzten sich nun auf das Arrangement von »Hessies Gemüse«, wie sie es nannten, während Barnabas in der Garage schnarchte und Violet in ihrer Kiste auf und abwanderte.

»Bist du fertig?« fragte Cynthia, als der Pfarrer sich in die hektische Küche wagte.

»Fix und fertig. Ich habe den Briefkastenschlitz poliert, die Schutzbezüge vom Sofa gereinigt und das Lavendelbeet am vorderen Eingang auf Zack gebracht. Ich habe auch jedwedes Staubkörnchen aus den Sofakissen geschüttelt und daraufhin fünf Minuten lang gehustet.«

»Gut gemacht!« sagte sie aufmunternd, und gab ihm ein Küßchen.

»Ich bin um halb zwei wieder zu Hause, um den Ehemännern zu helfen, die Autos zu parken.«

Den Ehemännern helfen, die Autos zu parken? dachte er, als er zurück ins Pfarrbüro spurtete. Er war doch selbst *Ehemann*! Nach all diesen Monaten versetzte ihm dieser Gedanke immer noch gelegentlich einen Schlag in die Magengrube und verschlug ihm den Atem.

Neun Senioren, einschließlich der Kavanagh-Freundin Louella, trafen in einem Kleinbus des ›Hauses der Hoffnung‹ ein. Sie wurden persönlich die Stufen zum Pfarrhaus hinauf begleitet und den Händen der Altargilde anvertraut.

An allen Ecken und Enden der Glyziniengasse regelten Männer in Armbinden mit aufgestickten Primeln und Jerusalemkreuz den Verkehr, was schnell zu einer Verstopfung führte. Als es an einer Stelle kritisch wurde, sprang der Pfarrer in einen geparkten Chevrolet und bugsierte ihn auf den Gehsteig. Frauen hatten sich zu Fahrgemeinschaften zusammengeschlossen, Ehemänner setzten ihre Ehefrau vor dem Eingang ab, Töchter brachten ihre Mutter, und alles in allem ging es auf der engen Straße so turbulent zu wie auf dem Karneval in Rio.

»Das ist der größte Knüller in Mitford seit dem Schneesturm vor zwei Jahren«, sagte Mule Skinner, ein Baptist, der aber nichtsdestotrotz seine Hilfe angeboten hatte.

Der Pfarrer lachte. »So kann man es auch sehen!« Ging denn in der ganzen Stadt niemand *zu Fuß*?

»Sehen Sie mal, da!«

Natürlich war es Mack Stroupe, der mit seinem beschilderten Lieferwagen im teebedingten Verkehrsstau umherkariolen mußte. Mack rollte langsam heran und sah betont geradeaus, während er an einem Zahnstocher kaute.

»Kommen Sie zum Primel-Tee?« fuhr ihn Mule schroff an. »Wenn nicht, scheren Sie sich raus mit Ihrer Karre, wir üben hier Kirchenpflichten aus!«

Vier Chormitglieder, bestehend aus einem lyrischen Sopran, einem Mezzo-Sopran und zwei Altstimmen, fuhren in einem Wagen mit offenem Verdeck vor. Sie sahen vom Wind verwirbelt aus und hielten sich an ihrem Hut fest.

»Hüte sind dies' Jahr groß in Mode«, bemerkte Onkel Billy Watson, der mit Miss Rose auf dem Gehsteig stand und das Geschehen verfolgte. Beim Tee des Vorjahrs war er als einziger Mann aufgetaucht, weshalb er seine Anwesenheit bei diesem gesellschaftlichen Ereignis nun für Tradition hielt.

Onkel Billy trat auf die Straße, stützte sich auf seinen Stock und klopfte Pater Tim auf die Schulter. »Ist wie'n chinesischer Verladebahnhof, hä? Wenn wir die Dinger nich' beiseite gefahr'n und auf'n Gehsteig geschob'n hätten, wär alles vorbei gewesen, hä?«

»Keine Parkplätze mehr entlang der Glyziniengasse«, meldete Ron Malcolm dem Pfarrer. »Wir weisen die restlichen Gäste auf dem Kirchenparkplatz ein und schippern sie dann im Kleinbus des ›Hauses der Hoffnung‹ hierher zurück.«

Ein UPS-Fahrer, der unvorsichtigerweise in die Glyziniengasse abgebogen war, saß in seinem Zustelldienstauto vor der Pfarrei fest, sprachlos beim Anblick eines solchen Verkehrsaufkommens auf der sonst so ereignislosen Strecke Holding-Mitford-Wesley.

»Verkehrsstillstand nennt man das«, belehrte Onkel Billy J.C. Hogan, der mit seiner Nikon-Kamera und sechs Schachteln Tri-X-Filmen aufgetaucht war.

Als der Verkehr wieder in Bewegung kam, sah der Pfarrer, wie Mack Stroupe an der Kirchbergstraße in die Glyziniengasse einbog. Ganz offensichtlich kreiste er um den Block.

»Dem würd' ich am liebsten mit dem Brett eins über den Schädel geben«, sagte Mule. Er funkelte Mack böse an, der zurückgelehnt in seinem Sitz saß und einem Country-Musik-Sender lauschte. Die Fenster waren zu beiden Seiten heruntergekurbelt. Mack winkte einigen Frauen, die ihm sofort den Kopf zuwandten.

Mule schnaubte. »Diese dämlichen Weiber! Wollen die den dahergelaufenen Armenhäusler vielleicht zum Bürgermeister haben?«

Der Pfarrer wischte sich die Schweißperlen von der Stirn.

»Passen Sie auf Ihren Blutdruck auf, Menschenskind.«

»Er will seine Kampagne durchzieh'n, das ganze Frühjahr und den ganzen Sommer, solang' bis die Wahl im November anfängt, sagt er. Klingt wie die Folter ›tropfender Wasserhahn‹, oder?«
Als Macks Wagen entschwunden war, stiefelte Emma Newland über die Straße. »Ich sollte in sein Auto steigen und ihm eine schmieren. Was will der eigentlich? Kirchenleute von seiner Art Denke überzeugen?«

»Lassen Sie ihn doch«, beruhigte Pater Tim seine Sekretärin, ein Online-Computergenie. Schließlich brauchte man Mack nur die Möglichkeit zur Kandidatur zu geben und er würde sich schon selbst ein Bein…

Als er aus der Dusche kam, lag Cynthia im Bett und stöhnte. Er ging schnell ins Schlafzimmer und trocknete sich ab.
»Warum stöhnst du?« fragte er besorgt.
»Weil es Erleichterung verschafft, wenn man erschöpft ist. Ich hoffe, die Fenster sind zu, damit es die Nachbarn nicht hören können.«
»Der einzige Nachbar, der nah genug wohnt, um dich zu hören, lebt nicht mehr in dem kleinen, gelben Haus nebenan. Dieser Nachbar liegt genau hier in diesem Bett und ist diejenige, die stöhnt.«
Sie stöhnte erneut. »Stöhnen tut gut«, erwiderte sie und wühlte ihr Gesicht ins Kissen. »Du solltest es mal versuchen.«
»Lieber nicht.«
Von der Dusche noch warm wie eine gekochte Miesmuschel, zog er sich seinen Schlafanzug an und setzte sich auf die Bettkante. »Ich bin stolz auf dich«, sagte er und knetete ihren Rücken. »Das war ein Tee und ein halber! Der beste! Mir fehlen die Worte, Schatz! Den wirst du so schnell nicht übertreffen können.«
»Sag' bloß nicht, ich soll das noch übertreffen!«
»Ja, nein, ich meine bloß. Nächstes Jahr könnten wir Omer Cunningham und seine Fliegerkameraden bitten, einen Schau-

flug über dem Dorf zu machen. Dann haben die Damen was zu klatschen. Mit Sicherheit hatte er selbst in ganz Mitford für Gesprächsstoff gesorgt, als er im vergangenen Mai mit Omer in dessen windschiefer Klappermühle nach Virginia geflogen war. Vier Stunden in Omers kleinem Flugzeug hatten ihm mehr Ansehen verschafft als sechsunddreißig Jahre in der Kanzel.

»Etwas weiter runter«, bat ihn seine Frau. »Uff, mein Kreuz gibt mir den Rest, das kommt von der Backerei und vom Stehen.«

»Möchtest du die Abschiedsworte der Gäste hören?«

»Nur die netten, bitte. Ich möcht' nichts wissen von Käsestangen wie labbrige Bandnudeln.«

»Das Wörtchen perfekt fiel am häufigsten in der Runde. Natürlich haben die Zitronenviertel die übliche Bewunderung auf sich gezogen. Ein paar Damen ließen mich wissen, daß sie dich für außerordentlich liebenswürdig halten und andere hörte ich deine Jugend und Schönheit in den höchsten Tönen rühmen.«

Er beugte sich herab und küßte ihre Schulter, wobei er einen leisen Hauch von Glyzinienblüten wahrnahm. »Du bist schön, Kavanagh.«

»Danke.«

»Dem armen Tölpel, der geholfen hat, viertausenddreihundertneunundsiebzig Autos, Lieferwägen und Busse zu entwirren, möchtest du wohl keinen besonderen Dank abstatten?«

Sie drehte sich zu ihm um und sah ihn liebevoll lächelnd an. Dann legte sie ihr Köpfchen auf unwiderstehliche Weise schräg, zog ihn an sich und küßte ihn zärtlich.

»Sprich' dich nur aus«, sagte er.

Das Telefon klingelte.

»Hallo?«

»Hey.«

Dooley! »Selber hey, Freundchen.«

»Schickt Cynthia mir 'ne Ladung Kekse oder so was, was sie für den Tee gemacht hat? Ich kann nicht lange telefonieren.«

»Zwei große Dosen voll. Sind heute abgegangen.«

»Mann! Danke!«

»Gern geschehen. Wie geht's in der Schule?«

»Toll.«

Toll? Dooley Barlowe gehörte nicht zu denen, die ständig Superlative im Munde führten. »Kein Scherz?«

»Meine Noten gefallen dir bestimmt.«

War das noch der Junge, um dessen Erziehung er sich seit nunmehr drei Jahren bemühte? Der Dooley, der sich immer selbst ein Bein stellte? Aber der selbstbewußte Ton in der Stimme des Jungen ließ ihm die Haare zu Berge stehen.

»Noch besser wird uns gefallen, wenn du wieder heimkommst. Nur noch sechs oder sieben Wochen und du bist bei uns...«

Schweigen. Hatte Dooley Angst davor, ihm zu sagen, daß er den Sommer lieber auf der Meadowgate Farm verbringen wollte? Die Entscheidung des Jungen letztes Jahr, dort auf dem Bauernhof seine Ferien zu verbringen, hatte ihm beinahe das Herz gebrochen, ganz zu schweigen von Cynthia.

Sie waren natürlich darüber hinweggekommen, vor allem als sie sahen, daß der Junge dort das tun konnte, was er am liebsten tat – in der Landpraxis von Hal Owen mehr über Tiermedizin zu erfahren.

»Natürlich«, sagte der Pfarrer und gab sich einen Ruck, »wir sind einverstanden, daß du nach Meadowgate gehst, wenn es das ist, was du möchtest.« Er schluckte. Dieses Jahr war er stärker, er konnte loslassen.

»In Ordnung«, sagte Dooley, »das wurd' ich gern machen.«

»Prima. Kein Problem. Ich ruf' dich morgen an, zu unserer üblichen Telefonierzeit. Wir lieben dich.«

»Ich euch auch.«

»Ich geb' dir Cynthia.«

»Hey«, sagte sie.

»Selber hey«. Das war ihr Familiengruß.

»Na, du Dämlack, wir haben eine große Dose für dich geschickt und eine für deine Freunde.«

»Was ist drin?«

25

»Zitronenviertel.«

»Ich mag Zitronenviertel.«

»Außerdem Himbeertörtchen, Pekannußtrüffel und Brownies, hergestellt vom Pastor persönlich.«

»Danke.«

»Bist du OK?«

»Ja.«

»Ohne Scherz?«

»Jawohl.«

»Gut!« sagte Cynthia. »Lace Turner hat sich neulich nach dir erkundigt.«

»Das alberne Mädel, das sich wie ein Junge anzieht?«

»Sie zieht sich nicht mehr wie ein Junge an. Oh, und deine Freundin Jenny hat auch nach dir gefragt.«

»Wie geht es Tommy?«

»Er vermißt dich. Genau wie wir. Also, sieh zu, daß du nach Hause kommst, auch wenn du die Ferien in Meadowgate verbringst, du Schlawiner.«

Dooley kicherte.

»Wir lieben dich.«

»Ich lieb' euch auch.«

Cynthia legte glücklich lächelnd den Hörer auf die Gabel.

»Na, du armer Tölpel«, sagte sie, »wo waren wir stehen geblieben?«

Er saß auf dem Sofa des Arbeitszimmers und entfernte die Banderole von der *Mitford Muse*.

Ach, du meine Güte! Da prangte er auf der Titelseite, wie er gerade verwirrt vor dem UPS-Auto stand und, wie immer, glich seine Nase einer Rübe beziehungsweise einer Tulpenzwiebel. Warum mußte J.C. Hogan ausgerechnet dieses häßliche Bild veröffentlichen, wo er doch ein Foto seiner hart arbeitenden, gut aussehenden und verdienstvollen Gattin hätte nehmen können?

Primel-Tee Publikumsmagnet
für feine Gesellschaft

Natürlich hatte Hessie diese Geschichte, die auf den ersten Blick von einem Golfspiel zu handeln schien, nicht selbst geschrieben. Aber sie hatte eigene Notizen an J.C. weitergegeben, der sie dann zusammenbastelte, ohne großartig auf Orthographie zu achten.

Alle haben sich amüsiert … nächstes Jahr um die gleiche Zeit…hundertdreißig Gäste …fünfunddreißig Liter Tee, zehn Dutzend Zitronenviertel … acht Dutzend Himbeertörtchen … Verkehrsstau … Das Telefon schrillte durchdringend.

»Hallo?«

»Timothy …«

»Hal! Gerade hab' ich an dich und Marge gedacht.«

»Wie schön. Und wir an dich. Ich hab' leider … eine schlechte Nachricht. Ich wollte es dir nur sagen.«

Hal und Marge Owen, beide waren ihre besten Freunde, die ihnen sehr nahe standen. Er hatte Angst vor dem was kam.

»Ich habe gerade einen Ganztags-Assistenten angeheuert.«

»Ist das die schlechte Nachricht? Klingt doch gut, du arbeitest wirklich wie ein Pferd.«

»Tja, aber … wir können wahrscheinlich Dooley in diesem Sommer nicht gebrauchen. Mein Assistent ist jung, fängt gerade an zu praktizieren und ich muß mich ausführlich um ihn kümmern. Außerdem bekommt er das Zimmer von Dooley, solange er noch nichts eigenes hat.« Hal seufzte.

»Das ist doch großartig. Wir wissen, wie sehr Dooley sich auf Meadowgate freut – aber, die Verhältnisse ändern sich und wir mit ihnen, wie man daheim bei uns in Mississippi sagte.«

»Ungefähr anderthalb Kilometer die Straße weiter runter bauen sie einen großen Reitstall. Man hat mich gebeten, die Pferde tierärztlich zu betreuen. Das allein könnte schon ein Ganztagsjob werden.«

»Ich verstehe. Natürlich. Deine Praxis wächst.«

»Wir werden den Jungen vermissen, Tim, du weißt wie gern wir ihn mögen, und Rebecca Jane liebt ihn. Vielleicht kann er die ersten beiden Wochen nach der Schule zu uns rauskommen – wenn euch das recht ist.«

»Absolut.«

»Ach, und Tim…«

»Ja?«

»Sagst du es ihm?«

»Mach ich. Ich erklär' es ihm, dann kann er sich überlegen, was er diesen Sommer mit seinen Ferien anfangen will. Das tut ihm gut.«

»Warum bleibst du und Cynthia nicht den Tag über bei uns, wenn ihr ihn herbringt? Bring auch Barnabas mit. Marge kocht eure Lieblingsspeise.«

Hühnerpastete in der Kasserolle im knusprigen Blätterteigmantel. »Wir kommen«, sagte er, »verlaß dich drauf!«

»Sagst du es ihm?« fragte er Cynthia.

»Ich denk' nicht dran«, antwortete sie.

Keiner von beiden traute sich, Dooley Barlowe darüber aufzuklären, daß er in diesem Sommer nicht das tun durfte, was er am liebsten auf dieser Welt tat.

Sie öffnete die Augen, drehte sich um und sah ihn aufrecht im Bett sitzen.

»Oh, Liebling! Meine Güte! Was ist passiert?«

Er liebte diesen Ausdruck auf dem Antlitz seiner Frau; er wollte ihn noch länger genießen. »Es hat sich schon verfärbt«, sagte er und nahm die Hand von seiner rechten Schläfe.

Sie starrte ihn so ängstlich an, als sei er ein aufgespießter Schmetterling. »Ja! Schwarz… und blau und… ein ganz klein bißchen gelb.«

»Meine alten Schulfarben«, sagte er.

»Aber was ist passiert?« Noch nie hatte er von ihr so viele Ausrufe des Entsetzens gehört.

»D.G.K.«, antwortete er.

»Der gefürchtete Kleiderschrank? Was soll das heißen?«

»Das heißt, daß ich mitten in der Nacht aufgestanden und zum Treppenabsatz gegangen bin und das Fenster aufgemacht habe, damit Barnabas frische Luft schnappen kann. Wie ich dann auf dem Rückweg durch das Schlafzimmer zum Bad gewankt bin, bin ich in das vermaledeite Ding gekracht.«

»Oh nein! Himmel hilf! Was soll ich nur tun? Und morgen ist Sonntag!«

»Ehegatte mißhandelt«, murmelte er. »Im Klima der heutigen TV-Nachrichten, greift meine Gemeinde das sofort auf.«

»Timothy, mein Liebster, es tut mir so leid. Ich hole dir etwas, ich weiß nicht was, aber ich hole dir etwas. Bleib' wo du bist und beweg' dich nicht.«

Sie zog ihre Hauspantoffeln an und ihren Morgenrock und eilte treppabwärts, den bellenden Barnabas auf den Fersen.

D.G.K. mochte für seine Frau die Abkürzung für »Der *gefürchtete* Kleiderschrank« bedeuten, für ihn bedeutete es etwas völlig anderes.

Kapitel Zwei

SCHRITT FÜR SCHRITT

Er vermißte sie.

Wie oft war er zum Telefon gegangen, um anzurufen, nur um zu merken, daß sie gar nicht mehr da war.

Als Sadie Baxter im vergangenen Jahr im Alter von neunzig Jahren starb, kam es ihm vor, als sei ihm der Boden unter den Füßen weggezogen worden. Sie war seine Familie, seine Freundin, seine Wegbegleiterin, seine Schwester in Christo, sein über alles geliebtes Pfarrkind. Außerdem war sie Dooleys Wohltäterin und, seit mehr als einem halben Jahrhundert, die großzügigste Spenderin in der Pfarrgemeinde. Sie hatte das ›Haus der Hoffnung‹ gestiftet, ein neues Pflegeheim für fünf Millionen Dollar an der Alten Kirchgasse oben auf dem Hügel; sie hatte gewissenhaft dafür gesorgt, daß die Kirche Unseres Herrn ein ordentliches Dach hatte, während ihr eigenes Dach verkam.

Sadie Baxter jubiliert jetzt mit den Engeln, dachte er und lachte bei dieser Vorstellung stillvergnügt in sich hinein. Aber nicht wegen des Geldes, das sie gespendet hatte, nein, wirklich nicht. Gute Werke, heißt es eindeutig in der Heiligen Schrift, sind kein Passierschein zum Himmel. Paulus schreibt in seinem Brief an die Epheser »Und das nicht aus euch: Gottes Gabe ist es, nicht aus den Werken, auf daß sich nicht jemand rühme.« Die Diskussion, ob es auf Gottes Gnade ankomme oder auf die menschlichen Werke, war in der Gemeinde ungefähr so beliebt wie das Thema Sünde. Trotzdem war er entschlossen, über diesen Paulusbrief eine Predigt abzuhalten und zwar bald. Die ganze Ideologie, die um diese »Werke« kreiste, war so heimtükkisch wie eine Termitenschar, die über die Treppe hinauf zum Altar wandert.

Emma wirbelte herein, im wahrsten Sinne des Wortes. Als sie die Bürotür öffnete, riß ihr ein kalter Frühlingswindstoß die Klinke aus der Hand und die Tür schlug krachend gegen die Wand.

»Erbarmen, o Herr!« schrie sie auf und versuchte, die Tür wieder an sich zu ziehen gegen den heftig einströmenden Luftschwall, der all seine Papiere vom Schreibtisch wehte. Sie knallte die Tür zu und stand keuchend vor ihm, die Brille schief auf der Nase.

»Haben Sie *jemals?*« fragte sie herausfordernd.

»Jemals was?«

»Einen Winter gesehen, der neun Monate dauerte und nunmehr auf den zehnten zu geht? Ich hab' zu Harold gesagt, warum ziehen wir nicht nach Florida? Daß mir jemals solche Worte über die Lippen kommen würden, hätt' ich nie gedacht.«

»Und was hat Harold geantwortet?« fragte er, während er seine Papiere aufklaubte.

»Sie wissen, wie Baptisten sind«, antwortete sie und hängte ihren Mantel auf. »Die ziehen nicht nach Florida. Baptisten wollen es nicht warm haben! Sie wollen sich auf dem Weg zur Abendandacht zu Tode frieren, dann schnell auffahren gen Himmel und die Chose hinter sich bringen.«

Der Dschinghis Khan der Kirchensekretärinnen drohte ihm mit erhobenem Zeigefinger. »Mir reicht's jedenfalls, da kann ich ja gleich wieder zu den Episkopalen gehen.«

»Was hat Harold Ihnen heute angetan?«

»Snickers mußte in der Garage schlafen. Man faßt es nicht. Leute vom Land mögen keine Hunde im Haus, verstehen Sie?«

»Ich dachte, Snickers darf im Haus schlafen.«

»Durfte er, bis er ein Steak von Harolds Teller gefressen hat.«

»Aha.«

»Den Schlund hinunter, glatt weggeputzt. Aber dann, raten Sie mal?«

»Ich kann nicht raten.«

31

»Er hat alles in den Schrank gekotzt, über Harolds Schuhe.«

»Ich verstehe Harolds Standpunkt.«

»Natürlich«, sagte sie pikiert und setzte sich an ihren Schreibtisch.

»Natürlich?«

»Ja, weil Sie ein Mann sind«, verkündete sie und starrte ihn an.«Übrigens…«

»Übrigens, was?«

»So eine üble Beule, wie Sie sie da am Kopf haben, habe ich mein Lebtag nicht gesehen. Könnten Sie nicht Cynthia veranlassen, etwas dagegen zu tun?«

Sein Thema! Vielleicht nützen gute Werke doch etwas? Fünfzehn Jahre, die er sich in der Geduld eines Heiligen übte, um mit Emma Newland fertigzuwerden, sollten eigentlich ausreichen, ihn wie eine Rakete gen Himmel zu katapultieren und das ohne Zwischenaufenthalt.

Emma startete ihren Computer und guckte auf den Bildschirm.

»Ich hätte heute morgen auf dem Weg hierher beinahe Mack Stroupe überfahren. Er lief über die Straße, ohne zu schauen. Ich wußte nicht, soll ich auf die Bremse treten oder Gas geben. Sie kennen seinen Hotdog-Stand? Er macht doch glatt die Würstchenbude zum Wahlkampfhauptquartier! Wahlkampfhauptquartier, ist es noch zu fassen? Was glaubt er, wer er ist? Ross Perot?«

Der Pfarrer seufzte.

»Kennen Sie vor seinem Stand die glitschige Dreckwiese, von ihm als Parkplatz bezeichnet?« Sie klickte mit der Maus. »Also, er läßt sie zupflastern, die Asphaltiermaschinen fallen schon drüber her wie die Fliegen. Asphalt!« murmelte sie. »Ich hasse Asphalt. Wenn's wenigstens Zement wäre, würd' ich nix sagen.«

Ja, wirklich. Geradewegs gen Himmel, zu einer persönlichen Audienz bei einem wohlwollenden Sankt Petrus.

»Etwas muß geschehen«, sagte er.

»Ja, aber was?«

»Das weiß ich verflixt noch mal auch nicht. Aber wenn wir

nicht bald eine neues Dach drauf kriegen, sind die Schäden im Innern unabsehbar.«

Pfarrer Tim und Cynthia saßen am Küchentisch und diskutierten über sein zweitlästigstes Problem – nämlich was mit Fernbank zu tun sei, dem weiträumigen, dreistöckigen viktorianischen Herrenhaus und dem dazugehörigen, völlig verwilderten Riesengrundstück.

Als Miss Sadie letztes Jahr starb, hinterließ sie Fernbank der Kirche, »um alle in Zukunft notwendigen Aufwendungen für das ›Haus der Hoffnung‹ zu begleichen«. Und da stand die Villa nun – vom Bergwind eingedrückt und von heftigen Hagelstürmen abgewetzt. Niemand sah danach, noch nicht einmal, um die toten Bienen von den Fensterbänken zu kehren.

Nach Auffassung von Miss Sadie stellte Fernbank ein Geschenk dar; ihm kam das Haus wie ein einsamer Albatros vor, ein Alptraum. Denn schließlich hatte sie ausdrücklich ihn für das Wohlergehen ihres verfallenden Wohnsitzes verantwortlich gemacht.

Vermietung an eine Privatschule oder Institution war im Gespräch gewesen, eine Idee, die irgendwo in der Bürokratie des Bischofs hängen geblieben war. Andererseits, sollten sie das Haus verkaufen und das Geld investieren? Falls ja, sollten sie es im gegenwärtigen Zustand verkaufen, oder in den sauren Apfel beißen und es zu horrenden Kosten reparieren lassen zu Lasten einer Pfarrgemeinde, die mit Sicherheit keine Lust auf waghalsige Unternehmungen auf dem Immobilienmarkt verspürte?

»Wir haben gerade den Kostenvoranschlag für das Dach bekommen«, sagte er.

»Wie hoch?«

»Dreißig-, vielleicht fünfunddreißigtausend.«

»Gütiger Himmel!«

Sie saßen schweigend da und dachten nach.

»Armes Fernbank«, sagte sie. »Wer soll es kaufen? Das kann sich doch in Mitford keiner leisten.«

Er schenkte sich Kaffee nach. Obwohl sie bei einem leidigen

Gesprächsstoff angelangt waren, war er doch glücklich, mit seiner Frau hier zusammen zu sein. Außerdem war Cynthia Kavanagh bekannt für ihre Gabe, durch Zufall auf eine unerwartet glückliche Lösung für alle möglichen Leiden und Drangsale zu stoßen.

»Was noch schlimmer ist«, sagte sie, »wer kann sich die Instandsetzung leisten, selbst wenn er genügend Geld für den Kauf besitzt?«

»Das ist der Knackpunkt.«

Nachdem sie eine Weile geistesabwesend auf das Tischtuch gestarrt hatte, blickte sie auf. »Warum zerbrechen wir uns eigentlich den Kopf? Miss Sadie hat die Villa doch nicht *dir* vermacht...«

Warum schleppte er dann diese Sache seit mehr als zehn Monaten mit sich herum?

»...sie hat sie der Kirche geschenkt, die, falls dir das momentan entfallen sein sollte, Gott gehört. Laß' Ihn die Sache besorgen, um Himmels willen!«

Er spürte, wie ihn ein unterdrücktes Grinsen befiel. Genau! Natürlich! Er fühlte sich von einer großen Last befreit, wenn auch nur für den Augenblick. »Wer ist hier eigentlich der Pastor, na?«

»Manchmal pausierst du eben, mein Lieber.«

Er stand auf und drehte den Griff, um das Küchenfenster zu öffnen. »Wann gehen wir rauf und suchen uns die ein oder zwei Andenken aus, wie es Miss Sadie in ihrem Brief anbot?«

Sie seufzte. »Bei uns gibt es keine Ritze und keinen Winkel, der nicht mit *Sachen* vollgestopft wäre. Mein Haus nebenan ist voll, das Pfarrhaus ist randvoll eingedeckt und wir gehen in den Ruhestand.«

Sie hatte Recht. Es war Zeit zum reduzieren, nicht zum addieren.

»Was werden sich wohl die anderen genommen haben?« wollte Cynthia gern wissen.

»Louella nahm sich die Brosche, die Miss Sadies Mutter gemalt hat, und Olivia wünschte sich nur die Kommode aus Walnußholz und die Fotografien von Miss Sadies Mutter und Willard Porter. Das Haus ist praktisch unberührt.«

»Hat irgend jemand auf dem Dachboden rumgestöbert?«

»Keine Menschenseele.«

»Ich liebe es, auf Dachböden rumzustöbern! Find' ich herrlich! Dachböden stecken voller Geheimnisse und Verrat. Ja, los, wir tun's! Wir geh'n da rauf! Außerdem müssen wir dann nicht zum Einkaufen gehen, wir gehen *bummeln*!«

Ihre Augen sahen plötzlich noch blauer aus als sonst wenn sie aufgeregt war.

»Ich seh's gern, wenn du so begeistert bist«, sagte er erleichtert. Dann wären sie zumindest einer Verpflichtung in Zusammenhang mit Fernbank nachgekommen.

Fernbank war nur seine zweitlästigste Sorge.

Was er unternehmen sollte in bezug auf Dooleys in alle Winde zerstreute Geschwister stand an erster Stelle.

Vor einigen Jahren hatte Dooleys Mutter Pauline Barlowe ihre Kinder weggegeben wie überzählige Kätzchen aus einem Wurf. Wie konnte er hoffen, wieder einzusammeln, was Pauline während ihrer verheerenden Alkoholräusche verschleudert hatte. Das letzte, was Pauline gehört hatte, war, daß ihr Sohn Kenny irgendwo in Oregon lebte, der Verbleib der kleinen Jessie war unbekannt, und Sammy… er wollte gar nicht daran denken.

Vergangenes Jahr hatte der Pfarrer mit Lace Turner die von Drogen überschwemmte Wohnwagensiedlung von Creek aufgesucht und Dooleys neunjährigen Bruder herausgebracht. Poobaw lebte jetzt im Cottage von Betty Craig zusammen mit seiner sich langsam erholenden Mutter und seinem invaliden Großvater, und er machte sich gut in der Schule von Mitford. Ein Wunder. Aber, in diesem Fall machte das Wunder, wie Erdnüsse, süchtig.

Ein Wunder allein war entschieden zu wenig.

»Die Nachricht ist brühwarm«, sagte Mule, und rutschte mit einer Tasse Kaffee auf den Sitz in der Nische. »Ich weiß sie von J.C.«

35

»Aha«, sagte der Pfarrer, und zögerte, ob er sein Brötchen mit Butter bestreichen oder es trocken essen sollte.

»Joe Ivey gibt auf.«

»Nein!«

»Er will zu seiner Verwandtschaft nach Tennessee gehen. Winnie Ivey heult sich die Augen aus dem Kopf, weil er ihre ganze Familie hier in Mitford ist.«

»Warum will er aufgeben?«

»Seine Nieren.«

Velma erschien mit ihrem Bestellblock. »Nierchen sind aus. Wir haben's ja letztes Jahr mit Nierchen versucht, aber niemand wollte welche.«

»Dann eben ein Leberkäs-Sandwich«, sagte Mule. »Halt, warte, was nehmen Sie, Herr Pfarrer?«

»Hühnchensalat.«

»Ich verzichte. Mach' mir ein Schinken-Salat-Tomaten-Sandwich, aber Vollkorn.«

»Die Nieren?« fragte der Pfarrer, als Velma gegangen war.

»Ich muß Ihnen nicht erzählen, daß Joe ab und zu 'nen kleinen Schluck aus der Pulle braucht.«

»Hm.«

»Neulich hat er sich am Pfirsichschnaps gelabt, der jede Woche im Bezirk Knox frisch gebrannt wird. Die andere Sache sind seine Krampfadern. Jetzt steht er fünfundvierzig Jahre hinter dem Frisörstuhl und seine Beine sehen aus wie 'ne Straßenkarte von Georgia.« Mule pustete über seinen Kaffee. »Er hat sie mir gezeigt.«

Mit Ausnahme einiger Besuche in Fancy Skinners Haarstudio war Joe Ivey sein Frisör gewesen, seit er nach Mitford kam. »Ich bin entsetzt.«

»Wir sind alle entsetzt.«

Ein langes Schweigen folgte. Der Pfarrer strich sich Butter aufs Brötchen.

»Ich hasse die Veränderung«, sagte Mule grimmig.

»Tun wir doch beide.«

»Deshalb nennt Mack es nicht Veränderung, sondern Verbesserung. Aber Sie und ich, wir wissen beide, worum es geht...«

»Um die Veränderung.«

»Genau. Und wenn Mack die Finger im Spiel hat, wird's keine Veränderung zum Besser'n sein.«

Zum Kuckuck auch. Er öffnete den Deckel des Marmeladetöpfchens, das noch vom Frühstück bereit stand und strich sich auch die Brombeermarmelade aufs Brötchen. Man lebt ja nicht lang als Diabetiker, dachte er, aber die Ernährungsweise, die sie einem aufzwingen, läßt es einem ziemlich lang vorkommen.

»Haben Sie an das Gute bei Joes Ausstieg aus dem Geschäft gedacht?« fragte Pater Tim.

»Das Gute?«

»Alle Kunden von Joe werden zu Ihrer Frau gerannt kommen.«

Mules Gesicht hellte sich auf. »Scheibenhonig. Das stimmt.«

»Damit kommt sie leicht auf, ach, auf vierzig Leute mindestens. Bei zehn Kröten pro Haarschnitt, was es heute halt so kostet, können Sie mit Fancy problemlos auf Kreuzfahrt gehen. Davon reden Sie doch andauernd.«

Mule sah bedripst aus. »Ja, aber dann kriegt Fancy die Krampfadern.«

»Jeder Beruf birgt sein Risiko«, sagte der Pfarrer. »Sehen Sie sich Ihren an – am Immobilienmarkt geht es immer rauf und runter, man weiß nie, wieviel Brot man wann auf den Tisch stellen darf.«

J.C. warf seine ausgebeulte Aktenmappe auf die Bank und glitt in die Nische.

»Haben Sie gehört, was Adele gestern abend gemacht hat?«

»Was?« fragten der Immobilienmakler und der Pfarrer gleichzeitig.

Der Redakteur sah aus, als hätte er in der Lotterie gewonnen.

»Sie hat einen Typen wegen versuchten Raubes hochgehen lassen und hat wahrscheinlich Dot Hamby das Leben gerettet.«

Adele war nicht nur Polizeibeamtin in Mitford, sondern auch die Ehefrau von J.C.

»Deine Knöpfe platzen gleich in meinen Kaffee«, sagte Mule.

»Wo ist es passiert?«

»Unten in der Schuhverkaufscheune. Sie parkte ihren Streifenwagen dahinter, ging durch die Seitentür, stand hinter einem
Schuhregal und versuchte ein Paar Slipper zu finden. Da läuft
dieser Idiot vorn durch die Tür in den Laden rein und fragt Dot,
ob sie einen Zehner wechseln kann, und als Dot die Kasse auf-
macht, zieht er eine Kanone raus und hält sie ihr vor's Gesicht.
Adele hat alles mit angehört, schleicht sich barfuß von hinten
an den Saubeutel ran und drückt ihm eine neun Millimeter
zwischen die Rippen.«
»Was hat sie gesagt?« fragte Mule.
»Sie sagte das Angemessene in dieser Situation. Sie sagte, ›Laß‹
sie fallen‹. Mule zog die Augenbrauen hoch. »Mann!«
J.C. wischte sich mit einem Taschentuch über das Gesicht.
»Während wir hier quatschen, sitzt sein Hintern schon im Ge-
fängnis.«
»Und liest Kochrezepte aus der *Southern Living*, sagte Mule.
»Viel zu gut für diese miese Ratte.«
»Ich freu' mich immer, wenn ich seh', wo mein Recycling-Müll
landet«, sagte der Redakteur und starrte Mule an.
»Was soll denn das heißen?«
»Ich habe gerade gelesen, daß man sechsundzwanzig Sodafla-
schen aus Plastik braucht, um einen Polyesteranzug wie diesen
daraus zu machen.«
»Spare in der Zeit, so hast du in der Not«, sagte Mule kühl.
J.C. hielt nach Velma Ausschau. »Habt ihr gesehen, was Mack
da oben an der Straße gemacht hat?«
»Haben wir.«
»Wirklich eine Verbesserung. Er sagt, er schmeißt bald eine
Barbecue-Party, sobald der Parkplatz hart geworden ist. Mit
einer Live Band auf seinen knapp neun Metern Straße. Könnte
einen Aufmacher für die Titelseite abgeben.«
Mule sah versteinert aus.
»Was hast du mit Mack Stroupe an der Backe, warum kannst
du ihn nicht leiden?« fragte J.C. »Du könntest dir wenigstens
anhören, was er zu sagen hat.«
»Ich hör nicht zu, wenn Betrüger blödes Zeug schwätzen«,

pfiff Mule ihn an. »Die haben nix zu sagen, was ich hören will.«

»Stell dich nicht so an. Die Geschichte ist doch lange her.«

»Ich möchte es anders ausdrücken, meine Stimme kriegt er nicht!«

Zornesröte stieg J.C. ins Gesicht. »Du möchtest deinen Kopf in den Sand stecken wie die halbe Stadt hier, mach nur weiter so. Mein Geldbeutel sagt mir, es ist an der Zeit, daß wir was Neues und Anderes hierher bekommen, ein paar neue Geschäfte, eine anständige Stadtentwicklung, Wohnhäuser.

Bei der Belegschaft für das ›Haus der Hoffnung‹ haben sie siebenundzwanzig Auswärtige eingestellt. Was glaubt ihr, wo die wohnen? In Wesley! In Holding! Sie arbeiten hier, aber sie pumpen ihr Geld anderswo in die Wirtschaft, bauen anderswo die Stadtparks, zahlen anderswo ihre Steuern.«

Der Pfarrer bemerkte, daß Mules Hand zitterte, als er seine Kaffeetasse hochhob. »Meinethalben schmeißt Mitford seine Steuergelder in ein Rattenloch. Das wär' mir lieber, als wenn so ein abgeschmackter Phrasendrescher Esthers Job übernimmt.«

»Merk' dir eines«, grunzte J.C., »daß es *Esthers* Job ist, die Idee kannst du vergessen.«

Die Stammgäste in der hinteren Nische der Grillstube hatten zwar schon öfter Meinungsverschiedenheiten, aber das hier war etwas anderes. Es besaß eine beunruhigende Dimension.

Das Brötchen, das der Pfarrer verzehrt hatte, lag ihm plötzlich wie ein Stein im Magen.

»Nur ein bißchen die Seiten kürzen«, sagte er.

»Seiten? Welche Seiten? Seit Sie zum Haarschneiden zu Fancy Skinner abgewandert sind, haben Sie keine Seiten mehr.«

Was sollte er sagen? »Wir vermissen Sie alle, Joe. Herrje, ich hasse es, Sie fortgehen zu sehen.«

»Und wie ich es erst hasse. Aber ich bin zu alt für diese Arbeit.«

»Wie alt?«

»Vierundsechzig.«

»Herrgott noch mal! Er selbst befand sich in diesem Alter. Seine Stimmung sank sofort auf den Nullpunkt. »Das ist doch nicht alt!« sagte er.

»Für den Beruf schon. Ich hab' meine Beine damit ruiniert und mir reicht's.«

»Wohin ziehen Sie in Tennessee?«

»Nach Memphis. Da kann ich vielleicht im ›Graceland‹ halbtags ein bißchen Wachdienst schieben, zusammen mit meinem Vetter. Ich wohn' bei meiner jüngsten Schwester – Winnie ist unsere Älteste, wissen Sie. Wir möchten, daß Winnie nachkommt.«

Die Leckerbäckerei ohne Winnie? Zwei vertraute Gesichter, die plötzlich aus Mitford verschwanden? Er konnte sich mit dem Gedanken nicht anfreunden, nicht die Spur.

»Hier«, sagte Joe, indem er ihm eine Flasche mit einem Aftershave-Aufkleber reichte. »Nehmen Sie 'n kleinen Schluck. Ist Ihre letzte Chance.«

»Was ist das?«

»Selbstgebrannter Pfirsichschnaps, schmeckt einmalig. Los, genehmigen Sie sich einen. Ich sag's bestimmt nicht weiter.«

Seit fünfzehn Jahren bot ihm sein Frisör ein Schlückchen hiervon, ein Schlückchen davon an und immer hatte er dankend abgelehnt. Schon vor Jahren hatte der Pfarrer seinem Frisör ein- oder zweimal eine saftige Predigt gehalten. Joe sagte dazu nur, das ginge ihn nichts an. Jetzt schraubte der Pfarrer kommentarlos den Verschluß auf, setzte die Flasche an die Lippen und nahm einen kräftigen Zug. *Heiliger bimbam!*

Er reichte die Flasche zurück, brachte fast keinen Ton raus. »Das war genug.«

»Ich könnt' noch was vertragen«, Joe drehte die Flasche mit dem Ende nach oben und putzte die Hälfte des Inhalts weg.

»Sind Sie sicher, daß Sie vorher das Aftershave ausgegossen haben?«

Joe kicherte. »Hören Sie«, sagte er, während er den Nacken seines Kunden abbürstete, »geben Sie acht, daß Mack Stroupe Esther nicht aus dem Amt haut.«

»Ich tu mein Möglichstes.«

»Und passen Sie auf Winnie auf, solang', bis sie den Backladen verkaufen und nach Memphis kommen kann.«

»Tu ich. Sie ist's wert.«

»Und achten Sie auf den Jungen, halten Sie den an der kurzen Leine. Ich hatte nie jemanden, der mich an der kurzen Leine gehalten hätte.«

»Sie haben Ihre Sache immer gut gemacht, Joe. Sie waren uns ein guter Freund und man wird Sie vermissen.« Er hatte das Gefühl, als müßte er einen Golfball herunterschlucken. Er haßte Abschiede.

Er stand aus dem Frisörstuhl auf und langte nach seiner Brieftasche. »Lassen Sie es sich gutgehen und lassen Sie etwas von sich hören.«

Tränen standen in Joes Augen. »Stecken Sie das wieder ein. Ich hab' Ihnen fünfzehn Jahre lang die Haare geschnitten und diesmal geht's auf mich.«

Er hatte noch nie bemerkt, wie blaß und zerbrechlich Joe Ivey aussah – wie verletzlich. Der Pfarrer legte seine Arme um ihn und drückte ihn wortlos an sich. Eine leichte Fahne verströmend, ging er die Treppe hinunter auf die Hauptstraße und heulte wie ein Kind.

Kaum war das Datum für den Wohltätigkeitsbasar ›Eure Sachen sind Euer Segen‹ festgelegt, begann auch schon das Wehklagen.

Keine aufspringenden Fliederdolden, keine atemberaubende Hartriegelblüte konnte das Leid mindern.

Drei Mitglieder der ›Frauen der Episkopalkirche‹ entwickelten plötzlich chronische Rückenbeschwerden, eine Dame der Altargilde buchte für die Woche des Basarverkaufs eine Reise zu ihrer Schwester nach Toledo. Zwei Lehrerinnen der Sonntagsschule, die in einem schwachen Augenblick ihre Hilfe zugesagt hatten, scharten sich nach dem Mittwochsabendmahl im Mittelgang, um am Altar zu beten.

Nachdem Esther Bolick eingewilligt hatte, den Vorsitz bei diesem historischen kirchlichen Ereignis zu übernehmen, ging sie nach Hause zu ihrem Mann Gene und bat ihn, sie zu entschuldigen. Der Basar ›Sachen und Segen‹ war im Lauf der Jahre dafür bekannt geworden, daß er zwei Frauen aufs Krankenlager warf, beinahe eine Ehe zerstörte und drei Familien in die Arme der evangelisch-lutherischen Kirche in Wesley trieb.

Hatte sich Esther Bolick von der jahrelang ausgeübten Kirchentätigkeit nicht buchstäblich pensionieren lassen, um sich statt dessen dem Kuchenbacken zu widmen? Und war nicht Kuchenbacken ein eigenständiges geistliches Amt? Und buk sie nicht mindestens zwei mal die Woche einen Orangenmarmeladekuchen für irgendeine arme Seele, der es gerade nicht gut ging?

Außerdem konnte sie sich nicht erinnern, beim Basar *fest* zugesagt zu haben. Wie vom Donner gerührt war sie gewesen, als nach der Kirchenversammlung alle auf sie zustürzten, sie umarmten und ihr sagten, was für eine wundervolle Frau sie sei.

Schließlich erklärte sie sich seufzend einverstanden, denn, »was ich einem von ihnen tue, das tue ich meinem Herrn!«

»So ist es recht!« sagte der Pfarrer und ließ ihr die lang entbehrte Umarmung zuteil werden.

Für allen Tee von China hätte er nicht mit Esther Bolick tauschen wollen. Esther jedoch würde wie immer hervorragende Arbeit leisten und zweifellos einen Geldbetrag in noch nie dagewesener Höhe für die Missionskasse erbringen.

Weil der Basar die erfolgreichste Spendenbeschaffungsunternehmung der gesamten Diözese war, genossen die Organisatorinnen in der örtlichen Umgebung eine Anerkennung, die lebenslang anhielt oder zumindest ein paar Monate.

»Vierter Oktober«, sagte Esther zu Gene.

»Iß deine Pfannkuchen auf!« sagte Gene zu Esther.

Lieber ließe er sich erschießen. Aber irgend jemand mußte es tun.

»Hey«, sagte Dooley, der wußte, wer am Telefon war.

»Selber hey. Was macht ihr so?«

»Chorausflug nach Washington nächstes Wochenende. Wir singen in einer Kirche und ein Haufen Senatoren und solche Leute kommen. Ich hab' mir'n neuen Blazer gekauft, in meinen alten hab' ich mir an 'nem Nagel ein Loch reingerissen. Wie geht's dem ollen Barnabas?«

»Der sitzt hier neben mir und schleckt meine Schuhe ab. Wahrscheinlich habe ich heute morgen Marmelade drauf gekleckert. Ich muß mit dir über etwas reden.«

Schweigen.

»Hal Owen hat einen Assistenten eingestellt.«

Er hätte dem Jungen ebensogut ein Messer in den Leib stechen können, so deutlich empfand er dessen Enttäuschung.

»Das bedeutet, er hat diesen Sommer schon eine Hilfe und der Bursche wird…«, er haßte, was er jetzt sagen mußte, »…in deinem Zimmer wohnen, bis er eine Bleibe findet.«

»Fein«, sagte Dooley kalt.

»Hal mußte so handeln. Er ist gebeten worden, in einem Reitstall, der an der Straße oben liegt, die tierärztliche Versorgung zu übernehmen.«

Dooleys Schweigen war unerträglich. Es war brunnentief und kohlrabenschwarz.

»Hal und Marge möchten, daß du zwei Wochen zu ihnen rauskommst, wenn die Schule vorbei ist. Es tut ihnen leid, daß … daß du nicht den ganzen Sommer über kommen kannst.«

»In Ordnung.«

»Vielleicht möchtest du irgendwas arbeiten?«

Noch mehr Schweigen.

»Tommy bekommt wahrscheinlich einen Job.«

»Wo?«

»Tankwart bei Lew's. Trägt sicher eine Uniform mit Namensschild.« Es war ein schwacher Versuch, aber mehr fiel ihm leider nicht ein. »Du hättest mal Zeit für deinen Bruder. Poobaw würde sich freuen. Und dein Großvati auch.«

Gib ihm Zeit, darüber nachzudenken, sagte er sich. »Hör zu, mein Junge, du wirst einen schönen Sommer haben, du wirst schon sehen. Und wir lieben dich. Vergiß' das nicht.«

»Tu ich nicht.«

Gut! »Gut. Ich ruf' dich Samstag wieder an.«

»Hey, hör' mal…«, sagte Dooley.

»Ja?«

»Ach, nix.«

»In Ordnung. Behüt' dich Gott, mein Sohn.«

»Wer nicht ungeduldig ist, liebt nicht«, sagt ein altes italienisches Sprichwort.

Da ist viel Wahres dran, dachte er, als er sein Büro verließ und über die Hauptstraße nach Hause eilte.

Warum versetzte es ihn in solche Erregung, seine Frau wiederzusehen, wo er sich doch erst heute morgen von ihr verabschiedet hatte? Cynthia hatte zu unmenschlich früher Stunde den Kaffee ans Bett gebracht, sie setzten sich auf, tranken den Kaffee und lachten und plauderten, als sei schönste Mittagszeit.

Eine Frau, die morgens um fünf Uhr aufsteht, nur um mit ihrem Gatten zu sprechen, bevor er seine Gebetsstunde und seine Bibellektüre beginnt, ist eine Heilige. Natürlich, das mußte er zugeben, tat sie es nicht jeden Morgen. Und machte es das nicht erst recht zu einem Fest?

Cynthia, Cynthia! dachte er und blickte zur Straße gegenüber auf den rosablühenden Hartriegel im Vorgarten der Teestube. Wie große, rosa Baldachine breiteten die Bäume ihre Schatten spitzenartig über smaragdgrünes Gras und gelbe Tulpenbeete. Gütiger Gott! Das war mehr, als ein Mann ertragen konnte.

Der Frühling kam mit Brausen, und eine Frau hatte ihn erst vor Stunden so geküßt, wie er es sich in seinen kühnsten Junggesellenträumen nicht hätte vorstellen können.

Es bedurfte keiner großen Gedächtnisleistung, um sich an die Frauen zu erinnern, die in seinem Leben eine Rolle spielten.

Peggy Cramer. Sie hatte ihn einiges Wissenswerte gelehrt. Und als die Verlobung während seines Priesterseminars in die Brüche ging, wußte er, es war die richtige Entscheidung.

Dann kam Becky. Seine Kirchengemeinde gab sich die größte

Mühe, sie wegzugraulen. Sie war diejenige, die Wordsworth für ein Kaufhaus in Dallas hielt. Er lachte laut auf, während er an Dora Pughs Landhandel vorbeilief.

Ach, er war so ungeheuer dankbar für das spontane Lachen seiner Frau, für ihre Weisheit und sogar für ihren höllischen Eigensinn. Vom weißen Fliederbusch an der Ecke des Pfarrhofes knickte er einen Zweig ab.

Er lief die Vordertreppe hinauf, öffnete stürmisch die Tür und hüpfte durch die Diele.

»Cynthia!«

Als ob er auf einen Klingelknopf gedrückt hätte, hub plötzlich ein Getöse an. Puny Guthries rothaarige Zwillinge Sissy und Sassy begannen gleichzeitig durchdringend zu plärren.

»Da sehen Sie, was Sie angerichtet haben!« sagte Puny, die am Bügelbrett in der Küche stand.

»Ich wußte nicht, daß Sie noch da sind!« sagte er lahm.

»Grad hab' ich sie in den Schlaf geschuckelt! Schaut mal, ihr Mädels, hier ist euer Opi!«

Seine Haushaltshilfe, für die er immer und ewig dankbar sein würde, war entschlossen, ihn zum Großvater ihrer Kinder zu ernennen, egal ob er einverstanden war oder nicht.

»So, nu seh'n Se mal her, Sie halten Sissy und ich schaukel mit Sassy rum, es dauert noch mindestens 'ne Stunde, bis die Sachen vom Tee gebügelt sind.«

Er nahm Sissy. So unvermittelt, wie sie zu weinen angefangen hatte, hörte sie auch wieder auf und sah ihn mit großen Augen an.

»Huhu«, sagte er und machte ebenfalls große Augen.

»Seh'n Sie? Das Kind mag Sie! Es liebt seinen Opi, nich?«

Er konnte die Augen kaum abwenden von dem Wunder in seinen Armen. Wenn er nach Hause kam, war Puny schon oft gegangen oder arbeitete nebenan in dem kleinen gelben Haus, so daß er die Zwillinge den Winter über selten gesehen hatte. Und jetzt saßen sie da, ein ganzes Jahr alt, und eines dieser kleinen Wesen hob die Ärmchen, um seine Unterlippe bis zum Kragen herunterzuziehen.

Puny setzte sich Sassy auf die Hüfte und schaukelte sie. »Wenn Sie einfach mit Sissy rumgeh'n oder sonstwas, fänd' ich's toll. Meine Güte, schaun Sie sich die Bügelwäsche vom Tee an und alles so uraltes Zeug wie von 'nem Bischof oder 'nem Papst.«

»Wo ist Cynthia?«

»Ich hab' sie seit dem Mittagessen nicht gesehen. Vielleicht ist sie in ihrem Haus und arbeitet an 'nem Buch.«

Soweit ihm bekannt war, arbeitete sein emsiges Frauchen zur Zeit an keinem Buch. Sie hatte nach ihrem Vogelbuch über die Singdrossel beschlossen, ein Freijahr einzulegen.

»Ich nehme Sissy und suche Cynthia«, sagte er.

»Wenn sie plärrt, einfach schaukeln.«

In vorauseilendem Gehorsam schaukelte er sie sofort.

Er ging durch den Garten hinter dem Haus, ohne den Löwenzahn zu beachten, der seinen Rasen in vielen, kleinen gelben Feuern aufleuchten ließ. Nein, wirklich nicht. Er würde sich dieses Frühjahr nicht verrückt machen wegen der Löwenzahnblüte. Er würde die Pflanzen nicht mehr einzeln ausgraben, wie er es in den vergangenen Jahren tat. Löwenzahnblüten kommen und Löwenzahnblüten gehen, so ist das eben, dachte er und schaukelte. War er nicht bald Pensionär? Lernte er nicht gerade, etwas lockerer zu werden und ein bißchen vom Leben zu haben?

Sissy gluckste und druckste auf seinem Arm.

»Timothy!«

Seine Frau sprang durch die Hecke und sah aus wie ein junges Mädchen.

»Das errätst du nie!«

»Ich kann nicht raten«, sagte er und beugte sich vor, um ihr einen Kuß zu geben. Er steckte die Fliederdolde in ihre Hemdblusentasche während Sissy ihm aufs Kinn sabberte.

»Vielen Dank, Liebling! Mule rief gerade an, um zu sagen, daß sich jemand für Fernbank interessiert! Er versuchte, dich im Büro anzurufen, aber du warst schon weg. Kannst du dir das vorstellen? Es ist jemand von außerhalb, sagte er, eine Firma

oder so was ähnliches. Beeil' dich und ruf' ihn an und ich nehme Sissy.«
Warum war ihm nicht freudiger zumute, als er zum Telefon in
seinem Arbeitszimmer ging? Er freute sich überhaupt nicht.
Statt dessen überfiel ihn eine düstere Vorahnung.

Er lag auf seiner Seite, den Arm aufgestützt. »Ich habe heute
an dich gedacht«, sagte er, zu befangen, um ihr diese einfache
Sache zu sagen.
Sie zeichnete mit dem Zeigefinger seine Nasenlinie und sein
Kinn nach. »Wie seltsam! Ich hab' heute auch an dich gedacht.«
»Das kommt vom Fünf-Uhr-Kaffee«, sagte er und küßte sie.
»Ach, davon kommt es?« murmelte sie, und küßte ihn zurück.
Vielleicht kann jeder Mensch lieben, dachte er; aber nur wer
wiedergeliebt wird, darf sich wahrhaft glücklich preisen.

Er warf das Ding auf einen immer größer werdenden Haufen.
Wer Zeit hat, Löwenzahn auszugraben, muß Zeitverschwender
sein, dachte er.
Eigentlich hatte er wirklich nicht die Zeit, um so etwas Banales
zu tun, und trotzdem tat er es. Der Garten lockte ihn wie Gold-
adern den Bergarbeiter.
Selbstredend gab es hundert andere Dinge, die dringlicher wa-
ren:
Den Ausflug in die Dachkammern von Fernbank in Angriff
nehmen, zumal jetzt ein potentieller Kunde die Szene betreten
hatte.
Die Rosen düngen.
Die Blumenbeete mit Laub abdecken.
Zum ›Haus der Hoffnung‹ gehen und mit Scott Murphy sprechen...
Scott war der junge Predigtamtskandidat, den Miss Sadie und
er vor einem Jahr engagiert hatten. Seitdem Scott vergangenen
September nach Mitford gekommen war, versuchten sie, ein
Gespräch miteinander zu führen, aber bis jetzt hatte es noch
nicht geklappt. Scott ähnelte dem Tiger in einer beliebten Kin-

dergeschichte – er sauste so schnell um den Baum herum, daß er sich in Butter verwandelte.

Der neue Kaplan hielt nicht nur jeden Morgen einen Gottesdienst, sondern er stattete auch jedem einzelnen der vierzig Pflegeheimbewohner einen persönlichen Besuch ab, jeden Tag. »Dafür hat man mich eingestellt«, sagte er fröhlich lächelnd.

Außerdem hatte Scott das einst heftig umstrittene Tierheimprogramm wieder ins Rollen gebracht. Im Rahmen einer Vereinbarung zwischen dem Tierheim und dem ›Haus der Hoffnung‹ konnte jeder Bewohner zwei Stunden täglich eine Katze oder einen Hund »mieten« – einfach indem er im voraus eine Bestellung für Hector, Barney, Muffin, Lucky, usw. aufgab. Wie der Pfarrer bei seinen Besuchen im ›Haus der Hoffnung‹ feststellen konnte, entfaltete dieses Programm seine ganz eigene medizinische Wirkung.

Evie Adams Mutter, Miss Pattie, die seit zehn Jahren geistig verwirrt war, hatte zum Beispiel an Baxter Gefallen gefunden, einem fröhlichen Dachshund, seitdem war sie an manchen Tagen geradezu klar im Kopf.

Jeden Nachmittag rollte der Wagen mit den geliebten Haustieren durch die Hallen des ›Hauses der Hoffnung‹. Bewohner, die nicht bettlägerig waren, konnten die vierbeinigen Besucher unterhalten oder sich von ihnen unterhalten lassen. Es gab Goldfische für diejenigen, die die Verantwortung für eine Katze oder einen Hund nicht tragen konnten – und die Schulkinder von Mitford lieferten jedem Interessenten bunte Poster für die Zimmerwände.

»Ich würde am liebsten selbst dort einziehen«, sagten einige Dorfbewohner, und das im Vollbesitz ihrer Gliedmaßen.

Er hockte sich auf die Fersen und legte den Unkrautjäter beiseite. Wie stand es mit der Siedlung in Creek? Hatten nicht er und Scott vergangenes Jahr davon gesprochen, irgend etwas zu unternehmen, um diesem Ort etwas Linderung zu verschaffen? Allein der Gedanke daran strengte ihn an, und doch ging er ihm fortwährend durch den Kopf.

Und Sammy und Kenny und Jessie... sie waren der andere

überwältigende und sogar noch dringlichere Punkt auf der Ta-
gesordnung. Er hatte keinen blassen Schimmer, wo er zuerst
anfangen sollte.

Er grub eine Klettenwurzel aus und warf sie auf den Haufen.
Und nun das. Eine Firma? Das klang nicht gut. Mule kannte
keine Einzelheiten, er hatte lediglich mit einem Maklerbüro
gesprochen, das allgemeine Erkundigungen über Fernbank einzog.

»Sorget nicht für den andern Morgen…«, zitierte er Matthäus
leise vor sich hin.

»Sorget nichts!…«, zitierte er dann laut seinen Standardvers
aus dem vierten Philipperkapitel, »…sondern in allen Dingen
lasset eure Bitten im Gebet und Flehen mit Danksagung vor
Gott kund werden. Und der Friede Gottes, welcher höher ist
denn alle Vernunft, bewahre eure Herzen und Sinne in Christo
Jesu.«

Er hatte alles falsch gemacht. Wie gewöhnlich hatte er wieder
nur das Große Bild vor Augen gehabt.

Er blickte auf die Steinplatten, die er und Cynthia letztes Jahr
gemeinsam verlegt und auf diese Weise einen Weg durch die
Hecke gebahnt hatten. Das war's. Direkt vor seiner Nase.

Schritt für Schritt. Das war die Antwort.

Kapitel Drei

EDEN

»Sie wissen, daß manche Leute meinen, wir in Mitford hätten nichts anderes zu tun, als zuzugucken, wie die Farbe von den Wänden blättert?«

»Ja, weiß ich.«

Emma schnaubte verächtlich durch die Nase. »Da wären wir mit Mack Stroupes Haus in den letzten fünfzehn Jahre ausgelastet gewesen.«

»Ich war lange nicht mehr droben.«

»Es sah immer aus wie einer von den alten Schuppen in Creek, oben am Mitfordbach, bis, raten Sie mal?«

»Ich rate nie.«

»Vier Lkw sind heut' morgen vorgefahren mit Männern und Stehleitern. Bis Mittag war der erste Anstrich drauf, ich hab's selbst gesehen, wie ich zum Mittagessen zu Hessie gegangen bin.«

»Aha.«

»Blau haben sie's angemalt. Ich hasse Blau auf Häusern. Blau soll ja die Farbe der Behörden sein – deshalb trägt die Polizei blaue Uniformen. Wenn man die Farbe anhat, meint jeder, man *ist* wer!«

»Nun ja…«

»Aber nehmen wir mal Rosa. Was passiert wohl, wenn der Sheriff in Texas die Gefängniszellen rosa anstreicht? Was meinen Sie? Die Männer werden lammfromm, keine Gewalt mehr und so, können Sie das begreifen?«

»Das ist schwer zu begreifen«, sagte er, während er den Holzsockel wieder an die Buchstütze klebte. »Ausgerechnet in Texas.«

»Was glauben Sie, woher Mack Stroupe sein Geld bekommt?«

»Welches Geld?«

»Das Geld für 'nen neuen Wagen, 'nen neuen Hausanstrich. Ich hab' gehört, er soll sich sogar in Fancy Skinners Salon eine Maniküre gegönnt haben.«

»Mack? Eine Maniküre?«

»Eine Maniküre, jawoll«, sagte sie eiskalt.

»Gütiger Himmel.« Jetzt war es ernst. »Eine Gesichtsmaske hat er sich aber nicht auch noch machen lassen, oder?«

»Eine Gesichtsmaske? Wozu braucht der Kerl eine Gesichtsmaske, wenn er auch ohne die lügen und betrügen, hehlen und stehlen kann?«

»Also Emma, von Stehlen ist mir nichts bekannt.«

»Ihnen vielleicht nicht, aber mir«, sagte sie gebieterisch.

Hüte dich vor übler Nachrede, sagt die Heilige Schrift. Noch einfacher kann man es gar nicht ausdrücken.

»Ich lauf ein paar Minuten zum Luftschnappen auf die Straße. Bitte machen Sie die Fenster zu, bevor sie gehen, es sieht nach Regen aus. Grüßen Sie Harold von mir. Es freut mich, daß er von der Zustellung befreit und zur Sortierabteilung versetzt wurde.«

»Er sortiert die Post *und* macht Schalterdienst«, sagte sie stolz.

»Winnie!« rief er ins Klingeln der Türglocke des Bäckereiladens hinein.

Es wäre gelogen, wenn er sagen sollte, diesen Duft nicht zu lieben. Was geschähe, wenn die Bäckerei verkauft würde? Jeder Wildfremde könnte hier einziehen und irgendeine Ware, irgendein Zeug verhökern. Würden Karten und Schreibwaren so wundervoll duften, oder Stoffballen, oder Küchenzubehör?

Fünf Jahre bevor er die Mitforder Bühne betrat, hatte Winnie das Geld für diesen Schaufensterladen zusammengekratzt, ihn innen und außen neu gestrichen, hatte Öfen einbauen und gebrauchte Vitrinen aufstellen lassen, hatte selber mit einer

51

Schablone *Leckerbäckerei* quer über das Schaufenster geschrieben und sich auf zwanzig Jahre unermüdliche, harte Arbeit eingestellt.

Ihr gewinnendes Lächeln und ihre Großzügigkeit hatten diese Straße geprägt. Hatte sie nicht getreulich Miss Rose und Onkel Billy durchgefüttert, wenn das alte Pärchen auf seiner täglichen Almosentour wegen »Resten« bei ihr vorbeitrippelte? Ja, und für deren Vögel daheim, legte sie noch etwas extra hinzu.

Er entdeckte sie in der Küche, wo sie auf einem Schemel saß und auf ein Stück Papier kritzelte. »Hier sind Sie ja, Winnie!«

Sie strahlte beim Anblick des Besuchers. »Nehmen Sie sich doch bitte ein Haferplätzchen«, sagte sie und reichte ihm eine flache Schale. »Fettarm.«

Plötzlich war er glücklich wie ein Kind. »Wissen Sie, Winnie, ich habe nachgedacht...«

Winnies breites Lächeln verzog sich. Die Gedanken von Geistlichen hatte sie nie ergründen können.

»Das hier ist keine Bäckerei.«

»Es ist keine Bäckerei?«

»Es ist eine *Institution!* Müssen Sie wirklich nach Tennessee gehen? Können wir Sie nicht hier behalten?«

»Ich bleib' wahrscheinlich bis zum Jüngsten Tag, so wie's aussieht. Keine Menschenseele hat wegen Kauf angefragt.«

»Die kommen noch. Denken Sie an meine Worte. Gottes Zeitplan ist perfekt, sogar im Immobiliengeschäft.«

»Wenn ich nicht dran glauben könnt', würd' ich aus dem Fenster springen.«

»Wär' ja kein weiter Sprung«, sagte er und linste durch die Vorhänge auf den Gehsteig.

Winnie lachte. Er mochte es, wenn Winnie lachte. Den Klang ihres Lachens hatte man hier öfter gehört als den der Kassenklingel, aber sie hatte ihre Sache gut gemacht, sie hatte es geschafft.

»Ich geh' bald heim«, seufzte sie. »Ich bin nicht mehr so jung wie früher.«

»Wer ist das schon? Ich selbst mach' mich auch bald aus dem

Staub, bin nur gekommen, um Hallo zu sagen. Wie gefällt es Ihnen in der Fliederstraße?«

»Ich werde mein Häuschen am Bach vermissen, aber der junge Pastor vom ›Haus der Hoffnung‹ hält es prima in Schuß.«

»Scott Murphy…«

»Er hat die Fenster geputzt! Die Fenster sind noch nie geputzt worden! Mein Haus steht so nah an der Straße, da wird alles so schnell dreckig.«

»Na, viel Verkehr habe ich aber da nie bemerkt.«

Sie saßen schweigend da, während er sein Gebäck aufaß.

»Nehmen Sie noch eines«, sagte sie bittend.

Er griff zu. Das Plätzchen war weich und zerfiel einem im Mund. Genau so liebte er sein Gebäck, noch dazu war es fettarm. Guter Tag für ihn heute. »Was hören Sie von Joe?«

»Er hat Heimweh.«

»Aber Tennessee ist sein Daheim.«

»Ja, aber in Mitford fühlt er sich richtig daheim; er war fünfzig Jahre von Tennessee weg. Um die Wahrheit zu sagen, Herr Pfarrer, ich hab' keine große Lust dahin zu gehen, aber hier in Mitford hab' ich keine Familie mehr und deshalb ist es wohl für mich das Richtige.«

Manchmal war das, was richtig zu sein schien, doch nicht so richtig. Aber war er derjenige, der das entscheiden konnte?

»Sehen Sie mal«, sagte sie indem sie das Papier hochhielt, auf dem sie rumgekritzelt hatte. »Ich mach' bei 'nem Preisausschreiben mit, das heißt fünfundzwanzig Worte oder weniger. Sie sind gebildet, macht es Ihnen was aus, wenn Sie sich mal die Rechtschreibung ansehen?«

Er nahm das Papier in die Hand.

Ich benutze Mehl Goldenes Band, weil es leicht und knetfähig ist. Und weil meine Mutter und Großmutter es benutzt haben. Goldenes Band! Seit Generationen ist es das beste!

»Na ja, der Phantasie wird nicht viel Spielraum gelassen, sieht außerdem so aus, als wären es achtundzwanzig Wörter.«

»Au Backe! Falsch gezählt. Was soll ich streichen, was meinen Sie?«

»Schaun wir mal. Sie könnten das ›meine‹ rausnehmen und sagen ›weil Mutter und Großmutter es benutzt haben‹.«

»Gut! Müssen noch zwei raus«, sagte sie, auf der Schemelkante sitzend.

»Sie könnten das ›Mehl‹ im ersten Satz streichen, weil man weiß, daß es sich um Mehl handelt.«

»Gut! Noch eines!«

»Das ist schwer«, sagte er.

»Ich weiß. Seit vier Tagen quäl' ich mich schon damit ab. Aber, stellen Sie sich vor, der Gewinner kriegt eine Kreuzfahrt geschenkt. In die Karibik! Waren Sie schon mal dort?«

»Nein, nie.«

»Das blöde ist nur, sie gilt für zwei Personen. Wen könnt' ich bloß mitnehmen?«

»Kümmern Sie sich nicht um ungelegte Eier«, sagte er. »Also, wie wär's damit: ›Seit Generationen ist's das Beste, ›Goldenes Band‹.«

»Wie viele Wörter?« fragte sie und hielt den Atem an.

»Fünfundzwanzig, haarscharf!« Er räusperte sich und las laut vor. »Ich benutze Goldenes Band, weil es leicht und knetfähig ist. Und weil Mutter und Großmutter es benutzt haben. Seit Generationen ist's das Beste, ›Goldenes Band!‹«

»Oh, so wie Sie es lesen, klingt es großartig!« Winnie strahlte! »Könnten Sie es bitte noch einmal vorlesen?«

Er las es mit seiner Predigerstimme noch einmal laut vor. Er meinte, die Ia-Stadtbäckerin würde vor lauter Begeisterung vom Schemel fallen. Warum konnte seine Gemeinde nicht mehr von Winnie Ivey an sich haben, heiliger Strohsack!

Als er die Bäckerei verließ, sah er den Baptistenprediger Bill Sprouse auf sich zutrotten.

»Na, Straßenseelsorge heute?« fragte der Geistliche leutselig und schüttelte ihm die Hand.

»Ja, ist ein guter Tag dafür!«

»Amen! Ich würde mir am liebsten gleich das südliche Ende

vornehmen und Sie in der Mitte auf eine Tasse Kaffee treffen. Aber ich muß auf eine Beerdigung, die Aussegnungsworte sprechen.«

»Tja, und ich hatte heute morgen eine Taufe.«

Bill zupfte die weiße Rose an seinem Revers zurecht. »Werden und Vergehen! Davon handelt all unser Tun!«

»Wir sehen uns am Kriegerdenkmal!« sagte der Pfarrer. Seit der Frühling Einzug gehalten hatte, waren sie sich häufig durch Zufall um die gleiche Zeit am Denkmal begegnet, beide beim Abendspaziergang mit ihrem Hund im Schlepptau.

Er machte einen Abstecher zur Buchhandlung ›Happy End‹, um nachzusehen, ob seine Bestellung eingetroffen war.

»Wie gefällt Ihnen Ihr neues Buch über Schmetterlinge?« fragte Hope Winchester, die, wie er fand, sehr attraktiv aussah mit ihren aus der Stirn gekämmten, walnußbraunen langen Haaren.

»Genau das Richtige!« sagte er. »Sie sollten es für die *Muse* rezensieren. Anschließend wird bestimmt bald halb Mitford anfangen, Schmetterlinge anzulocken.«

»Das«, sagte sie, »ist eine *sehr* bedenkenswerte Idee!«

»Danke.«

»Die Schmetterlingsstadt! Die Leute würden von überall hier her zu uns kommen.«

»Die Bürgermeisterin hätte bestimmt keine große Freude daran. Es sei denn, abends gingen alle wieder nach Hause.«

»Nun, Herr Pfarrer, der Fortschritt kommt auch nach Mitford, gleichgültig, ob es unserer Bürgermeisterin gefällt oder nicht. Wir können hier nicht tatenlos rumsitzen, ohne mitzuwachsen und uns an die Zeiten anzupassen. Und überlegen Sie mal, Menschen, die Schmetterlinge mögen, sind Menschen, die vielleicht auch Bücher mögen!«

»Ach so. Da haben Sie sicher nicht unrecht.«

»Manchmal sitzt unsere Bürgermeisterin ein bißchen zu hoch auf dem Roß.«

Er grinste. »Tun wir das nicht alle? Ist mein Buch gekommen?«

»Lassen Sie mich nachsehen«, sagte sie, »das war das etymologische Smörgasbord, glaube ich.«

»›Amo, Amas, Amat,‹« sagte er kopfnickend.

»Also wirklich!« ereiferte sich Helen Huffmann, die Ladenbesitzerin. »Können Sie nicht Englisch sprechen?«

»Pater, störe ich Sie gerade?«

Er hörte die Dringlichkeit in Olivia Harpers Stimme, als sie ihn im Büro anrief.

»Sie stören mich nie«, antwortete er aufrichtig.

»Lace ist in die Siedlung in Creek gegangen, da oben am Mitfordbach, um ihren Freund Harley zu besuchen. Ich hab' sie angefleht, es nicht zu tun, Pater, ich weiß, wie gefährlich das sein kann. Aber sie ging trotzdem. Jetzt ist sie zuhause und sagt, daß Harley krank sei und sie müsse zurück zu ihm, um ihn zu pflegen. Hoppy ist im OP und ich... bitte. Sie packt gerade ihre Sachen. Sie sind so gut in solchen Dingen!«

»Ich komme sofort«, antwortete er.

Barnabas sprang auf den Beifahrersitz des Buick und sie rasten die Alte Kirchgasse hinauf.

Nein, er war nicht gut in solchen Dingen. Er war überhaupt nicht gut in solchen Dingen. Die Jahre mit Dooley Barlowe gehörten zu den härtesten seines Lebens; alles geschah nur mit Knieschlottern und unter verzweiflungsvollen Gebeten. Wer weiß denn, welches Vorbild für den Umgang mit beschädigten Kinderseelen ein Maßstab ist? Und trotzdem, es gehörte zu seinem Job, etwas über Vorbildlichkeit zu wissen. Geistlicher zu sein, ein Christ zu sein, hat sehr viel mit Vorbildlichkeit zu tun und gerade deshalb werden beide von der Welt gern verachtet und verspottet.

Er konnte die Ängste der Ärmsten nachvollziehen. Lace Turner war ein ungestümes, heftiges Mädchen, das in den dreizehn Jahren in Creek unaussprechliche Lebenskämpfe erdulden mußte – eine ans Bett gefesselte Mutter, von ihr von kleinauf hingebungsvoll gepflegt, und ein brutaler Vater, bei dem sich Alkohol, Drogen und Dauerarbeitslosigkeit zu einer gefährlichen Mischung zusammenballten.

In allem Schlamassel hatte der zahnlose, warmherzige Harley

Welch sich um Lace Turner gekümmert, sie vor Attacken in Schutz genommen, wann immer er konnte. Es war Harleys Wagen gewesen, mit dem Lace vergangenen Sommer Dooleys Mutter, die damals ebenfalls in Creek wohnte, ins Krankenhaus fuhr.

Ihn schauderte bei der Erinnerung an Pauline Barlowe. Von einem Mann namens LM schrecklich verbrannt, mußte sie nicht nur eine Hauttransplantation und den Verlust eines Ohres erdulden, sondern auch mit der bitteren Wahrheit leben, daß sie vier ihrer fünf Kinder weggegeben hatte.

Obwohl der Vater und der ältere Bruder von Lace im vergangenen Jahr verschwanden, wußte keiner, wann Cate Turner zum Heim zurückkehren würde oder wozu er fähig wäre, wenn er seine Tochter dort fände.

Der Pfarrer bog rechts in die nahezu verborgene Einfahrt zu Harpers geräumigem Berghaus ein. Es sah sehr einladend aus mit den verwitterten Dachschindeln, dem gemauerten Doppelschornstein und der breiten Vorderterrasse.

Barnabas sprang aus dem Auto, bellte hingebungsvoll unzähligen Eichhörnchen hinterher, die erschrocken in Baumkronen das Weite suchten.

Gott sei Dank befand sich Lace nun in der Obhut der Harpers und machte sich erstaunlich gut in der Schule von Mitford. Natürlich sprach sie weiterhin ihren dörflichen Dialekt, aber sie verblüffte ihre Umgebung durch ihre Kunstfertigkeit im Lesen und durch ihre wache Intelligenz. Noch mehr war er allerdings angetan von ihrem außergewöhnlich festen Charakter.

Gewissermaßen noch jemand wie Dooley Barlowe – mit allen Ecken und Kanten seines Wesens und noch ein bißchen mehr. Er legte seinen Hund an die Leine und knüpfte sie am Terrassengeländer fest. Dann öffnete er die Fliegentür und machte sich bemerkbar. Olivia eilte in die Halle hinunter und umarmte ihn.

»Pater, Sie sind immer da, wenn wir Sie brauchen.«

»Und Sie für uns«, sagte er, und umschloß sie mit seinen Armen.

»Sie packt gerade in ihrem Zimmer. Es tut mir leid, daß ich so …so unfähig bin…«

»Sie sind nicht unfähig. Sie versuchen, einen Teenager zu erziehen und mit einer zerbrochenen Seele umzugehen. Wir wollen beten«, sagte er. Er blickte in ihre veilchenblauen Augen, die er immer schon bemerkenswert gefunden hatte, und sah darin ihre tiefe Besorgnis.

Er nahm Olivias Hände. »Vater im Himmel, die Situation ist ernst. Schenke uns deine Weisheit. Wir beten zu dir, um das Richtige zu tun, das Heilende und das Notwendige. Gib uns auch Einsicht, durch die Kraft deines Heiligen Geistes, öffne unser Herz gegenüber unserem Nächsten ebenso wie gegenüber dir. Im Namen Jesu.«

»Amen!« sagte sie.

»Sollen wir beide mit ihr reden?«

»Ich habe alles gesagt, ich denke, von mir hat sie genug gehört. Könnten Sie…?«

Er fand Lace in ihrem Zimmer. Sie trug einen speckigen Hut aus ihrer Zeit in Creek und zog den Reißverschluß eines Seesacks zu.

Sie drehte sich um und starrte ihn böse an. »Ich wußte, daß Sie kommen. Sie können mich nich' aufhalten. Harley iss krank und ich geh' zu ihm.«

»Was fehlt Harley denn?«

»Spuckt Blut und kackt Blut. Ißt nix, hat Krämpfe und iss so fertig, daß er nich' hochkommt. Und noch was schlimmeres.«

»Was?«

»Sein Hund iss geklaut.«

»Und warum ist das noch schlimmer?« Er versuchte, sie hinzuhalten, bis er sich halbwegs sammeln konnte.

»Wenn der Hund weg iss, kann jeder rein und sein Geld nehmen, was er im Bettkissen versteckt hat. Den Laster muß ich auch wegfahren, oder sie klau'n ihm den auch noch.«

»Was meinst du, welche Krankheit hat er?«

»Bin ich'n Arzt?!« sagte sie erbost.

»Es könnte etwas Ansteckendes sein.«

»Ach? Harley hat so was nie gefragt. Ich war todkrank und er hat mich gepflegt, sogar Mamma gefüttert, als mein Pappa auf Arbeit war.«

Sie nahm den Beutel, schob sich den Hut noch weiter ins Gesicht und lief zur Tür.

»Ich komme mit«, sagte er. War er verrückt geworden? Es war heller Tag. Einmal war er mit ihr in der drogenverpesteten Siedlung in Creek gewesen, um Poobaw Barlowe herauszuholen – aber das war im Schutz der Dunkelheit, und er hatte noch nie solche Angst gehabt wie damals.

»Sie können nich' da hingehen mit mir, mitten am Tag, 'n Pfaffe bringt bloß Ärger. Sie sind letztes Mal schon nicht die Böschung vom Mitfordbach raufgekommen, hätten sich beinah' umgebracht.«

Da hatte sie recht. Er war einen Schritt vor und zwei zurück gegangen, den ganzen Weg bis nach oben zur Siedlung. »Welche Medikamente hast du?«

Sie blieb stehen und sah ihn an.

»Warum mit leeren Händen reingehen? Was kannst du tun, ohne zu wissen, was ihm fehlt? Komm' mit mir zum Krankenhaus, dort sprechen wir mit einer Krankenschwester.«

»Ich geh' in kein Krankenhaus.«

»Lace. Sei vernünftig. Du schaffst das nicht allein, ohne Hilfe. Fahr' mit mir zum Krankenhaus, ich werde notfalls Schwester Kennedy bitten, zu uns zum Auto zu kommen. Sag' ihr, was du weißt, hör' dir an, was sie meint.«

Lace sah auf den Boden, dann zu ihm. »Versuchen Sie bloß nich', mich reinzulegen!«

»Dich legt so schnell keiner rein, denk' ich.«

Gütiger Himmel, er hatte keine Ahnung, wohin das führen sollte.

Schwester Kennedy beugte sich zu Lace hinunter und sprach durch das geöffnete Autofenster mit ihr. Lace saß mit unbewegter Miene da und umklammerte den Seesack auf ihrem Schoß.

»Es könnte ein blutendes Magengeschwür sein«, sagte Schwester Kennedy. »Trinkt Harley?«

»Er hat lang gesoffen, aber jetzt ist er trocken.«

»Durchfall?«

»Ja, schrecklichen, und es ist Blut drin.«

»Wie sieht er im Gesicht aus?«

»Weiß. Weiß wie'n Laken.«

Die Krankenschwester sah nachdenklich aus. »Er muß Blut speien, Blut im Stuhl, blasse Gesichtsfarbe, Schwäche, Krämpfe, Durchfall. Alles Symptome eines blutenden Magengeschwürs.«

Wenigstens keine ansteckende Krankheit, dachte der Pfarrer erleichtert. Und es war behandelbar.

»Ihre Prognose?« fragte er.

»Vielleicht irre ich mich, aber ich halte ein Magengeschwür für sehr wahrscheinlich. Wenn es ein blutender Ulkus ist, kann der Patient mit Antibiotika behandelt werden. Außerdem muß er Diät halten. Wichtig ist, daß mit der Behandlung sofort begonnen wird. Seine Hämoglobinwerte sind bestimmt niedrig, das ist gefährlich.«

»Wir können Ihnen gar nicht genug danken.«

Als die beiden den Hügel hinabfuhren, wußte er immer noch nicht wie es weitergehen sollte oder wie sich diese Angelegenheit entwickeln würde.

Er fuhr das Auto auf den Bordstein vor dem Antiquitätengeschäft von Andrew Gregory. »Bitte laß' uns mal anhalten und nachdenken. Wenn du allein nach Creek gehst, wirst du nichts ausrichten. Du hast gehört, was die Schwester gesagt hat. Er braucht dringend Behandlung. Am besten, ich bitte Polizeichef Underwood, uns zu begleiten. Wir bringen Harley heraus mitsamt seinem Geld und seinem Lastauto.«

»Wo woll'n Sie ihn hinbringen? Er geht in kein Spital.«

»Ich weiß nicht, laß mich nachdenken.« Bei Betty Craig war es unmöglich. Bettys kleines Haus war bis zum Anschlag belegt mit Russell Jacks, Dooleys hinfälligem Großvater, mit Dooleys Mutter, Pauline Barlowe, die auf Arbeitssuche war und mit deren Sohn Poobaw. Das ›Haus der Hoffnung‹ kam auch nicht in Frage. Selbst wenn Harley die Aufnahmebedingungen erfüllt und die Bezirksverwaltung ihre Bürokratie auf ein Minimum beschränkt hätte – es war kein Bett mehr frei.

»Verflixt!« sagte er.

»Soll das 'n Fluch sein oder was?« fragte Lace.

»In gewisser Weise, ja«, antwortete er.

Er kam zu spät nach Hause zum Abendessen und hatte keine Ahnung, wie er das alles seiner Frau erklären sollte.

Sie war in fast allen Dingen über die Maßen verständnisvoll, das mußte er ihr zugestehen. Bisher hatte sie ihm noch nie mit dem Besen gedroht, ihn aus dem Haus geworfen oder ihn zum Schlafen auf das Arbeitszimmer verwiesen.

Dies hier könnte jedoch den entscheidenden Dreh in besagte Richtung zur Folge haben.

Sie stand an der Hintertür und hielt nach ihm Ausschau, als er mit Lace Turner und einem schwachen, gebeugten Harley Welch die Stufen hinauf ging.

Sie sagte nur »Gütiger Gott!« und kam heraus, um ihm zu helfen.

Hoppy Harper war bereits unterwegs, vermutlich einer der letzten Ärzte vom alten Schlag, die Hausbesuche machen.

Den kranken Harley die Treppen hinauf zum Gästezimmer zu schleppen war mühsamer, als Kleiderschränke dieselbe Route entlang ziehen. Obwohl Harley erschreckend mager aussah, schien sein kraftloser Körper das Gewicht eines kleinen Elefanten zu besitzen. Zu dritt mußten sie ihn aufs Bett legen. Danach zog ihn der Pfarrer aus und wusch ihn, indem er einen Lappen in eine Schüssel mit Seifenwasser tauchte.

Harley sah sehr komisch aus im Schlafanzug des Pfarrers. Der mußte aber sowieso sofort gewechselt werden, weil Harley es nicht schaffte, rechtzeitig ins angrenzende Badezimmer zu gelangen. »Keine Absicht nich'«, sagte Harley, dem die aufsteigende Verlegenheit fast wieder etwas Farbe im Gesicht verlieh.

Wo war er da hineingeraten? Das fragte sich Pater Tim. Er wußte es nicht. Aber als Harley ihn mit einem schwachen Lächeln auf den Lippen ansah, empfand der Pfarrer die absolute Weisheit seiner impulsiven Entscheidung und er lächelte zurück.

Erschöpft ging er zu Bett. Lace hatte die Erlaubnis bekommen, in Dooleys Zimmer, das neben Harleys lag, zu übernachten und Wache zu halten.
Er streckte die Hand nach seiner Frau aus. Sie hielt die seine fest.
»Bin ich hier nur ein Stück Fleisch?« fragte er.
Sie wandte sich zu ihm hinüber und küßte ihn sanft auf den blanken Schädel.
»Ich habe einen Geistlichen geheiratet«, sagte sie. »Keinen Banker, keinen Exportkaufmann, keinen Industriemanager. Einen Geistlichen. So handelt ein Geistlicher – wenn er es richtig macht.«

Keiner im Kirchenvorstand hatte ein Wort von der Grundstücks- und Immobilienmaklerfirma gehört, die in der Stadt Erkundigungen eingezogen hatte.
Nun, sie hatten die Angelrute ausgeworfen und irgendwann würde schon wieder jemand anbeißen. Aber war der Köder attraktiv genug? Darüber konnten sie sich leider keine Gedanken machen. Schließlich konnten sie keine zusätzlichen Bäder einbauen, hoffend, daß Fernbank eine Pension mit ›bed and breakfast‹ anlocken würde. Sie konnten nicht die Geschosse aufreißen und Klassenzimmer einrichten, in der Hoffnung, eine Akademie würde dort ihre Tätigkeit aufnehmen. Im Grunde genommen konnten sie es sich kaum leisten, das Gebäude streichen und das Dach decken zu lassen, im Hinblick auf einen wie auch immer gearteten potentiellen Käufer.
Um acht Uhr morgens stattete er dem Rathaus einen kurzen Besuch ab. Alsbald saß er in dem dänischen Designersessel, der einst das private Wohnzimmer der Bürgermeisterin geziert

hatte. Den schwachen Kaffee, in einem Styroporbecher ge-
reicht, lehnte er dankend ab.

»Barbecue?« sagte sie abschätzig. »Barbecue? Das können wir
schon lange. Ray Cunningham macht das beste Barbecue im
ganzen Land – vom Staat Texas mal abgesehen, natürlich.«

»Ich würde nicht Barbecue mit Barbecue bekämpfen«, sagte er.
»Wie ich höre, plant Mack solche Festivitäten am laufenden
Band, bis zum Wahltag.«

Die Bürgermeisterin verzehrte gerade ihr Wurstbrötchen aus
der Imbißbude. »Warum müssen wir überhaupt etwas tun, das
möchte ich mal wissen! Ich kann mir einfach nicht vorstellen,
daß diese Schlange mich vertreibt, selbst wenn ich die mieseste
Bürgermeisterin wär', die jemals in ein Amt gewählt wurde.«

»Jede Stadt in ganz Amerika würde sich beglückwünschen, von
Ihnen regiert zu werden, Esther. Denken Sie an die Bepflan-
zung der Ladengärten entlang der Hauptstraße, an unser Festival, das mehr Gelder eingebracht hat als jedes andere Fest in
unserer Geschichte. Denken Sie an den ›Tag der Rose,‹ und wie
Sie sich angestrengt haben, die alte Villa ›Porter Place‹ in ein
Stadtmuseum zu verwandeln! Und wie Sie die Leute zusam-
mentrommelten, die Sophias kleines Haus anstrichen und re-
parierten … die Liste ist endlos.«

»Und, vor allem, wie ich mir vom Stadtrat keinen gequirlten
Blödsinn aufschwätzen lasse. Sie wissen, es gibt bei uns mindestens zwei – ich will keine Namen nennen – die lieber gestern
als heute eine Papierfabrik und eine Mülldeponie bei uns hin-
stellen würden.«

»Sie haben Ihre Ziele nie aus den Augen verloren, das muß ich
Ihnen lassen.«

»Also, was meinen Sie?« fragte Esther und beugte sich vor. Der
Pfarrer sah, daß sich in ihrem Gesicht rote Flecken abzeichne-
ten, was gewöhnlich ein Zeichen ihrer Kampfeslust war.

»Ich denke, Sie warten ein Weilchen ab und sehen, wie sich die
Dinge im anderen Lager entwickeln.«

»Ray sagt genau das Gleiche.«

»Ansonsten hoffe ich, daß beim Stadtfestival ein paar gute Auftritte für Sie dabei sind, auch wenn Mack, wie man hört, einen Riesenstand aufbaut.«

»Sie können sich auf mich verlassen! Letztes Jahr hab' ich 'n Schwein geküßt, dies Jahr küss' ich Babys. Und außerdem mach' ich was für die Leute in der Stadt, bedank' mich bei ihnen für die Unterstützung all die Jahre. Mein Gott, ich hoffe, wenn ich hier mit Ihnen rede, verletze ich nicht irgendwelche Gesetze bezüglich der Trennung zwischen Kirche und Staat!«

Er lachte. »Das halte ich für unwahrscheinlich. Übrigens – wie wär's, wenn Sie ein Weilchen diese Wurstbrötchen sein ließen? Ich möchte noch mehrere Amtszeiten mit Ihnen erleben.«

Sie knüllte die Brötchentüte zusammen und warf sie mit gekonntem Schwung von unten nach oben in den Papierkorb.

»Sie haben Dienstschluß«, sagte sie. »Ich wäre Ihnen sehr verbunden, wenn Sie mir keine Predigt hielten.«

In zwei Wochen waren Schulferien und Dooley würde nach Hause kommen.

Wo könnte er nur, zum Kuckuck, einen Job für den Jungen besorgen? Oder der Junge für sich selbst? Es müßte in Mitford sein, wo es kein Überangebot an Arbeitskräften gab. Er würde mit Lew Boyd sprechen, wenn er das nächste Mal zum Tanken ging, oder vielleicht könnte der Bursche, der das Kirchengelände in Ordnung hielt, einen Helfer gebrauchen…

Noch etwas. Vielleicht könnten er und Cynthia etwas tun, was er noch nie in seinem Leben getan hatte: eine Woche Urlaub am Strand nehmen, ein Cottage mieten – seine Frau würde wissen, wie man so etwas am Gescheitesten anfängt. Ihre beiderseitige Abneigung gegen Sand und zu viel Sonne würde mehr als aufgewogen durch die viele Zeit, die sie zum Lesen hätten, durch das wilde Rauschen des Ozeans, und durch den Genuß fangfrischer Meeresfrüchte.

Dooley würde das bestimmt gefallen, außerdem könnte er Tommy mitnehmen. Sie würden das Auto vollpacken und sofort nach Dooleys zweiwöchigem Aufenthalt auf der Meadowgate-Farm aufbrechen.

Ein Urlaub! Für einen Mann, der den Ruf eines Nesthockers besaß, ein großer Fortschritt.

Pfeifend machte er sich auf den Heimweg.

Lace Turner trug zwar immer noch ihren zerbeulten Hut, aber ihr Leben bei den Harpers hatte eine gewisse Schönheit an ihr zum Vorschein gebracht. Ihr einst so wirres Haar trug sie nun ordentlich aus der Stirn gestriegelt, was die brennende Entschlossenheit in ihren Augen noch verstärkte.

»Es geht ihm noch nich' so gut«, sagte sie und deutete auf das blasse Männchen, das da im Bett des Gästezimmers lag.

Für jemanden, der nur noch einen Zahn im Mund hat, ist Harley Welchs Lächeln geradezu mitreißend, dachte der Pfarrer.

»Aber ja doch, Hochwürden. Hören Sie nich' auf sie. Sie zwingt mir'n enthaltsames Leben auf.«

»Bloß Babypudding tut er essen.«

»Kein' schwarzen Pfeffer, kein' roten Pfeffer, kein' Kaffee und null Schokoriegel darf ich haben. Macht 'n nervösen Magen, sagt der Doktor. Ohne mein Schoko möcht' ich lieber gleich tot sein.«

»Du warst schon dreiviertelstot!« sagte Lace.

»Wie gefällt Ihnen Ihre Unterbringung?« fragte der Pfarrer.

»Haben Sie alles, was Sie brauchen?«

»Alles, was'n Mensch braucht, und dazu Lace und Ihre Missus und Puny, die sich kümmert. Iss aber meine Pflicht und Schuldigkeit, Ihnen zu sagen, daß ich früher jede Menge getrunken hab'. Und ich mach' mir Sorgen, ob der Herr im Himmel wünscht, daß ich in diesem Bett lieg'.«

»Mir scheint, daß der Herr im Himmel Sie in dieses Bett gelegt hat«, sagte der Pfarrer.

Harley umklammerte die Bettdecke mit Händen wie Klauen.

»Ich hab' nicht immer richtig gelebt«, offenbarte er und sah dem Pfarrer in die Augen.

»Wer hat das schon?« fragte Pater Tim und erwiderte den Blick.

»Ich hab' die Jalousien runtergezogen«, sagte Lace, »weil er die Sonne nicht verträgt. Er muß das Tetra-Zeug da nehmen, das

Tetra...zyklin, viermal am Tag, die nächsten drei Wochen. Außerdem muß er das da nehmen, alles, was in der anderen Flasche ist, und schaun Sie hier, zweimal am Tag muß er Pepto-Bismol schlucken.«

»So'n kümmerliches Leben hab' ich noch nie geführt«, sagte Harley.

Pater Tim setzte sich auf die Bettkante. »Dr. Harper sagt, Sie kommen wieder in Ordnung. Wir freuen uns, daß Sie hier bei uns sind und wünschen Ihnen alle gute Besserung.«

»Sechs mal am Tag muß er was zu essen kriegen. Nich' einfach für mich und Cynthia sechs Snacks für'n Mann ohne Zähne ausdenken.«

»Zähne machen nix wie Ärger«, sagte Harley und verzog das Gesicht zu einem schwachen Grinsen. »Mir sind 'n paar verfault, 'n paar rausgezogen und der Rest rausgeschlagen. Ich hab' mich dran gewöhnt wie's ist. Mit so viel Zähnen hat man nur 'nen vollen Mund.«

»Ich komm' nach der Schule immer her und bleib übernacht«, verkündete Lace. »Olivia und Cynthia ham gesagt, ich darf.«

»Gut, Lace. Freut mich, dich bei uns zu haben. Sie haben eine prima Freundin, Harley.«

Harley grinste. »Sie iss prima und OK. Aber schrecklich fies zu kranken Leuten.«

»Jedenfalls liegen Sie auf ihrem Geld und Ihr Auto ist drüben bei Lew Boyd und kriegt den Ölwechsel, den Sie erwähnten. Also, Sie können beruhigt ein bißchen ausruhen.«

»Äh, tut mir leid, daß ich mein Öl abgelassen hab, hier, neulich. Aber ich mußte alles ablassen. Ich wollt' Sie nich' belästigen, Hochwürden. Ich mach es wieder gut, bei Ihnen und bei der Missus, wenn ich erst mal wieder auf'n Beinen bin.«

»Oh, so habe ich das nicht gemeint.«

»Weiß ich, Hochwürden, aber ich will's machen. Ich lieg hier und denk mir was aus. Lace sagt, Sie ham 'nen Buick, der hat schon 'n paar Jährchen auf'm Buckel. Vielleicht kann ich 'n Motor überholen.«

Pater Tim lachte laut auf. »Den Motor überholen?«

»Nach meiner Suff-Zeit war ich im Rennsport.«

Täuschte er sich, oder kehrte plötzlich eine gesunde Gesichtsfarbe in Harleys Wangen zurück? »Sie waren Rennfahrer?«

»Nö, Sir, Chefmechaniker im Team von Junior Watson.«

»Junior Watson! Was Sie nicht sagen!«

Harleys Grinsen wurde noch breiter. Er hätte nicht gedacht, daß Priester über solche Sachen Bescheid wissen.

Das erklärt manches, überlegte der Pfarrer, während er die Treppe hinabging. Gestern hatte er Harleys altes Auto auf die Hauptstraße gefahren in der Annahme, er müßte die Kiste die zwei Blocks bis zu Lew Boyd mehr oder weniger schieben. Als er das Gaspedal durchtrat, sah er sich eines Anderen belehrt. Wie ein aus der Pistole geschossener Kugelblitz donnerte er an Rodney Underwoods Streifenwagen vorbei!

»Landschaftsgärtnerei«, kündigte Emma an, wobei sie die Lippen wie bei einem Plastikverschlußbeutel zusammenpreßte.

»Landschaftsgärtnerei?« fragte er.

»Mack Stroupe.«

»*Mack Stroupe?*«

»Hecken. Sträucher. Büsche.« Vor lauter Zorn war seine Sekretärin in telegrammstilartige Kommunikation verfallen.»*Gras*«, fügte sie verächtlich hinzu.

Er konnte sich nicht erinnern, in Macks Hof jemals Gras gesehen zu haben. Löwenzahn vielleicht…

»Außerdem…«

»Außerdem, was?«

Emma sah ihn über ihre Halbbrille an. »Loucy Stroupe läßt sich heute die Haare färben!«

Maniküre, Landschaftsgärtnerei, gefärbte Haare. Noch nie hatten ihn politische Vorkommnisse, weder auf lokaler noch auf landesweiter Ebene, in derartige Ratlosigkeit gestürzt.

Ihm kam es vor, als habe sein Garten nie schöner ausgesehen. Ganz plötzlich empfand er ein seltsames Gefühl der Sehnsucht und der Freude.

Sicher, es hatte andere, längst vergessene Gelegenheiten gegeben, bei denen er die Schönheit und den Zauber dieses von
Haus und Hecken umschlossenen Erdenwinkels gefühlt hatte...

Der Morgennebel stieg vom warmen Boden auf und verteilte
sich über den Garten wie ein Dunstschwaden über dem Moor.
Unterhalb der durchsichtigen grauen Schleier leuchtete das
kräftige Smaragdgrün des frisch gemähten Grases und der
breiten, entrollten Funkiablätter. Und dort drüben, im üppigen
Asternbeet, krümmten sich neue Ausläufer der Erdbeerpflan-
zen, deren Blüten im Nebel wie rosarote Lichter glühten.
Es war ein perfekter Augenblick, wie er ihn vielleicht in diesem Jahr nicht mehr erleben würde. Er saß bewegungslos da,
beinahe ohne zu atmen. Es gab ein Droben im Garten, wenn
man ackerte und pflanzte, umgrub und versetzte, und ein
Drunten, wenn der Garten im Schweiße des Angesichts gejätet, gepflegt und gewässert sein wollte. Man mußte Obacht
geben, daß man den Augenblick in der Mitte erwischte, den
Gipfel des Berges, den perfekten Moment, der nur so lang
dauerte, wie das Verweilen eines Schmetterlings auf der ausgestreckten Hand.

Für die Dauer dieses einen seltenen Augenblickes, bedeutete
sein Garten alle Gärten. Es war der herrlichste Garten von
allen, ebenso wie die wilden Brombeeren, die er letztes Jahr
fand, die herrlichsten aller Brombeeren waren.

Er erinnerte sich noch genau, wie er die ungewöhnlich lang
geformte Beere betrachtete und in den Mund steckte. Der
Wohlgeschmack der Brombeere brachte ihm im Nu die Kind-
heit zurück, die Zeit der Unschuld, der bloßen Füße, der Sand-
flöhe und der Freiheit. Diese eine Brombeere, die seinen Gaumen mit Süße erwärmte und sein Herz mit Erinnerungen, war
genau das, was er brauchte, um für lange Zeit glücklich zu sein.
Diese eine Beere hatte die Aufgabe von Hunderten von Som-
merbeeren erfüllt.

Er blickte auf das gewölbte Dach des rosa Hartriegelbaums, den
er vor Jahren gepflanzt hatte, auf die Rhododendronknospen, die

ihm wie altmodische Christbaumkerzen vorkamen und auf die bereits zeigefingerdicken Stiele seiner französischen Essigrosen. Und, was am besten war, jedes Beet war mit dem reichhaltigsten, schwärzesten Kompost bedeckt, dessen er habhaft werden konnte. Er war in die ländliche Umgebung gefahren, in der die klassischen Düngemittellieferanten wohnten. Er stieß auf einen Bauern, der einwilligte, eine Wagenladung kompostierten Hofdung bis bei ihm vor die Haustür zu fahren. Dieser Naturdünger war ihm lieber als eine Ladung Goldbarren...

Die klare Bergluft tief einatmend, schloß er die Augen. Schönheit ertrug er nur begrenztem Maße. Nie konnte er für längere Zeit einen schönen Anblick genießen; er mußte Pausen einlegen, wie bei der Musik.

»Betest du, Liebling?«

Seine Frau erschien, setzte sich neben ihn und schlang ihre Arme um seine Taille.

Er liebkoste ihr Haar. »Da bist du ja.«

»So schön hab ich ihn nie gesehen«, flüsterte sie.

Eine Meise tauchte unter die Büsche. Ein Schneefink flog heraus.

»Wer seinen Garten liebt, bewahrt sein Eden«, zitierte er Bronson Alcott.

Er hatte auf seinen Garten Eden geblickt, ganz allein, seit vielen Jahren. Das alte Sprichwort von der geteilten Freude, die zur doppelten Freude und vom geteilten Leid, das zum halben Leid wird, enthielt, wie die meisten Sprichwörter, viel Wahrheit.

Er wollte etwas zu seiner Frau sagen, wollte ihr erklären, daß es eine ganze Welt für ihn bedeutete, sie neben sich zu haben, daß sie ihm alles bedeutete.

»Ich werde uns eine neue Bratpfanne kaufen«, sagte er.

Sie machte sich von ihm los und sah ihn an. Dann brach sie in schallendes Gelächter aus, woraufhin die Vögel wie Artilleriegeschosse aus der Hecke flogen.

Das hatte er nicht sagen wollen. So war es nicht gemeint gewesen, so wollte er das nicht sagen!

Kapitel Vier

Ein volles Haus

Er steckte ein Kilo Leberhack und eine Packung Kittekat in eine große Papiertüte und machte sich auf den Weg zu Betty Craig. Zum Glück arbeitete seine Frau gerade an keinem Buch. So konnten sie wie Teenager bis Mitternacht aufbleiben und verschwörerisch hinter geschlossener Schlafzimmertür miteinander plaudern. Schließlich waren sie beim Thema ›Dooley-Geschwister‹ angelangt.

»Ich weiß nicht, Timothy«, sagte sie niedergeschlagen. »Ich weiß nicht, wie man verlorengegangene Kinder wiederfindet.« Warum dachte er immer, seine Frau wüßte die Antwort auf alle kniffligen Fragen? Selbst ihm war klar, daß Lebensmittelkartons für Bedürftige, obwohl eine noble Geste, nicht die Antwort auf alles waren.

»Du mußt bei Pauline nachhaken«, hatte Cynthia gesagt. »Sie behauptet, sich an die Einzelheiten nicht mehr zu erinnern. Aber das sagt sie nur, weil die Erinnerungen zu schmerzlich sind – sie hat diesen Teil von sich abgespalten.« Seine Frau neigte ihren Kopf zur Seite. »Deinen Job möchte ich nicht haben, Liebling.«

Das sagten sie alle.

Er spähte durch Betty Craigs Fliegentür und rief ihren Namen. »Ach Sie sind's, Herr Pfarrer!« Betty beeilte sich, ihn einzulassen.

Er umarmte sie und übergab ihr die große Tüte. »Das Übliche«, sagte er lachend.

»Klein-Poobaw steht auf Leberhack! Wie sein Großvater! Da

wird das da nicht lange reichen«, sagte sie, indem sie den Tüteninhalt inspizierte.

Russell Jacks schlurfte mit lächelndem Gesicht in die Küche. »Der Herr Pfarrer! Pauline! Komm' her!« Der alte Kirchendiener war beträchtlich gealtert, aber einen besseren Gärtner als ihn wird es nie mehr geben, dachte der Pfarrer. Er ist ein wahrer Gartenarchitekt, wie einst *Capability Brown*…

Die beiden Männer umarmten sich.

»Er baut mir 'n kleinen Schrank, schau'n Sie mal!« sagte Betty Craig und zupfte ihn am Ärmel.

»Ich weiß, was Sie glauben, Herr Pfarrer. Sie glauben, wer 'n Schrank bauen kann, kann auch 'n Garten besorgen«, sagte Russell, »aber die Lungen wollen nich' mehr. Pflanzen und Rechen und Graben und alles, geht nich' mehr.« Er sah verlegen aus.

»Das weiß ich doch. Das schimmelpilzige Laub tut deinen Lungen auch nicht gut.«

Russell sah erleichtert aus, als sie auf die hintere Veranda hinaus gingen. »Sehen Sie? Das war eine Holzkiste, ich mach' 'n Schränkchen draus für Gießkannen und Vogelfutter und so. Hab' Griffe dran gemacht, die ich bei der Tür vom Werkzeugschuppen abgemacht hab'. Wenn ich nur genug Kraft hätt', tät' ich den ganzen Schuppen runterreißen, bevor er zusammenfällt.«

»Dooley und ich könnten dir dabei behilflich sein, diesen Sommer. Er kommt in zwei Wochen heim, weißt du.«

»Jawohl. Seine Mama freut sich schon mächtig. Das tut ihr gut, wenn er da ist, das hilft ihr. Sie hat keinen Job gefunden, nirgends …«

»Ich verstehe. Aber irgendwo wird es klappen. Glaube mir.«

»Oh, ich glaub' Ihnen, Herr Pfarrer. Ich glaub' Ihnen jetzt schon 'ne gute Weile. Fünfzehn Jahre, um genau zu sein.«

Poobaw kam zur Fliegentür und lugte schüchtern heraus, hinter ihm stand seine Mutter. »Pater?« sagte sie. Die Tränen schossen ihr in die Augen und liefen ihr die Wangen hinab.

»Ach du grüne Neune«, seufzte Russell und blickte auf den Boden der Veranda.

»Ich weiß es nicht«, sagte Pauline, »ich kann mich nicht erinnern.«

Ihr Weinkrampf hatte sich gelegt und sie saß ruhig mit ihm in
dem kleinen Schlafzimmer in Betty Craigs Haus.

»Sie müssen sich erinnern.«

Er bemerkte die Hautstelle an ihrer linken Gesichtshälfte –
und das war nur eine der Stellen, an der eine Transplantation
vorgenommen wurde. Die Stelle wies eine leicht veränderte
Farbe auf, umgrenzt von einer Narbe, die wie eine kaum sicht-
bare Naht an einer Quiltdecke verlief. Ihre langen, rötlich-
braunen Haare bedeckten die linke Seite, so daß das Fehlen des
Ohrs nicht auffiel, und sie verbargen auch die Hauttransplantation in ihrem Nacken. Daß Pauline hier saß, war ein Wunder.

So saßen sie eine Weile, ohne ein Wort zu sprechen. Er dachte
nicht daran, die Gesprächslücke mit belanglosem Geschwätz
zu füllen. Wenn er es schaffte, wollte er sie dazu bringen, das
zu tun, wovor sie Angst hatte. Und wovor *er* noch größere
Angst hatte. Er wollte niemanden ins Unglück stürzen. Aber
anders konnte er ihr nicht helfen, das zu tun, was er versprochen hatte, als er sie so stumm und niedergeschmettert von
den schrecklichen Verbrennungen da liegen sah.

»Holding«, sagte sie und wandte ihr Gesicht ab.

»Sie haben in Holding gewohnt?«

»Ja. Mamas Kusine zweiten Grades, Rhody, sie ist gekommen
und hat Jessie mitgenommen. Ich hab Daddy nie gesagt, wer's
gewesen ist.« Sie sprach weiter mit abgewandtem Gesicht.

»Ich erinner' mich, daß ich Jessie am nächsten Tag vermißt
hab', und da lag ein Zettel. Rhody schrieb, sie nimmt Jessie für
immer, und ich soll nich' nach ihr suchen.« Es folgte ein langes
Schweigen und Pauline senkte den Kopf. »Ich hab' nicht gesucht. Aber dann war es so schlimm…«

Sie litt, tränenlos.

Er wartete.

»…ich wußte, daß ich nich' für Jessie sorgen kann. Ich hätt' ihr
weh' tun können, weil ich immer die Beherrschung verloren

hab' und mit Sachen um mich geworfen. Ich erinner' mich, daß ich Dooley geschlagen hab', es war an Weihnachten...«

Sie stützte den Kopf auf die Hände.

»Er kam den Berg runter gefahren mit 'nem neuen Fahrrad, um mich zu sehen, er hat schon bei Ihnen gewohnt. Ich hab' ihn schrecklich verletzt, als ich ihn geschlagen hab, und er hat kein Wort mehr mit mir gesprochen...«

Dooley! Er hatte das Bedürfnis, sofort ins Auto zu steigen und nach Virginia zu fahren, in Dooleys Klassenzimmer zu gehen und ihn nach Hause zu bringen, um ihm zu zeigen, wie gern er ihn hatte; wollte ihn zum Angeln mitnehmen, obwohl er keine Ahnung vom Angeln hatte. Er erinnerte sich, wie er den verlassenen Jungen im Overall zum ersten Mal gesehen hatte, den ungeduldigen Blick in dem sommersprossigen Gesicht...

»Ich erinner' mich, daß er mit seinem Fahrrad wegfuhr, und ich dachte, ich bring' mich um, ich hab's nicht verdient zu leben. Und ich hab's versucht, Herr Pfarrer, wirklich. Ich hab' versucht, mich mit Trinken umzubringen.«

Er betete still für sie.

»Ich weiß nicht, wo Rhody ist. Ich würd' gern sagen, sie ist eine gute Frau, aber ... sie ist es nicht. Ich glaub', sie war froh, daß es mir schlecht ging, da konnt' sie mit einem von meinen Kindern weglaufen.« Pauline holte tief Atem. »Ich habe versucht, ihr zu verzeihen. Manchmal kann ich es, manchmal nicht. Aber ... vielleicht war es gut für Jessie, daß jemand sie genommen hat.«

Eines nach dem anderen, sagte ihm sein Herz. Heute war nicht der Tag, um über Sammy und Kenny zu sprechen.

Sie liefen prüfend um den zusammenfallenden Werkzeugschuppen herum.

Warum wie die Katze um den heißen Brei schleichen. »Russell, erzähl' mir von Rhody, der Kusine deiner Frau.«

Der alte Mann blickte ihn düster an.

»Doppelzüngig, sag' ich. Hat zwei Gesichter. Hab' nicht viel von ihr gesehen, seit Ida gestorben ist.«

»Wie kann ich sie finden?«

»Wenn ich's nur wüßt'. Der Mann iss ihr weggelaufen, er hat bei der Post in Holding malocht. Weiß nich', was aus dem geworden iss. Ihre Mama iss gestorben. In Holding hat die nix gehalten. Zuletzt hieß es, sie wär' irgendwo in Florida.«

»Wo in Florida, erinnerst du dich?«

»Meine Güte, nein. Könnt' mit 'nem L angefangen haben, wie Los Angeles, vielleicht.«

»Aha«, sagte er.

Wenn er nach Ablauf seiner Amtszeit bei der Kirche Unseres Herrn in den Ruhestand ging und aus dem Pfarrhaus auszog, dann war das kleine, gelbe Haus nebenan sein Zuhause. In den vier Wänden war es so eng, daß man sich kaum umdrehen konnte. Es wurde also allmählich Zeit, überlegte er, einen Architekten um Rat zu fragen, wie man am besten eine Glasveranda und ein Arbeitszimmer anbaut, das Bad im Erdgeschoß vergrößert sowie Cynthias Garage verbreitert.

Und, wenn es schon um Ausbaupläne ging, sollte man gleich auch den Direktor von Buck Leepers Firma anrufen, die beim Bau des ›Hauses der Hoffnung‹ Hervorragendes geleistet hatte. Vielleicht konnte er für die Dachstuhlarbeiten an der Kirche Buck als Bauleiter gewinnen.

Das, und für Dooley einen Job finden. Und auf Miss Sadies Dachboden nachschauen. Und eine Lösung für Fernbank austüfteln, bevor es so verrottete, daß man überhaupt nichts mehr daraus machen konnte. Schluß, aus, Ende.

Kein Wunder, daß er es nie die Karriereleiter hinauf bis zum Bischof gebracht hatte; er sollte Gott dafür danken, daß er nur ein einfacher Landpfarrer war.

Er ging zu Fuß nach Hause, als Avis Packard, bekleidet in seiner grünen Schürze aus dem ›Laden‹ trat. Hinter ihm klappte die Fliegentür zu.

»Sie wissen mir nich' zufällig 'n Jungen, der im Sommer Lebensmittel in Tüten packt?«

Bingo! Das war's.

Das Leben war anders in einem vollen Haus.

Olivia kam und ging, um Cynthia bei ihren Pflichten für einen Menschen zu helfen, der sich noch nicht selbst helfen konnte.

Lace traf nach der Schule ein und machte ihre Hausaufgaben in Harleys Zimmer – offenbar die beste Medizin gegen all seine Leiden.

Violet verbrachte zunehmend mehr Zeit im Pfarrhaus, seit ihr Frauchen sich immer seltener in dem kleinen, gelben Haus aufhielt. Barnabas lag auf der Lauer und wartete auf die glorreiche Gelegenheit, Violet endlich auf dem Fußboden anzutreffen, statt auf dem Kühlschrank, wo sie neben einer Topfgloxinie ihr ständiges Hauptquartier aufgeschlagen hatte.

»Perfekt!« sagte Cynthia, die Violets Futter mit einer Nonchalance dort oben abstellte, als lebten alle Katzen auf Kühlschränken.

Durch den erhöhten Arbeitsaufwand im Haushalt war Puny manchmal noch mit den Zwillingen da, wenn er nach Hause kam. Um fünf Uhr nachmittags sah es so aus wie sonst um zehn Uhr morgens. Die Waschmaschine lief, der Staubsauger dröhnte, der Mixer spendete Nahrung für die Zahnlosen und Gebrechlichen, und die Zwillinge schaukelten vergnügt in ihrem doppelten Leinensitz, der an Gurten im Türrahmen der Küche hing.

Unterdessen hockte Barnabas geduldig vor dem Kühlschrank, behinderte den Verkehr und starrte vorwurfsvoll auf Violet, die jede seiner Bewegungen hochnäsig mißachtete.

Ein Irrenhaus, dachte er und grinste. Die meisten Männer hätten wahrscheinlich längst Reißaus genommen. Aber nach mehr als sechzig Jahren als Einzelkind und langjähriger Junggeselle noch dazu, erschien ihm die ganze Sache wunderbar: Eine richtige Zirkusvorstellung mit Gelächter, Türen aufschlagen, Türen zuschlagen und allerlei Jeremiaden.

Seinem ärgsten Feind würde er das nicht wünschen, aber für ihn war es etwas anderes. Ihn faszinierte das Neue.

»Kommen Sie rein, Hochwürden!« Harley saß aufrecht im Bett vor einem seiner mannigfaltigen Snacks.

»Wie geht's?« fragte Lace, ohne die Augen von ihrem Patienten zu wenden.

Eine höfliche Begrüßung! Olivia machte anscheinend Fortschritte mit ihrem unbezähmbaren dreizehnjährigen Schützling. »Mir geht es gut. Und dir?«

»Ich bin in Ordnung. Harley, wenn du das Bananenbrot versteckst, statt's aufzuessen, hau ich dir einen auf die Zwölf!«

Harley grinste. »Seh'n Sie? Keine Chance für'n armen Kerl wie mich. Sie iss wie'n Zollbeamter, wenn er Schnapsbotteln in Schmuggelautos sucht, hat Augen rückwärts am Kopf.«

»Sie sind heute mehr bei Kräften.«

»Jawoll, bin ich. So schlecht dran war ich wirklich noch nie im Leben. Und wir hatten's schwer da in Wilkes, wo ich groß geworden bin. Wir war'n arm. Alles, was wir zum Spielen hatten, war 'n Gummiball, und davon hat der Hund die Hälfte gefressen.«

»Da weiß man nie, in welche Richtung der Ball springt, nicht wahr?« sagte der Pfarrer.

»Mein lieber Scholli, war'n wir arm. Einmal bin ich zur Schule mit nur einem Schuh an. Der Lehrerin sagte ›Harley, hast du einen Schuh verloren?‹ und ich sagte, ›Nein, Ma'm, ich hab' einen gefunden.‹«

»Lüg' doch nicht«, sagte Lace. »Das tut man nicht.«

Harley sah bekümmert drein. »Ich lüg' nicht! Noch was, Hochwürden. Morgen steig ich aus diesem Bett, so sicher wie Sie geboren sind. Ich hab' aus dem Fenster dahinten geschaut und den Hof gesehen. Unter der Hecke, da muß mal geharkt werden.«

Lace sah unter dem Hutrand vor und funkelte Harley an.

»Du rührst dich nich', bis der Dokter Harper dir grünes Licht gibt.«

»Erbarmen, Herr! Gib dem Mädel 'n Job mit Arbeit.«

Der Pfarrer lachte. »Sie hat schon einen Job mit Arbeit! Und Sie lassen die Finger von meiner Hecke, Kamerad.«

»Ich hab's dick, wenn ich an Ihnen und der Missus häng', wie'n Kalb an der Kuh.«

76

»Ich möchte nichts mehr davon hören. Essen Sie lieber Ihr Bananenbrot.«

»Meine Güte. Jetzt sind's schon zwei«, sagte Harley und biß von seinem Brot ab.

»Und laß die Krümel auf deine Serviette fallen«, sagte Lace.

»Lace ist eine richtige Schönheit.«

»Aber sie versteckt sich unter diesem furchtbaren Hut. Im Haus darf sie ihn natürlich tragen, aber nicht in der Schule oder in der Kirche.«

»Klingt annehmbar«, sagte er.

Cynthia war nach nebenan gegangen, um eine Kuchenform zu holen, und Olivia trank eine Tasse Tee mit ihm.

»Der Hut hat eine besondere Bedeutung für sie«, sagte Olivia. »Sie verteidigt damit die Vorstellung von ihrem Selbst, etwas, von dem sie nicht möchte, daß wir es ändern.«

»Sie und Hoppy, Sie beide machen es großartig. Wir merken deutlich den Unterschied zu vorher.«

»Wir lieben sie. Sie ist wirklich etwas Besonderes.« Olivia rührte nachdenklich ihren Tee um. »Was wir uns am meisten für Lace wünschen, ist ….vielleicht, daß sie lernt zu weinen.«

»Für Dooley habe ich mir nichts lieber gewünscht, als daß er lernt zu lachen.«

Olivia lächelte. »Die beiden Dinge liegen gar nicht so weit von einander entfernt. Lachen, Weinen… beides eine Möglichkeit, etwas herauszulassen, loszulassen… zu verzeihen… ja, ich glaube, das ist es. Habe ich Ihnen erzählt, daß sie nur Bestnoten schreibt?«

»Erstaunlich!«

»Sie hatte nicht viel Unterricht, wirklich nicht. Aber sie lernt gern, von sich aus, es fliegt ihr einfach zu. Sie steckt ihre Nase in ein Buch und nebenher hört sie Country Musik im Radio.«

In kleinen Schlucken tranken sie ihren Tee.

»Sie bewundert Hoppy natürlich«, sagte Olivia.

»Ich bin mir sicher, sie mag auch Sie sehr gerne.«

»Ich weiß nicht, sie…bekämpft mich.«

»Ach so, ja, das kenne ich.«

»Ich fahre sie zweimal die Woche zu ihrer Mutter.«

»Wie ist ihre Mutter?«

Olivia schüttelte bedächtig den Kopf. »Hart und unfreundlich. Ich hatte gehofft, sie wäre anders. Lace hat sich ihr Leben lang um ihre Mutter gekümmert. Lila Turner war schon krank, als Lace noch ein Kleinkind war. Ich glaube, die einzige Person, die je wirklich um Lace besorgt war, die sie liebte, war Harley.«

»War Harley jemals verheiratet? Hat er Kinder?«

»Seine Frau starb schon vor Jahren. Er hat sie sehr geliebt und ist über ihren Tod nie wirklich hinweggekommen. Kinder hatten die beiden nicht.« Olivia trank ihre Tasse aus. »Wenden wir uns erfreulicheren Dingen zu«, sagte sie lächelnd. »Unsere Schule schließt in zwei Wochen ihre Pforten. Wann kommt Dooley nach Hause?«

»Nächsten Freitag«, sagte er. »Er kann mit den Eltern eines Freundes mitfahren. Avis möchte ihn im Sommer im ›Laden‹ beschäftigen.«

»Wie schön! Macht es ihm etwas aus, daß er nicht nach Meadowgate raus darf?«

»Das wird er schon verkraften. Ein paar Wochen im ›Laden‹, dann kann er was mit Tommy unternehmen, und ein paar Tage am Strand ...« Er zuckte hoffnungsvoll mit den Achseln.

»Alles Gute«, sagte sie, die veilchenblauen Augen voller Mitgefühl.

»Ihnen gleichfalls, alles Gute«, antwortete er aus vollem Herzen.

Avis brauchte Dooley sobald wie möglich. Das bedeutete, nur drei Tage auf der Farm und vier am Strand. Oder keinen Tag am Strand und eine Woche auf der Farm. Und noch eine Idee: Vielleicht wollte Dooley am Strand Poobaw dabei haben und Tommy könnte den Job im ›Laden‹ übernehmen, bevor er zu Lew Boyds Tankstelle ging.

Warum brachte ihn so eine einfache Sache aus der Fassung? Sollte er Dooley anrufen und ihm sagen, daß der Job den Aufenthalt auf der Farm einschränken würde? Sollte er den Strand überhaupt erwähnen? Sollte er einfach abwarten, bis Dooley nach Hause kam und sich dann damit befassen?

»O Herr…« seufzte er und hob die Hände empor.

»Eine Plakatwand«, sagte Emma.

»Eine Plakatwand?«

»Mack Stroupe.«

Mack auf einer Plakatwand? Hatte sich Mack deshalb einer Maniküre unterzogen? Er konnte sich keinen Reim darauf machen.

»An der Schnellstraße, wenn Sie an Hattie Cloers Markt vorbeifahren. Genau vor Ihrer Nase. Man könnt' schier aus der Haut fahren, wenn einen das Ding plötzlich anspringt. Häßlich ist gar kein Ausdruck, seine Nase, so groß wie die halbe Plakatwand. Und die buschigen Augenbrauen, und das verlogene Grinsen in dem Pfannkuchengesicht…« Emma schauderte.

»Steht etwas darauf geschrieben?«

»Darauf steht *Mack für Mitford, Mitford für Mack. Wählen Sie Stroupe zum Bürgermeister.* Ich sagte Harold, er soll anhalten, damit ich kotzen kann.«

»Eine Plakatwand, wirklich erstaunlich.« Wer baute da einen neuen Mack Stroupe auf?

»Haben Sie Lucy gesehen, seit sie die Haare gefärbt hat? Blond! Ist es noch zu fassen? Ihre Haare haben seit hundert Jahren die Farbe von 'ner Kirchenmaus. Natürlich steckt Mack dahinter. Seinetwegen hat sie es machen lassen. Lucy Stroupe denkt so wenig dran, sich die Haare blond färben zu lassen, wie ich, beim Marathon mit zu rennen. Aber, glauben Sie, blonde Haare halten einen Mack Stroupe davon ab, seine Frau mit der schwarzhaarigen Göre in Wesley zu betrügen? Ich glaub's nicht.«

Emma sah ihn glühenden Blickes an, als sei er persönlich für diese Affäre verantwortlich. »Gehen Sie zu dem Barbecue am Samstag?«

»Dooley kommt am Freitag, und wir verbringen den Samstag auf der Farm in Meadowgate.«

»Gut! Hoffentlich bleibt die Stadt haufenweise weg.«

»Leider mögen eine Menge Leute Barbecue.«

»Sie können Gift drauf nehmen, daß Harold und ich nicht länger als 'ne Viertelstunde bleiben.«

»Ach, Sie *gehen*?«

»Natürlich gehen wir. Ich will wissen, was der Miesling zu sagen hat. Wie kann man die Opposition kritisieren, wenn man gar nicht weiß, mit welchem Programm sie antritt?«

»Aha«, sagte er.

Dooley war zuhause und Barnabas verrückt vor Aufregung. Der Pfarrer fragte sich, ob die freudigen Aufwallungen, die manche Leute so gut im Zaum halten, sich vielleicht auf ihre Tiere übertragen, die absolut keinen Grund haben, etwas zu verbergen.

»Hey, Barn! Hey, Kumpel!«

Barnabas schleckte jede freie Stelle an Dooleys Körper ab, unter besonderer Berücksichtigung seines linken Ohrs. »Sag' einen Bibelvers!« schrie Dooley gellend.

Der Pfarrer lachte. »Sag' doch selber einen.«

»Ach... der Herr ist mein Hirte, mir wird nichts mangeln!« brüllte Dooley.

Barnabas ließ schlagartig ab, sank auf den Boden und seufzte.

»Wenn das kein Wunder ist«, sagte Cynthia. Barnabas war der einzige Hund auf der Welt, dessen Verhalten sich durch Bibelverse steuern ließ.

»Du hast dein Bad schon gehabt«, sagte der Pfarrer und legte die Arme um den Jungen im marineblauen Schulblazer. »Willkommen daheim!«

»Willkommen daheim, du großer Lümmel!« sagte Cynthia und umarmte ihn fest. »Du lieber Himmel, bist du groß geworden! Du wächst mir ja über den Kopf!«

»Ich bin genau so groß wie letztes Mal, als du mich gesehen hast«, sagte Dooley.

»Na, dann bin ich wohl geschrumpft!«

Pfarrer Tim schulterte zwei Seesäcke. »Ich helf' dir, deine Sachen rauftragen. Da ist jemand, den wir dir vorstellen möchten. Wir haben einen Gast im Gästezimmer.«

»Wen?«

»Harley Welch«, sagte Cynthia. »Ihm ging es nicht gut, und jetzt erholt er sich bei uns. Zieh' dir ein paar alte Klamotten an und mach dir's bequem. Das Abendessen ist bald fertig. Hast du Hunger?«

»Ich sterbe vor Hunger!« sagte Dooley und meinte es wörtlich.

Dooley kam in die Küche gelaufen und sah sie mit großen Augen an. »In meinem Zimmer liegt Zeugs von 'nem Mädchen«, sagte er schroff.

Cynthia holte den Braten aus der Backröhre. »Was meinst du mit Zeugs?«

»Eine Jacke. Eine Haarbürste. Ein paar … Haarspangen oder so was.«

»Lace Turner war eine Zeitlang in deinem Zimmer und hat geholfen, Harley zu pflegen.«

Er starrte Cynthia an. »Das hab' ich mir gedacht. Mein Zimmer riecht so anders. Die soll da bloß nie wieder rein gehen … das ist mein Ernst!« sagte er mit erhobener Stimme.

Cynthia setzte den Braten auf dem Herd ab und holte tief Luft. »Im Augenblick ist dies ein glücklicher, fleißiger, zufriedener Haushalt. Das ist ein sehr kostbarer Zustand und jeder von uns hat die Aufgabe, dafür zu sorgen, daß es so bleibt.«

Sie holte noch einmal tief Luft und fuhr fort: »Es war wichtig, daß Lace mir mit Harley hilft, weil ich es allein nicht geschafft hätte. Jetzt ist sie nicht mehr in deinem Zimmer, sondern du. Ich erwarte von dir, daß du sie zuvorkommend behandelst, wenn du sie siehst, und ich erwarte, daß du auch mich zuvorkommend behandelst. Das Abendessen – nur Sachen, die du magst – ist so gut wie fertig. Wenn dein Magen rebelliert aufgrund dieses Vorfalls, was anzunehmen ist, dann geh' auf dein Zimmer und sprich' ein Gebet, dann kommst du runter und kannst meinetwegen reinhauen wie ein Scheunendrescher.«

»Du hast«, fügte sie beherrscht hinzu, »zehn Minuten Zeit.«
Dooley verharrte einen Moment, dann drehte er sich um und stampfte die Treppen hinauf.

Der Pfarrer deckte den Tisch mit Gabeln, Messern und Löffeln. Er versuchte, Stillschweigen zu bewahren. So wie seine Frau und Lace Turner das Ruder hier in die Hand genommen hatten, mußten er und Dooley womöglich doch noch Reißaus nehmen.

Dooley Barlowe war tatsächlich größer geworden und womöglich auch schlanker. Konnte die Schule für zwanzigtausend Piepen im Jahr nicht genug Essen auf den Tisch bringen?

Und wo waren seine Sommersprossen geblieben?

»Die warten auf die Sonne, bis sie wieder sprießen«, rief Cynthia.

Und die Haartolle? Kam die nie wieder?

»Nie mehr im Leben«, sagte seine Frau.

Und die Noten – was war mit seinen Noten? Nicht schlecht! Im Gegenteil, hervorragend! Er schuldete dem Jungen ein kleines Vermögen. Ein paar Zwanziger mindestens.

»Sagst du es ihm?« fragte er sie nach dem Abendessen.

»Was meinst du?«

»Du sagst es ihm also nicht«, sagte er, während er in sein Arbeitszimmer ging und versuchte, einen gefaßten Eindruck zu machen.

Dooley wartete auf Tommy, mit dem zusammen er ein bißchen mit der elektrischen Eisenbahn spielen wollte, die in der Fensternische verwahrt war.

»Mein Junge, ich habe eine gute Nachricht!« Seine Stimme klang so falsch wie ein Dreidollarschein. »Du hast einen Job in den Sommerferien...das heißt, natürlich, daß...«

»Ich weiß«, sagte Dooley und sah auf.

»Du weißt es?«

»Avis hat es Tommy gesagt und Tommy hat mich angerufen. Avis heuert Tommy auch an.«

82

»Ich dachte, Tommy sollte für Lew Boyd arbeiten?«
»Sollte er, aber Lews Neffe ist aufgetaucht und macht es. Wir beide fangen Montag an.«
»Wirklich?«
»Punkt acht Uhr, hat Avis gesagt.«
»Na, dann ist es ja gut. Wir nehmen dich ein paar Tage mit an den Strand, mit Tommy oder mit Poobaw. Wir wohnen in einem kleinen Häuschen am Strand. Wir gehen schwimmen und so.« Schwimmen? Er konnte gar nicht schwimmen, nur Cynthia bewegte sich wie ein Fisch im Wasser. »Und Seefische essen.« Dooley spielte mit der elektrischen Eisenbahn. »Uns ... *amüsieren*, verstehst du?«
Dooley sah auf und grinste ihn plötzlich an. »Das ist in Ordnung. Du machst andauernd was für mich. Es macht Spaß zu arbeiten. Tommy und ich, wir haben einen Mordsspaß zusammen.«
»Richtig. Ja. Herzlichen Glückwunsch! Wir können dann am Samstag nach Meadowgate fahren. Tagsüber. Was meinst du?«
»Großartig.«
»Siehst du!« sagte Cynthia als er in die Küche zurückkehrte. »Siehst du, wie einfach es war?«
Einfach? Erst bei Dooleys Grinsen war ihm ein Stein vom Herzen gefallen, alles andere fand er überhaupt nicht einfach.
Es gab, allerdings, eine unerwartete Belohnung.
Nun mußten sie nicht ins Auto steigen und fünf Stunden lang zum Strand fahren. Er konnte hier in Mitford bleiben, wie der Nesthocker, als der er sattsam bekannt war.

Meadowgate.
Allein der Name wirkte beruhigend auf ihn. Und tatsächlich lag schon im Namen Meadowgate, das Wiesentor, eine zutreffende Beschreibung. Eine wellige, grüne Wiese erstreckte sich ungefähr anderthalb Kilometer vor dem Besitz der Owens, in der Mitte durchschnitten von einer ländlichen Straße, die durch ein offenes Tor zur Farm führte.
Immer wieder während all der Jahre hatte er an diesem Ort

Erquickung gefunden, zuerst als noch neuer Priester in einem brandneuen Kirchsprengel.

Es hatte Monate gedauert, vielleicht sogar Jahre, bis er damit fertig geworden war, daß er in die Fußstapfen eines kanonisierten Heiligen getreten war. Pater Townsend war groß, dynamisch, gut aussehend, und nahezu zwanzig Jahre lang als Priester an der Kirche Unseres Herrn tätig. Obwohl der Kirchenausschuß Timothy Kavanagh umsichtig und erst nach zäher Suche ausgewählt hatte, kostete es ihn alle Kraft, die Gemeindemitglieder vom Charisma des Henry Townsend zu entwöhnen.

Er dachte an die schmerzlichen Erfahrungen, die er lange Zeit machen mußte, froh, daß er jetzt darüber lachen konnte.

»Liebling, du lachst ja!«

»Genau!« sagte er und spürte die Glückseligkeit, neben einer liebevollen Frau, mit einem glücklichen Jungen und einem Hund so groß wie ein Heuschober, die gewundene Landstraße entlang zu fahren.

»Laß mich die letzte Strecke fahren.« Er verspürte plötzlich Dooleys Atem in seinem Nacken.

»Das werde ich nicht tun.«

»Tommys Vater läßt ihn immer fahren. Und der Vater von Jack, das ist 'n Junge aus der Schule, der läßt ihn sogar immer mit dem Vierradantrieb fahren...«

»Du kannst fahren, wenn du sechzehn bist – und glaub mir, das dauert nicht mehr lange.«

»Du könntest mich doch nur zum Haus fahren lassen. Ich kann es.«

»Seit wann?«

»Seit ich bei Jack zuhause war und sein Vater mich ans Steuer gelassen hat.«

»Aha.«

Das Farmhaus kam in Sicht und er gab Vollgas in Ermangelung besserer Argumente. Er hatte völlig vergessen, welche inbrünstige, romantische Liebe Jungen und Autos verband.

Marge Owens großmütterliches Rezept für Hühnerpastete war eine Symphonie der Gegensätze. Die grundehrliche Füllung, die große Stücke weißes und dunkles Fleisch enthielt, grob geschnittene Karotten, grüne Erbsen, Sellerie und ganze Schalotten, wurde veredelt durch einen kräftigen Schuß Sauternes und gekrönt von einem Blätterteig, der so locker und flockig war, daß er das Lob eines Ludwig XIV. verdiente.

»Bravo!« rief der Pfarrer aus.

»Mann!« sagte Dooley.

»Ich genier' mich nicht, dich um das Rezept zu bitten«, krähte Cynthia.

Blake Eddistoe, der neue Assistent, kratzte seinen Teller mit dem Löffel leer. »Wunderbar, Ma'm.«

Kein Mensch kocht jemals für Diabetiker, dachte der Pfarrer als sie hinaustraten, um den Kuchen im Schatten der Sumpfeiche zu verspeisen. Anscheinend war diese Krankheit so harmlos, so unauffällig und so langweilig für jeden, der nicht gerade ihr willenloses Opfer war, daß die Köche des Landes ihr Vorhandensein guten Gewissens ignorierten.

Er betrachtete aus der Ferne den Mokkaschokoladekuchen, den Marge am Tisch unter dem Baum aufschnitt. Sah das nicht nach ihrer berühmten Himbeerfüllung aus? Aber gewiß, das war sie...

Ach, dieses ewige ›Nein, danke‹ sagen war zu schrecklich. Aber niemand sprach es für ihn aus, er mußte es selber tun.

Vielleicht nur ein dünnes Scheibchen, ein ganz durchsichtiges Scheibchen...

»Er darf nicht«, sagte Cynthia.

»Meine Güte, das hab' ich ganz vergessen!« sagte Marge schuldbewußt. »Es tut mir leid, Tim! Natürlich haben wir selbstgemachte Ingwerplätzchen für dich. Ich weiß, du magst sie gern.

Rebecca Jane, bitte hol' die Ingwerplätzchen für Pater Tim, die Dose steht unten im Regal.«

Die Vierjährige wackelte mit ihrem Auftrag glücklich davon.

Statt Mokkaschokoladenkuchen mit Himbeerfüllung die Ingwerplätzchen aus dem unteren Regalfach...

Ihm war völlig klar: das vieldiskutierte und umstrittene Leiden, das den Hlg. Paulus niederstreckte und weshalb er drei Tage betete, um davon erlöst zu werden, das war Diabetes gewesen.

Sie saßen auf der Veranda und sammelten Kräfte, um sich anschließend in den Buick zu quetschen und nach Mitford zurückzufahren.

Wenn man in Mitford lebte, schien es nur das kleine, geruhsame Dorf zu sein, das man so liebte, wie es war, mit einer Einwohnerzahl von kaum mehr als tausend Menschen. Von außerhalb betrachtet, schien Mitford jedoch eine richtige Großstadt zu sein, mit Verkehr, politischen Wahlplakaten und Barbecue-Feiern auf ein paar Quadratmetern Asphalt.

Dooley war in seinem alten Zimmer gewesen und trug schweigend einen Karton mit seinen Sachen heraus.

Poch, poch, poch, poch... Einer der Hunde auf der Farm kratzte sich heftigst und leckte sich dann die wunde Stelle.

»Oh, je«, sagte Marge. »Da haben wir's. Bonemeal hat wieder seine Hautallergie.«

Hal nahm seine Pfeife aus der Jackentasche. »Jedes Jahr hat er eine entzündete Stelle am rechten Hinterlauf. Da zwickt er dran rum und kratzt sich das Fell auf.«

»Ich kann ihm eine Spritze mit Depo-Medrol geben«, sagte Blake. Und zu den Kavanaghs gewandt: »Das ist ein Langzeitsteroid. Es geht in den Kreislauf und die Wirkung hält bis zu drei Monate an. Aber schon nach ein paar Stunden hört er auf, sich zu kratzen.«

Dooley sah von dem Karton auf, den er zwischen den Beinen fesgeklemmt hielt. »Das würd' ich nicht machen.«

Kurzes Schweigen.

Blake sah verdutzt aus. »Was würdest du machen?«

»Ich würde ein kurzzeitig wirkendes Kortison nehmen, das verträgt der Hundekreislauf besser und anschließend würde ich ihm Tabletten geben und sein Futter umstellen ...und ihm das Fell mit medizinischen Schampoos waschen.«

»Das hier ist eine Landarztpraxis«, sagte Hal Owen, während er den Tabak in seiner Pfeife feststopfte. »Wir haben keine Zeit, mit neumodischen Ernährungsmethoden oder Spezialschampoos zu experimentieren.«

Dooley erhob sich mit seinem Karton. »In Ordnung«, sagte er.

Schweigend fuhren sie zurück nach Mitford. Vielleicht wegen des üppigen Mahles am späten Nachmittag oder vielleicht wegen der frischen Landluft.

»Ist Dooley schon zuhaus' von der Schule?«

Es war Jenny, das Mädchen, das weiter unten in der Straße wohnte, in dem Haus mit dem roten Dach. Sie war in den vergangenen Jahren mit schöner Regelmäßigkeit an ihrer Tür erschienen, und der Pastor wußte mit Bestimmtheit, daß Dooley einmal sein hart verdientes Geld für ein aufwendig aufgemachtes Pferdebuch für dieses Mädchen ausgegeben hatte.

»Ja, er ist da! Möchtest du rein kommen?«

Sie trat ein und sah nur ein bißchen weniger schüchtern aus als im vergangenen Jahr.

Barnabas grätschte nach oben, wedelte mit dem Schwanz und bellte. Aber es war nicht nötig, ein Bibelzitat zu brüllen. Jenny sah dem Hund in die Augen und streichelte ihn hinter den Ohren.

Er sauste hinauf in Dooleys Schlafzimmer und fühlte eine seltsame Erregung in der Luft. »Da ist jemand, der dich sehen möchte.«

»Wer?«

»Jenny.«

Aha. Er konnte nicht umhin, Dooleys Gesicht rot anlaufen zu sehen.

»Sie haben was verpaßt«, sagte sie schelmisch.

Warum verließ er eigentlich das Büro mit 50 Cents zum Kauf einer Zeitung, wenn ohnehin alle druckreifen Nachrichten unmittelbar aus dem Munde seiner Sekretärin strömten?

»Sprechen Sie.«

»Sie kennen das Gehölz hinter der Schuhverkaufscheune?«

»Kenne ich.«

»Wenn Mack gewählt ist, dann wird aus dem ganzen traurigen Kieferngestrüpp eine schicke, neue Wohnanlage, die »Am Mitfordwald« heißen soll.

»Am Mitfordwald?«

»Und außerdem sagt Mack, er wisse aus erster Hand, daß sich bedeutende Investoren für Miss Sadies altes Haus interessieren, was in Kürze öffentlich bekannt wird.«

»Aha.« Wenn es keinen Grund zur Besorgnis gab, könne Mack Stroupe die Bürgermeisterwahl gewinnen, warum hatte er dann das Gefühl, als habe ihm jemand einen Schlag in die Magengrube versetzt?

»Also, wie war das Barbecue?«

»Großartig. Gar nicht so essigsauer, wie manchmal bei den Politikern. Er hat 'nen Haufen Country Musiker organisiert, und die Hälfte der Leute hat beim Schuhplattln mitgemacht.«

Er sah sie an, aber sie vermied seinen Blick. »Hm. Also, was halten Sie nun von Mack?«

»Oh, …das wird sich weisen mit der Zeit«, sagte sie und klickte das Menü im Computer an. War das die selbe Frau, die vor kaum achtundvierzig Stunden den Bürgermeisteramtskandidaten einen miesen Abschaum genannt hatte?

»Esther Cunningham war eine großartige Bürgermeisterin für die Stadt«, sagte sie, »aber…«

Ihm grauste vor dem, was nun kam.

»…aber es ist immer Raum für Verbesserungen.«

Vor der Ampel an der Hauptstraße ließ Rodney Underwood aus dem Streifenwagen gellend seine Stimme hören.

»Was glauben Sie, wo wir hier sind? In *Talladega?*«

Was konnte er dafür, daß Harleys Kiste an Rodney vorbeischoß, als ob der Streifenwagen sich nicht vom Fleck rühren würde? Was hatte Rodney auf der Hauptstraße überhaupt zu suchen, immer dann, wenn er gerade dabei war, jemandem ei-

nen Gefallen zu tun und sich um sein Fahrzeug zu kümmern?
Rodney zwinkerte ihm zu. »Daß das nicht noch mal passiert,
alter Freund.«

Er fühlte, wie die Hitze aus seinem Priesterkragen hochstieg,
als der Laster mit einem Satz von der Ampel loszischte und die
Hauptstraße Richtung Süden brauste.

»Was haben Sie denn bei dem '72er Ford unter der Haube?
Ihretwegen bin ich schon zum zweiten Mal in kürzester Zeit
erwischt worden.«

Der Pfarrer dachte, Harleys zahnloses Grinsen würde am Hinterkopf auftreffen.

»Herrje, ich hab' gehofft, Sie fragen. Ich sag' Ihnen, was ich
gemacht hab. Ich hab' den Fordmotor und das Getriebe rausge-
schmissen, hab' 'n Treibriemen und's Heck ausgebaut und 'nen
Motor und 'n Getriebe von 'nem '64er Jaguwar XKE rein-
geknallt. Dann hab' ich das Heck von 'nem Jaguwar rein-
geschraubt und auf 'ne neue Kardanwelle montiert. Dreihun-
dertzwanzig Pferde. Mehr braucht der Mensch nich' auf 'ner
öffentlichen Straße.«

Er hatte kein Wort davon verstanden, was Harley sagte, aber er
wußte eines: von dem Auto würde er die Finger lassen.

»Bin meistens mit 'm V–8-Flachkopf rumgedüst, bis ich mal
beim Jagu unter die Haube gesehen hab' – und was sehe ich da?
Kurbelgehäuse aus Stahl, Doppelventilaufsätze aus Alumini-
um und 'n Aluminiumzylinderkopf. Also, der Junior, der mochte ja nix Ausländisches leiden. Aber für mich, für mich war's
das Schönste, was ich je geseh'n hab. Tja, Hochwürden, wie ich
aus dem Geschäft raus war, hab' ich die Flachköpfe nich' mehr
angerührt und hab's nie bereut.«

»Aha.«

»Sie müssen vorsichtig damit fahren, sonst schießen Sie über
den Mond.«

Pfarrer Tim legte die Schlüssel auf die Frisierkommode. »Erzählen Sie mal. Ich hab' nämlich schon von allen Fassaden an
der Hauptstraße die Markisen abrasiert.«

Harley johlte vor Begeisterung und kicherte, bis ihm die Tränen aus den Augen rollten. Wenn Lachen eine so gute Medizin war, wie die Bibel sagt, dann ging es Harley Welch gut.

Der Patient wischte sich mit dem Schlafanzugärmel die Augen ab. »Ich dank' Ihnen und der Missus noch mal für alles, was Sie für mich getan haben. So gut hat mich noch nie jemand behandelt. Und ich mach's wieder gut. Der Dokter Harper läßt mich morgen aufstehen. Ich soll' aufpassen, hat er gesagt, ein oder zwei Tage, dann bin ich wieder der alte Harley. Ich besorg' mir 'n paar neue Hunde und geh' zurück zu meiner kleinen Kasematte am Mitfordbach in Creek. Aber nich', bevor ich euch nich' wieder was gutgemacht hab'.«

»Vergessen Sie es, mein Guter. Haben Sie einen Job, den Sie wieder anfangen können?«

»Ich hatt' einen, aber der war am Ende, zusammen mit mir. Ich hatt' keine Arbeit, für 'ne lange Zeit nich', weil der Magen so schlimm war. Aber ich geh' zurück. Ich bin nich' faul – ich mag 'n guten Job mit Arbeit.«

»Na, wir sehen mal, wie es geht«, sagte Pater Tim. »Ist unser Junge heute nachmittag schon aufgekreuzt?«

»Hab' ihn reinkommen und rausgehen gehört, das war alles.«

»Das war sein erster Tag im Laden. Wo ist Lace?«

»Wenn ihre Schule morgen aus ist, kommt sie her und hilft mir beim Aufstehen, nimmt mich mit an die frische Luft und sowas.«

»Prima! Ich möchte, daß Sie sich morgen nicht übernehmen.«

»Jawoll, verstanden, Hochwürden. Ich möcht' bei Kräften sein, wenn ich an Ihrem Automotor arbeite.«

Der Pfarrer lachte. »Sie lassen schön die Finger von meinem Automotor«, sagte er und meinte es so.

Kapitel Fünf

AUF NACH KANAAN

Er guckte in die Gemüsefrischhaltedose und nahm drei Zucchini, eine gelbe Zwiebel, zwei rote Kartoffeln und ein paar Stangensellerie heraus.

Irgendwo lag ein Rinderknochen, den er aus dem ›Laden‹ mitgebracht hatte. Aha. In Folie gewickelt, hinter so einer fettarmen Mayonnaise, die er nicht mal mit einer drei Meter langen Bohrstange anrühren würde...

Er steckte alles in eine große, braune Papiertüte, dazu eine Büchse Rindfleischbrühe und ein Pfund Kaffee und machte sich auf den Weg zu Scott Murphys Haus oberhalb der Brücke über den Kleinen Mitfordbach.

Sie spazierten den Weg neben dem Bach entlang, ihnen voraus Luke und Lizzy, die an ihrer Leine zerrten.

Für einen Juninachmittag in den Bergen war es ziemlich heiß und er und Scott Murphy schritten zügig voran. Der Pfarrer verlagerte die Lebensmitteltüte auf den anderen Arm, holte sein Taschentuch hervor und wischte sich über die Stirn.

»Pater, wegen Ihrer Sorge um die seelsorgerische Betreuung der Gemeinde von Creek...«

»Ja?«

»Mir scheint, Sie haben sie bereits übernommen.«

Der Pfarrer sah ihn erstaunt an.

»Sie haben Dooleys kleinen Bruder aus der Siedlung gebracht und jetzt hat er zum ersten Mal im Leben ein richtiges Zuhause.

Sie haben auch ein Zuhause für die Mutter der Kinder geschaffen...«
»Aber...«
»Und, sehen Sie sich Lace Turner an – vergangenes Jahr lebte sie im Dreck und versuchte ihrem gewalttätigen Vater aus dem Weg zu gehen. Jetzt lebt sie bei einer der privilegiertesten Familien der Stadt und schreibt in der Schule nur hervorragende Noten.«
»Aha.«
»Und Harley Welch, Ihr Rennsportmechaniker... Sie und Mrs. Kavanagh haben ihn aufgenommen, gepflegt und vermutlich sein Leben gerettet.«
»Nun, ja...«
Luke verharrte und hob sein linkes Bein an einem Baum.
»Ich glaube, wir halten nur nach den großen Dingen Ausschau«, sinnierte Scott. »Die große Berufung, die große Herausforderung. Bonhoeffer hat uns einiges darüber gesagt.«
»Das hat er«, sagte der Pfarrer. »So ungefähr wie ›wir glauben immer, wir dürften uns nicht zufrieden geben mit den geringen Gütern, mit der Erfahrung und der Liebe, die uns mitgegeben wurden. Wir meinen, wir müßten ständig nach Höherem streben.‹«
»Ja, und er spricht davon, daß man auch dort dankbar sein muß, wo es keine großartigen Erfahrungen oder Reichtümer zu entdecken gilt, sondern wo wir nur Schwäche, Kleinmut und Schwierigkeiten antreffen.«
Die beiden Männer erörterten Bonhoeffers Gedanken während sie dahin wanderten. Es war schön, an einem Frühlingstag, auf einem Waldweg neben einem munteren Bach ein wenig zu fachsimpeln.
»Bevor ich hierher kam«, sagte Scott, »habe ich Ihnen versprochen, daß ich Sie dorthin begleite und sehe, was sich machen läßt. Ich bleibe bei meinem Versprechen.«
»Sehr anständig von Ihnen.«
»Etwas wollte ich Ihnen schon die ganze Zeit erzählen: wir haben den Garten des ›Hauses der Hoffnung‹ mit übernommen. Etwa vierzehn Bewohner können ein bißchen pflanzen

und mit der Hacke umgehen. Bei uns gedeihen gerade die Erbsen.«

»Sie sind genau der Mann, den Miss Sadie sich gewünscht hat«, sagte der Pfarrer. »Dank Ihnen macht das ›Haus der Hoffnung‹ seinem Namen alle Ehre.«

»Vielen Dank, Sir. Ich fühle mich wirklich Zuhause in Mitford. Vielleicht kann ich Miss Iveys kleines Haus kaufen, wenn sie die Bäckerei verkauft und nach Tennessee zieht – ich weiß nicht, ob ich dafür beten soll.«

Der Fußweg machte einen Bogen. Als sie am Ende der Kurve angelangt waren, sahen sie den ›heimatlosen‹ Hobbes auf der vorderen Schwelle seines netten, kleinen Häuschens sitzen – bunte Wäsche hing von der Leine. ›Heimatlos‹ stand auf und humpelte an seiner Krücke auf sie zu und lachte sein rauhes Lachen. Neben der Schwelle kauerte sein stummer, weißbraun gesprenkelter Hund und schnappte mit dem Maul, gab aber keinen Laut von sich. Luke und Lizzie bellten wütend.

»Heimatlos!« Der Pfarrer war begeistert, einen alten Freund wiederzusehen – den Mann, der eine steile Karriere in der Werbebranche aufgab, um an den Ort seiner Jugend zurückzukehren und ›so zu sprechen, wie ihm der Schnabel gewachsen ist‹.

»Bin schon völlig erschöpft vom vielen Alleinsein! Aber grad hab' ich zu Barkless gesagt, ich sagte, es kommt jemand, meine Nase juckt und drum hab ich noch 'ne Kleinigkeit extra in den Suppentopf geworfen!«

Der Pfarrer umarmte Heimatlos und übergab ihm die große Tüte. »Für den Suppentopf. Und das hier ist Scott Murphy, der Kaplan von unserem ›Haus der Hoffnung‹. Er arbeitet sechzehn Stunden am Tag und findet trotzdem Zeit, sich in die Gemeindeangelegenheiten von Creek einzumischen.«

Heimatlos blickte den großen, schlanken Kaplan wohlwollend an. »Bißchen Einmischung können wir hier gut gebrauchen«, sagte er.

»Am liebsten säh' ich die Bulldozer das ganze Pack den Bach runter schieben und ›Hurra‹, weg sind sie!«

Heimatlos hatte zwei Alu-Klappstühle, die schon bessere Tage gesehen hatten, für seine Gäste aufgestellt. Er saß auf der Schwelle, und die Hunde lagerten japsend auf ein paar Büscheln Gras.

»Es heißt, in ein paar Jahren ist das ganze ein Einkaufszentrum. Wo all die Wohnwagen jetzt parken – Wal-Mart! Wo all die ausgeräucherten Häuser steh'n – Lowes Metallwarenhandlung. Wo man sonst hinging und 'ne Kugel im Kopf riskiert hat, geht man jetzt hin und kann sich 'n Wasserklosett kaufen.

Immerhin, zwei Jahre sind ein bißchen Zeit, und man könnte in Creek einiges bewerkstelligen, wenn man es richtig anfängt. Nehmen Sie den alten Absalom Greer zum Beispiel, der ist hier reingekommen, hat 'ne stürmische Predigt gehalten und ein paar Leute sind gerettet worden und haben ihr Leben verändert. Aber Absalom war einer von hier und er war alt, und deshalb haben sie ihn gelassen.

Einen jungen Spund wie Sie akzeptieren die nicht, es sei denn, man gibt ihnen jede Menge Zeit zum aufwärmen.

Wissen Sie was? Ich glaub', Sie sollten mal an 'nem Mittwochabend zu mir rauskommen. Da koch' ich 'ne Suppe für alle, wer kommt, der ist da. Und Sie setzen sich dazu, reden ein bißchen, sind geduldig und lassen den Herrn im Himmel arbeiten.«

»Ich werde hier sein«, sagte Scott. Heimatlos grinste. »Die Hunde würd' ich an Ihrer Stelle nicht mitbringen. Ihr Jack Russells seid 'ne Spur zu vornehm für meine Bagage.«

»Wir haben unsere Speisesaalaufsicht vergangene Woche verloren«, sagte Scott auf dem Nachhauseweg.

»Ein familiäres Problem. Jeder hat dann wild ins Essen reingehauen, ein ziemliches Durcheinander.«

»Ich mag Durcheinander«, sagte der Pfarrer, der gegenwärtig in einem solchen lebte.

Manchmal nistete sich irgendwo in seinem Hinterkopf ein Gedanke ein, den er nicht mehr zum Vorschein bringen konnte – wie ein Sesamkorn, das zwischen den Zähnen steckt.

Während er am nächsten Tag mit dem Jackett über der Schulter die Alte Kirchgasse hinunter lief, versuchte er, sich auf einen Vorgang in seinem Gehirn zu konzentrieren, der ihm etwas sagen, etwas Verborgenes enthüllen wollte.

Verflixt und zugenäht! Er haßte das. Es war wie Emmas nervenzermürbendes Spiel ›Drei mal dürfen Sie raten‹. Er wußte überhaupt nicht, wo er mit dem Raten anfangen sollte...

Ein Job. Warum dachte er, es hätte etwas mit einem Job zu tun? *Wir haben unsere Speisesaalaufsicht vergangene Woche verloren*, hatte Scott gesagt.

Ja!

Pauline!

Er hielt sein Jackett fest und begann zu laufen. Er konnte in sein Büro gehen und von da aus telefonieren. Nein, er würde durch seinen eigenen Hinterhof und durch den Baxter Park hügelaufwärts zu Betty Craigs Haus rennen. Warum eine Minute kostbarer Zeit verschwenden? Jobs waren rar.

Er keuchte und der Schweiß lief ihm von der Stirn als er den Gehweg vor Bettys sauber gepflegtem Häuschen erreichte. Er hielt einen Moment inne, um sich das schweißüberströmte Gesicht mit einem Taschentuch zu trocknen, als Dooley auf seinem rotem Fahrrad an ihm vorbeipreschte.

»Hey!« rief Dooley.

»Selber hey!« rief er zurück.

Er sah, wie der Junge sein Fahrrad neben Betty Craigs Vordertreppe hinwarf, seinen Helm ins Gras schmiß und zur Tür sauste.

»Mama! Mama!« rief er laut durch die Fliegentür.

Pauline erschien an der Tür und ließ ihn ein, als der Pfarrer gerade die Veranda erreicht hatte.

»Mama, es gibt einen Job im ›Haus der Hoffnung‹! Irgendwas im Speisesaal! Ich hab's im Laden gehört, sie brauchen jemand, sofort!«

»Oh.« Pauline wurde blaß und legte ihre Hand auf die linke Seite ihres Gesichtes. »Ich...ich weiß nicht.«

»Du hast serviert, Mama, du kannst es! Du kannst es!«

Er sah Dooleys Gesichtsausdruck und versuchte, den Kloß in seinem Hals herunterzuschlucken. In nur wenigen Jahren, würde dieser Junge auf dem Fahrrad über eine Million Dollar wert sein, vielleicht zwei Millionen, wenn der Markt stark und stabil blieb. Dooley würde erst mit einundzwanzig Jahren davon erfahren, aber der Pfarrer konnte jetzt schon erkennen, daß Sadie Baxter genau wußte, was sie tat, als sie ihr Testament aufsetzte.

»Ach, Mama, los zieh' dich an und geh da rauf. Ich muß zurück zum Laden oder Avis bringt mich um, ich hab' noch fünf Auslieferungen.«

»Ich begleite Sie«, sagte der Pfarrer zu Pauline. »Ich gehe nach Hause und hole mein Auto, es dauert nur ein paar Minuten.« Die Versammlung im Gemeindesaal um zwei Uhr mußte eben warten.

Pauline sah ihn durch die Fliegentür an, ihre Hand noch immer auf ihrer linken Gesichtshälfte. »Oh, aber … ich habe nichts zum…ich weiß nicht…«

»Sie brauchen keine Angst zu haben«, sagte er.

Plötzlich standen Tränen in Paulines Augen, aber es gelang ihr ein kleines Lächeln. »In Ordnung«, sagte sie und drehte sich zu ihrem Sohn um. »Ich kann es.«

»Genau!« sagte Dooley. Er stürmte durch die Tür, raste die Stufen hinunter und war auf seinem roten Fahrrad verschwunden, aber der Pfarrer konnte gerade noch den hoffnungsfrohen Ausdruck auf seinem Gesicht sehen.

»Ich komme gleich wieder«, sagte Pater Tim. »Warum ziehen Sie nicht den blauen Rock und die weiße Bluse an? Sie sehen sehr…«, er war nicht besonders gut in solchen Sachen, er suchte nach einem Wort, »…nett … sehen Sie darin aus.«

Sie blickte ihn einen Augenblick unverwandt an, fast lächelnd, dann verschwand sie durch die Diele.

Eine attraktive Frau, dachte er, groß und schlank und überraschend gefaßt und in sich ruhend. Ihr altes Leben stand ihr auf dem Gesicht geschrieben, wie bei uns allen, aber etwas ganz Bestimmtes schien durch und verwandelte es.

Seiner Meinung nach hätte das ›Haus der Hoffnung‹ mit der Personalchefin einen etwas besseren Griff tun können.

»Wie lange sind Sie trocken?« fragte Lida Willis mit strenger Miene und beäugte Pauline aus dem Augenwinkel.

»Anderthalb Jahre.«

»Was hat Sie davon abgebracht?«

»Ich habe gebetet«, sagte Pauline und sah der kaltblickenden Personalchefin voll ins Gesicht.

»Sie haben gebetet?«

Obwohl er am anderen Ende des Raumes saß und so tat, als interessiere er sich für eine Zeitschrift, fühlte Pater Tim die Spannung dieser Unterredung. Gott rief Pauline Barlowe näher zu sich.

»Ja, Ma'am.«

»Sind Sie bei den Anonymen Alkoholikern?

»Nein, Ma'am«

»Warum nicht?«

»Ich weiß nicht... ich habe das Gefühl, als ob Gott mich vom Alkohol befreit hat. Ich hab' kein Verlangen mehr danach.«

»Shoney's hat Sie gefeuert, weil Sie während der Arbeit getrunken haben?«

»Ja. Aber sie haben gesagt... wenn ich nüchtern bin, bin ich die Beste, die sie je hatten.«

»Miss Barlowe, was veranlaßt Sie zu der Annahme, daß Sie die Richtige für diesen Job sind?«

»Ich versteh' was von Speisen und Getränken, ich komm' gut mit Leuten aus, und ich habe keine Angst vor harter Arbeit.«

Die Personalchefin lehnte sich in ihrem Stuhl zurück und sah Pauline an, sagte aber kein Wort.

»Ich brauche den Job und wäre wirklich dankbar, wenn ich ihn bekäme. Wenn Sie Sam Ward anrufen von Sam & Peg's Schnellimbiß in Holding, dann sagt er Ihnen bestimmt, daß ich gut arbeiten kann, ich weiß es. Ich hab' im Restaurant keinen Tag gefehlt, mein Bereich waren vierzehn Tische.«

»Haben Sie getrunken während Sie da gearbeitet haben?«

Pauline sah einen Augenblick zu Boden, dann geradewegs in

das Gesicht von Lida Willis. »Nicht so schlimm wie... wie später.«

»Hat Ihre Verletzung Sie auf irgendeine Weise behindert?«

»Manchmal hör' ich nicht so gut auf dem linken Ohr. Aber das ist alles. Mein Arm funktioniert prima, es ist ein Wunder.«

»Ich weiß Ihre Ehrlichkeit zu schätzen, Miss Barlowe.« Sie stand auf. »Bitte rufen Sie uns nicht an. Wir melden uns.«

Pauline stand ebenfalls auf. »Jawohl, Ma'am.«

Lieber Gott, er wünschte Pauline inständig diesen Job. Nein, verkehrt. Er wünschte Dooley diesen Job.

Er sah Scott Murphy in der Halle. »Wenn Sie irgend etwas tun können«, sagte er mit unterdrückter Stimme als Pauline gerade beim Wasserspender war. »Diese Arbeit als Servieraufsicht im Speisesaal...« Er bat niemals irgendjemanden um irgend etwas, das war ihm jetzt egal, denn das hier war etwas anderes.

Scott blickte den Pfarrer an, wohlwissend wovon dieser sprach.

»Sie kann es«, sagte der Pfarrer.

Er suchte gerade in seinem Arbeitszimmer nach einem Buch, als er Lärm aus der Garage hörte. Es klang, als würde ein Automotor angelassen.

Harley konnte doch nicht ...

Er ging durch die Küche, in der Hand ein antiquarisches Buch von J.W. Stevenson über dessen Priesterjahre im schottischen Hochland.

Dooley saß im Buick und zündete den Motor. Barnabas belegte den Beifahrersitz und sah betont geradeaus.

»Was geht hier vor?« fragte Pfarrer Tim durch das offene Autofenster.

»Nix.«

»Ach, nix? Sieht so aus, als ob du den Motor schon ganz gut in Fahrt kriegst.«

»Ich check' das für Harley.«

»Wirklich?«

»Er hat mich nicht darum gebeten, aber ich dachte, es würde ihm helfen, wenn er weiß, wie der Motor klingt.«

»Na, prima. Und jetzt steigst du aus, Freundchen, aber dalli.«
Dooley blickte den Pfarrer geistesabwesend an. »Jacks Vater
läßt ihn…«
»Also bitte, was Jacks Vater macht, tut hier nichts zur Sache.«
Tat es wirklich nichts zur Sache? Er hatte keine Ahnung. War-
um lassen die Menschen einen vierzehnjährigen Jungen ein
Auto fahren, zwei Jahre, bevor er den Führerschein machen
darf? Oder war das gang und gäbe und nur er ein weltfremder
Nesthocker? »Vielleicht, irgend wann mal, können wir raus-
fahren nach Farmer…«
Dooley drehte die Zündung ab. »Obacht«, sagte er. »Dein Motor klopft.«

Um halb sieben fraß Barnabas den restlichen Hackbraten von
vergangener Woche auf, Violet sah höhnisch vom Kühlschrank
herunter, Cynthia rieb die Salatschüssel mit einer Knoblauch-
zehe aus, Dooley stand wie immer endlos unter der Dusche,
und Lace stopfte einem widerwilligen Harley einen Snack in
den Mund.
Pater Tim konnte es immer noch nicht fassen: noch vor drei,
vier Jahren hatte im Pfarrhaus Grabesstille geherrscht. Kein
Hund, kein Junge, keine Ehefrau mit Schürze, keine rothaarigen Babys, und kaum je ein Menschenseele im Gästezimmer,
mit der nervtötenden Ausnahme seines irischen Vetters natürlich, dem alten Heuchler, und mit Ausnahme eines gelegentli-
chen Übernachtungsbesuches von Stuart Cullen, seinem
Freund aus Priesterseminartagen und nunmehrigem Bischof.
»Kann ich mal mit Ihnen reden?« wollte Lace wissen.
Harley saß auf der Bettkante, vollständig angezogen, aber
noch sehr schwach. Er kratzte den letzten Rest Pfirsichjoghurt
aus dem Becher und wischte sich mit dem Ärmel den Mund
ab.
»Hochwürden, Lace hat so 'ne Idee, von der ich sie nich' abbrin-
gen kann. Geben Sie nich' Obacht auf sie, wenn sie so dummes
Zeug redet.«
»Lace habe ich noch nie dummes Zeug reden hören. Sie sehen

heute ein bißchen angegriffen aus, Harley, wie fühlen Sie sich?«

»Überanstrengt. Wir sind überall rauf und runter gelaufen, der Dokter sagt, ich brauch' Bewegung. Hab' wie'n Eberschwein gespachtelt und im Bett rumgelegen bis zum Fettansatz.«

»Wir könnten zu deiner Wohnung im Keller geh'n«, sagte Lace und zog an ihrer Hutkrempe.

»Verdammich, ich kann's ihr nich' ausreden«, sagte Harley. »Der Dickschädel bekabbelt mich wie'n Maulesel, so war's immer schon, schon wie sie noch'n Baby war.«

»Worum geht es?« fragte er, als sie gemeinsam die Treppe zum Untergeschoß hinuntergingen.

»Werden Sie schon sehen«, sagte sie.

Es roch nach modriger Erde und ihm fiel plötzlich ein, wie er und Cynthia sich vergangenes Jahr in einer Höhle verlaufen hatten. Vierzehn alptraumhafte Stunden waren sie im Kreis umhergeirrt, bis die örtliche Polizei, angeführt von Barnabas, sie befreite. Ihn schauderte und er knipste das Licht an, das den dunklen Vorraum erhellte.

Da befand sich das Badezimmer, das nicht benutzt worden war seit seinem Einzug vor fünfzehn Jahren, die beiden Schlafzimmer und die kleine Küche. All das hatte während der Amtszeit einer Reihe von Pfarrern den unterschiedlichsten Zwecken gedient: als Wohnung für die Schwiegermutter, als Unterkunft für entlaufene Jugendliche, später für betagte Witwen, als Büro, als Sonntagsschule für Erwachsene, als Kindergarten der Kirche, und als Speicher für das Gerümpel von Pfarrersfamilien im Verlauf von fast einem Jahrhundert.

Lace verschränkte die Arme über der Brust. »Das meine ich.«

»Schnauze.«

»Als ich mit Harley heut' draußen rumgejockelt bin, hab'n wir die Kellertür gesehen. Ich wollt' was tun und da hab' ich versucht, die Tür aufzumachen und dabei ist sie aufgekracht.«

»Wirklich?«

»Aber sie ist nicht kaputt gegangen, sie hat nur bißchen geklemmt.«

100

»Na, prima!«

»Und da hab'n wir gesehen, daß da 'n Platz zum Wohnen ist, mit Klo und Küche und allem. Und ich denk' mir, wie wird das sein, wenn Harley in die Siedlung in Creek zurückgeht, wo er sich nich' um sich kümmert und wo ihm was passieren kann.«

»Aha.«

»Also, ich hab' mir gedacht, wenn Sie das auch 'ne gute Idee finden, dann könnte Harley hier unten wohnen und für Sie und Cynthia was arbeiten.«

Er strich sich über das Kinn.

»Harley kann arbeiten, Sie haben ihn bloß noch nie dabei gesehen, immer nur wenn er krank ist. Harley kann harken, sägen, hämmern und streichen.«

»So weit kommt's noch.«

»Und er würd' keinen Pfennig verlangen, dafür daß er Cynthias und Ihren Wagen in Ordnung hält.«

Sie sah ihn im schwachen Glimmerlicht der Glühbirne ernst an.

»Ja, also, ich weiß nicht. Ich muß darüber nachdenken, ich muß mit Cynthia darüber sprechen.«

»Er würd' Ihnen keinen Ärger machen. Sie müßten ihn nich' bekochen oder sonstwas für ihn tun, er kann für sich selbst sorgen. Er könnt' die Wohnung malern, sauber machen, ich helf' ihm auch dabei.«

Sie machte eine kleine Pause, dann sagte sie: »Sie sollten es erlauben, es wär' gut für alle.«

Lace Turner hatte ihre Argumente vorgetragen. Punktum.

»Kann er Katzen zeichnen?« fragte Cynthia. »Er könnte mein nächstes Buch für mich machen.«

»Wie, was, dein nächstes Buch?«

»Ich wollte es dir schon die ganze Zeit sagen, Liebling. Ich fange an, ein neues Buch zu schreiben und zu illustrieren. Ich habe gesagt, ich mache kein Buch über Violet mehr, erinnerst du dich?«

»Ja, genau, das hast du gesagt. Mehrmals sogar.«

»Ich habe gelogen.«

»Aha.«

»Du glaubst nicht, welchen Vorschuß der Verlag mir für noch ein Violet-Buch zahlt.«

Das stimmte. Als sie es ihm sagte, konnte er es kaum glauben.

»Das darf doch nicht wahr sein. Das ist vier mal so viel wie für dein Vogelbuch über die Singdrossel.«

»Ja, siehst du. Ich habe mich so heftig gegen noch ein Katzenbuch über Violet gesträubt, daß Sie mir ein Angebot machen mußten, das ich nicht ablehnen konnte.«

»Schneidig, schneidig, Kavanagh.«

»Dann küß' mich!« sagte sie lachend.

Er küßte sie und atmete einen Hauch von Glyzinienduft ein.

»Meinen Glückwunsch! Dann können wir ein Segelboot bauen, uns in die Karibik zurückziehen und unseren Lebensabend mit Segeln und Angeln verbringen.«

»Wo hast du denn die Idee her?«

»Von Mike Jones in Incarnation in Highlands. Er sagt, daß er das am liebsten täte, wenn er in Pension geht – das einzige Problem ist, er hat es seiner Frau noch nicht gesagt.«

»Das einzige Problem ist«, sagte sie, »daß wir einen großen Batzen Geld für den Erweiterungsbau an meinem kleinen, gelben Haus brauchen, damit ein Ehemann, ein Meer von Büchern und ein Hund von der Größe eines Westinghouse-Kühlschranks von Esther Bolick darin Platz finden.«

»Tja also, was meinst du nun?«

»Ich denke, wir sollten ihm die Wohnung geben und er kann sie sich selbst herrichten. Ich mag Harley. Er ist lustig, warmherzig und ernsthaft. Und es wäre wunderbar, etwas mehr Hilfe zu haben. Zum Beispiel könnte die Garage eine Reinigungsaktion vertragen und mein Mazda braucht eine neue Lichtmaschine.«

»Was weißt du von Lichtmaschinen?«

»Absolut nichts. Aber es wäre schön, Harley bei uns in der Wohnung zu haben. Wir kaufen die Farbe und ich nähe ihm die Küchenvorhänge.«

102

»Abgemacht!« sagte er.

Ein neues Buch? Er wußte, was das bedeutet. Es bedeutete, daß seine Frau acht Stunden am Tag oder mehr arbeitete, sich über einen steifen Nacken beschwerte, wortlos aus dem Fenster blickte, Kopfweh von überarbeiteten Augen bekam und abends leblos wie ein gefällter Baumstamm ins Bett sackte.

Nun, ja. Er seufzte, ging mit Barnabas schwerfällig die Treppen hinauf, um Harley die Neuigkeit mitzuteilen.

»Gute Nacht, mein Junge.«

Er hatte Harleys Zimmer verlassen und war den Flur entlang gegangen, um sich bei Dooley ans Bett zu setzen.

»'Nacht.«

»Wir beten, daß deine Mutter den Job bekommt.«

»Ich auch.«

»Wie geht es in deinem Job. Gefällt er dir?«

»Ja, pfundig, aber es hat sich bald.«

Wenn Dooley müde oder wütend war, fiel er häufig in seine Mundart zurück, bemerkte Pfarrer Tim. Er grinste. Der Schliff, den man dem Jungen in der Schule beibrachte, konnte seine Natur nicht ganz wegpolieren. »Habt ihr einen Stand auf dem Stadtfestival?«

»Klar. Avis will, daß Tommy und ich die Chose deichseln. Avis bleibt der Großkotz und kassiert bloß.«

»Klingt gut. Und was tut ihr?«

»Wir verkaufen Maiskolben und so'n Zeug aus dem Tal. Avis hat eimerweise Brombeeren und Erdbeeren aus Florida, und Pfirsiche aus Georgia, und Sirup aus Vermont und so. Er nennt es ›Der Geschmack von Amerika‹.«

»Großartige Idee! Dieser Avis…«

»Ich bin halbtot.«

»Na…wir sehen uns beim Frühstück.«

»Was hast du heute früh bei Mama gewollt? Leberhack für Großvater hinauf bringen?«

»Hab' nur mal eben vorbeigeschaut und Guten Tag gesagt, das war alles, und nach Poobaw gesehen.«

103

»Er möchte jetzt nur noch Poo gerufen werden.«

»Ich werde dran denken. Ich bin froh, daß du von dem Job im ›Haus der Hoffnung‹ gehört und keine Zeit verschwendet hast.«

»Ich auch. 'Nacht.«

»Gute Nacht.«

Er ging die Treppe hinunter, sein Herz beinahe berstend vor Stolz. Um einmal einen Satz von Dooleys Großvater zu zitieren: er wollte verdammt sein, wenn er diesen Jungen nicht lieber mochte als Schnupftabak.

In weniger als einer Woche würde der Bischof anläßlich seiner alljährlichen Pilgerrundreise in der Kirche Unseres Herrn eintreffen. Dieses Jahr gab es jedoch auch eine unangenehme Arbeit zu verrichten. Es war ihm anheimgefallen, die Nachricht des in achtzehn Monaten bevorstehenden Ruhestands von Timothy Kavanagh bekannt zu geben.

Stuart Cullen freute sich nicht auf diese heikle Aufgabe. Die Gemeinde würde die Nachricht nicht im geringsten schätzen. Er war darauf gefaßt, nach Enthüllung dieser schmerzlichen Tatsache, auf Tauchstation gehen zu müssen. Sollten er und Martha nicht gleich nach dem Gottesdienst flüchten können, dann mußten sie sich höchstwahrscheinlich eine Kantate aus Ächzen und Stöhnen, Wehklagen und Zähneklappern anhören. Er wußte, wütende Briefe und Telefonate an die Adresse der Diözesanverwaltung würden folgen. Womöglich klopfte eine kleine, selbsternannte Abordnung an seiner Tür und würde ihn inständig bitten, Pater Tim zu zwingen, solange bei der Kirche Unseres Herrn zu bleiben, bis er an Krücken ging, oder, noch schlimmer, völlig senil die Kanzel nicht mehr bewältigen konnte.

Der Pfarrer war inzwischen bemüht, sich innerlich auf die Angelegenheit vorzubereiten, die teils mit einer Hochzeit und teils mit einem Begräbnis Ähnlichkeit zu haben schien. Seine Gefühle schnellten steil nach oben, dann wieder jäh nach unten. Er kam um das Fazit nicht herum, daß, sobald die entscheidenden Worte von Stuarts Lippen geflossen, sobald die Urkunde unterzeichnet war, dann hatte er es schwarz auf weiß, dann war er draußen.

Seine Frau tat alles in ihrer Macht stehende, um ihm zu helfen, obwohl anscheinend nichts seine Nerven besänftigte. Bestimmt nicht der neue Anzug, den sie in New York bestellt hatte und der, wie er mit Grausen feststellte, doppelreihig geknöpft war. Sollte er beim Kirchenessen wie ein Mafiaboß aussehen, der sich bemüht, einer erstaunten Gemeinde den Eindruck unschuldiger Frömmigkeit zu vermitteln?

Was nutzte es ihm, daß er fast zwei Kilo abgenommen hatte und er rank und schlank aussah, wenn er doch keinen Bissen runterbrachte, weil sein Magen so höllisch wehtat?

Seit Jahren hatte er diesen ganzen Komplex ›Ruhestand‹ gefürchtet. Sogar Stuart gab zu, Angst davor zu haben und hatte einmal den Ruhestand als »eine Art Tod« bezeichnet.

Was ihn selbst betraf, so hatte er mit seinen Ängsten vergangenes Jahr in der Höhle Frieden geschlossen. In dieser Situation konnte er endlich seinem Vater vergeben, Heilung finden und weiter leben.

Er verstand selbst nicht mehr, warum er damals geglaubt hatte, durch immerwährendes Predigen wieder gut machen zu können, daß er die Seele seines Vaters nicht zu retten vermochte. Nicht, daß er sie persönlich hätte retten können – das war Sache Gottes. Aber er hatte dabei versagt, das Herz seines Vaters zu öffnen oder ihm ›Ohren zu geben, um zu hören‹. Er hatte geglaubt, sein Versagen nie wieder gut machen zu können, es sei denn durch Predigen bis zum Umfallen.

Jetzt wußte er es besser. Nun fühlte er die erwartungsvolle Vorfreude, sich ganz dem Glauben hingeben zu können und sein Kanaan zu finden, wo immer es liegen mochte. Tatsächlich war die Angst, die er jetzt bekämpfte, die Angst vor dem Ungewohnten. War er nicht die vergangenen sechzehn Jahre wie in einen Kokon eingesponnen gewesen, völlig abgesichert, mit einem Dach über dem Kopf?

»Durch den Glauben ward gehorsam Abraham und ging

aus...« zitierte er oft für sich selbst aus den Hebräern »...und wußte nicht wo er hinkäme...«

Eines wußte er genau – das Priesteramt wollte er nicht aufgeben. Er war willens, auf anderen Kanzeln irgendwo auf der Welt zu predigen, vertretungsweise. Endlich Abenteuer, oder nicht? Cynthia Kavanagh dachte sicherlich so. Wie er sie kannte, hatte sie bereits die Reisetasche gepackt und im Schrank versteckt!

Nur ein paar Dinge gab es vor diesem Sonntag noch zu erledigen. Erstens, an der Kirchenvorstandsversammlung am Freitagabend teilnehmen und die Nachricht bekanntgeben, bevor es von der Kanzel tönte. Davor hatte er Angst wie vor Zahnschmerzen. Soweit er wußte, hatte seine Gemeinde vom Bevorstehenden keine Ahnung. Bestimmt war sie schockiert und sprachlos. Er hatte zwei Möglichkeiten: Er konnte bleiben und es ertragen wie ein Mann, oder zur Hintertür herausschlüpfen, während Buddy Benfield das Schlußgebet sprach.

Die restlichen Punkte auf seiner Liste waren schnell abgehakt: zweitens, die Unterkunft für Stuart und Martha in Wesley buchen und drittens, sich die Haare schneiden lassen.

Seine Haare wuchsen so schnell, sagte Cynthia, wegen des Olivenöls in seiner Ernährung.

Emma sagte, er sähe zerrupft aus, weil Joe Ivey zum Schluß träge geworden und sein Geld nicht mehr wert gewesen sei.

Jemand anders erklärte, dies sei die Jahreszeit, in der das Haar einen Wachstumsschub erlebe, wie alles andere auch – vom Kreuzkraut bis zur Klette.

Er rief Fancy Skinner an, um mit ihr einen Termin zu vereinbaren. Heute noch, wenn möglich, dann hatte er es hinter sich.

»Oh du meine Güte, ich hab' bis in alle Ewigkeit nichts frei! Seit Joe Ivey nach Tennessee gezogen ist, ist bei mir Feuer unterm Dach! Was der hier an Haarschnitten verbrochen hat, macht mir 'ne Gänsehaut. Ich erkenn' diesen Joe Ivey-Schnitt meilenweit. Immer diese kleinen Büschel über den Ohren! Ich brauch' Jahre, bis ich den Backenhörnchen-Look in dieser Stadt wegbringe.

Lassen Sie mich mal sehen... Ruth Wallace um elf, Acrylnägel,

J.C. Hogan mittags, einmal schneiden, Beth Lawrence, eine Dauerwelle um zwölf Uhr dreißig, das dauert zwei Stunden. Sie sollten ihre Haare sehen, sie nennt sie ›fein‹, ich sage Ihnen, sie hat bald eine Glatze. Kennen Sie Beth? Sie trägt immer einen Hut – wenn Sie mich fragen, vom Huttragen bekommt man erst recht eine Glatze, und, du liebe Güte, sehen Sie, um drei Uhr habe ich Helen Nelson, die quatscht mir die Hucke voll, die ist nicht zu bremsen. Pausenlos labert sie, über jede olle Kamelle von ihrem Mann, daß er sich'n Schnurrbart wachsen läßt und wie es kratzt, wenn sie küßt, und vom Schwein, das sie sich als Haustier angeschafft haben. Haben Sie schon mal gehört, daß man sich ein Schwein als Haustier in der Wohnung anschafft? Mit einer Abfallkiste soll es stubenrein werden!

Ich hätt' lieber einen Hund um mich, da fällt mir ein, wußten Sie, daß mir meine Pudeldame weggelaufen ist und Rodney Underwood hat sie unter der Brücke gefunden und auf dem Vordersitz von seinem Streifenwagen zu mir nach Hause gebracht? Mule hat ein Foto gemacht, Sie sollten ihn danach fragen.

Wie geht es Ihrer Frau, warum läßt sie sich nicht von mir Strähnchen machen? Macht sie es selber? Es sieht so aus, als ob sie es selber macht. Ich wette, sie benutzt eine Kappe – ich sag' Ihnen, mein Teuerster – mit Alufolie wird es besser, aber sagen sie es ihr nicht weiter.

Also dann, vier Uhr, oh mein Gott, da haben wir's. Da kommen die drei Kinder von Marge Beatty, alle auf einmal, allein deswegen hätt' ich eine Kriegsmedaille verdient. Dann um fünf, da mache ich eine Maske – das erinnert mich, habe ich Ihnen von meiner neuen Produktserie Fancy's Neue Nährcreme erzählt? Tatsache ist, daß das Gesicht dringend Nahrung braucht, genauso wie der Körper, haben Sie das gewußt? Die meisten Leute wissen das nicht.

Zuerst mach' ich eine Vitamin E Aufbau- und Feuchtigkeitsmaske *Deluxe*, das ist das *entrée*, dann folgt eine Gurken-Aprikose-Sesampackung zur Hautberuhigung, das ist das *dessert*, und ich sage Ihnen, Süßer, Sie laufen bei uns raus und sehen zehn Jahre jünger aus, manche sagen sogar fünfzehn, aber ich will die Wahrheit nicht überstrapazieren.

Die Maske, die ich um fünf auftrage, dauert eine Stunde, die Antwort ist also, nein, ich kann Sie heut' nicht dran nehmen, selbst wenn mein Leben davon abhinge, aber wie steht es mit zehn Uhr nächste Woche Mittwoch?«

Harley holte zwei Zwanzig-Dollarscheine unter der Matratze des Gästezimmers hervor und war auf dem Weg zum Schuhverkauf in der Scheune, um sich neue Arbeitsschuhe zu kaufen.

»Harley, paß' auf. Rodney Underwood hat es auf dein Auto abgesehen.«

»Keine Sorge«, sagte Harley. »In der Stadt geb' ich den Pferden nie die Sporen.«

»Ich habe kein Bedürfnis, Sie aus dem Gefängnis zu boxen.«

»Nein, Hochwürden, keine Sorge.«

Warum verfolgte er dann dieses Lastauto mit Habichtsaugen, wie es die Glyziniengasse hinabfuhr und nach Norden in die Hauptstraße abbog?

»Miami«, sagte Emma mit fragendem Gesicht.

Er hob den Telefonhörer an seinem Schreibtischapparat ab.

»Hallo?«

»Pater, hier spricht Ingrid Swenson von der Miami Baugesellschaft. Ich möchte mit Ihnen über den Besitz Fernbank sprechen, der, so weit wir informiert sind, Ihrer Kirche gehört.«

»Das stimmt.«

»Wir sind sehr interessiert, Pater. Wir würden das Anwesen gerne nächste Woche besichtigen, wenn Ihnen dieser Termin zusagt.«

»Ja, gut.«

»Sollten die Gegebenheiten unseren Erwartungen entsprechen, beabsichtigen wir, den Besitz zu einem Kurbadhotel der Nobelklasse auszubauen.«

»Ein Kurbadhotel.«

»Ja. Wir haben schon ähnliche Projekte im Land abgewickelt, die eine internationale Klientele gefunden haben.«

»Aha.«

»Wie paßt es Ihnen nächsten Mittwoch? Sagen wir, um elf?«

»Oh, ja, gut, ich denke das geht. Ja. Ich muß jemanden vom Kirchenrat mitnehmen und unseren Makler.«

»Gut. Wir kommen zu zweit.«

»Unser Pfarrbüro liegt an der Ecke Alte Kirchgasse und Hauptstraße, gleich wenn Sie in die Stadt reinkommen. Sehr einfach zu finden.«

»Ich möchte noch erwähnen, daß Mr. Mack Stroupe uns diesen Besitz ausdrücklich empfohlen hat.«

»Ich verstehe.«

»Wir wissen diese wertvolle Hilfe bei der Lokalisierung so exklusiver Anwesen, wie Fernbank eines zu sein scheint, zu schätzen. Wie man uns sagte, hat es siebzehn Zimmer.«

»Einundzwanzig.«

»Wundervoll!«

»Ja, also, wir freuen uns auf Ihren Besuch, Miss Swenson.«

»Ingrid, Pater. Und danke, daß Sie sich Zeit genommen haben.«

Er legte den Hörer wieder auf die Gabel.

»Sie sehen gar nicht gut aus«, sagte Emma.

Seltsam. Er fühlte sich auch nicht gut. Dabei hätte ihn dieses Telefonat freuen sollen. Eigentlich müßte er vor Freude auf den Straßen tanzen oder von den Dächern brüllen.

Wenn Fernbank so ein Albatros, solch eine Last war, warum wurde ihm plötzlich klar, daß er es nicht verlieren wollte?

Solches Herzklopfen hatte er noch nie gehabt, nicht einmal am Tag seiner Priesterweihe. Ja, es hatte gepocht, als er zum ersten Mal in einer kleinen Kirche, in seiner ersten Pfarrgemeinde, seine erste Predigt abhielt. Aber so etwas wie jetzt, das hatte er noch nicht erlebt. Er war froh, daß er saß, und er war froh, daß er Cynthia überreden konnte, seine Haare zu schneiden.

Er blickte zu seinem ›Lebensspender‹ in die dritte Reihe auf der

Evangelienseite. Dort saß seine Frau saß und rieb sich die Nase. Das war ihr Zeichen für »Lächeln!«

Neben ihr saß Pauline Barlowe, dann kamen Powbaw, der zur Decke empor starrte, und Dooley. Russell Jacks enterte die Kirchenbank am gegenüberliegenden Ende.

»Ich habe eine gute Nachricht für Sie und eine schlechte«, sagte Stuart beim Achtuhrgottesdienst vor der versammelten Gemeinde.

Mußte er es in diese Worte fassen? Der Pfarrer, der in einem geschnitzten Kirchenstuhl saß, verlagerte sein Gewicht auf die andere Seite. Das hier war die Generalprobe für den offiziellen, gut besuchten Elfuhrgottesdienst; wie immer es jetzt ablief, würde es auch dann ablaufen – wenn nicht sogar schlimmer. Viel schlimmer.

»Die gute Nachricht ist«, sagte Stuart und lächelte das Lächeln, das ihm zweifelsohne bei seinem beruflichen Aufstieg dienlich war, »daß Timothy Kavanagh, euer geliebter Pastor, großzügiger Ratgeber und aufrichtiger Freund...«

Mach's halblang, bring's hinter dich, dachte er, und umklammerte die Armlehne seines Kirchenstuhls, während er die Augen schloß.

»...sich darauf vorbereitet, ...*nach Kanaan zu gehen!*«

Wie seltsam, daß Stuart den gleichen Gedankengang hatte, die gleiche Analogie fand wie er! Er bemerkte, daß die meisten der hier versammelten Gemeindemitglieder keine Ahnung von Kanaan zu haben schienen. Wo lag Kanaan? Er sah, wie Esther Bolick ihren Mann Gene anschaute und mit den Schultern zuckte. Vielleicht lag es in Europa? Oder vielleicht im Bezirk Wilkes, wo es diese Käsefabrik gab?

»In der Schöpfungsgeschichte im 1. Buch Moses heißt es, ›also nahm Abram sein Weib Sarai und Lot, seines Bruders Sohn mit aller ihrer Habe, die sie gewonnen hatten, und zogen in das Land Kanaan‹... ein seltsames Land, ein fremdes Land.

Gott sandte Abram, den er später Abraham nannte, auf die größte Reise, die größte Mission seines Lebens. Aber wie würde Kanaan aussehen? Einige sagten, daß Riesen darin wohnten und ich erinnere mich, wie Billy Sunday einmal sagte, ›Wenn Sie Milch und Honig auf Ihrem Brot haben wollen, dann müssen Sie willens sein, in das Land der Riesen zu gehen!‹«

Pater Tim standen die Haare zu Berge.

»Was«, fragte der in seinem brokatbestickten Ornat prangende Stuart, »was *fühlte* Abraham, als er von Gott berufen wurde, in dies unbekannte Land zu gehen, hunderte von Meilen von seiner Heimat entfernt?«

Der Pfarrer konnte die Gedanken seiner halben Gemeinde förmlich hören: *das ist mir zu hoch!*

In der heutigen Morgenlesung aus dem Alten Testament hatte Stuart den Namen Abrahams mit keinem Wort erwähnt. Nun, ja. Bischöfe können eben, verflixt noch mal, machen was sie wollen.

Stuart lehnte sich über die Kanzelbrüstung und ließ sein Auge auf den unten Versammelten ruhen, wobei diese zumeist seine satinglänzende Bischofsmütze bewunderten.

»Fürchtete Abraham sich, wie euer aufrichtiger Freund und Priester, vor der Reise ins Unbekannte? Natürlich! Verspürte er Kummer, weil er das Vertraute zurückließ? Mit Sicherheit! Aber…«, und an dieser Stelle richtete sich Stuart zur vollen Größe von einem Meter achtzig auf, »…in Anbetracht dessen, was Gott ihm verhieß, empfand er da nicht auch Hoffnung und Erregung und Erwartung und *Freude?*«

Nichts von alledem, dachte der Pfarrer. Was er empfand, war des blanke, heilige Entsetzen.

Mit nicht geringer Bewunderung beobachtete er, wie Stuart Cullen genau die Reaktionen von der Gemeinde bekam, die er wollte, wie ein Dirigent, der imstande ist, einem Orchester eine großartige Symphonie zu entlocken.

Wenn Stuart Tränen wollte, dann bekam er hemmungslose Tränen. Wenn er ausgelassenes Gelächter wollte, dann schäumte wie ein mächtiger Ozean Gelächter empor.

Am Ende der Predigt hatte beinahe jeder das Gefühl, er selbst sei nach Kanaan gerufen worden, ja, das Leben selbst sei eine Art Kanaan.

Als der Pfarrer den Elfuhrgottesdienst verließ, kamen ihm seine Beine wie gekochte Makkaroni vor. Schlapp hing er am Arm seiner Frau. Sie strahlte.

»Siehst du Liebster, weder bist du gelyncht worden noch sonst was! Freu' dich doch!«

Er konnte es immer noch nicht fassen, daß seine Gemeindemitglieder ihn auf beide Wangen geküßt und umarmt hatten, ihm auf den Rücken klopften, ihm gratulierten und ihm alles Gute wünschten.

Wo er tränenüberströmte Gesichter erwartet hatte, sah er nur lebhafte Anteilnahme an seiner Zukunft. Wo er indignierte Blicke fürchtete, erntete er helles Lachen und man versicherte ihm, ihn ewig zu lieben.

War er ihnen *gleichgültig*?

»Machen wir uns nichts vor«, sagte Stuart, als er und Martha nach dem Brunch im Pfarrsaal ins Auto sanken. »Das dicke Ende kommt noch.«

Als Stuart den Toyota Cambry startete und von der Bordsteinkante wegfuhr, fühlte sich der Pfarrer schon viel besser. Vielleicht haßte es seine Gemeinde doch noch wenn er fort ginge! Im Augenblick waren sie einfach nur guter Stimmung – schließlich war der Besuch des Bischofs immer eine feierliche Angelegenheit.

Kapitel Sechs

Ein kleiner Aufschwung

Emma hatte recht. Die Plakatwand mit Mack Stroupes Gesicht schien die Schnellstraße geradezu zu überragen. Und wer immer für das Photo verantwortlich war, er hielt nicht viel von Retuschen.

Als er in seinem Buick vorbeiflitzte, überlegte er sich, wie er selbst eigentlich zu dem neuen Kandidaten stand, und er beschloß, ein für alle Mal, die Sache durchzudenken und zu einer Entscheidung zu gelangen, mit der er leben konnte. Er war das ganze Thema leid, das ihm im Kopf herumschwirrte wie Ameisen in einer Zuckerdose.

Warum fühlte er sich so unangenehm berührt bei dem Gedanken, Mack Stroupe zum Bürgermeister zu haben? J.C. hatte recht – das Bürgermeisteramt war nicht Esthers Job. Der Job gehörte dem, der sich dafür qualifizierte, das Beste aus dem Job zu machen. Aber – hatte Mack sich qualifiziert?

Ihm fiel kein einziger Grund ein, der ihn qualifiziert hätte.

War es bloß Klatsch, daß Mack eine langjährige, außereheliche Beziehung zu einer Frau in Wesley unterhielt? Die Geistlichkeit wurde seit jeher mit allen möglichen Informationen versorgt, und anscheinend war die Affäre kein Gerücht sondern eine Tatsache.

Für manche war so ein Verhalten akzeptabel, für ihn nicht, er ließ so etwas nicht durchgehen. Die ganze Angelegenheit stank nach Lug und Betrug, wie läßlich diese Sünde auch in den Augen der Welt scheinen mochte.

Er dachte an Esthers Wahlslogan, der in Mitford so bekannt

war, daß ihn selbst Erstkläßler hersagen konnten: *Mitford kümmert sich um sich selbst.*

Esther war dieser Philosophie bis ins Kleinste treu geblieben, unerschütterlich.

Etwas Wahres ist daran: Wenn man sich um das kümmert, was man hat, folgt daraus ein gesundes Wachstum. Waren nicht seine Wachslilien, unter den richtigen Bedingungen gepflanzt, zu einem wahren Hain gediehen? Und die Maiglöckchen, die sich in der satten, dunklen Erde hinter seinem Arbeitszimmer ausgebreitet hatten, waren sie nicht buchstäblich zu einem Königreich herangewachsen – aus nur drei kleinen Pflänzchen?

Es gab Wachstum in Mitford. Hier herrschte beileibe keine ländliche Rückständigkeit. Der kleine Teeladen neben dem Blumenladen von Mitford zum Beispiel, er gedieh. Er beschränkte sich zwar immer noch auf Kuchen, Plätzchen, Tee und Kaffee, aber jedem leuchtete ein, daß man zuerst krabbelt bevor man aufrecht geht.

Kürzlich erst sah sich Blumenhändlerin Jena Ivey gezwungen, einen Raum zu ihrem Laden dazuzunehmen. Und das irische Wollgeschäft zum Beispiel. Es gab sich Mühe, sich den Gegebenheiten anzupassen. Wenn die Temperaturen im späten Frühjahr und im Sommer stiegen, entfernte Minnie Lomax das Wort *Woll-* von ihrem Ladenschild, wodurch die Kundschaft einer agilen Geschäftstätigkeit das ganze Jahr hindurch versichert wurde.

Avis Packard war ein weiteres Beispiel. Für einen Kleinstadtlebensmittelhändler hatte sich Avis unglaublich Mühe gegeben, erstklassige Ware anzubieten, so daß die Menschen aus den umliegenden Bezirken die Straßen verstopften und seinen rückwärtigen Parkplatz rappelvoll belegten, vor allem wenn die *Silver Queen* Maiskolben eintrafen.

Und die Buchhandlung *Happy End*. Als er nach Mitford zog, konnte man kein einziges Buch in der Stadt kaufen; er war gezwungen, nach Wesley zu fahren und sein Geld in einem anderen Steuerbezirk auszugeben. Im vergangenen Sommer standen die Leute doch tatsächlich Schlange vor dem *Happy*

End – er hatte es mit eigenen Augen gesehen – um auf die Auslieferung des jüngsten Romans von Grisham durch den UPS-Zustelldienst zu warten. Der Zusteller von UPS war richtig verblüfft, als er am Bordstein anhielt und mit Jubelrufen empfangen wurde.

Mitford machte sich, und zwar ohne Neonleuchtreklame oder qualmende Fabrikschlote. Ja, sicher, ein richtiges Maß an gut geplantem Wachstum wäre von Vorteil, aber, es mußte gesagt sein, was sie taten, war das Richtige. Er wollte nicht mit ansehen, wie die eine Auffassung durch die andere Auffassung ersetzt würde, welche zwar Stadtentwicklung und Wandel propagierte, jedoch ohne Rücksicht auf die Kosten.

Und noch etwas. Es machte ihn stutzig, daß Mack Stroupe jemanden außerhalb der Gemarkung von Wesley und Holding kennen sollte. Wie war Mack zu Kontakten mit einer Firma in Florida gekommen, die sich wie eine große Bauentwicklungsgesellschaft anhörte? Und diese Sache mit der Wohnanlage ›Am Mitfordwald‹ mit Mack als angeblichem Drahtzieher?

Was war eigentlich Macks Wahlprogramm?

War Mack wirklich für Mitford?

Oder war Mack für Mack?

Er fand, daß sein Frühstücksmüsli wie Latex schmeckte, hergestellt auf Ölbasis.

Alle Fenster standen offen, drei Ventilatoren surrten unter Volldampf und Violet rekelte sich wie benebelt oben auf dem Kühlschrank. Sogar die Gloxinie schien niedergeschlagen von den giftigen Dämpfen, die aus dem Untergeschoß aufstiegen.

.«Laß uns umziehn«, sagte Cynthia im Brustton der Überzeugung.

»Wohin?« fragte er und fand die Idee nicht schlecht.

»Ins kleine, gelbe Haus! Hier, in unserer Diele begegnen mir Leute, die ich nicht einmal kenne!«

»Also, den Tommy kennst du«, sagte er. »Er hat nur drei Nächte bei uns übernachtet.«

»Ja, aber – «

»Und Harleys Freund Cotton, der hat doch großartige Geschichten auf Lager?«

»Das schon, aber ...«

»Und Olivia hat es sicher gut gemeint, als sie mit den Frauen vom Krankenpflegedienst kam, um uns Töpfe und Pfannen und Fleckerlteppiche für Harleys Küche zu bringen. Ich bin sicher, es hat sie nicht gestört, daß du noch Lockenwickler im Haar hattest.«

»Ich heirate einen Priester, der ein beschauliches Leben führt, und jetzt sieh an!« rief sie aus, während sie in die Küchenspüle schaute, in der eine Farbabrollerpfanne, zwei Farbabroller und ein Schwung Pinselbürsten staken.

»Die Klempnerarbeiten im Untergeschoß«, sagte er lahm, »sind morgen beendet, dann können sie die Pinselbürsten unten auswaschen.«

»Das glaubst du ja selbst nicht!«

»Du siehst wunderbar aus, wenn du wütend bist«, sagte er. Diesen Satz hab ich schon vor dreißig Jahren in einem Schundroman gelesen.

»Verklag mich doch!«

Sie kam um den Frühstückstisch herum und setzte sich auf seinen Schoß. »Ich liebe dich, du großer Lümmel.«

»Ich liebe dich noch viel mehr«, sagte er, zog sie zu sich und küßte ihr Haar.

»Hast du mit deinem Buch angefangen?«

Sie lachte fröhlich. »Natürlich habe ich mit dem Buch angefangen! Hier wäre überhaupt nichts los, wenn ich nicht damit angefangen hätte!«

Nur noch selten lebt die Geistlichkeit heutzutage gern in Pfarrhäusern. Einmal weil sie es generell bevorzugt, ein eigenes Dach über dem Kopf zu haben und zum anderen, weil die Kosten für den Unterhalt und die Instandsetzung von Pfarrhäusern über die Jahre hinweg beträchtlich sind. Der Kirchenvorstand hatte schon vor langer Zeit dafür gestimmt, das alte Haus am Ende von Pfarrer Tims Amtszeit zu verkaufen. Aufgrund der Renovierung im Kellergeschoß, dürften sie sogar einen höheren Preis dafür erzielen, vermutete der Pfarrer.

Nie hätte er es sich träumen lassen, die düstere Diele im unteren Stockwerk in ›Pfirsichcreme‹ oder die Küche im Farbton *Piña Colada* erstrahlen zu sehen, während am Küchenfenster die hellen Vorhänge seiner Frau flatterten.

Harley Welch würde es schön haben in seiner Kellerwohnung.

Bevor am folgenden Tag die Abordnung aus Miami eintraf, räumte er seinem Schreibtisch auf.

Emil Kettner, Obermacker der Baufirma, die das ›Haus der Hoffnung‹ gebaut hatte, teilte bedauernd mit, daß Buck Leeper für zwei Jahre fest an ein Projekt in Virginia gebunden sei.

Vielleicht könnten sie danach Buck für sechs Monate nach Mitford schicken, sagte Kettner, das müßte genügen, um den Kirchendachstuhl instandzusetzen. Seine Firma setze Buck nie auf kleinen Baustellen ein, aber in diesem Fall würden sie versuchen, eine Ausnahme zu machen. Konnte die Sache etwas warten?

Die Sonntagsschule steht noch nicht unter Wasser, sagte der Pfarrer, aber es wird bald so weit sein.

Das Ergebnis war, die Kirche Unseres Herrn war bereit zu warten, da sie wirklich nur Buck für den Job haben wollte.

»Es geht ihm besser, falls Sie das interessiert«, sagte Emil. »Hier und da ein paar Saufereien am Wochenende, aber nicht mehr täglich wie früher. Wie geht's in Mitford?«

»Buck hat eine alte Sache aufgegeben, also ist Raum für etwas Neues.«

»Ich möchte Ihnen meinen persönlichen Dank aussprechen.«

»Danken Sie nicht mir«, sagte der Pfarrer. »Danken Sie Gott!«

Lace Turner erwartete ihn am unteren Ende der Kellertreppe.

»Er hat 'ne ganze Tüte Schokoriegel gefressen!« sagte sie.

Harley, totenbleich, saß auf dem Boden des Flurs und preßte die Hände auf seinen Magen. »Verpetz' mich nich' als wär' ich'n Kleinkind!«

»Du benimmst dich aber wie'n Kleinkind!« sagte Lace. »Die Schokolade hat dein Magengeschwür wieder aufgemacht, grad wie's dir besser ging!«

»Hochwürden, da iss nur der Babypudding schuld. Ein Mann brauch' was zwischen den Zähnen, wo er drauf beißen kann. Aber, oje, es tut mir leid, wirklich, es tut mir leid daß ich die Schokoriegel gekauft hab'. Nie wieder nehm' ich einen Bissen davon, so lang wie ich leb' nich! Niemals, Sir!«

»Zweiundvierzig Stück, ich hab' sie gezählt«, sagte Lace. »Er hat die Einwickelpapierchen zusamm'geknüllt und jedes einzelne davon unter seine Matratze gesteckt.«

»Bei der kommst du aber auch mit gar nichts durch, die iss schlimmer als die schlimmste Polizei.« Harley erhob sich plötzlich und sah verstört aus. »Oh, Mann! Sie geh'n jetzt besser!«

Er wankte im Laufschritt Richtung Badezimmer.

So etwas nennt man gute Planung. Die Klempnerarbeiten im Untergeschoß waren vor kaum einer Stunde fertig geworden.

Er rutschte unruhig auf seinem Bürostuhl hin und her und sah auf seine Armbanduhr.

In etwa dreissig Minuten würden Ron Malcolm und verschiedene andere des Kirchenvorstands sich erbötig machen, Fremde um Sadie Baxters Villa herumzuführen. Der Gedanke war ihm verhaßt, aber noch mehr verachtete er sich für seine Wischiwaschi-Haltung in bezug auf die gesamte Situation.

Das Villa mußte dringend verkauft werden, um die Pfarrei zu entlasten. Hier bot sich nun die goldene Gelegenheit, den Berg in einem Mietwagen hinauf zu kutschieren, und er hatte nichts anderes im Sinn, als in die entgegengesetzte Richtung zu fliehen.

Das kam sicher von seiner Angst, Sadie Baxter ganz los zu lassen. Es entsprang seinem Wunsch, an etwas festzuhalten, was längst verschwunden war – an einer Lebensart, die ihm durch Miss Sadies spannende Schilderungen lebhaft im Gedächtnis geblieben waren.

War Fernbank erst verkauft, dann würde an das alte Mitford

118

nicht mehr viel erinnern: drei originale Ladenfassaden auf der Hauptstraße, die Kirche Unseres Herrn, das Pfarrbüro, die Stadtbibliothek und das Herrenhaus ›Porter Place‹ samt dem darin befindlichen Stadtmuseum sowie dem kleinen Apartment, in welchem Onkel Billy und Miss Rose lebten.

Reiß dich zusammen, ermahnte er sich selbst. Hör auf, ein Provinzler zu sein, mach weiter. Heute ist heute und jetzt ist jetzt! Er sah Emma an, die auf den Computerbildschirm starrte. Was fanden die Leute nur daran, auf Computerbildschirme zu starren? Auf dem Monitor bewegte sich nichts, aber sie saß wie angewurzelt, als höre sie Stimmen aus dem Jenseits.

»Donnerkeil«, murmelte sie und klickte mit der Maus.

Er seufzte.

»Sehen Sie sich das an«, sagte sie und wandte den Blick nicht vom Monitor.

Er stand auf, ging zu ihrem Schreibtisch und guckte.

»Was denn? Sieht aus wie eine Liste.«

»Es ist eine Liste. Es ist eine Liste aller Bürger der Vereinigten Staaten samt ihren Adressen. Unser Computerfachmann hat sie uns geschickt. Sehen Sie hier?«

Sie bewegte den Pfeil auf einen Namen zu.«Albert Wilcox!« rief er aus. »Du meine Güte, meinen Sie wirklich…«

»Seit wieviel Jahren suchen wir schon nach Albert Wilcox?«

»Mindestens seit zehn Jahren! Glauben Sie, es ist *unser* Albert Wilcox?«

»Daß er nach Seattle gezogen ist, wußten wir«, sagte sie, »dann haben wir versucht, ihn im Telefonbuch zu finden, aber das hat nicht geklappt. Diese Stadt hier, Oak Harbor, muß irgendwo in der Nähe von Seattle sein.«

»Gut gemacht! Wir schreiben diesem Albert Wilcox und dann sehen wir ja, ob er der Richtige ist. Ob ihm das Gebetbuch mit der Illumination gehört, das er von seiner Großmutter geerbt hat, und das im Magazinschrank des Gemeindesaals aufgetaucht ist.«

»Ein Wunder!« sagte sie. »Ich erinner' mich genau wie wir es gefunden haben – hinter den Plastikweihnachtssternen, die schon seit Ewigkeiten da liegen. Wie, zum Kuckuck, das Ding *da* hingeraten ist…«

»Es könnte ein Vermögen wert sein. Jede Buchseite wurde von seinem eigenen Großvater mit der Hand in Schönschrift geschrieben und mit Wasserfarben illustriert. Als es aus der Ausstellung bei diesem Wohltätigkeitsbasar verschwand, brach es Albert das Herz.«

»Es war nur Teil Eins, erinnern Sie sich, nicht das Ganze!«

»Trotzdem…«

»Und denken Sie dran, er wollte die Kirche verklagen, bis Miss Sadie ihm das ausgeredet hat.«

Nun ja, das auch.

Ingrid Swenson war modisch dünn, tiefgebräunt und teuerst gekleidet.

»Eindrucksvoll!« sagte sie, als sie in Fernbanks stolze, aber vernachlässigte Einfahrt einbogen.

Ausläufer von Weinreben kringelten sich quer über den Weg und verflochten sich mit einer Reihe von Schierlingsdolden auf der anderen Seite. Zu ihrer Rechten, ein riesiger Falscher Jasmin mit verwelkten Blüten in einem Dickicht von Glyzinien, Sternmagnolien und Rhododendron.

Das Haus enthüllte seinen Zerfall nicht sofort, und dafür war Pfarrer Tim dankbar. Tatsächlich wirkte es großartiger, als er es in Erinnerung hatte, von seinem Besuch als vorläufiger Verwalter im März des Jahres.

Auf diesem Rasen hatten einmal junge Leute im Smoking Champagner und Punsch in Gläsern auf Silbertabletts serviert bekommen, während fröhliche Mozartklänge aus den hohen Fenstern zu ihnen drangen.

Innen war der Raum erfüllt mit herzlicher Freude für Olivia und Hoppy Harper, die strahlende Braut und ihren Bräutigam, und mit Ehrfurcht vor den handbemalten Decken über ihnen, die in altem Glanz, frisch restauriert, auf all das Glück herabsahen.

Roberto war aus Italien eingeflogen, um Miss Sadie zu überraschen und Esther Bolicks Orangenmarmeladetorte türmte sich dreistöckig, jedes Stockwerk gestützt von korinthischen Säulen aus Marzipan, verziert mit importierten Calla-Lilien. Es war zweifellos eines der elegantesten Feste in Fernbank, seit Präsident Woodrow Wilson einen Ball mit seiner Anwesenheit beehrt hatte und der kleinen Sadie Baxter ein in Silberpapier gewickeltes Bonbon schenkte.

Der Herr, der Ingrid Swenson begleitete, schien nur interessiert, an seinen Nägeln zu kauen, einsilbige Antworten zu geben und Fernbank auf eigene Faust zu erkunden. Pfarrer Tim sah, wie er die Waschküche inspizierte, durch den Obstgarten schlenderte und sich Notizen machte.

»Knapp fünf Hektar«, sagte Ron Malcolm, langjähriges Mitglied der Kirche Unseres Herrn, der seine Maklerlizenz nicht verfallen ließ.

»Ausgezeichnet«, sagte Ingrid, die sich überhaupt keine Notizen machte. »Fünf Hektar, das läßt sich umrechnen in vierundzwanzig Cottages. Städtische Wasserversorgung vermutlich?«

»Brunnenwasser.«

»Städtische Abwässerbeseitigung natürlich...«

»Leider nicht«, sagte Ron. »Und ich muß Ihnen fairerweise mitteilen, die Kosten, um diesen Besitz an die Stadtwerke anzuschließen, belaufen sich auf über Hunderttausend. Die Kanalisation endet knapp einen Kilometer bergabwärts und die Genehmigung für die Erschließung wird bestimmt problematisch.«

Ingrid sah ihn schalkhaft an. »Es könnte für Sie erforderlich sein, diese Investition zu machen und Ihrem Käufer ein vollständig angeschlossenes Grundstück zu bieten.«

»Es ist für uns weitaus erforderlicher«, sagte Ron, »zu verhindern, daß der Pfarrei eine Schuldenlast aufgebürdet wird.«

Sie lächelte unbestimmt. »Eine Lappalie, Mr. Malcolm, so oder so. Sprechen wir über das genaue Gegenteil einer Lappalie, nämlich über die Zahl der Arbeitsplätze, die eine derartige Einrichtung Ihrem Dorf bringen würde. Der Besitz von einem Haus mit einundzwanzig Räumen, vergrößert um vierundzwanzig Cottages, einschließlich eines modernsten Ansprüchen genügenden Gesundheitszentrums, würde mehr als hundert Leuten Beschäftigung bieten. Viele davon kämen aus Europa und von den Britischen Inseln und würden zufriedenstellende Unterkünfte benötigen. Dieses, meine Herren, könnte einen kleinen Wirtschaftsaufschwung auslösen.« Sie hielt, auf Wirkung bedacht, kurz inne. »Ein kleiner Aufschwung für eine kleine Stadt!« sagte sie lachend.

»Ja, Ma'am«, sagte Ron Malcolm.

»Aber auf all das kommen wir noch zu sprechen. Jetzt möchte ich mit dem Dachboden anfangen und mich bis zum Keller hinunterarbeiten.«

»Abgemacht«, sagte der Pfarrer, der nichts sehnlicher wünschte, als die ganze Sache hinter sich zu bringen.

Sie würde es mit ihren Geschäftspartnern besprechen, sagte Ingrid im Kirchenbüro. Man wolle kein Vorkaufsrecht erwerben sondern nähme das Risiko auf sich abzuwarten, ob das Anwesen noch verfügbar sei, wenn man in dreißig bis sechzig Tagen mit einem Angebot wiederkäme.

»Das Risiko«, sagte sie, während sie mit dem Briefbeschwerer auf seinem Schreibtisch spielte, »sorgt für Adrenalin im Blut.« Ihr Anwalt würde sofort die für den Erwerb des Besitzes notwendigen Schritte einleiten, und ein Bauunternehmer in Holding würde einen umfassenden topographischen Plan erstellen. Nein, Fensterbehänge oder Einrichtungsgegenstände wollten sie nicht, mit Ausnahme, möglicherweise, des Bettes von Miss Sadie, das Ingrid für ein Französisches Bett hielt, eines kleinen Zweiersofas für Verliebte und eines Sekretärs, der mit an Sicherheit grenzender Wahrscheinlichkeit ein *King George II.* war, und eines Porzellanschrankes, anscheinend von einem einheimischen Tischler gefertigt.

Ihre Leute wollten mit dem maßgeblichen Ingenieur der Stadt erneut sprechen und sie drückte ihr Bedauern aus, daß die Heizung offenbar defekt sei und die Rohrleitungen komplett erneuert werden müßten.

Bevor sie ging, erwähnte sie die schweren Schäden, die das durch geflickte Dächer herabtropfende Wasser in all den Jahren angerichtet hätte, runzelte die Stirn als das Thema Wasseranschluß und Abwässer erneut aufkam.

Er versuchte, gehobener Stimmung zu sein, fühlte sich aber lediglich erleichtert, daß die erste Etappe vorbei und vorüber war. Er machte sich eine Notiz, daß Cynthia und er Fernbank aufsuchen und sich auf dem Dachboden umsehen sollten – sofort.

Pauline hatte den Job und wurde am Montag früh um sechs Uhr dreißig zur Arbeit erwartet.

Er rief sofort Scott Murphy an.

»Vielen Dank!« sagte er. »Ich kann Ihnen gar nicht genug danken!«

»Wofür, Sir?«

»Nun, dafür… dafür, daß Sie etwas gesagt haben, was Pauline vielleicht geholfen hat, den Job im Speisesaal zu bekommen.«

»Kein Wort habe ich gesagt.«

»Nichts?«

»Ich habe keinen Piep gesagt. Es war die Idee unserer Personalchefin. Sie sagte, sie wisse zwar, daß sie ein Risiko eingehe, aber sie wolle es tun und kam zu mir, um mit mir darüber zu sprechen. Lida Willis ist hart, sie wird Mrs. Barlowe mit Habichtsaugen bewachen, aber Lida hat einen weichen Kern; sie möchte, daß die Sache klappt.«

»Das Pfarrhaus ist rundum begeistert. Für Dooley bedeutet es eine Menge und für seine Mutter ebenfalls. Wann kommen Sie zu uns zum Abendessen? Bei uns gibt es regelmäßig Maiskolben zu knabbern. Genau das Richtige, um Junggesellen aufzumuntern.«

»Nennen Sie Zeit und Stunde«, sagte der Kaplan.

»Ich rufe Sie an«, sagte der Pfarrer.

»Wir geben eine Party«, verkündete seine Frau und bekam vor Freude rote Bäckchen.

»Tatsächlich!«

»Freitag abend. Im Keller, eine Einweihungsparty! Ich backe Plätzchen und mache einen Puddingkuchen für Harley, Lace fabriziert die Limonade. Ich habe Olivia eingeladen, Hoppy hat leider eine Besprechung, und oh, ich habe Dooley gefragt, aber er kann sich für meine Idee nicht begeistern. Wer noch?«

»Hm. Scott Murphy! Wie wär's mit dem?« fragte er.

»Perfekt. Wer noch?«

»Tommy. Aber warte, ich glaube, Dooley hat gesagt, daß Tommy am Freitag eine Art Familientreffen hat, und Dooley geht später zu ihm rüber und sieht sich ein Video an.«

»Gut. Dann sind wir sieben. Phantastisch! Heute sind sie mit dem Streichen fertig geworden. Es sieht wunderbar aus und es ist gelüftet und Harley ist so aufgeregt wie sonst was. Er hat tonnenweise Blätter unter der Hecke vorgeharkt und nächste Woche baut er mir eine neue Lichtmaschine ins Auto.«

»Wundervoll!« sagte er.

»Harley ist so glücklich, er kann gar nicht aufhören zu grinsen. Und Lace – sie läßt es nicht raus, aber sie ist von all dem hier sehr angetan.«

»Es war ja ihre Idee. Sie besaß die Kühnheit, vorzutreten und zu fragen.«

»Darum lasset uns hinzutreten *mit Freudigkeit* zu dem Gnadenstuhl...« sagte seine Frau, einen ihrer Lieblingsverse aus den Hebräern zitierend.

»...auf daß wir Barmherzigkeit empfangen und Gnade finden, wenn uns Hilfe not sein wird!« antwortete er.

»Amen!« riefen sie gleichzeitig und lachten.

Er genoß es über die Maßen, wenn sie gemeinsam in einen Bibelvers einstimmten. Als Jungen wurde ihm in der Baptistenkirche seiner Mutter das Auswendiglernen von Bibelversen derart eingebleut, daß sie ihm noch heute schneller einfielen als etwas erst gestern Gelerntes.

»Meiner Meinung nach eine der besten Ermahnungen, die uns je mit auf den Weg gegeben wurden«, sagte er. »Also, was kann ich tun, um dir bei der Party zu helfen?«

»Hilf mir, das alte Sofa aus der Garage zu Harleys Wohnzimmer zu tragen. Er ist nicht kräftig genug. Dann schieben wir diese Ahorngarderobe vom Heizungskeller in sein Schlafzimmer.«

Gab es denn keinen Balsam in Gilead?

»Oh, und noch etwas«, sagte sie und lächelte harmlos. »Danach müssen wir diese große Bücherkiste von seinem Wohnzimmer in den Heizungskeller schieben.«

Seine Frau würde zu ihrem Geburtstag im Juli einen Rückengurt geschenkt bekommen, egal ob sie einen wollte oder nicht. Und, sich selbst würde er auch einen kaufen, wenn er schon einmal dabei war.

Auf seinem Weg zum ›Haus der Hoffnung‹, machte er an der Leckerbäckerei halt, um für Louella ein Mitbringsel zu kaufen. Winnie Ivey sah ihn an und brach in Tränen aus.

»Winnie! Was ist denn los?«

»Ich hab' gehört, Sie verlassen uns«, sagte sie und tupfte sich mit der Schürze die Augen trocken.

»Ja, aber erst in anderthalb Jahren.«

»Wir werden Sie schrecklich vermissen.«

»Aber vielleicht sind Sie eher weg als ich.«

»Ach, ich vergess' immer, daß ich gehe.«

»Wir bleiben doch in Mitford wohnen, in dem Haus neben dem Pfarrhaus.«

»Gut!« sagte sie und schniefte. »Das klingt schon besser. Hier, nehmen Sie eine Napoleon-Cremeschnitte aus Blätterteig, ich weiß Sie dürfen eigentlich nicht, aber…«

Ach, zum Kuckuck, dachte er, und nahm die Cremeschnitte. Wenigstens eine Person bedauerte seine Pensionierung.

Als er die Bäckerei verließ, blickte er die Straße hinauf und sah Onkel Billy in einem Eßzimmerstuhl auf dem Anwesen des Stadtmuseums sitzen und den Verkehr rund um das Denkmal beobachten.

Er schlenderte die Straße hinauf und leistete ihm Gesellschaft.

»Onkel Billy! Mich dürstet nach einem Schwank!«

»Mir fällt ums Verrecken keiner neuer mehr ein«, sagte der alte Mann und schaute verloren drein.

»Wenn Sie keinen neuen Witz auf Lager haben, dann hat keiner einen.«

»Meine Witze taugen nich' mehr. Ich bring Rose einfach nich' mehr zum Lachen.«

»Aha.«

»Sehen Sie, ich probier' meine Witze an Rose aus, dann weiß ich, was ich bringen soll und was weglassen.«

»Probieren Sie einen an mir aus, dann werden wir ja sehen.«

»Tja Sir, zwei Damen unterhalten sich, was sie zum Vereinsball der *Legion* anziehen soll'n. Sagt die eine, ›wir sollen etwas anziehen, was zur Haarfarbe unseres Gatten paßt, deshalb geh' ich in schwarz, was tragen Sie?‹ Da wird die andere blaß, und sagt, ›ich glaube, ich kann nicht kommen‹.«

»Aha«, sagte Pater Tim.

»Verstehen Sie, der alte Knabe, der mit der Frau verheiratet ist, die nicht zum Ball gehen will, ist glatzköpfig, verstehen Sie?«

Der Pfarrer grinste.

»Versteht man nich' so gut, oder?« sagte Onkel Billy. »Wie ist's mit dem? Kleinsonnys Mutter brüllt und sagt, ›Sonny, bist du in deinen neuen Hosen hingefallen?‹ Und Sonny sagt, ›Ja, hm, war keine Zeit zum Hosen ausziehen.‹«

Der Pfarrer lachte herzlich auf. »Nicht schlecht, gar nicht schlecht!«

»Sehn Sie, wenn ich hör, wie jemand lacht, das hält mich auf Trab.«

»Ähnlich wie beim Predigen, wenn Sie mich fragen.«

»Wenn wir grad vom Predigen sprechen, Rose und ich sind nich' grad erbaut von dem, was wir am Sonntag erfahren haben. Zu Haus ham wir uns so mies gefühlt, wir wären am liebsten mit'm Hut auf'm Kopp bei 'ner Schlange unter'n Bauch gekrochen. Es iss nich' richtig, daß Sie einfach weggehen.«

126

»Ich bleibe in der selben Straße wohnen, genau wie immer. Wir machen es uns im gelben Haus neben dem Pfarrhaus gemütlich.«

»Rose und ich versuchen drüber weg zu kommen, aber...«

Onkel Billy seufzte.

Pfarrer Tim konnte sich nicht erinnern, Bill Watson jemals ohne breit lächelndes Gesicht mit darin aufblinkendem Goldzahn gesehen zu haben.

»Sehen Sie, was Rose und ich nich' leiden könn', iss, wenn Sie gehen, schicken sie jemand her, den wir nich' kennen.«

»So ist das meistens.«

»Ich denk', bis wir den neuen Mann kennenlernen, sind wir mausetot, also das lohnt sich für uns nich' mehr, wir gehen einfach zurück zu den Presbyterianern.«

»Also, Onkel Billy...«

»Ich sag's nich' gern, Prediger, aber Rose und ich denken, das hätt'n Sie doch abwarten könn'.'«

Der Pfarrer ging langsam die Hauptstraße hinunter, den Blick auf den Gehsteig gerichtet. Es war das erste Mal in seinem Leben, daß er von Billy Watson nicht frohgemuter schied als er ihn zuvor aufgesucht hatte.

An der Ecke Hauptstraße und Glyziniengasse sah er Gene Bolick auf sich zukommen und hob die Hand zum Gruß. Es schien, als ob Gene ihn sähe, aber wegblickte und, ohne auf den Verkehr zu achten, zur anderen Straßenseite wechselte.

Juni.

Irgend etwas war im Juni.

Was war doch gleich im Juni los? Sein Geburtstag!

Verflixt, sein Geburtstag war doch eben erst gewesen.

Tatsächlich überfiel ihn die Erinnerung an seinen letzten Geburtstag mit dunkler Macht. Cynthia hatte ihm Kaffee ans Bett gebracht, ihm alles Gute zum Geburtstag gewünscht, dann klingelte das Telefon, er raste ins Krankenhaus und stellte fest, daß ein Verrückter einer Frau, die einen unumstößlich festen

Platz in seinem Leben einnahm, grauenhafte Verbrennungen zugefügt hatte.

Er lehnte sich in seinem Drehstuhl zurück und schloß die Augen. Quälend, diese ganze Geschichte von Schmerz und Verzweiflung. Und wenige Tage später, nur ein paar Krankenhauszimmer weiter als Pauline, starb Miss Sadie.

Kein Wunder, daß er seinen Geburtstag beinahe vergessen hatte. An welchem Tag genau war er eigentlich? Er blickte auf den Kalender. Liebe Güte. Ganz bald schon.

Wie alt würde er dieses Jahr werden? Er wußte es nie.

Er rief Cynthia zu Hause an. »Wie alt werde ich dieses Jahr?«

»Warte mal. Du bist sechs Jahre älter als ich, und ich bin siebenundfünfzig. Nein, sechsundfünfzig. Dann bist du zweiundsechzig.«

»Zweiundsechzig kann ich nicht sein, denn zweiundsechzig bin ich schon gewesen, ich erinnere mich genau.«

»Puh!« sagte sie. »Dann dreiundsechzig?«

»Also sicher noch keine fünfundsechzig, denn dann werde ich ja pensioniert.«

»Dann mußt du dreiundsechzig sein und ich, igitt, siebenundfünfzig.«

Als er den Hörer einlegte, fiel ihm ein, sie hätten die Antwort mit ihren Geburtsdaten errechnen können. Was gaben sie nur für ein Pärchen ab! Hoffentlich hatte niemand das Telefon angezapft und diesen Blödsinn mit angehört.

»Ich habe nachgedacht«, sagte Emma.

Nein, bitte nicht.

»Ich könnte auch in Pension gehen, wenn Sie gehen.«

»Nun!« er war erleichtert. »Klingt gut!«

Sie blickte ihn über ihre Halbrille hinweg an. »Aber ich habe nicht erwartet, daß Sie schon so bald aufgeben.«

»Aufgeben?«

»Ich vermute, Sie sind all dem nicht mehr gewachsen … der Druck und all das – zwei Gottesdienste jeden Sonntag, die Kranken und die Sterbenden…«

»Das hat mit Druck gar nichts zu tun, und sicherlich nichts mit den Kranken und Sterbenden. Wie Sie wissen, habe ich mich verpflichtet, als Priester einzuspringen, auf Kanzeln von hier bis zu den Azoren.«

»Na, ja. Das sind Urlaubsvertretungen, das kann jeder machen und sich aus allem raushalten.«

Plötzlich wurde er wütend. Gott sei Dank konnte er nichts sagen. Er brachte den Mund nicht auf. Sein Gesicht brannte, er stand auf, verließ den Schreibtisch und das Büro, wobei er die Tür hinter sich mit Nachdruck schloß.

Das ist es, dachte er. Genau das ist ein Grund, in den Ruhestand zu gehen!

Er hatte einen Orden dafür verdient, daß er es all die Jahre mit Emma Newland aushielt. Erst heute Morgen wurde ihm bewußt, daß sich das nunmehr auf volle sechzehn Jahre belief.

Sechzehn Jahre in einem Büro von der Größe einer Zigarrenkiste, eingepfercht mit einer Frau, neben der Hunnenkönig Attila gefühlvoll und mütterlich gewirkt hätte.

»Einen Orden!« rief er laut aus und ging im Laufschritt am irischen Geschäft vorbei.

»Da, schon wieder redet er mit sich selbst«, sagte Hessie Mayhew, die mit einer Tüte Karamelbonbons vorbeigekommen war.

»Was hat er nur, was glaubst du?« fragte Minnie, in der Hoffnung, das Karamelbonbon würde nicht an ihrem Gaumen kleben bleiben.

»Das Alter. Diabetes. Und *Schuld*«, verkündete Hessie geheimnisvoll.

»Schuld?«

»Ja, weil er all diese armen Leute im Stich läßt, die jahrelang für ihn gesorgt haben.«

»Ach du liebes Bißchen«, sagte Minnie, »Wir sorgen nicht für unseren Pfarrer. Er sorgt für sich selber.«

»Ja, aber du hast einen Baptistenpfarrer. Baptistenpfarrer sind so *erzogen*, daß sie für sich selbst sorgen.«

»Ach, wahrhaftig!« sagte Minnie, die diese Möglichkeit nie in Betracht gezogen hatte.

Im ›Laden‹ begegnete er Sophia Burton, die nicht einmal Mitglied der ›Kirche Unseres Herrn‹ war und zu seiner Bestürzung neben dem Wurststand in Tränen ausbrach.

»Es tut mir so leid«, sagte sie.

»Nicht traurig sein«, bat er und wußte nicht, was er sonst sagen sollte.

»Es ist nur, weil… es ist nur, Sie waren so gut zu uns, und … und wir haben uns so an Sie *gewöhnt*!«

Fand er selbst nicht jede Veränderung schlimm. Haßte er nicht jede Veränderung? Und er, was tat er? Fügte er seinen Mitmenschen nicht genau das selbe zu? Wenn seine Frau nicht so von dem Abenteuer Freiheit begeistert wäre, dann würde er Stuart anrufen und…nein, nichts dergleichen. Genaugenommen war er doch selbst von der Vorstellung begeistert.

»Ich bin…selbst ziemlich begeistert«, murmelte er schwach.

»Sie haben leicht reden!« Mona Gragg, eine ehemalige Lehrerin der Sonntagsschule der ›Kirche Unseres Herrn‹ ging auf ihn zu, eine große Tüte mit Maiskolben und Tomaten umklammernd. Aus irgendeinem Grund sah Mona drei Meter groß aus – außerdem war sie eine verrückte Alte.

»Wie ich Sonntag den Quatsch gehört hab', hab' ich gebrodelt vor Wut. Jetzt sind wir die ganze Zeitlang gut miteinander zurechtgekommen, *und* …. Sie sind noch ziemlich jung, und es gibt keinen Grund der *Welt*, sich aufs Altenteil zu verziehen. Hat Grandma Moses aufgehört als *sie* fünfundsechzig war? Bestimmt nicht! Noch nicht mal *angefangen* hatte sie! Und Abraham, über den Bischof Cullen sich so ausgelabert hat am Sonntag … er ist in ein völlig neues *Land* gezogen als er schon weit über *siebzig* war und hat sein Kind erst mit *hundert* gehabt!«

Mona stapfte wütend davon.

»Ein, äh, ein Kirchenmitglied«, sagte er und errötete.

Sophia wischte sich die Augen und lächelte. »Pater, ich weiß jetzt, warum Sie aufhören.«

Er bezahlte, wobei er wohlwollend bemerkte, wie Dooley an einem der zwei Tische in Avis' Laden Lebensmittel in Tüten packte.

»Na, wie geht's, mein Junge?«

Dooley grinste. »Prima! Aber mich nervt der Heckmeck weil du dich zurückziehst.«

»Na, ja.« Irgendwie verstand er alles nicht. Dooley schien seine Pläne zu billigen. Es war nicht das erste Mal, daß ihn Dooley gegenüber Anderen verteidigte. Als vor ungefähr einem Jahr dieser Buster Austin den Pfarrer *plem plem* nannte, hatte Dooley ihn windelweich geprügelt.

Als er den ›Laden‹ verließ, sah er gerade wie Jenny ihr blaues Fahrrad neben dem Laternenpfahl abstellte.

Wie eine Million Dollar war er vom einen Ende der Hauptstraße aufgebrochen und am anderen Ende fühlte er sich wie zwei Cents mit einem Loch in der Mitte.

Die Straße rauf und runter wurde er von Leuten belagert, welche die Nachricht gehört hatten aber sie mißbilligten, nur ausnahmsweise bekam er Glückwünsche zu hören.

Rodney Underwood zeigte sich schockiert, und, wie es schien, persönlich beleidigt. Lew Boyd schüttelte nur den Kopf und vermied es, ihm in die Augen zu sehen. Warum um alles in der Welt sein *Automechaniker* sich pikiert fühlte, ging über seinen Verstand.

Der Besitzer des ›Kragenknopf‹ kam auf die Straße gestürzt und erging sich langatmig in tiefstem Bedauern. »Welcher Verlust!« murmelte er düster mit Leichenbittermiene.

Ein Mitglied des Kirchenvorstands rief ihn im Pfarrhaus an.

»Dies«, erklärte sie, »ist die schlimmste Nachricht seit die Ärzte die Dinger in Lloyds Lymphknoten gefunden haben.«

Er telefonierte mit Stuart Cullen.

»Gene Bolick ist auf die andere Straßenseite gegangen!« sagte er und fühlte sich dabei wie ein Zehnjähriger, der seinen Eltern etwas vorheult.

»Verweigerung! Wenn Gene nicht mit dir redet, dann muß er sich nicht der Wahrheit stellen. Er wird darüber hinwegkommen. Es braucht seine Zeit.«

»Und ein paar Leute regen sich auf, weil ich so früh in Pension gehe! Ich fühle mich wie ein Schurke, als ob ich ihnen etwas antäte!«

»Laß sie meckern!« rief Stuart aus. »Wenn die Menschen ihren Zorn nicht ausdrücken dürfen, dann fallen sie in Depressionen. Also besser so, als eine Pfarrgemeinde, ausgehöhlt von unterschwelligem Groll und nachlassendem Eifer.«

»Dann«, sagte Pater Tim elend, »gibt es noch die, die alles nur für eine lästige, unbequeme Sache halten.«

»Die haben recht«, sagte Stuart. »Übrigens, der Berufungsausschuß tagt schon, aber es ist ein langwieriger Vorgang. Also, halte durch.«

Sein Bischof war ihm keine Hilfe gewesen.

Der Schnellschnitt, den ihm seine Gattin widerwillig verpaßt hatte, reichte zwar für Stuarts Besuch, aber er brachte ihn keinen Schritt weiter. Und Fancy Skinner war bestimmt ausgebucht. Das war der Nachteil mit diesen Läden, wo Männer *und* Frauen hingehen können, dachte er düster. Er machte bei Fancy für einen Monat später einen Termin aus und redete sich ein, er könne Cynthia zu einer Übergangslösung überreden.

»Nein, tausendmal nein. Ich kann keine Haare schneiden! Geh' nach Wesley, wo es solche Herrenfriseure gibt, die du magst und wo die Männer über Forellenangeln und Politik reden!«

»Ich weiß Null über Forellenangeln und noch weniger über Politik«, sagte er. »Wie kommst du auf die Idee?«

»Oh, Liebling!« sagte sie und verscheuchte ihn mit einer Handbewegung.

»Ich stutz' sie Ihnen!« sagte Harley, der sich auf seine Kellerparty vorbereitete.

»Ach, ich weiß nicht – «

»Herrje, Hochwürden, ich hab' Haare geschnitten von hier bis West Texas, da ist nix dabei, man brauch' bloß 'ne scharfe Schere. Die richtige Schere ist alles. Ich hab' mit 'nem Rasiermesser geschnitten, mit 'nem Taschenmesser, am liebsten nehm' ich aber 'ne Schere. Ich hab' grad keine, aber ich hab'n guten Wetzstein, den ich immer für mein Messer nehm'. Also, Sie holen mir irgend 'ne Schere und wir sind komplett. Wie wollen Sie's haben? Daß es nich' so auf'n Kragen fällt, schätz' ich mal?«

»Ich kenne mich da nicht aus, Harley.«

Harley blickte ihn feierlich an. »Sie sollten es mich machen lassen, Hochwürden. Ich möcht' nich', daß der Herr sagt ›Was hast du für Hochwürden getan?‹ und ich muß dann sagen, 'Nichts, er hat mich nix tun lassen!' Ich weiß, was der Herr dann sagt, er sagt, ›Harley, das ist keine Entschuldigung, du gehst jetzt marsch die Treppe runter in die Hölle, ich weiß, das Feuer brennt heiß, aber...«

»Oh, um Himmels willen«, sagte der Pfarrer. »Ich hole die Schere.« Da grinste Harley und schon wieder traf sich sein Grinsen an seinem Hinterkopf.

»Hm«, sagte Cynthia und sah ihn prüfend an, als er sich für Harleys Einweihungsparty ankleidete.

»Hm, was?«

»Deine Haare...«

»Was soll damit sein?«

»Es sieht hinten so ausgezackelt aus.«

»Ausgezackelt?«

»Nun, ja, es geht rauf und runter, rauf und runter. Was hat Harley genommen – eine Zickzackschere?«

»Eine einfache Schere!«

»Hoffentlich nicht meine Tranchierschere, mit der ich das Geflügel aufschneide?«

»Absolut nicht. Er hat meine Schere aus der Kommodenschublade benutzt, ich lasse sie immer nachschärfen.«

»Von wegen«, sagte sie und sah ihn an, als sei er ein auf eine Stecknadel aufgespießter Käfer. »Warum setzt du dich nicht auf den Schemel vor der Frisierkommode und läßt mich die Sache etwas ... begradigen? Du weißt, ich tu es nicht gern, aber so ausgefranst kannst du nicht rumlaufen.«

Gewiß nicht. Er saß auf dem Kommodenschemel, ein Badehandtuch über den Schultern, glücklich, die unselige Angelegenheit bald hinter sich zu haben.

Cynthia hatte ihre Tat vollbracht und lief nach unten. Er zog ein sauberes Hemd an, als Dooley ins Schlafzimmer geschlendert kam.

Er sah den Jungen an, von des Tages Arbeit erfrischt und nun auch frisch geduscht. Sauberes T-Shirt, saubere Jeans; die Haare gekämmt, die Schnürsenkel gebunden. Groß und kräftig! Er sah von Tag zu Tag mehr aus wie ein zukünftiger Millionär!

Der Pfarrer hätte eine Marmorstatue in einem Park sein könnten, so ergriffen lief Dooley um ihn herum und starrte ihn an.

»Mann...« sagte Dooley.

»Was schaust du so?«

»Deine Haare.«

»Was ist mit meinen Haaren?« Allmählich entwickelte er einen Komplex, wenn man sein Haar auch nur erwähnte.

»Es ist hinten so wie ein V geschnitten. Ich hab' so was noch nie gesehen.«

»Ein V? Was soll das heißen, ein V?«

Er stolperte zu seinem Toilettentisch und mit Hilfe des Handspiegels seiner Frau besah er sich seinen Nacken in dem dreifachen Spiegel. Es war kein V, genaugenommen sah es mehr aus wie ein U. Was war eigentlich in all die Leute gefahren?

»Ich krieg' das wieder hin«, sagte Dooley, »wenn du mich am Samstag dein Auto fahren läßt.«

»Dooley...«

»Du kannst bis Farmer fahren, und ich übernehme das Steuer bei der Abkürzung.«

»Das ist nicht die richtige Zeit...«

»Na, jedenfalls, laß mich mal deinen Haarschnitt korrigieren. Ich weiß, wie's geht.«

»Du scherzest wohl.«

»Nein, ich scherze nicht. Ich hab' Tommy andauernd die Haare geschnitten.«

»Wer's glaubt.«

»Ich schwöre auf 'n Haufen Bibeln.«

»Das würde ich an deiner Stelle nicht tun. Die Bibeln, die du hier so leichtfertig aufhäufst, besagen, daß man nicht schwören soll.«

»Dieses V hängt dir ellenlang über den Kragen.«

Nächste Woche würde er nach Memphis fahren, das dauerte höchstens neun oder zehn Stunden einfache Strecke, und Joe würde vielleicht mit ihm das ›Graceland‹ besuchen…

Er seufzte tief. Zum dritten Mal an diesem Tag holte er seine Schere aus der Schublade der Frisierkommode und gab sie aus der Hand. Dieses Mal war er jedoch klug genug, vorher zu beten.

Kapitel Sieben

EINSTANDSPARTY

Der prächtige Puddingkuchen bestand nur noch aus Krümeln, die Obstschale war geplündert, die Plätzchen weggeputzt. Am Boden des gläsernen Henkelkrugs lagen nur noch zwei Zitronenscheiben und ein paar Obstkerne.

Im frisch getünchten Wohnzimmer öffnete Harley das letzte Geschenk zur Einstandsparty.

»Ach, du liebe Güte!« sagte er und schwenkte ein gerahmtes Bild von Jesus, ein Schaf in den Armen tragend, »Unser Herr und Meister, oder?«

»Bingo! Du hast es erraten!« sagte Cynthia, die ihm den Druck geschenkt hatte als Wandschmuck über seinem Bett.

»Das Schaf war verloren gegangen«, verkündete Dooley. »Erzählst du uns etwas darüber?« fragte er und sah den Pfarrer an.

»Warum erzählst du es nicht selber?«

Dooley kratzte sich verlegen am Kopf. »Ja, also, so ähnlich wie…wenn man hundert Schafe hätte und eines davon rennt weg und geht verloren, dann würde man es natürlich suchen, in den Bergen und überall. Und, wenn man es findest, dann ist man richtig froh, also, ich meine, vielleicht froher als über die neunundneunzig, die nicht weggerannt sind.«

»Donnerkeil!« sagte Harley.

Lace beugte sich in ihrem Stuhl vor. »Worum's in der Geschichte geht«, sagte sie, »ist, wenn jemand sich verirrt hat und Jesus findet ihn und der Verirrte schenkt ihm sein Herz, das macht IHN glücklicher als all die anderen, die nie verirrt waren.«

136

Dooley blickte Lace kühl an.

»Na, ich schätze mal, genau das hat der Herr mit mir gemacht«, sagte Harley. »In den Bergen gesucht, damit er mich findet und dann hat er mich hierhergebracht.«

Der Pfarrer war äußerst beeindruckt von der ungewohnten Zuversicht bei Lace Turner – ein Zeichen ihrer Reife vielleicht?

»Also, ich dank' euch allen recht schön«, sagte Harley, wobei ihm die Tränen in die Augen stiegen. »Ich hab' noch nie 'ne Bibel mit meinem Namen drauf gehabt, und ich hab noch nie 'n Lektroventilator gehabt, der nach links und rechts dreh'n kann...«

Er nahm eine Papierserviette aus seiner Hosentasche und schneuzte sich die Nase.

»...Ich hab' noch nie 'n Bild zum an die Wand häng' gehabt, außer von meiner Mama, als sie jung war... und ER *weiß*, ich hatte nie im Leb'n ein...« Harley tätschelte liebevoll Scotts Geschenk, das neben ihm auf dem Sofa lag. »Wie nenn' Sie das hier?«

»Das ist ein Afghan«, sagte der Kaplan und grinste. »Eine unserer Damen häkelt die Dinger. Sie sind der große Schlager in unser'm Haus auf dem Hügel.«

»Wofür genau sind die zu gebrauchen, was sagt'n Sie?«

»Der Afghan hält Sie im Winter schön warm, wenn Sie auf dem Sofa liegen und Fernsehen gucken.«

»Ich nehm's dafür her, ja, Sir, vielen Dank auch, aber ich lieg' bestimmt nich' auf'm Sofa und tu nich' Fernseh' guck'n, ich geh' arbeit'n.«

»Harley wechselt die Lichtmaschine an meinem Auto!« erklärte Cynthia.

»Es wäre mir sehr recht, wenn Sie sich auch die Bremsen an meinem Auto ansehen könnten«, sagte Scott. »Sie blockieren.«

»Sin' vielleicht die Bremsbacken.«

»Ich zahle Ihnen den gängigen Stundensatz.«

»Der einzige Stundensatz, der für Sie und mich gängig ist, ist kein Stundensatz«, erklärte Harley.

Scott blickte auf seine Armbanduhr und stand auf. »Ich muß rauf und nach meinen Leuten sehen, bevor sie einschlafen. Vielen Dank für die Einladung, Sir... Mrs. Kavanagh...«

»Cynthia!« sagte Mrs. Kavanagh.

»Cynthia! Ich habe mich glänzend unterhalten. Harley, besuchen Sie mich doch mal oben im ›Haus der Hoffnung‹. Und geben Sie Bescheid, wenn Sie Zeit für die Bremsen haben.« Scott ging zur Kellertür hinaus nach draußen, während sich die übrigen Partygäste von Harley verabschiedeten. Dann schwirrten sie gemeinsam die zur Pfarrküche führende Treppe hinauf und gingen durch die Diele zum Vordereingang.

»Wenn ich meine Sachen geholt hab, geh' ich gleich zu Tommy rüber!« Dooley rannte eilig die Treppe zu seinem Zimmer hinauf, gefolgt von Barnabas. »Sein Daddy wartet auf mich, wir gehen nach Wesley und leihen uns ein Video.«

Der Pfarrer stand auf dem Weg vor dem Hauseingang und sprach mit Cynthia und Olivia, als Lace unter der Bank auf dem Vorplatz etwas suchte. Dann lief Lace die Stufen zum Garten hinunter und schaute in den Buchsbaumstrauch an der Seite.

»Lace – was ist los?« fragte Cynthia.

»Jemand hat meinen Hut gestohlen«, sagte sie. »Mein Hut ist nicht mehr da, wo ich ihn hingetan hab'.«

»Wo hast du ihn denn hingetan?« fragte Cynthia verwundert.

»Ich habe sie gebeten, ihn auf die Bank zu legen«, gestand Olivia und sah besorgt aus.

»Ich helfe dir beim Suchen«, sagte der Pfarrer und ging mit ihr zum Buchsbaumstrauch. »Er ist vielleicht da reingefallen…«

»Der ist nirgendwo reingefallen!« rief Lace. »Der ist weg!«

Die Fliegentür knallte zu, und Dooley rannte die Treppe hinunter.

»Du hast meinen Hut gestohl'n, oder? Ich sollte dir den Schädel einschlag'n!«

Lace stürzte mit einem Satz zu Dooley und, fast ebenso schnell, bekam Olivia Lace zu fassen. Es ritschte und ratschte und der Rock riß ein Stück weit am Oberteil aus.

»Schau, was du mit meinem neuen Kleid gemacht hast!«

Lace wand sich, um Olivias Griff zu entkommen. »Laß mich los, ich schlag' ihm die Birne ein…«

»Lace! Laß' das.« Cynthia hielt sie am Handgelenk fest.

»Ich sollte dich umbringen, du elendiger, rothaariger Sohn von
'ner ...«

Dooleys Gesicht war purpurn. »Warum sollte ich deinen drek-
kigen, stinkigen, blöden, vergammelten Hut stehlen?«

Der Pfarrer legte seine Hand auf Dooleys Schulter. »Ganz
ruhig, mein Junge.«

»Warum sollte ich?« schrie er.

»Gib ihn zurück, sofort!« Lace, aschfahl im Gesicht, zitterte vor
Wut.

»Wer will deinen dämlichen, blöden Hut, in dem du so blöd
aussiehst, daß jeder hinter deinem Rücken über dich lacht? Wer
langt schon deinen blöden, verrotteten, dreckigen Hut an?«

Lace befreite sich aus Cynthias und Olivias Griff und sprang
auf Dooley zu, der seinen Arm abwehrend vor das Gesicht hob.
Sie versetzte ihm einen Faustschlag links zwischen die Rippen,
so daß er bis zum Vorplatz zurücktaumelte.

Barnabas bellte fürchterlich als der Pfarrer Lace an den Schultern packte. »Hör *sofort* auf«, sagte er.

Dooley fing sich wieder und stand wortlos da. Er strich sein
T-Shirt glatt. »Ich muß gehen«, sagte er mit zusammengekniffenen Lippen. »Tommys Dad wartet auf mich.«

»Geh nur«, sagte der Pfarrer ruhig.

»Wenn du's getan hast«, rief Lace Dooley hinterher, »kriegst du
eine in den Arsch, bis du platter bist als'n Kuhfladen.«

Cynthia und Olivia gingen mit Lace zu dem blauen Volvo, der am
Bordstein parkte, während sich der Pfarrer ermattet auf der ober-
sten Treppenstufe niederließ. Barnabas warf sich der Länge nach
zu seinen Füßen hin. Der Pfarrer war erschüttert über die Heftigkeit von Lace Turners plötzlichem, gewalttätigem Ausbruch.
Wenn Dooley wirklich der Schuldige war, dann tat er gut daran,
sich für die nächste Zeit zu verdrücken, solange bis ihr Zorn
etwas verraucht war.

Er saß in dem Stuhl neben Dooleys Schreibtisch und las Psalm
Siebenunddreißig, dessen erster Satz für ihn bereits eine ganze
Predigt darstellte.

Er blickte auf, als Dooley kurz vor dem Zapfenstreich im Laufschritt ins Zimmer getrabt kam.

»Hast du es getan?«

Dooley stand, völlig außer Atem, auf der Türschwelle. Er zögerte einen Augenblick, starrte auf seine Schuhspitzen, dann blickte er dem Pfarrer ins Gesicht und sagte, »ja, Sir.«

»Warum hast du gelogen?«

»Ich hab' nicht gelogen. Ich hab' nie gesagt, daß ich es nicht getan hab'.«

Das stimmte. Dooley hatte ihre Fragen mit Fragen beantwortet.

»Wo ist er?«

»In meinem Schrank.«

»Du bringst ihr morgen früh den Hut und entschuldigst dich. Und zwar bei Lace *und* Olivia.« Er würde Olivia morgen früh ebenfalls anrufen.

»Muß ich das?«

»Was denkst du?«

Dooley ging zum Schrank und öffnete die Tür. Er hob den Hut vom Schrankboden auf, als sei er eine Hinterlassenschaft von Barnabas in einem Hinterhof.

»Mann, ich hasse diesen blöden Hut.«

»Ich auch«, sagte der Pfarrer.

»Wirklich?«

»Wirklich. Aber der Hut gehört jemand anders und es war falsch von dir, ihn zu stehlen.«

»Ja.« Dooley sah sich den Hut einen Augenblick lang an, dann sah er dem Pfarrer in die Augen.

»Es tut mir leid.« Sagte er.

Eine echte Entschuldigung! Sollte dies der fabelhaften Schule zu verdanken sein, die Dooley besuchte, dann müßte er eigentlich aus schierer Herzensgüte noch einmal fünfundzwanzig Tausend im Jahr rüberschaufeln.

»Du wirst dich auch bei Cynthia entschuldigen.«

»Wofür?«

»Du hast dazu beigetragen, Harleys Party in erheblichem Mißklang enden zu lassen.«

140

»Lace Turner macht mir kotzübel. Ich hätt' ihr in die blöde Fresse hauen können.«

»Aber du hast es nicht getan, löblicherweise.«

Dooley saß auf dem Bett und hielt seine linke Seite. »Sie bringt mich um«, sagte er.

»Vielleicht entschuldigst du dich bei Lace solange Olivia im Zimmer ist – dann mußt du selbst sehen wie du weg kommst.«

Es herrschte ein langes Schweigen. Ein Nachtfalter flatterte um die Glühbirne in der Deckenbeleuchtung.

»Wenn du so etwas noch einmal machst«, sagte der Pfarrer, »dann...« Was ihm fehlte, um den Satz wirkungsvoll zu beenden, war eine gute, furchterregende Drohung, so etwas wie Autoschlüssel wegnehmen für ein paar Wochen – aber Dooley fuhr ja noch gar nicht.

»Dann werde ich...« sagte er.

Oh, Jemine. Er merkte, ihm fiel kein gescheite Drohung ein, selbst wenn sein Leben davon abhinge.

Die Bürgermeisterin bat ihn, in ihr Büro zu kommen – und zwar möglichst schnell, dem Tonfall ihrer Stimme nach zu schließen.

Wenn Esther Cunningham die Fäden zog, dann sprang er, ebenso wie die meisten anderen Leute. Er haßte diese Eigenschaft an sich, aber warum sollte er sich dagegen sträuben? Esther hatte unerschütterlich über Mitford gewacht, hatte Jahre ihres Lebens und auch ihre Gesundheit geopfert, um alles in Bestform zu erhalten. Es gab noch nicht einmal eine Steuererhöhung während ihrer langen Amtszeit. Also folgte er, wenn sie rief, und er folgte gerne.

Sie lehnte sich über ihren Schreibtisch und die Flecken auf Hals und Gesicht sahen röter aus als je zuvor.

»Raten Sie mal, was diese miese Ratte jetzt macht?«

»Ich kann nicht raten.«

»Er hält sie alle frei mit seiner Barbecue-Party, ausgerechnet nächsten Freitag – am Tag von unserem Stadtfestival.« Sie sah ihn düster an. »Sehen Sie die Strategie dahinter?«

Er verstand nicht.

»Damit lockt er die Meute zu sich und läßt uns unter den Bäumen beim Stadtmuseum allein im Regen stehen, wie 'n paar Mehlsäcke.

»Aha.«

»Sie könnten folgendes für mich tun«, sagte sie, blickte zur Tür und senkte ihre Stimme.

Er war gespannt.

»Um diese Wahl zu gewinnen, reicht es nicht, an einem mit einer Flagge drapierten Stand rumzusitzen. Die Zeiten ändern sich. Ich bitte Sie, nach Hause zu gehen, zu beten, und sich dann mit einer guten Idee bei mir zu melden.«

»Aber das Stadtfestival ist schon in vier Tagen.«

»Mit einer Idee, die Mack Stroupe mit seinem Barbecue bis nach Holding scheucht.«

»Und so etwas erwarten Sie von *mir?*«

»Ja, umgehend«, sagte sie, an einem roten Fleck kratzend.

Hatte seine Frau nicht unzählige Rückzugsmöglichkeiten für ihn bereit gehalten, damit er sich entspannen konnte? Hatte sie nicht Abendessen gekocht, wenn er nicht mehr dazu fähig war? Hatte sie nicht treu für ihn gebetet, sein Pfarrhaus in Schuß gehalten und ihm eine vollständige Ausgabe der Werke von Charles Dickens geschenkt, ganz zu schweigen von einem beleuchtbaren Globus?

Und arbeitete sie nicht fast acht Stunden am Tag an einem Buch? Er würde es so machen wie die Russen. Obwohl es sein eigener Geburtstag war, würde er der Gastgeber sein, er würde ein Abendessen geben.

Sie beide wären allein, und danach würden sie tanzen. Er würde die Rumba-CD auflegen – oder mochte sie Tango lieber? – und im Arbeitszimmer eine echt flotte Sohle aufs Parkett legen.

Das Blut pulsierte in seinen Schläfen.

Und Champagner! Das war genau das Richtige! Eine teure Marke natürlich, damit man nicht mit einem Brummschädel aufwachte, selbst wenn man das Zeug nur so in sich hineingoß.

Avis kannte sich sicher aus mit den guten Marken. Hatte Avis nicht auch von einer Ladung Lammfleisch erzählt, die jeden Tag eintreffen mußte?

Außerdem, blühten nicht die Französischen Essigrosen wie selten zuvor und durchdrangen die Luft mit ihrem betäubenden Duft? *Ach, herrjemine!* Er begutachtete seinen Hinterkopf noch einmal im Spiegel. In den privaten Räumen seines eigenen Heims war er zum Opfer einer Schar von Stümpern geworden.

Am besten er verzog sich und brachte die Sache in Ordnung, ein für alle mal.

Ein anständiger Haarschnitt, der neue, blaue Sportmantel, den Cynthia im Ausverkauf erstand, ein Tänzchen mit seiner Frau an seinem Geburtstag – was mehr konnte ein Mann sich wünschen oder ausmalen?

Plötzlich kam er sich gar nicht mehr wie ein unbedeutender Hundertjähriger vor sondern mehr wie ein – warum sollte er es nicht zugeben – mehr wie ein Siebzehnjähriger.

Als er Fancys Nummer suchte, gestand er sich ein, wie sehr er Joe Ivey vermißte. Was machte es schon, wenn Joe nie zu Fachtagungen ging, um die neueste Mode zu lernen? Joe war ein ungeheuer umgänglicher Mensch, der einem nie die Ohren voll quatschte, wenn er einen rasierte oder einem die Haare schnitt. Und noch etwas – er geizte nicht mit ›Meeresbrise‹, das er großzügig mit der flachen Hand auftrug. Das mochte der Pfarrer am liebsten, denn es ließ die Haut so richtig schön prickeln. Fancy Skinner jedoch hielt die Verwendung von ›Meeresbrise‹ für unter ihrem Niveau.

Na, gut. Er seufzte und wählte 555-HAIR. Fancy Skinner war der einzige Frisörladen in der Stadt und er hoffte, sie konnte ihn irgendwie dazwischen rein nehmen.

»Der Laden ist heute geschlossen. Ich bin nur hier, weil Mama 'ne Spülung kriegt. Mama wohnt in Spruce Pine, aber ich stamme aus Newland. Wenn Sie ganz schnell rüberkommen, dann nehm' ich Sie dran, aber nur weil Sie's sind. Sie sind der Einzige für den ich das mache, für meinen eigenen Pfarrer würd' ich das bestimmt nich' tun. Haben Sie gesehen, was seine Frau mit ihm gemacht hat? Es sah aus, als hätt' sie ihm 'ne Suppenschüssel übern Kopf gestülpt und mit'm Steakmesser außen rumgemetzgert. Daß der sich getraut hat, so von ›Wiedererweckung‹ zu predigen, geht über meine Hutschnur.

Ach je, da fällt mir ein, macht es Ihnen was aus, wenn Sie beim Laden vorbeigehen und mir 'n paar Kaugummi ohne Zucker mitbringen, ich zahl's Ihnen sobald Sie zur Tür drin sind oder zieh's Ihnen von der Rechnung ab, je nach dem, ich brauch 'n Gummi im Laden, ich arbeit' am besten, wenn ich was im Mund hab, jedenfalls besser als 'ne Zigarette, herrje, früher hab' ich mir zwei Packungen ohne Filter reingezogen, können Sie das glauben?

Also, wenn Sie kommen, dann gleich, morgen ist der Wahnsinn, jeder will schön sein für's Stadtfestival, warum man Strähnchen braucht für'n Barbecue-Essen ist mir schleierhaft. Und wenn Sie 'ne Tüte Pfefferminz mit einstecken, das wär prima, ich hätt's gern für Leute, die Zwiebeln gegessen haben, unsere Arbeit ist immer nah am Kunden, verstehen Sie?«

Als Fancy ihn in den rosa Schal hüllte, seufzte er resigniert und schloß die Augen.

»Sie beten, nich' wahr? Sie sollten inzwischen wissen, daß ich Ihnen nich' das Ohr abschneide oder Ihnen ein Loch in Ihren Kopf steche. Herrje, ich hatte zuviel Kaffee heute früh, wissen Sie, ich kann höchstens zwei Tassen trinken oder ich bin jenseits von Gut und Böse, wie steht's mit Ihnen, vertragen Sie immer noch Koffein, oder sind Sie schon zu alt dafür? Natürlich, Ihre Frau ist jung, sie verträgt's noch, ich hab' früher fünf oder sechs Tassen am Tag getrunken… und geraucht, meine Güte, geraucht wie ein Schlot! Aber nicht mehr! Wußten Sie daß man von Rauchen schneller alt wird und Falten bekommt? Ich hasse diese kleinen Fältchen um meinen Mund, aber das kommt nich' vom Rauchen, nein, mein Süßer, das kommt von der Sonne. Ich hab' mich stundenlang in die Sonne gelegt wie ein Brathuhn.

144

Schauen Sie sich die Fasson an! Wer war das? Ich dachte Joe Ivey arbeitet im Graceland. Mama, komm her und sieh dir das an, mit so was bin ich täglich konfrontiert. Herr Pfarrer, das ist Mama, Mama, er ist ein Freund von Mule, er ist erst seit kurzem zum ersten Mal verheiratet.

Der Pfarrer predigt in der Feldsteinkirche unten an der Straße, wo sie den Weihrauch schwenken, wahrhaftig, Mule und ich sind mal an einem Sonntag an Ihrer Kirche vorbeigegangen, man roch es aus dem Schornstein! Herrje, ich reagier' immer allergisch, wenn ich dies Zeug nur rieche. Dabei dachte ich, Weihrauch gibt's nur bei den Katholiken. Reden Sie eigentlich die ganze Zeit Lateinisch? Ich hatte mal 'ne Freundin, mit der bin ich in die Kirche gegangen, kein Wort hab' ich verstanden, von dem was da geredet wurde.

Ihr Haar wächst wie Unkraut. Ich hab' gehört, wenn man eine Menge Fett ißt, dann wachsen die Haare, Sie dürfen ja sowieso kein Fett essen, Sie haben Diabetes.

Mama! Wußtest du, daß der Pater Diabetes hat? Mein Daddy hatte Diabetes. Das hat ihn umgebracht, Mama, oder war es das Rauchen? Vielleicht beides.

Sehen Sie sich das an! Wer Sie so zugerichtet hat, der soll in Zukunft die Finger davon lassen. Sie können mich jederzeit anrufen, ich quetsch Sie irgendwo dazwischen. Tut mir leid, daß ich Sie neulich nicht dran nehmen konnte – wann war das gleich? – ich glaub' als Ihr Papst da war. Der hat auch keine Lust, immer in seinem Vatikan zu bleiben, waren Sie schon mal im Vatikan? Meine Güte, ich war noch nich' mal in Israel, jeder war schon in Israel, unser Geistlicher fährt nächstes Jahr mit einer ganzen Gruppe, aber ich mach' lieber 'ne Kreuzfahrt, ist das sündig?

Sie sollten mich 'ne Maske bei Ihnen auftragen lassen mit Fancys Neuer Nährcreme, wenn wir schon mal dabei sind, besonders, wenn Ihre Frau Geburtstag hat, oder sind Sie derjenige? Egal, meine Maske ist so gut wie einmal Liften, und noch dazu vier tausend Dollar billiger. Nein, wirklich. Ich mach' Ihnen das, es dauert nich' länger als 'ne Stunde. Sagen Sie mir irgendein

besseres Geburtstagsgeschenk als fünfzehn Jahre jünger auszusehen, was etwa der Altersgruppe Ihrer *Frau* entspricht,
wenn ich nicht irre. Also, legen Sie sich bequem zurück, Sie sind
so steif wie 'n Brett, ich stech' Ihnen nicht die Augen aus, Männer sind doch wie Babys, oder, Mama? Sie hört uns nich' die
Bohne, sie hockt unterm Haartrockner.
Also, bitte nich' reden während ich das hier auf Ihr Gesicht
auftrage. OK? Es wird hart und Sie müssen dreißig Minuten so
liegen bleiben, ohne ein Wort zu sagen oder alles platzt ab und
fällt auf den Boden und dann sind vierzig Mäuse den Gully
runter. Sie sollten diese hübsche, grüne Farbe sehen, es ist Min-
ze drin, und Gurke und sonst was alles, ich glaub auch Spinat
und Klette – meine Großmutter hat früher die Kletten ausge-
graben als Medizin gegen Keuchhusten!
Fühlt sich das nich' toll an, spür'n Sie nich', wie Ihre Haut all
diese Gifte abgibt? Und die Falten da auf Ihrer Stirn, ich wette
Sie runzeln die Stirn, wenn Sie nachdenken, Sie sind der nach-
denkliche Typ. Also, Sie können Ihren Falten ›Auf Wiedersehen‹ sagen, Süßer, weil ich sage Sayonara, Adios, verschwin-
det…«

Das Liegen in Fancys Stuhl verursachte ihm Kopfschmerzen,
ganz zu schweigen von dem steifen Hals, der sich bis zu seinen
Oberschultern und zu seiner Wirbelsäule zu erstrecken schien.
Na, gut. Ein bescheidener Preis dafür, daß er an seinem drei-
undsechzigsten Geburtstag aussah wie achtundvierzig.
Fancy empfahl ihm dringend, sich im Hair House nicht im
Spiegel zu betrachten. »Warum in den Spiegel schaun«, fragte
sie in einer, wie er meinte, hochphilosophischen Anwandlung,
»wenn Sie den wahren Unterschied von *ihren* Augen ablesen
können?« Sie glubschte ihn an und produzierte eine Luftblase,
was mit einem zuckerfreien Pfefferminz-Kaugummi gar nicht
so einfach ist.
Er wollte nicht undankbar erscheinen und gab ihr fünf Dollar
Trinkgeld, wobei er bemerkte, daß sie der Geistlichkeit offenbar
keinen Sonderrabatt gewährte.

Er mußte es einfach tun. Kaum hatte er das Haus durch die Hintertür betreten, sah er in den Spiegel.

Gütiger Himmel!

Sein Gesicht war...*grün*.

Unglaublich! Das durfte nicht wahr sein. Lag es am trüben Tageslicht in der Küche? Er knipste die Deckenbeleuchtung an, rückte seine Brille zurecht und sah wieder hinein.

Es lag nicht am Licht.

Er wählte vom Küchentelefon aus 555-HAIR, während sein Herz dumpf pochte. Keiner hob ab.

Er rannte die Treppe zum Schlafzimmer hinauf und sah in den Spiegel, den er normalerweise benutzte.

Grün.

Auf seiner Armbanduhr war es fünf. Er hatte Cynthia gebeten, sich um sieben Uhr einzufinden.

Das Geburtstagsessen, der Champagner, die Rosen... die ganze Sache verdorben. In alle Winde zerstoben.

Er ging zum Badezimmer, schäumte seine Hände mit Seife und warmem Wasser ein und schrubbte sein Gesicht.

Wer will schon mit einem Grüngesichtigen Tango tanzen? Und wie sollte er ihr gestehen, daß er einer Gesichtsbehandlung zugestimmt hatte? Kein Mann in Mitford würde das je tun – niemals, nicht in hundert, nein, nicht in einer Million Jahren!

Er spülte sich das Gesicht mit Wasser ab, rieb es trocken und sah in den Spiegel des Medizinschränkchens. Darüber brannte eine 150-Watt-Birne, die niemals trog.

Grün. Ganz und gar eindeutig.

Er stand da, starrte in den Spiegel und war wie betäubt. Das hatte er nun davon, daß er ein so ein törichter Tropf war, der einer Frau nichts abschlagen konnte, schon gar nicht wenn sie enganliegende Capri-Hosen trug, die so aussahen als hätte sie sie einer Minderjährigen geklaut.

Er wollte ein Loch in den Boden graben und reinkriechen.

Beide hatten zu Abend gespeist, hatten getanzt, hatten den außerordentlichen Duft der Rosen wahrgenommen. Sie hatte seine Kochkunst gerühmt, ein mitreißendes »Happy Birthday« gesungen und ihm ein selbst verfaßtes und illustriertes Buch geschenkt über die Pfarrei von Mitford.

Er war sichtlich bewegt und hochgradig erfreut, ein Buch in Händen zu halten, in dem er sich selbst die Hauptstraße hinuntergehen und im Priestergewand auf der Kirchwiese stehen sah. Jetzt wußte er, was Violet fühlte!

Er fand es ungeheuer nobel von ihr, keine Bemerkungen über Besonderheiten an seinem Aussehen zu machen, obwohl er sicher glaubte, wahrgenommen zu haben, wie sie ihn ein oder zwei mal mit offenem Mund anstarrte.

Er schenkte das letzte Glas Champagner ein.

»Das ist wie... wie eine Verabredung!« sagte sie errötend und glücklich.

»Welche wir nie hatten, bis auf das eine Mal im Kino, bei dem du alle meine Milchdrops aufgegessen hast.«

»Ich verabscheue Verabredungen!« sagte sie. »Ich denke, die sollten der Ehe vorbehalten bleiben.«

»Amen!«

Er servierte, wie bei ihrem ersten Abendessenbesuch, gedünstete Birnen, goß aber nur bei ihrem Dessert ein wenig Schokoladensauce darüber.

»Liebling«, sagte sie, als beide lässig auf dem Sofa im Arbeitszimmer fläzten, »da ist etwas, was ich dir sagen wollte ...«

Jetzt kommt es, dachte er, und sein Mut sank.

»Du siehst gar nicht gut aus. Du siehst... ein bißchen grün um die Nase aus. Ich mache mir Sorgen um dich, Timothy.«

»Aha.« Er hatte gutes Geld bezahlt, um fünfzehn Jahre jünger zu wirken, und es endete damit, daß er krank und schwach aussah. Niemals mehr würde er einen Fuß in Fancy Skinners Salon setzen, nie mehr in seinem Leben, und was war schon dabei, wenn Hin- und Rückreise nach Memphis achtzehn Stunden anstrengende Fahrt bedeuteten?

»Die ganze Geschichte mit deiner Pensionierung und die Sor-

148

gen wegen Fernbank, und dieses neue, dringende Projekt für die Bürgermeisterin, was immer das ist ... ich denke, es wird Zeit, daß du dich zurückziehst.«

Tatsächlich probte seine Frau gerade den häuslichen Rückzug. Einem alten, verbrauchten Geistlichen tat das gut – wie Autoreifen eine Runderneuerung. Einmal machten sie beide ein Picknick im Baxter-Park, einmal ein Picknick mit Blick über ihr ›Bettdecken-Land‹ und einmal entführte sie ihn ins kleine, gelbe Haus, wo sie wie zwei ausschweifende Römer auf dem breiten Französischen Bett ruhten, Zitronenlimonade tranken und dem Regen lauschten.

»Genau«, sagte er. »Ein Rückzug.«

Sie sah ihn eingehend an, die Brauen gefurcht.

»Ja, ganz entschieden«, sagte sie und sah besorgt aus.

Während die beiden die Party im Arbeitszimmer ausklingen ließen, hatte Barnabas am Küchentisch Männchen gemacht und den restlichen Lammbraten weggeputzt. Er gönnte sich auch zwei Weißbrötchen, ein halbes Stück Butter, eine Schüssel Wildreis und Pfefferminzgelee, so viel er nur vom Löffel im Abspülwasser schlecken konnte.

Um zwei Uhr morgens fühlte der Pfarrer eine große Pranke auf seiner Schulter. Zweifellos etwas Größeres.

Er zog hastig seine Hosen an und ein Hemd, fuhr barfuß in seine Slipper und wuchtete treppab, seinem verzweifelten Hund hinterher. Er konnte kaum die Leine anlegen, da war Barnabas schon zur Hintertür hinaus und durch die Hecke.

Barnabas nahm auf seiner Rennstrecke Witterung auf. Opossums, Marder, Igel, Eichhörnchen und Katzen wechselten über diesen Weg, ganz zu schweigen von der Kreatur auf dieser Welt, die der Pfarrer am wenigsten liebte, dem Maulwurf. Der Weg bot eine wahre Vorspeisenplatte an Gerüchen, so anregend, daß sein Hund offenbar vergaß, was ihn mitten in der Nacht aus dem Haus trieb und warum er sein Herrchen wie eine Kugel an der Kette hinter sich her zog.

»Noch in diesem Jahrhundert? Freundchen?«

Weiteres Schnüffeln.

Plötzlich drängte es Barnabas, rund ums Haus zu gehen... quer durch den Garten... auf den Gehsteig hinaus...die Straße aufwärts.

»Nicht zum Denkmal!« stöhnte er.

Barnabas legte sich mit der Muskelkraft und Entschiedenheit eines Ochsengespanns ins Zeug. Also doch zum Denkmal.

Im Trab folgte er seinem Hund und nahm den Frieden wahr, der über dem Dorf ruhte, sobald die Straße ohne Autos war. Eine ungewohnte Würde lag heute nacht über dem Schein der Verkehrsampeln und den Blumenkörben, die von jedem Laternenpfahl baumelten.

Sie hatten ein schönes Leben in Mitford, zweifellos. Besucher waren oft erstaunt über den augenfälligen Charme und die Einfachheit des Städtchens, wünschten sich genau so eines, vielleicht weil sie hier das Leben wiederfanden, das sie selbst einmal hatten, oder aber, das sie gänzlich entbehren mußten.

Und doch war Mitford überall. Er hatte in solchen Orten gelebt und gepredigt, abseits der Kämpfe gab es sie immer noch. Sie konnten sich etwas von ihrer Unschuld und ihren Träumen bewahren, ein Stückchen Vergangenheit, das andere Städte freiwillig aufgegeben hatten oder aber zuließen, daß man es ihnen nahm.

Wie lange konnten die Esther Cunninghams dieser Welt noch durchhalten? Wie lange kam einfache, anständige, freundliche Rücksichtnahme noch an gegen blanke Rücksichtslosigkeit?

Die Bürgermeisterin mochte ihre Schwächen haben, wie wir alle, dachte er, aber mit Esther würde er sich auf jedes Wagnis einlassen.

Beinahe hatte er vergessen, weshalb er überhaupt hierher gekommen war. Es geschah wie im Traum. Dann, Gott sei Dank, fand sein Hund eine Stelle hinter der Hecke, die das Denkmal umgab.

Da stand er, während Barnabas sein Geschäft verrichtete und

blickte zum nächtlichen Sommerhimmel auf. Orion...die Drei Planetenschwestern ... der Große Bär...

Beinahe hätte er das Auto gar nicht gesehen, das um das Denkmal fuhr und dann in die Fliederstraße einbog.

Ein Lincoln. Neu. Schwarz. Leise.

Er war aufgeregt, wußte aber nicht warum. Das Auto schien ihn an irgend etwas oder an irgendjemanden zu erinnern ... Ihn beschlich der seltsame Gedanke, daß es ungehörig sei, wenn ein Auto so leise fuhr – es flößte ihm seltsame Angst ein.

»Wie war's?« fragte er Scott Murphy.

»Tja, interessant. Ich weiß nicht genau. Als die Leute am Mittwochabend bei Heimatlos waren, hatten sie nicht viel zu sagen, aber es schien so, als fänden sie es etwas Besonderes, dabei zu sein, als ob sie ... auf etwas warteten.«

Ja, sie warten auf etwas, dachte er plötzlich gerührt.

»Ich erzähle es dir nicht gerne«, sagte er und blickte seine Frau an, als sie gemeinsam das Unkraut aus dem Staudenbeet neben der Garage jäteten. Morgen sollte das Stadtfestival stattfinden und ganz Mitford beeilte sich, sauber und gepflegt auszusehen. Er selber war inzwischen wieder vorzeigbar. Der grünliche Schatten auf seiner Haut war verschwunden.

Eine lange Stille folgte, während er Knöterich zwischen den Fingerhutstauden entfernte.

»Na, sprich' dich aus, Timothy!«

»Ich habe mich auf eine Grundrechenart besonnen.«

»So?«

»...und ich bin gestern vierundsechzig geworden.«

»Nein!«

»Doch.«

»Ich dachte, du bist dreiundsechzig! Das heißt, daß ich achtundfünfzig bin, nicht siebenundfünfzig. Oh, *bitte*!«

Ihr Stöhnen hätte gut und gerne am Dach des zwei Blöcke entfernten Stadtmuseums abprallen können.

»Die Nachbarn...« sagte er.

»Wir *haben* keine, erinnerst du dich? Seit ich ins Pfarrhaus gezogen bin, *haben* wir keine Nachbarn mehr. Das heißt, ich kann so lange und so laut stöhnen, wie ich will.«

»Gut gedacht, Kavanagh.«

Vierundsechzig! Am liebsten hätte auch er ein lautes Jammern hinterher gejagt.

»Die Volt waren runter auf zehn«, sagte Harley und wischte sich die Hände an einem Lumpen ab. »Es lief schon auf Batterie. Warum setzen Sie sich nich' rein und drehen ein paar Runden. Ich hab' ihn startklar gemacht, weil ich schon mal dabei war.«

»Wir danken dir, Harley. Das ist phantastisch.«

»Müßte laufen wie 'n gesengter Hund!«

Der Pfarrer öffnete die Tür und Barnabas sprang auf den Beifahrersitz. Dann setzte er sich ans Steuer und fuhr den Mazda seiner Frau rückwärts aus der Garage.

Was für ein Tag, dachte er, als er in die Hauptstraße einbog, froh über das lebhafte Treiben, das er da sah. In Zeiten, in denen man Einkaufsstraßen in die Peripherie verlegte, konnte sich nicht jede Stadt eines lebendigen Geschäftszentrums rühmen.

Er sah Dooley aus der Gasse beim ›Laden‹ radeln, behelmt und sein Rad beladen mit einem vollen Lieferkorb. Er hupte. Dooley grinste und winkte.

Da war Winnie, die ein Tablett mit einer sündigen Köstlichkeit ins Schaufenster der Leckerbäckerei stellte; er hupte wieder, war aber schon vorbei, bevor sie aufblicken konnte.

Als er sich dem Denkmal näherte, sah er Onkel Billy und Miss Rose in ihren verchromten Eßzimmerstühlen auf dem Rasen des Stadtmuseums sitzen. Dort hatte sich alle Welt eingefunden, um Zelte, Stände, Fahnen, Tische, große Schirme, handgemalte Schilder und die unabdingbare Toilettenkabine aufzubauen, die sich dieses Jahr nach rechts und nicht nach links zu neigen schien.

Er hupte und winkte – Onkel Billy winkte zurück und Miss Rose blickte mißbilligend.

Wieso er fünfzig Jahre lang in dieser Stadt leben konnte und sich immer noch freute, die Hauptstraße entlang zu fahren, ging über seinen Verstand. In der kleinen Gemeinde am Meer hatte er auch gerne gelebt. Dort gab es in der Hauptstraße aber nicht viel zu gucken und während der alljährlichen Wirbelstürme wurden auch die wenigen Ladenschaufenster verbarrikadiert.

Sei dankbar für deine Gaben, hatte ihm seine Großmutter gesagt. Sei dankbar für deine Gaben, sagte auch seine Mutter oft. Er umfuhr das Denkmal und bog in die Fliederstraße ein. Aber wer war heutzutage dankbar für seine Gaben? Laut allgemeiner Überzeugung blieb keine Zeit, um den Rosenduft zu atmen, keine Zeit, für seine Gaben dankbar zu sein. Aber wie lange braucht man, um zu erkennen, daß es gerade darauf ankommt? Hatten sie dank Harley Welch nicht soeben einen Hunderter eingespart, und das direkt hinter ihrem eigenen Haus?

Wo, wenn nicht in Mitford, hatten die Menschen noch Zeit?

»Ach, Barnabas«, sagte er und kraulte seinen Hund hinter den Ohren. Barnabas äugte betont geradeaus, was er, während einer Autofahrt, für angemessenes Verhalten hielt.

Er schaltete das Radio ein und hörte Mozartklänge, die von der Station in Asheville über die Berge drangen. Er verschob die Skala solange, bis er einen Wetterbericht hörte. Das ganze Wochenende Sonnenschein! Halleluja!

Er ertappte sich bei einem Grinsen von einem Ohr zum anderen. Wie oft fühlte er sich von allen Sorgen dieser Welt befreit? Nicht oft. Er war schließlich mit einem Naturell ausgestattet, das zur Melancholie neigte, wenn er nicht aufpaßte.

»Ernsthaft«, nannte ihn früher ein Nachbar, währenddessen er sich die Brille aufsetzte, um das Kerlchen, das da mit einem dicken Buch unter dem mageren Ärmchen vor ihm stand, besser betrachten zu können.

Er dachte an gestern abend, als seine lebenssprühende und unermüdliche Ehefrau im Bett saß und ihm vorlas, weil sie wußte, wie sehr er diese einfache Zuwendung an Zeit und Mühe genoß.

Er hatte den Kopf in ihren Schoß gelegt, seine Hand glitt abwärts und umfaßte ihre Waden, wobei er mit jeder Faser seines Herzens gewahr wurde, wie außerordentlich reich er war.

Er hatte gehört, wie Dooley heimkam, die Treppen hinaufjagte, präzise auf die Minute seines Zapfenstreiches, und schließlich das Geräusch seines schnarchenden Hundes in der Diele...

Er dachte an die alte, selbstgemachte *Petit Point* Stickerei seiner Großmutter. Sie hing gerahmt in der Pfarrküche, aber in all den Jahren war er so oft daran vorbeigegangen, daß er sie nicht mehr wahrnahm. Ihre mit einer verblichenen Hundertblättrigen Rose verzierte Geduldsarbeit gab einen Vers aus dem 68. Psalm wieder.

»Gelobet sei der Herr«, hieß es da, »der uns täglich mit Wohltaten belädt.«

»Belädt!« rief er laut aus. »Täglich!«

Sein Auto schnurrte nur so, dank seines Mechaniker-Untermieters, aber er wollte noch nicht nach Hause. Plötzlich verspürte er das Bedürfnis, die Landschaft zur Spätjunizeit zu betrachten. Vielleicht sollte er ins sechs Kilometer entfernte Farmer fahren, und dann erst zu Cynthia zurückkehren, um ihr beim Backen für den Kirchenstand morgen zu helfen.

Während der Fahrt nach Farmer würde er etwas scheinbar Kindisches tun – für seine Gaben dankbar sein, so weit er sie nur aufzählen konnte. Das konnte zweifellos bis Mittwoch dauern, denn die Liste war lang. Er kannte sich aus mit den Gaben und wie sie, selbst in schlimmsten Zeiten, unerschöpflich waren.

Ihm fiel ein, daß Patrick Henry Reardon indirekt von so etwas sprach. Erst vor ein paar Tagen hatte er dessen Gedanken in seinem Predigtnotizbuch vermerkt.

»Nehmen wir nur einmal an«, sagte Reardon, »daß Gott uns alles nähme, wofür wir ihm keinen Dank abgestattet haben. Welches unserer Gliedmaßen und welche unserer Fähigkeiten würden übrig bleiben? Wäre ich noch im Besitz meiner Hände und meines Verstandes? Und wie sieht es mit den geliebten Menschen aus? Wenn Gott mir all jene Menschen und Dinge

154

nähme, für die ich ihm nicht dankte, was wäre dann noch von mir übrig?«

Wahrhaftig, was wäre noch von mir übrig? Das fragte er sich. Der Gedanke traf ihn plötzlich mit großer Macht, was er bei der Niederschrift in sein Notizbuch gar nicht so empfunden hatte. Er legte die Hand auf den Kopf seines Hundes und zählte mit heiserer Stimme seine Gaben auf: »Barnabas...«

Er sah sie an der Ecke Hauptstraße und Glyziniengasse stehen und auf das Pfarrhaus blicken. Er hatte sie nie im Leben kennengelernt, aber er wußte ganz genau, ganz präzise, wer sie war.

Er fühlte, wie er sie sofort in sein Herz schloß, als sie ihre Arme ausbreitete und auf ihn zurannte. Er versuchte ebenfalls zu rennen, sie in die Arme zu nehmen, aber es kam ihm vor als bewege er sich durch Sand oder tiefes Wasser, und es hatte ihm die Sprache verschlagen, er war unfähig, ihren Namen zu rufen.

Seine Frau schüttelte ihn. »Wach auf, Lieber!«

»Was...was...?«

»Du hast geträumt.«

Er setzte sich mit klopfendem Herzen auf.

»Wir müssen Jessie finden«, sagte er.

Kapitel Acht

Politisches Barbecue

Jede Menge Gerede auf der Straße. Am Tag des Festivals konnte er schon morgens um sieben Uhr dreißig nicht mehr von Süd nach Nord gelangen, ohne eine Fülle von Informationen aufzunehmen.

Dora Pugh war dabei, flache Körbe mit Borretsch, Schnittlauch und Rosmarin vor der Tür des Landhandels aufzustellen und fragte, ob er schon die Wahlplakate an der Schnellstraße gesehen habe. Mitten in der Nacht müssen die aufgestellt worden sein, sagte sie. Gestern auf der Heimfahrt habe sie noch nicht bemerkt, daß Mack Stroupes häßliche Visage auf drei weitere Plakate gepflastert worden sei – und zwar von Hattie Cloers Markt bis hin zum Schuhverkauf in der Scheune.

»Das«, so schnaubte sie, »ist von diesem Keks dreimal mehr als ich je sehen wollte.« Dora lebte früher in Georgia, wo »Keks« nichts mit Teegebäck zu hatte.

Bei der Leckerbäckerei rief ihn Winnie Ivey herein.

»Ich überlege gerade«, sagte sie und schob eine graue Haarsträhne unter ihr Kopftuch. »Meine Lizenz erlaubt, daß die Leute sich setzen, deshalb dachte ich , ich laß' mir was einfallen, damit sie nicht vor dem Regal stehen müssen.«

Das Regal war von der Wand abmontiert und ersetzt durch Poster mit Berglandschaften. Im langen, freien Gang vor den Vitrinen waren drei Tische und ein Dutzend Stühle aufgestellt.

»Ich tu einfach, was ich kann. Wenn ich schon verkaufen muß, möcht' ich, daß die Bilanz was hermacht«, sagte sie.

»Ich bin stolz auf Sie, Winnie! Und Sie haben all das hier allein gemacht!«

»Ich muß alles dransetzen, Pater! Natürlich gibt's nur Kaffee und Gebäck, wie immer, aber jetzt kann man sich dazu hinsetzen – vielleicht biete ich nächste Woche auch Sandwiches an. Und Suppe im Winter. Was meinen Sie?«

»Auf jeden Fall!«

Sie strahlte. »Es tut gut, einen Rat zu bekommen.«

»Aber ich bitte Sie!« Wußten seine Gemeindemitglieder nicht immer den besten Rat?

»Johnny, mein Mann, der kannte sich aus, aber er ist schon so lange tot, ich kann mich kaum mehr an sein Gesicht erinnern. Finden Sie das schlimm?«

Er selbst konnte sich an das Gesicht seines Vaters kaum erinnern. »Nein«, sagte er, »das kommt eben einfach öfters vor…«

»Wissen Sie, manchmal…« Winnie errötete.

»Manchmal…?«

»Sie erzählen es nicht weiter?«

»Ich gebe Ihnen mein Wort.«

»Manchmal denke ich, ein Mann steht neben mir in der Küche, ich weiß nicht wer es ist, weil sein Gesicht nicht genau zu erkennen ist, aber er scheint groß und dunkelhaarig zu sein, und ich spüre, daß er ein großes Herz hat.« Einen Moment stockte sie schüchtern. »Er bäckt Kuchen und lacht ständig und sagt nette Sachen, zum Beispiel, wie gut meine Cremehörnchen schmecken und wie hübsch ich die Obsttorten glasiere.«

Er nickte.

»Er hat immer Mehl an seiner Schürze.«

»Das gehört dazu.«

»Es wäre schön…« sagte sie und sah ihn an.

»Ich weiß«, sagte er und sah sich um.

»Vielleicht ist es nicht richtig, dafür zu beten…«

»Ich hielte es für falsch, wenn wir es nicht täten«, sagte er.

Offenbar war die gesamte Geschäftswelt auf den Beinen – volle zwei Stunden vor der Eröffnung des Festivals.

Der Inhaber des ›Kragenknopf‹ kehrte den Gehsteig, während

ein Sprinkler den taschentuchgroßen Garten neben dem Laden berieselte.

»Guten Morgen, Herr Pfarrer! Wie gefällt Ihnen die Jacke, die Ihre Frau zu Ihrem Geburtstag ausgewählt hat?«

»Fabelhaft! Macht ihre blauen Augen noch blauer. Wie gehen die Geschäfte?«

»Könnte nicht besser gehen!« sagte der Inhaber des ›Kragenknopf‹ und schwang den Besen mit Grandezza.

Als er die Grillstube erreichte, blieb er stehen und atmete die würzige Luft ein. Der leichte Wind, der von Mack Stroupes Wahlkampfhauptquartier nahe dem Denkmal herüberwehte, enthielt eine Beimischung von Spanferkelduft.

Mit zusammengekniffenen Augen blickte er zum Himmel auf. Blau. Hier und dort ein paar Kumuluswölkchen.

Perfekt.

Er glitt auf die Bank der Nische mit einer Tasse Kaffee.

»Wo ist J.C.?«

»Nach oben gegangen, um Filme aus dem Kühlschrank zu nehmen«, sagte Mule.

»Er hatte nur Filme im Kühlschrank, bevor er Adele geheiratet hat. Wie geht's bei Ihnen?«

»Ich fühl' mich wie 'n Stückchen weiß nich' was. Ohne Fanny schlaf' ich nie ein, und sie hat wie 'ne Kreissäge rotiert bis zwei Uhr morgens.«

»Was hat sie solange getrieben?«

»Frisiert.«

»Wer läßt sich denn um zwei Uhr morgens frisieren?«

»Sie würden sich wundern.«

»Bestimmt.«

»Was macht Ihr neuer Kostgänger?«

»Er arbeitet an meinem Buick. Ich zahle die Ersatzteile, er macht die Arbeit, das will er so. Heute morgen um sieben hatte er den Kopf schon unter der Kühlerhaube.«

J.C. schmiß seine Mappe in die Ecke und setzte sich dazu.

»Ich hab' oben aus dem Fenster geguckt, ist ja ungeheuerlich, die Straße ist in *Aufruhr.* Der Redakteur rieb sich vergnügt die Hände. Genug Stoff für die Titelseite, angefangen von den Lamas und dem politischen Barbecue bis hin zu Schuhplattlerwettbewerben und Touristen, die auf einem Kazoo blasen.

»Lassen Sie mich raten«, sagte Velma, die mit ungewöhnlich heiterer Miene zur hintersten Nische kam. »Verlorene Eier für den Prediger, Rührei für den Makler ...«

»Und Spiegelei für den Redakteur«, sagte J.C. »Bring mir bloß kein Joghurt mit Kleie drauf!«

Velma sah ihn an, als sei er ein Stück gekochter Schinken. »Sie nehmen wieder zu.«

»Ach, das war schon schlimmer«, sagte J.C.

Mule rührte seinen Kaffee um. »Nur eine Scheibe trockenen Toast für mich.«

»Keine Maisgrütze?« fragte sie, persönlich beleidigt.

»Heute nicht.«

»Stimmt was nicht mit Percys Maisgrütze?«

»Nein, also gut, aber keine Butter.«

»Mais ohne Butter?« Was war mit den Leuten nur los?

»Herr im Himmel«, seufzte Mule. »Bring mir irgendwas.«

»Wie immer für mich«, sagte J.C., der seit kurzem alle Warnungen in den Wind schlug. »Brötchen, Maisgrütze, Wurst, Speck und tu mir 'n Klacks Senf an die Seite.«

»Ich nehme das Übliche«, sagte Pfarrer Tim.

Mule nickte zustimmend. »Muß ich auch so machen – erst überlegt man sich's und dann bleibt man dabei. Jeden Morgen das Gleiche und man muß nie wieder drüber nachdenken.«

»Genau«, sagte der Pfarrer.

»Habt ihr Macks neue Plakate gesehen?« fragte J.C.

Hatten sie nicht.

»Die reimen sich wie bei der *Burma* Rasierreklame. Auf dem ersten heißt es, ›*Soll Mitfords Wirtschaft fröhlich lachen...*‹ und auf dem zweiten, ›*...müssen wir es besser machen.*« Und auf dem letzten ›*Mack für Mitford, Mack als Bürgermeister*‹.«

»Witz komm raus«, sagte Mule, »du bis umzingelt.«

»Esther sollte sich lieber anstrengen. Ob's euch gefällt oder nicht, Mack Stroupe nimmt ihr die Butter vom Brot. Sie hat so lässig getan, als wär' die Wahl 'ne Teeparty. Ihr seid alle so dicke mit der Bürgermeisterin«, sagte J.C. zum Pfarrer, »jetzt stecken Sie ihr mal die Tatsachen, und eine Tatsache ist, daß sie wie 'ne Wasserleiche aussieht.«

»Aha. Wir wollten doch nicht über Politik sprechen.«

»Richtig«, sagte Mule, dessen ansteigender Blutdruck sein Gesicht plötzlich tomatenrot färbte.

J.C. sah gelangweilt aus. »Was gibt's sonst Neues? Ich war bis Mitternacht drüben beim Stadtmuseum und hab mir angesehen, wie sie für's Festival aufbauen. Omer Cunningham hat die Fahne über Esthers Stand drapiert, ist dabei von der Leiter gefallen und hat sich den Fuß angeknackst.«

»Den Fuß angeknackst?« platzte der Pfarrer heraus. »Du grüne Neune! Kann er fliegen?«

»Ich wüßte nich' wie, mit dem angeknacksten Fuß.«

Mule kicherte. »Na, verrückt wie immer, auch *ohne* verknacksten Fuß.«

»Toast!« rief Velma und stellte zwei Bestellungen auf den Tisch.

Der Pfarrer fühlte, wie sein Magen rumorte.

»Brötchen!« sagte Velma, und reicht J.C. einen Teller.

»Kann ich Ihr Telefon benutzen?« fragte Pfarrer Tim.

»Sicher, wenn Sie Percy nicht in die Quere kommen. Sie wissen, wo es steht.«

Er ging zum roten Wandtelefon und wählte die Nummer auswendig. Schließlich hatte er sie in den letzten paar Tagen mindestens zwei dutzend Male gewählt.

Keine Antwort.

Er hängte ein und stand neben dem Grill, verwirrt, sein Mund pulvertrocken.

»Grad hab ich das Eigelb an dem Ei für Sie angeknackst«, sagte Percy, der nur ungern Verlorene Eier zubereitete.

Angeknackste Füße, angeknackste Eier, angeknackste Pläne.

Vielleicht sollte es der schlimmste Tag seines Lebens werden.

Seine Handflächen waren feucht, etwas was er bei Geistlichen schrecklich fand. Auch sein Kragen spannte, obwohl er den Klettverschluß so locker wie möglich ließ.

Als er und Cynthia um 9:35 h auf dem Rasen des Stadtmuseums eintrafen, mußten sie sich den Weg zum Stand der Kirche Unseres Herren mit Ellbogen bahnen. Der Stand war dieses Mal genau gegenüber von den Lamas und dem Streichelzoo.

»Großartige Lage!« sagte seine Frau, die dafür bekannt war, daß Tiere ihr als Zeichenvorlage dienten.

Sie setzten den Karton mit dem Ergebnis ihres abendlichen Backmarathons in der Pfarrküche mit einem Plumps ab. Drei Freiwillige der Kirche Unseres Herrn, in Schürzen mit der Aufschrift *Haben Sie heute schon einen Episkopalen umarmt?*, packten die Sachen rasch aus und stellten sie in eine Vitrine, die von einem brummenden Generator am Ende des Zeltes gekühlt wurde.

Obwohl das Festival offiziell erst um zehn Uhr eröffnet werden sollte, war der Garten der Villa Porter mit Stadtmuseum bereits überfüllt mit Dorfbewohnern, Touristen und drei Busladungen aus benachbarten Gemeinden. Auf dem Heck eines Kirchentransporters aus Tennessee stand, *Mitford oder Untergang.*

Die Blechkapelle der Presbyterianer auf der Veranda des Museums spielte schon auf vollen Touren. Die sechste Klasse der Schule von Mitford paradierte mit Tamburinen, Trommeln und in den Schulfarben bemalten Rumbakugeln rund um die Statue des Willard Porter, Erbauer dieser beeindruckenden viktorianischen Prunkvilla.

Warum überraschten ihn die an jedem Pfosten und jedem Baum klebenden Plakate, die für Mack Stroupes kostenfreies Barbecue im Wahlkampfhauptquartier oben an der Straße warben?

Seine Augen suchten in der Menge nach der Bürgermeisterin. Sie ließ wissen, sie sei dieses Jahr unter der Ulme, die wie durch ein Wunder der Blattfäule entgangen war.

»Bin gleich wieder da«, sagte er zu Cynthia, die ihn mit sorgenvollem Blick ansah. So, als brauchte er keinen Rückzug ins Private sondern eine Garnitur Sargträger.

Er sah Onkel Billy neben den Fliederbüschen in einem Stuhl mit harter Rückenlehne sitzen, vor sich einen Stuhl ohne Sitzfläche und einen Eimer Wasser.

»Treten Sie ein, Prediger! Das hier ist 'n Prügel-Stuhl, verstehen Sie, 'ne Vorstellung davon, wie's früher zuging, und ich hab' 'n paar von meinen Vogelkäfigen zu verkaufen.«

»Wie geht es Ihrer Arthrose?« fragte der Pfarrer besorgt.

»Tja, Sir, gestern abend hat sie 'ne Ohrfeige gekriegt und ich hab' gesagt, ›Verschwinde, ich will nix mehr mit dir zu tun hab'n!‹ Und schon sind meine Hände heut morgen etwas besser.« Er wackelte mit zwei Fingern, um es zu beweisen.

»Wo ist Miss Rose?«

»Sie kommt heuer nich' raus, sie sagt sie mag die vielen Leute nich', die auf ihrem Grundstück rumstiefeln.«

»Heben Sie mir bitte das grüne Vogelhäuschen auf, ich komme darauf zurück!«

Er sichtete die händeschüttelnde Esther und ihren Mann Ray in einem mit der amerikanischen Flagge geschmückten Stand. Über ihnen flatterte ein handbeschriftetes Banner mit dem bewährten politischen Wahlspruch der Bürgermeisterin.

»Bürgermeisterin! Wo ist Omer?«

»Wo Omer ist? Ich dachte, Sie wissen wo Omer ist?«

»Was ist mit seinem Fuß?«

»An zwei Stellen gebrochen.«

»Ach ja, aber was ist mit … kann er *fliegen?*«

Sie stierte ihn so an, daß Emma Newland neben ihr wie eine vestalische Jungfrau ausgesehen hätte. »Das ist Ihr Problem«, sagte sie und wandte wieder sich den Leuten zu, die sie mit Handschlag begrüßt hatte.

Mit hämmerndem Herzen schlug er den Rückweg zum Stand der Kirche Unseres Herrn ein. Er hatte Angst, seiner Frau unter die Augen zu treten, da sie offensichtlich in seinem Gesicht lesen konnte wie in einem Buch. Aber wohin sonst konnte er gehen? Dooley! Natürlich! Ein Geschmack von Amerika!

Er machte eine scharfe Wende nach links in Richtung Avis Pakkards Zelt, durchquerte die vor der Zuckerwatte anstehende Schlange und rannte geradewegs in den auf Krücken humpelnden Omer Cunningham.

»Meine Güte! *Omer*!« Er umschlang Esther Cunninghams stämmigen Schwager mit beiden Armen und hätte beinahe seinen Ring geküßt oder gar den Gipsverband.

Köpfe wandten sich um. Leute sahen sie an. Er wünschte, er würde nicht seinen Priesterkragen tragen.

Omers breites Grinsen entblößte Zähne, die so aussahen wie Tasten an einem Hammerklavier. »Wir qualmen«, sagte er und wies den Daumen aufwärts. Der Pfarrer, von Erleichterung übermannt, sank glücklich in einen Klappstuhl neben den Baptisten, vor sich die Auslage mit Geschirrtüchern, Schürzen und Topfhandschuhen.

»Pater!«

Es war Andrew Gregory, der große, gutaussehende Besitzer des ›Oxford‹ Antiquitätengeschäfts, der ihn aus seinem Stand neben der Statue des Willard Porter beim Namen rief.

Der Pfarrer konnte guten Gewissens von sich sagen, das er für den Mann freundliche Zuneigung empfand, obwohl dieser einst Cynthia den Hof machte und sie im grauen Mercedes hierhin und dorthin chauffierte, während er, Pater Tim, am Fenster der Pfarrei Trübsal blasen durfte.

Andrew war damals etwa vierundsechzig und besaß einen Schrank voller Kaschmirjacken, aber hatte nicht er, der neunundfünfzigjährige, unmodische Landpastor Cynthias Herz gewonnen?

Juchhu!

Heiter und wohlgemut schritt er zum Stand hinauf, um dem elegant in Anzughosen und Leinenhemd gekleideten Antiquitätenhändler die Hand zu schütteln.

»Schön Sie zu sehen, mein Freund!«

»Wie kommt es«, fragte Andrew, »daß wir uns so selten treffen, obwohl wir uns direkt gegenüber wohnen?«

»Das haben wir schon öfter überlegt«, sagte der Pfarrer, »jedesmal ohne Ergebnis. Ich habe Sie vermißt. Wie geht es Ihnen?«

»Nächste Woche bin ich in Italien. Ich fahre zum Geburtsort meiner Mutter, in eine kleine Stadt namens Lucera.«

»Ich habe Italien oft besucht…«

»Tatsächlich?«

»In der Phantasie«, bekannte der Pfarrer.

Andrew lächelte. »Leider habe ich meine englische, väterliche Seite mehr gepflegt als die mütterliche, italienische Seite. Ich tue das gleiche wie Sie vor ein paar Jahren – ich suche nach meinen Wurzeln, verkoste den örtlichen Wein, besuche meine Verwandtschaft.«

»Das ist gut für die Seele! Sie verkaufen ihr exzellentes Zitronenöl, wie ich sehe?«

»Ja, das macht einen Unterschied wie Tag und Nacht. Sehen Sie hier die Kommode aus dem 18. Jahrhundert?«

Die eine Seite der späten *King George* Nußbaumkommode sah dunkel und nichtssagend aus, während auf der anderen Seite die Holzmaserung in hellem Glanz strahlte.

»Ich nehme drei Flaschen«, erklärte der Pfarrer.

»Ich überlege«, sagte Andrew, als er das Zitronenöl einpackte, »ob ich Ihnen ein Preisangebot für den Inhalt von Fernbank machen soll. Falls Sie Interesse haben, würde ich gerne einen Blick reinwerfen, bevor ich in die alte Heimat abschwirre.«

»Oh! Gute Idee. Ich möchte es aber erst dem Kirchenvorstand vortragen.« Bisher hatte er sich wirklich Zeit gelassen, Miss Sadies Haus, vor dem etwaigen Verkauf an die Miami Baugesellschaft, leer zu räumen. Wieso hatte er versucht, das leidige Thema Fernbank aus seinen Gedanken zu verbannen, wenn offensichtlich gehandelt werden mußte – und zwar *pronto*?

Als er mit dem Päckchen unter dem Arm seinen Weg fortsetzte, fragte er sich, warum um alles in der Welt er drei Flaschen Zitronenöl kaufen mußte, wenn er doch kaum ein Möbelstück sein eigen nannte. Seit seinem achtundzwanzigsten Lebensjahr

164

lebte er in teilmöblierten Pfarrhäusern. Das hatte zwar seine angenehmen Seiten, aber so toll, wie immer getan wurde, war es auch nicht.

»Pfarrer Tim!«

Es war Margaret Ann Larkin mit der fünfjährigen Amy, die zu ihm vom Streichelzoo herüberwinkte.

Er drängte sich durch die Menge.

»Herr Pfarrer, wir haben schon überall nach Ihnen gesucht. Amy möchte gerne die Tiere streicheln, aber sie traut sich nicht. Sie hätte so gern... ich weiß, das ist eine ulkige Bitte, aber Amy möchte, daß Sie es für sie tun.«

»Aha.«

Margaret Ann sah ihn bittend an. »Amy möchte nicht, daß ich es tue.«

Amy gab ihm einen Dollar. »Du streichel«, sagte sie feierlich.

Er kniete neben ihr am Boden, umklammerte sein Päckchen.

»Du könntest mit mir hinter den Zaun gehen.«

»Du streichel«, sagte sie.

Er drückte Margaret Ann das Zitronenöl in die Hand und ging durch das Tor, wobei er den Dollar Jake Greer überreichte, einem Bauern aus dem Tal.

»Ziege zuerst streicheln«, sagte Amy und sah durch den Zaun.

»Bitte, heißt das«, sagte Margaret Ann.

»Bitte!« forderte Amy.

Er streichelte die Ziege, die sich sichtlich angeödet auf die andere Seite des Geheges verzog.

»Jetzt streichel das Lamm, bitte.«

Er streichelte das Lamm. Was für eine schwarze Nase! Welch gefühlvolle Augen!

»Jetzt streichel die Hühner.«

Ein Dominecker Hahn und zwei Leghorn Hennen gackerten und stoben davon.

Er drehte sich zu Amy um und lächelte. »Was jetzt?«

»Streichel das Pony.«

Er streichelte das Pony, das mit dem Maul an seinem Arm

schupperte, das Gebiß fletschte, die Nüstern blähte und sein Geld wert war. Nachdem er die ganze Tierversammlung gestreichelt hatte, einschließlich eines Schweins namens Barney, kam er lachend durch das Tor wieder zurück.

»Das war... lustig«, sagte er und meinte es auch so.

»Hast du Angst dehabt?« fragte Amy.

»Kein bißchen. Hat Spaß gemacht.«

»War das Lamm weich?«

»Ganz weich.«

»Amy, Schätzchen, was sagt man?«

Amy brach in ein strahlendes Lächeln aus. »Danke!« sagte sie und patschte gegen sein Bein.

Seine Frau sah ihn wieder auf diese merkwürdige Weise an.

»Du siehst aus, als würdest du dich *wirklich* amüsieren!«

»Amüsierst du dich nicht?« fragte er.

»Nicht seitdem Gene in Esthers Kuchen getreten ist.«

»Nein!«

»Erst kam sie rein und setzte den Karton hinter dem Tisch ab. Dann kam er und ist darüber gestolpert...«

»Au weia.«

»...und drauf gefallen.«

»Du liebes Bißchen!«

»Völlig zermatscht«, sagte sie.

»Orangenmarmelade?«

»Du sagst es.«

»Wie geht es Gene?« fragte er und klang wie ein Leichenbestatter.

»Unverletzt aber unter Schock.«

»Wie geht es Esther?«

»Drei mal darfst du raten.«

»Der Kuchen besaß für das Kinderheim einigen Wert.«

»Wir könnten ihn ja versteigern.«

»So, völlig zermatscht, sollen wir ihn versteigern?«

»Auf dem Karton war ein Pappdeckel, als Gene drauf fiel. Ich meine, es ist immer noch Esthers Orangenmarmeladekuchen –

166

manche wären begeistert, wenn sie ihn mit dem *Löffel* aus dem Pappkarton essen könnten.«

»Wenn du die Versteigerung leitest, bin ich der erste, der bietet«, sagte er und fühlte sich bombastisch.

Er hatte angehalten, um bei den Lamas zu verweilen, die ihn durch dichte Wimpernschleier hindurch friedlich ansahen. Von den Baptisten hatte er ein Geschirrhandtuch gekauft, von den Bibliotheksdamen eine Riesentüte zerschlissener Buchbände, von den Presbyterianern ein Kochbuch, und nun war er auf dem Weg, Dooley Barlowe in Aktion zu sehen.

Er hielt inne, um den Himmel forschend zu betrachten. Gerade als er auf seine Armbanduhr sehen wollte, entdeckte er sie jenseits der Popcorn-Schlange und sauste hin.

Olivia küßte ihn auf die Wange. Lace stand da und schaute in die Menge.

Er legte seinen Arm um die stocksteifen Schultern von Lace.

»Die Damen sehen entzückend aus – eine Zierde für die Stadt!«

Lace nickte verhalten. »Ich muß mal eben da rüber.«

»Geh nur«, sagte Olivia. »Wir treffen uns in einer halben Stunde bei den Lamas.«

Sie saßen auf einer Bank vor dem Stadtmuseum.

»Pater, ich habe darüber nachgedacht und ich möchte Ihnen sagen, daß ich bewundere, wie Dooley auf den Ausbruch von Lace reagiert hat. Er hätte ihr ... den Kopf einschlagen können, als sie ihn angriff.«

»Na, er hat es herausgefordert.«

»Er trug seine Entschuldigung sehr angemessen vor. Ihr Junge hat Charakter.«

»Lace ebenfalls. Aber es dauert häufig eine Weile, bis ein Charakter sich zeigt. Beide haben viel Gewalt und Verwahrlosung erfahren – diese Begriffe gehören ja leider zusammen. Wie geht es bei Ihnen weiter?«

»Ich denke, es wird besser. Wir besuchen jede Woche ihre Mutter, aber für Lace ist das kein Vergnügen – die Mutter ist kalt und fordernd, und ihr Gesundheitszustand wird immer schlechter. Hoppy hat sie untersucht und es klingt nicht sehr ermutigend.«

»Ihr seid täglich in unseren Gebeten. Wir alle tragen unsere Verantwortung nur mit schlotternden Knien.« Wer hätte gedacht, daß er einen Jungen erziehen würde? Die Anforderungen verschlugen einem geradezu den Atem.

»Ich habe gelesen, daß Lindbergh oft mit vereister Windschutzscheibe flog. So komme ich mir manchmal auch vor, und Sie?«

»Genauso. Schließt Lace eigentlich Freundschaften?«

»Die Mitforder Kinder kennen nur die Ermahnung, sich von den Leuten aus der Creek-Siedlung fernzuhalten, das wirkt wie eine Mauer. Außerdem ist Lace hübsch und gewieft. Manchen Leuten paßt das nicht, sie können das alles nicht richtig einordnen und wissen nicht, was sie von ihr halten sollen.«

»Behüt' euch Gott!«

»Danke, ebenfalls, Pater.«

Nachdem sich beide getrennt hatten, drehte er sich noch einmal um und rief, »Olivia, Philipper vier, dreizehn, um Himmels willen!«

Sie winkte ihm zu und lächelte, weil der Pater sie an einen Vers aus der Heiligen Schrift erinnerte, der für sie zum Dreh- und Angelpunkt ihres Lebens geworden war.

Es war gut, eine Mitstreiterin zu haben, dachte er, als er im Laufschritt zum ›Geschmack Amerikas‹ eilte.

Avis Packards Stand war überfüllt mit Käufern, die begierig waren, Riesentüten mit Eingemachtem, mit Honig, mit selbstgebackenen Pasteten, Kuchen und Brot – alles aus dem Tal – nach Hause zu schleppen, ganz zu schweigen von den Erdbeeren aus Kalifornien, dem Mais aus Georgia und dem Sirup aus Vermont.

Avis trat für eine kurze Pause aus dem Stand, während Tommy und Dooley eintüteten und Wechselgeld herausgaben. »Alles 'n bißchen viel für mich« sagte Avis und zündete sich eine Salem an. »'Ne Ladung neue Kartoffeln soll noch aus Georgia kommen und ich wart' noch auf 'ne Kiste Spargel aus Florida. Bloß, ich weiß gar nich', wie der Lkw die Straße hier durchkommen soll.«

»Sie rauchen?« fragte der Pfarrer und sah auf die Uhr.

Avis tat einen tiefen Lungenzug. »Nein. Vor drei, vier Jahren hab' ich aufgehört. Das hier ist die geschnorrte Sorte.« Die importierten Erdbeeren verkauften sich im Nu. Avis ging zum Verkaufstisch und brachte eine Handvoll zurück.

»Probieren Sie«, sagte er so stolz als wären sie aus eigenem Anbau. »Sie wissen, daß manche mehr nach Erd' als nach Beere schmecken? Das hier, Sir, sind die besten, die Sie je gekostet haben. Saftig, süß, sonnenreif. Die ißt man am besten so vom Stengel weg, oder man schneidet sie auf, mariniert sie in Zukker und Brandy – bloß nicht so ein billiges Zeug nehmen – und serviert sie mit Schlagsahne aus dem Tal und einer Spur frischem Ingwer darüber.«

Avis Packard hatte sich zu einem Meisterdichter der Lebensmittelbranche entwickelt

»Ist das legal?« fragte der Pfarrer.

Er beobachtete, wie Dooley einem Kunden eine große Tüte über den Tisch reichte. »Hoffentlich schmecken die Erdbeeren!«

Er war begeistert zu sehen, wieviel Spaß Dooley Barlowe an der Arbeit hatte. Die Sommersprossen, die er und Cynthia so vermißt hatten, schienen auf ein Mal alle wieder da zu sein.

Avis lachte. »Ist er nicht Spitze?«

»Alles zu Ihrer Zufriedenheit?«

»Kann man wohl sagen.«

Er bemerkte, daß Jenny und ihre Mutter sich in die Schlange vor dem ›Geschmack von Amerika‹ einreihten und daß Dooley zu ihnen hin blickte. Oh, dieser Ausdruck in Dooleys Gesicht ...

War das etwas, was er mit Dooley von Mann zu Mann besprechen sollte? Allein der Gedanke verursachte ihm Herzklopfen.

Ben Sawyer kam vorbei, auf jedem Arm eine Riesentüte geschälter Maiskolben. »Einen prima Jungen haben Sie da, Prediger!«

Er merkte, daß ein breites Grinsen sein Gesicht verzog und er versuchte gar nicht erst, es zu unterdrücken

Er stellte fest, daß sich die Menschenmenge allmählich lichtete und dem Wohlgeruch des politischen Barbecue folgte. In Gedanken sah er einen Teller mit einer dicken Scheibe Rostbraten vor sich, serviert mit einem Klacks scharfer Soße und dazu ein Schlag Krautsalat und viele, heiße, knusprige Weißbrötchen. Ihn schauderte und er aß vier Rosinen, die seit der letzten Evangeliensitzung mit dem Vorstand in seiner Manteltasche hin und herrollten.

Um elf Uhr fünfundvierzig marschierten Ray und Esther Cunningham zum Stand der Kirche Unseres Herrn in Begleitung ihrer fünf schönen Töchter, die halb Mitford mit Sonntagsschullehrerinnen, Geistlichen, Polizeibeamten, Müllfahrern, Steuersachbearbeitern, Sekretärinnen, Einzelhandelsangestellten und UPS-Fahrern versorgt hatten.
»Na?« sagte Esther. Der Pfarrer dachte, sie würde einen ausgezeichneten Mafiaboss abgeben.
»Sie kommen gleich!« rief er und kontrollierte blaß die Uhrzeit. Cynthia sah ihn prüfend an. Rasche Stimmungsumschwünge, dachte sie. Das war der Schlüssel! Ein Rückzug ins Private war dringend geboten. Und, da die gesamte Stadt so viel Ansprüche an ihren Ehemann stellte, durfte dies mit Sicherheit nicht in Mitford erfolgen.
Keiner schenkte dem Flugzeug besondere Beachtung, bevor es anfing, Rauch auszustoßen.
»Schaut« rief jemand laut. »Das Flugzeug brennt!«
Er saß auf der Steinmauer, als Omer sich neben ihm fallen ließ.
»Genau rechtzeitig!« sagte der Schwager der Bürgermeisterin.
»Meine Fliegerkumpel spielen voll mit.« Auf Omers breitem, von Ohr zu Ohr laufenden Grinsen, könnte man die ›Mondscheinsonate‹ spielen, dünkte dem Pfarrer.

»Das da ist die ›Steerman‹, auf der ausgebildet wird. Sie hat 'ne 450 PS-Maschine drin. Luke Teeter fliegt, ein Super-As, jetzt sehen Sie…«

Dröhnend stieg das blauorange Flugzeug in den endlos blauen Himmel empor, eine Rauchfahne hinter sich herziehend. Nach einer scharfen Kehrtwendung stieß es wieder abwärts.

»Wow!« sagte jemand und vergaß, den Mund zu schließen.

Das Flugzeug stieg erneut ins Blaue auf.

Omer gab ihm mit dem Ellbogen einen Rippenstüber. »Die hat 'n Tank, der Corvis-Öl durch 'n Auspuff jagt… ist das 'ne Schau?«

»Sieht wie ein *N* aus!« sagte ein Junge, dem ein schmelzendes Schoko-Eis den Arm herabtroff.

Das Flugzeug sank wieder ab in Richtung Dachspitzen und aus seinem Auspuff kräuselte sich Rauch.

M! rief die Hälfte der Festivalbesucher im Chor.

Esther und Ray und ihre Töchter wurden umringt von verschiedenen Enkeln, Urenkeln, Schwägerinnen und Schwägern, die vor dem Kirchenstand eine undurchdringliche Masse bildeten. Gene Bolick sprang von den Lamas herüber als ein perfektes *I* über ihnen auftauchte.

»*M…I!*« rief die Menge.

»Schaut mal!« sagte Omer und stützte seine Krücke gegen die Steinmauer. »Mann, oh Mann!«

Der blauorange Pfeil schoß gerade hoch, hinterließ eine senkrechte Spur, dann schloß sich der Auspuff, die Maschine drehte nach rechts ab, donnerte quer über das obere Ende der Spur und bildete eine gerade, standhafte Linie.

»*M…I…T!*«

Das *M* löste sich auf, das *I* war noch sichtbar, während sich das *T* perfekt vom saphirblauen Himmel abhob.

Die Menge wurde wieder dichter. Sie wogte eilends von Mack Stroupes baumverhangenem Wahlkampfhauptquartier zurück zu dem Platz vor dem Stadtmuseum, wo freie, unverdeckte, atemberaubende Sicht herrschte und wo etwas mehr angesagt war als nur Barbecue.

»Die gehen so bald nicht zu Mack zurück«, sagte Omer. »Seine Truppe kommt, ißt und pfeift ab!«

»F!« buchstabierten sie einstimmig, und dann, »...O...R...D!« Selbst die Touristen klatschten Beifall.

J.C. Hogan legte sich rücklings auf den Boden, richtete seine Nikon himmelwärts und verschoß mindestens eine Filmrolle Tri-X. Das *M* und das *I* verblaßten schnell.

Onkel Billy hoppelte herbei und spuckte ins Gebüsch. »Ich wette, die freuen sich, daß die Stadt nich' Minneapolis heißt.«

»Schaut bloß«, sagte Omer und klatschte auf sein Knie.

Langsam aber sicher schrieb die Auspuffdüse der ›Steerman‹ das nächste Wort.

K...Ü...M...M...E...R...T..., sagte der Rauch.

Jubelrufe. Johlen. Pfiffe.

»Herrje, ich brech' mir bald's Genick«, sagte Onkel Billy.

»Meines ist schon gebrochen«, sagte einer, der daneben stand.

S...I...C...H...

»Mitford kümmert sich um sich selbst!« riefen die Dörfler laut.

Die sechste Klasse paradierte um die Statue, trommelte auf den Tamburinen, rasselte mit den Rumbakugeln und sang das Lied, das man schon in der ersten Klasse lernte.

Mitford kümmert sich um sich selbst, sich selbst,
Mitford kümmert sich um sich selbst!

Über den Dächern der Stadt buchstabierte das Flugzeug den Rest der Botschaft.

U...M...S...I...C...H...S...E...L...B...S...T...

KÜMMERT verblaßte bald zu einzelnen Rauchwölkchen, die wie vereinzelte Sommerwolken aussahen. UM SICH war in Auflösung begriffen, aber SICH SELBST stand stolz am Himmel, schien noch ein Weilchen verweilen zu wollen.

»Wenn das nicht alles schlägt!« rief eine Frau aus Tennessee, die ein schlaftrunkenes Baby auf der Hüfte wiegte.

Hunde bellten und Hühner gackerten als die Leute Beifall klatschten und allmählich auseinander gingen.

Genau in diesem Augenblick sahen die Festbesucher sie kommen, auf den Flügeln die glitzernde Sonne.

Sie dröhnten von Osten herein, in Zweierformation.
Rot und gelb Grün und blau.
»Vier kleine selbstgebaute ›Pitts Spezial‹«, sagte Omer, so stolz,
als hätte er sie eigenhändig gebaut. »Zwei sind aus Fayetteville,
eine aus Roanoke, die andere kommt aus Albany, New York.
Nicht viel Kraft in den Stummelschwänzen, aber nett und
leicht, ungefähr 180 PS und fliegen traumhaft.«
Er sah zum Himmel. als ob dort der schönste Anblick sei, den
er je gesehen hatte. Der Pfarrer ebenfalls.
»Ich sollte die Formation anführen, nur mit 'nem verknacksten
Fuß kann kein Mensch fliegen.«
Die Menge begann, sich auf dem Rasen niederzulassen. Sie
legten sich entlang der Steinmauer hin. Sie kletterten auf die
Statue des Willard Porter, ein junger Vater plazierte seinen
Kleinen auf Willards linkes Knie. Alle waren wie gebannt.
Die Leute holten Stühle aus ihren Ständen und setzten sich, den
Blick nach oben gerichtet. Jeglicher Verkauf war eingestellt.
Der kleine gelbe Pitts Spezial machte einen Salto vorwärts und
tauchte ab, direkt in Richtung Denkmal.
»Ahhhh!« sagte die Menge.
Als das gelbe Flugzeug gerade aufwärts flog, kurvte das blaue
im Sturzflug nach unten.
»Sind wie die Kleinen, wenn sie spielen«, sagte Onkel Billy
gefesselt von dem Schauspiel.
Miss Rose trat in ihrem abgenutzten Chenillekleid heraus,
blieb auf der rückwärtigen Veranda stehen; die Tränen liefen ihr
über die Wangen. Sie weinte um ihren Bruder, den längst ver-
storbenen Piloten Captain Willard Porter, der im Krieg in
Frankreich gefallen war und dort begraben lag. Außer seinen
Orden und einem Goldring mit den Initialen SEB sowie ein
paar verblichenen Schnappschüssen aus seiner Jackentasche,
hatte man ihr nichts nach Hause geschickt.
Die kleinen Flugzeuge rumpelten und pumpelten, sanken im
Sturzflug ab und glitten wieder in die Lüfte, wie bunte Farbstif-
te auf einer blauen Palette, um dann mit sonnenbeglänzten Flügeln nach Westen zu entschwinden.

Hier und dort versuchte ein Festbesucher, sich vom Gras zu erheben oder von seinem Stuhl oder von der Mauer, konnte es aber nicht. Alle waren wie magnetisiert, wie berauscht. »Einfach hin und weg!« sagte jemand.

»OK, alter Freund, komm schon«, flüsterte Omer.

Sie hörten einen Hochleistungsmotor von Ferne dröhnen und wußten sofort, jetzt wurde es ernst, das war, worauf jeder gewartet hatte, ohne es zu wissen.

Die Cunningham-Töchter umarmten ihre Kinder, küßten Mutter und Vater, weinten hemmungslos, johlten und jodelten wie die Banschis – eine Art Todesfee ihrer irisch-schottischen Vorfahren – aber kein Mensch sah in ihre Richtung, denn niemand wollte auch nur eine Figuration verpassen. Sie wollten alles sehen und alle Einzelheiten, Strich für Strich, zu Hause in Johnson City und Elizabethron, in Wesley, Holding, Aho und Farmer, in Price, Todd, Hemingway und Morristown wieder erzählen...

»Jetzt kommt unser Supersturzflieger«, sagte Omer. Der Pfarrer konnte spüren, wie der Schwager der Bürgermeisterin vor Aufregung wie Espenlaub zitterte. »Erst kam die Ausbildermaschine mit der Schrift, dann die mit den Stunts, jetzt kommt das Bannerschwenken dran!«

Eine rote Piper Super Cub preschte über die Baumwipfel aus Richtung der Schnellstraße, vorne zerstoben Wölkchen, dahinter zitterte der Himmel und schon sah man ein Banner, das sich quer über dem offenen Himmel entfaltete:

ESTHER...RICHTIG FÜR MITFORD,
RICHTIG ALS BÜRGERMEISTERIN

Die Blechkapelle der Presbyterianer drückte auf die Tube bis die Fenster der Villa Porter klirrten und wackelten.

Als die Piper vorüberflog, ging eine Adrenalinstoßwelle durch das Festgelände wie elektrischer Strom, und, fast gleichzeitig, rappelte sich die gesamte Menge wieder auf die Beine, brach in Jubelgeschrei aus und pfiff und heulte und applaudierte.

Ein paar winkten auch, sprangen auf und nieder, und fast alle erinnerten sich, was Esther für sie getan hatte: beim alten

Herrn Mueller ließ sie das Dach decken; statt des verfallenen Holzstegs über den Mitfordbach ließ sie eine schöne, sichere Brücke bauen, ihren Mann Ray schickte sie mit dem Wohnmobil herum, damit er alte Leutchen zum Lebensmittelladen fuhr, Sophias Haus brachte sie auf Vordermann und half deren Kindern. Sie sorgte für anständige Schulbusse, die von allen Mitforder Kindern bei schlechtem Wetter genutzt wurden. Und sie sorgte im Krankenhaus für eine Station, wo man hingehen und Neugeborene lieb in den Arm nehmen konnte, wenn die Mama von der Creek-Siedlung auf Drogen war. Und kein einziges Mal Steuererhöhung und immer zu sprechen, wenn man ein Problem hat und zuhören tat sie einem auch, und ... sie kümmerte sich um einen.

Einige, die vorgehabt hatten, Mack Stroupe zu wählen, änderten ihre Meinung, einige kamen zu Esther und schüttelten ihr die Hand, und die Blechkapelle blies sich beinahe die Lungen aus dem Leib, um in dem Tumult überhaupt gehört zu werden. *Richtig!* Genau, das war es. Esther war *richtig* für Mitford. Mack Stroupe war vielleicht für Wandel, aber Esther würde immer für die Dinge eintreten, die wirklich zählten.

Außerdem – auch wenn sie immer wieder versucht hatten, es zu vergessen – war nicht bekannt, daß Mack Stroupe seine Frau verprügelte, die immer so mucksmäuschenstill war und so was nicht verdient hatte? Und schlich er nicht seit Jahren zu dieser Frau in Wesley, heimlich wie Natterngezücht durchs Gras?

»Donnerkeil, wählt ihr im *Sommer?*« fragte verwundert ein Besucher. »Wir wählen erst im Herbst. Ich weiß nicht genau wann, aber zum Wahlbüro geh' ich fast immer schon im Mantel.«

Omer sah den Pfarrer an. Der Pfarrer sah Omer an.

Sie schüttelten sich die Hand.

Es war vollbracht.

Kapitel Neun

Leben auf der Überholspur

»Ich hab' Ihnen nur 30 Pferde mehr unter die Haube getan.«
»War das wirklich *nötig*?« Er mußte zugeben, der Tritt aufs
Gaspedal war so aufregend, als trete man auf heißes Eisen.
Trotzdem...
Harley schenkte ihm den nachdenklichen ›Philosoph-aus-Er-
fahrung‹ Blick. »Hochwürden, ich haß' es, wenn Sie's brauchen
und Sie haben's nicht.« Was sollte er dazu sagen?

Am Montagmorgen röhrte er Richtung Pfarrbüro, kam quietschend an der Kreuzung Alte Kirchgasse zum Stehen, wartete
den Verkehr nach Norden ab, bog nach links ein und katapul-
tierte sich buchstäblich in die Parklücke.
Heiliger Strohsack! Hatte Harley einen Jaguarmotor in seinen
Buick eingebaut? Neugierig stieg er aus und öffnete die Kühlerhaube, nur um festzustellen, daß er einen Jaguarmotor nicht
von einer Mazda-Lichtmaschine unterscheiden konnte.
»Ist es zu glauben?« fragte Emma schmallippig.
Er wußte genau, wovon sie sprach. »Kaum.«
Eine Weile lang dachte er, die Wahlstimme seiner Sekretärin sei
Esther Cunningham verloren gegangen. Letzte Woche hatte
sich das Blatt jedoch gewendet; Emma hatte gehört, daß Mack
Stroupe zwei kleine Häuser am Rande der Stadt gekauft und
einer Witwe und einer alleinstehenden Mutter die Miete dra-
stisch erhöht hatte.
»Da sitzt er in der Kirche, als ob sie ihm gehört, und warum das
Dach nicht über euch allen einstürzt, verstehe ich nicht.«

»Hmm.«

»Kirche!« schnaubte sie. »Ist das ein neuer Wahlkampftrick, *in die Kirche* gehen?«

Er meinte zu wissen, daß diese Strategie nicht gerade neu war, aber er wollte das nicht kommentieren.

»Als nächstes will er sicher *beitreten*. Ich an Ihrer Stelle täte den Saubeutel die Straße rauf zu den Presbyterianern jagen.«

Er lachte. »Emma, Sie sind schön, wenn Sie wütend sind.«

Sie strahlte. »Wirklich?«

»Nun ja…«

»Also, wie hat er sich eigentlich *angestellt*? Hat er gekniet? Gestanden? *Gesungen*? Können Sie sich vorstellen, daß so ein Strohkopf die alten Hymnen von vor fünfhundert, ach von vor tausend Jahren singt? Meine Güte, wußt' ja ich kaum wie man die Lieder singt und das war nur *ein* Grund, warum ich wieder zu den Baptisten gegangen bin.«

Sie startete wutentbrannt auf ihren Computer.

»Ich hab' gehört, er kam mit Lucy, man soll's nicht glauben, aber so machen sie's. Führen ihre Familie vor, damit es alle Welt sieht. War sie noch blond? Was hat sie angehabt? Esther Bolick sagt, es wär' ein toller Anblick gewesen, wie die Leute bei der Flugschau zum Museum gerannt sind und das Barbecue bloß ein einziger Hühnersalat.«

Sie blickte gespannt auf den Monitor.

»Na«, sagte sie und klickte mit der Maus, »haben Sie Ihre Zunge verschluckt? Sagen Sie etwas, *irgend etwas*! Waren Sie überrascht, als er in der Kirche Unseres Herrn aufgetaucht ist, oder was?«

»Ja, ich war überrascht. Natürlich besteht immer die Möglichkeit, daß jemand ein neues Leben anfangen will…«

»Genau«, sagte sie und zog eine Augenbraue hoch, »und Elvis lebt im Wesley-Hotel.«

Obwohl er gerne Post bekam und angenehme Überraschungen darin nicht ausschloß, ließ er den Stapel auf Emmas Schreibtisch unberührt liegen und wartete, bis sie vom Mittagessen zurückkam.

»Wer hätte das gedacht! Nicht zu fassen!« Sie hielt ein Briefkuvert hoch und strahlte stolz. »Albert Wilcox!«

Sie öffnete den Umschlag. »Hören Sie zu!«

»Meine über alles Geliebten! Es war eine wahre Freude für mich nach so vielen Jahren wieder von euch zu hören. Das Gebetbuch meiner Großmutter, das uns allen so viel Kummer bereitete – und Erbauung – es steht auf meinem Schreibtisch während ich dies schreibe. Es wartet darauf, dem Museum von Seattle überreicht zu werden, das sich in der Nähe meines Hauses in Oak Harbor befindet...«

Sie las den gesamten Brief vor, der auch eine Menge über Alberts Kniegelenkoperation sowie Glückwünsche zur Verehelichung des Pfarrers enthielt.

»Haben Sie so was schon gehört. Und das alles dank unserer modernen Technik! OK, bevor ich den anderen Umschlag öffne, habe ich eine kleine Überraschung für Sie, schließen Sie die Augen.«

Er schloß die Augen.

»Mit dem Gesicht zum Bücherregal!« sagte sie.

Er drehte sich zum Bücherregal.

Er hörte es rascheln und klicken. Dann hörte er Beethoven.

Die Anfangsklänge der Pastorale hoben ihn beinahe aus dem Stuhl.

»OK! Sie dürfen sich umdrehen!«

Er bemerkte nichts Ungewöhnliches, aber er fühlte sich mitgerissen von der Musik, die von nirgendwoher zu kommen schien und den Raum völlig verwandelte.

»CD-ROM!« erklärte die Computerexpertin der Pfarrei in einem Ton, als sei sie gerade auf dem Mond gelandet.

Er ging nach Hause, schaukelte Sassy, ließ Sissy Bäuerchen machen, während Puny ein wahres Meer an Kinderbesitztümern in ein Behältnis von der Größe eines Laubsackes einsammelte.

Nach einem kurzen Sprung durch die Hecke, um seinem hart arbeitenden Eheweib Guten Tag zu sagen, zogen er und Dooley sich andere Sachen an. Sie wollten Betty Craigs alten Schuppen abreißen und das Holz stapeln. Er fühlte sich fit für alles.

»Laß mal deine Muckis sehen«, forderte er Dooley heraus, der prompt eine Armbeuge machte. »Prima!« Er wünschte, er hätte ebenfalls etwas vorzuweisen, aber mit Nachdenken und Predigen allein hat noch niemand Muskeln entwickelt.

Dazu gehörte der richtige Job, genug Sonne, und eine vernünftige Ernährung zu Hause. Dooley Barlowe sah gut aus. Tatsächlich konnte man Dooley Barlowe geradezu als hübsch bezeichnen, sinnierte er, und noch dazu großgewachsen.

Dooley lehnte sich an den Türrahmen, während der Pfarrer die Markierung einzeichnete. Dann maß er nach. Gütiger Himmel!

»Mach' mir keiner 'n X für 'n U vor, wenn du nich' 'n Fuß länger geworden bist«, äffte der Pfarrer Onkel Billy nach.

Bald würde er aufschauen müssen zu dem Jungen, der im dreckigen Overall, auf der Suche nach einem ›Platz zum Pennen‹ zu ihm gekommen war.

Sie wurden hinter dem Haus von Russell Jacks und Dooleys jüngerem Bruder begrüßt. »Ich hab' die Leiter für Sie gegen 'n Schuppen gelehnt«, sagte Russell.

»Dann ist die Hälfte der Arbeit ja schon erledigt!« Der Pfarrer war froh, seinen alten Kirchendiener wiederzusehen.

Poo Barlowe sah zu ihm auf. »Hey!«

»Selber hey!« antwortete er und zerzauste den roten Haarschopf des Jungen. »Wo warst du am Samstag? Wir haben dich beim Stadtfest vermißt.«

»Mama hat mich mitgenommen, neue Sachen kaufen.« Der Junge schielte unauffällig auf seine Tennisschuhe, in der Hoffnung der Pfarrer würde sie bemerken.

»Menschenskind! Schau dir die Schuhe an! Für die großen Sprünge über die großen Häuser!«

Poo grinste.

»Möchtest du uns helfen, den Schuppen einreißen?«

»Lohnt sich mann gar nich' den einzureißen«, sagte Poo, »der fällt von allein zusammen.«

»Sag' nicht ›mann‹ dazwischen«, befahl der ältere Bruder.

»Warum nich?«

»Weil's mann keine gute Sprache ist!« Dooley bemerkte, was er selbst gerade gesagt hatte und lief feuerrot an.

Pfarrer Tim lachte. Er hatte Dooleys Englisch drei Jahre lang korrigiert. »Du klingst schon wie ich, Freundchen. Vielleicht gibt dir das zu denken!«

Betty Craig kam die Hintertreppe herunter gelaufen.

»Herr Pfarrer! Herrje, das ist schön von Ihnen. Ich steh' tagein, tagaus an meinem Küchenfenster und muß auf den baufälligen Schuppen schauen. Der hat mir schon Todesschrecken eingejagt.«

»Vielleicht reicht ein anständiger Fußtritt.«

»Pauline kommt spät nach Hause, sie hat angerufen, sie wird bald da sein. Kann ich Ihnen und Dooley ein Zitronenwasser bringen? Es ist heiß wie im August.«

»Wir warten bis nach getaner Arbeit.«

»Laß uns anfangen«, sagte Dooley.

Pfarrer Tim öffnete den Werkzeugkasten, nahm einen Spitzhammer heraus und streifte seine schweren Arbeitshandschuhe über. Er hatte so etwas noch nie gemacht. Er fühlte sich einerseits tapfer und männlich, andererseits völlig verunsichert. Wo sollte er anfangen?

»Womit fangen wir an?« fragte Dooley und zog seine eigenen Arbeitshandschuhe über.

Er blickte auf den Schuppen. Der war doch, verflixt noch mal, größer als gedacht. »Wir fangen mit dem Dach an«, sagte er, als ob er genau Bescheid wüßte.

Er hatte die Asphaltschicht mit dem Spitzhammer abgeschlagen, die Dachbretter heruntergerissen, die Dachsparren auseinandergenommen, die seitlichen Bretter mit Dooleys Hilfe ab-

getrennt, dann die Nägel aus den Ecken der verfaulten Gerüst-
stangen entfernt und den Rest ins Gras gekippt.
Der Schweiß lief ihm und Dooley nur so herunter, als sie die
rostigen Nägel aus jedem Pfosten und jedem Brett abwechselnd
klopften und zogen, damit das Holz im Winter zum Verfeuern
taugte.
Dooley ließ die Nägel in einen Eimer fallen.
»Da möchte ich nich' drauf treten, auf keinen davon«, sagte
Russell, der die Oberaufsicht hatte.
Sie pausierten nur kurz, um auf der Veranda eine dampfende
Portion Hühnerpastete zu verdrücken, frisch aus Bettys Ofen,
dazu einen Becher Tee, der so süß war, daß der Pfarrer eigent-
lich sofort in die Notaufnahme gehört hätte.
Betty entschuldigte sich. »Wenn's so warm ist, hätt' ich zum
Abendbrot was Kaltes, 'n Hühnchensalat oder so was herrich-
ten sollen. Aber ihr Männer arbeitet hart, und mit so'm Hühn-
chensalat kriegt ihr nix auf die Rippen.«
»Amen!«
»Ich möcht', daß sie sich den ganzen Winter an dem Stapel
bedienen, für ihr Feuerchen zuhaus', ja?«
»Das mache ich.«
Nach dem Essen schleppten Dooley und Poo die Bretter hinters
Haus, stapelten und schlichteten sie ordentlich, bis es fast neun
Uhr war und die Dunkelheit einsetzte.
»Du hast mich beinahe umgebracht«, grantelte Dooley.
»Ich hab'n Eimer voll geschwitzt«, sagte Poo.
»Ich hab genug von Aufsicht«, seufzte Russell.
Was ihn selbst anging, so fühlte er sich seltsam befreit. All dies
Ziehen und Zerren, Reißen und Schieben hatte ihm irgendwie
gut getan. Er fühlte eine körperliche Erschöpfung, die völlig
anders war als die Anstrengungen, die er in seinem Leben als
Geistlicher zu bewältigen hatte.
Was gab es zur Belohnung Schöneres, als dazusitzen, im Däm-
merlicht über den Hof zu blicken und einen säuberlich am
Zaun aufgeschichteten Holzstoß zu sehen, neben ihm die bei-
den Jungen, die halfen, das Werk zu vollbringen.

Dooley inspizierte Poos neues, wenn auch gebraucht gekauftes Fahrrad, Russell war ins Bett geschlurft und Betty war zum Fernsehen hinein gegangen. Er saß allein mit Pauline.

Er sah keine Veranlassung, um den Brei herumzureden. »Wir müssen über Jessie sprechen«, sagte er.

Es herrschte langes Schweigen.

»Ich kann darüber sprechen«, sagte sie.

»Sie müssen mir alles erzählen, was Sie wissen. Der Name der Kusine, die Jessie mitgenommen hat, wo sie Ihrer Meinung nach sein könnten, die Namen der Verwandten Ihrer Kusine – alles!«

Er merkte, daß seine Stimme fest klang und er wußte, so muß es sein. Als Pauline sprach, machte er sich Notizen auf einem Stück Papier, das er zusammengefaltet in seiner Hemdtasche trug. Danach lehnte er sich im Schaukelstuhl zurück.

»Wenn wir Jessie finden, können Sie für sie sorgen?«

»Ja!« sagte sie und jetzt merkte er die Festigkeit in ihrer Stimme. »Ich denke die ganze Zeit darüber nach, ich möchte mir ein kleines Haus mieten und einen Christbaum zu Weihnachten kaufen. Wir hatten nie einen Baum an Weihnachten ... höchstens einmal.«

Seine Gedanken wanderten sofort zu all dem Mobiliar, das in Fernbank Staub ansammelte. Er und Dooley würden einen Laster volladen und... Aber er zäumte das Pferd vom Schwanz her auf.

»Wir müssen auf eines achten, Pauline.«

»Sie meinen die Trinkerei.«

»Ja.«

»Ich hab' kein Bedürfnis mehr danach.«

»Alkohol ist ein zäher Gegner. Sehr zäh. Brauchen Sie Hilfe?«

»Nein«, sagte sie. »Ich möchte das alleine schaffen. Mit Gottes Hilfe.«

»Wenn Sie jemals Hilfe wünschen oder brauchen, müssen Sie den Mut haben, darum zu bitten. Um Ihretwillen und um der Kinder willen. Schaffen Sie das?«

Betty knipste das Verandalicht an und so konnte er Paulines Gesicht sehen, als sie sich ihm zuwandte. »Ja«, antwortete sie.

»Ich wollt' nur nich', daß ihr hier im Dunkeln rumsitzen müßt'«, sagte Betty und kehrte in ihr Zimmer zurück.

Die beiden schwiegen wieder. Er hörte, wie Poo lachte. Leise Musikfetzen und Applaus aus Bettys Fernseher drangen an sein Ohr.

»Etwas muß ich Ihnen noch sagen«, sagte sie.

Er wartete.

»Ich möchte keine Unruhe schaffen, ich möchte nicht versuchen, Dooley zu uns zu holen. Er macht sich so gut ... Sie haben so viel getan ... Wenn er will, kann er kommen und jederzeit bei uns bleiben so lange er in Mitford ist, aber ich möchte, daß Sie derjenige sind, der... der auf ihn aufpaßt.«

Sie gab ihren Jungen zum zweiten Mal weg. Er hoffte und betete inständig, daß es dieses Mal aus den richtigen Gründen geschah.

Er küßte sie auf die Wange, als er ins Schlafzimmer trat.

»Kavanagh...« sagte er und fühlte sich verausgabt.

»Hallo, mein Lieber«, sagte sie und sah abgearbeitet aus.

Nachdem er geduscht hatte, schlüpften sie ins Bett, jeder auf seiner Seite und um zehn Uhr schnarchten beide im Duett.

»Emma, dieses Computerprogramm, das Ihnen geholfen hat, Albert Wilcox zu finden...«

»Was ist damit?«

»Ich bitte Sie, nach diesen Namen zu suchen. Die Staaten, in denen sie eventuell sein könnten, habe ich dazu geschrieben.«

»Ha!« sagte sie mit selbstgefälliger Miene. »Ich wußte, daß Ihnen der Computer früher oder später gefällt.«

Es gab Tage, die waren so wie dieser. Ein Telefonat nach dem andern, ohne Unterbrechung.

»Pater? Emil Kettner. Wir kennen uns über Buck Leeper...«

»Natürlich, Emil. Schön Ihre Stimme zu hören.« Emil Kettner besaß die Baufirma, die Buck Leeper als Star unter den Bauleitern beschäftigte.

»Ich habe eine gute Nachricht für Sie, ich glaube, es trifft sich ausgezeichnet für die Kirche Unseres Herrn.«

»Schießen Sie los.«

»Unser Großauftrag ist geplatzt, und wenn ich ehrlich bin, ich denke, das war gut so – jedenfalls für Buck. Er braucht eine Pause, aber er will trotzdem arbeiten. Darum überleg' ich mir, ob ich ihn nicht zu Ihnen schicke wegen dem Dachstuhl.«

Er war überrascht. Das war die beste Nachricht seit langem...

»So wie Buck den Job beschrieben hat, dauert er höchstens sechs Monate. Ich schick' ihn nich' gern auf so 'ne kleine Baustelle, aber das ist genau die Arbeit, die, verstehen Sie mich richtig, die er erholsam findet, auch wenn er es nicht zugibt.«

»Wir sind hocherfreut, Buck wieder bei uns in Mitford zu haben. Wir passen auf ihn auf, ich verspreche es.«

»Sie haben schon früher auf ihn aufgepaßt und das hat wahre Wunder gewirkt. Er hat sich wirklich verändert, aber er arbeitet immer noch zu hart, zu schnell und zu viel. Sie kennen wahrscheinlich nicht viele Chefs, die sich über so etwas beklagen.«

Beide lachten.

»Das Geld ist bewilligt, soweit wir im Finanzrahmen bleiben«, sagte der Pfarrer.

»Das ist Bucks Spezialität, erinnern Sie sich?«

»Ja, tatsächlich. Also, ich kann mich für Ihre Terminplanung gar nicht genug bedanken, Emil. Die Sonntagsschüler vermehren sich wie die Pilze und ich hatte schon drei Taufen diesen Monat, wo der Monat doch erst anfängt. Ab wann können wir mit Buck rechnen?«

»So in einer Woche, zehn Tagen. Und, von unseren Handwerkern können wir für das Projekt niemanden abstellen, er muß selbst welche aus der Umgebung anheuern. Was sagen Sie dazu?«

»Großartig. Die Holztäfeleien in der Kapelle vom ›Haus der Hoffnung‹ sind von Ortsansässigen gemacht. Wir haben gute Leute in der Gegend.«

»Ja, gut, Pater, ich freue mich auf das Vorhaben, genau wie letztes Mal. Bis dann.«

»Danke, Emil.«
Als er darum bat, Buck Leeper als Bauleiter für die Dachstuhlarbeiten einzusetzen, hatte er nicht an eine Zusage geglaubt, er
hatte nur zu hoffen gewagt. Und – Bingo, es hatte geklappt.

»Pater? Buck Leeper.«
»Buck!«
Er hörte, wie Buck einen Zug aus der Zigarette nahm. »Sie
haben mit Emil geredet.«
»Habe ich, und wir sind begeistert.«
»Meinen Sie, ich könnte wieder im kleinen Haus wohnen?«
Die dunkle, niedrige Hütte unter den Bäumen, wo der beste
Bauleiter der Ostküste Möbel gegen die Wand geknallt und
Wodkaflaschen ins Feuer geschmissen hatte? Er hielt das für
keine gute Idee.
»Ich sehe mich mal um. Wir kümmern uns um Sie.«
»Danke«, sagte Buck und seine Stimme klang schroff.
Und doch, es lag noch etwas anderes in Bucks Stimme, etwas
unter der Oberfläche und der Pfarrer hörte und verstand es. Es
war eine Art Hoffnung.

»Pater. Ingrid Swenson.«
Verflixt, gerade wenn er einmal einen guten Tag hatte.
»Ingrid.«
»Wir sind dabei, alles auf die Reihe zu kriegen. Ich möchte
Ihnen und Ihrem Vorstand das Angebot persönlich vorlegen,
am fünfzehnten. Ich bin sicher, die Zeitplanung paßt ideal für
die Kirche Unseres Herrn.«
Er legte keinen besonderen Wert auf ihre selbstherrliche Ein-
schätzung seiner Zeitplanung.
»Ich rufe Sie zurück«, sagte er.

»Pater, Esther hier.« Esther Bolick klang nicht sie selbst. »Das
ist die gräßlichste Sache, in die ich je geraten bin…«
»Was heißt das?«
»Das heißt, daß ich in meinem ganzen Leben noch nie so viel

Kreischen und Schreien und Lärm und Getue erlebt hab'. Ich hab's satt mit Frauen zu arbeiten und mit Kirchenfrauen ganz besonders!«

»Aha.«

»Warum ich zugesagt habe, ist mir ein Rätsel. Der *Basar!* Ausgerechnet, und ich werde demnächst siebenundsechzig, können Sie das glauben?« Sie seufzte tief. »Ich gehöre nach Broughton eingewiesen.«

»Machen Sie sich doch nicht selbst fertig!«

»Muß ich gar nicht. Die Bande wartet doch nur darauf, das für mich zu erledigen. Und so was nennt sich Kirchenarbeit!«

»Möchten Sie auf eine Tasse Kaffee vorbeikommen? Emma hat heute frei. Ich würde gerne mehr hören.«

»Ich hab' nich' mal Zeit für 'ne Tasse Kaffee, ich hab' keine Zeit zum Pinkeln, entschuldigen Sie, und Gene hat nichts Warmes zu essen bekommen, seit ich weiß nicht wie lang.«

Esther Bolick klang den Tränen nahe. »Auch wenn ich nicht zu 'ner Tasse Kaffee vorbeikommen kann, tun Sie bitte Ihre gute Tat für heute und beten Sie für mich...«

»Tue ich. Ich bete für Sie, sowieso.«

»Das *tun* Sie?«

»Natürlich. Der Basar ist ein Eckpfeiler unserer Kirchenveranstaltungen und Sie haben eine große Aufgabe übernommen. Aber Sie haben Mut, Esther, und Sie schaffen es. Ich weiß, ich tue mir leicht, so etwas zu sagen, aber vielleicht versuchen Sie nicht nur das große Bild zu sehen, das erschlägt einen immer, sondern einfach Tag für Tag nur ein bißchen davon.«

»Tag für Tag, das ist das Problem! Fast jeden Tag lädt irgend wer irgend ein Zeug in unsere Garage ab, meistens scheußliche alte Klamotten und vergammelte Schuhe. Mitch Lewis ist mit seinem Laster rückwärts zur Garage gefahren, hat mit dem *Rechen* alles von der Ladefläche geharkt und ist weggefahren. Gene hat zu mir gesagt, er sagte, »Esther, was liegt da für 'n Haufen Zeugs in der Garage?« Wir konnten es noch nicht mal identifizieren!«

»Was wir brauchen, sind *Toaster, gerahmte Drucke* und *Stehlampen* und *Topfpflanzenständer* und so etwas!

Wir haben einen *Ruf* zu verlieren, aber so viel Polyester hab'
ich mein Lebtag noch nicht gesehen. Ich glaub, wir werden das
Polyester nie im Leben los, das nehmen sie noch nicht mal bei
der Sondermülldeponie!«

Er wünschte, er könnte etwas vom Inhalt von Fernbank bei-
steuern, aber Miss Sadie wollte nicht, daß man ihre Sachen auf
gute Stücke hin durchwühlt. Aber eines war sicher, er würde
bestimmt nicht seine vergammelten Treter aus der hintersten
Schrankecke spendieren...

»Sie wissen doch, es kommen immer gute Sachen rein«, sagte
er und versuchte aufmunternd zu klingen.»Ganz bestimmt!«

»Irgendwann nicht mehr! Es gibt immer ein erstes Mal« sagte
sie düster.

»Darf ich Sie fragen – beten Sie dafür, daß die guten Sachen
eintrudeln und daß Ihre Kräfte reichen?«

»Ich hoffe, der *Herr* kümmert sich nicht um so was wie 'n *Basar*?«

»Hoffentlich glauben Sie nicht, daß IHM das zu gering ist. Wohin gehen denn die Einnahmen vom Basar, was meinen Sie?«

»An die Innere Mission, wie Sie sehr gut wissen, einige davon
gleich bei uns in der Nähe.«

»Genau! Für einen Teil der Gelder werden Arzneimittel in ein
Dorf geflogen, wo die Leute an der Cholera sterben. Glauben
Sie, ER würde sich darum nicht kümmern?«

»Nun ja...«

»Dann ist da der Krankenwagen mit Vierradantrieb, den sie in
Landon brauchen«, sagte er.»Erinnern Sie sich an den Schneesturm vor drei Jahren?«

»Da mußte ich für Gene den Krankenwagen rufen, weil er sich
beim Schneeschaufeln beinah' umgebracht hätte! Ich hab' vor
Freude geschrien, als ich den Wagen um die Ecke biegen sah.
Wenn der Krankenwagen nicht gewesen wär'...«

»In dem Winter sind zwei Kinder an Verbrennungen gestorben, weil niemand mit dem Auto zu den Gehöften bei Landon
durchgekommen ist.«

»Ich denke, ich habe verstanden, worauf Sie hinauswollen«,
sagte sie.

187

»ER wird nicht zulassen, daß Esther Bolick – oder der Basar versagt.«

»Vielleicht könnte ich Hessie Mayhew bitten, mir zu helfen, auch wenn sie Presbyterianerin ist!« Esther klang nun mehr sie selbst.

»Ich glaube, das wird der beste Basar überhaupt. Jetzt zu Ihren Helferinnen – ich vermute, sie stöhnen und ächzen, weil sie eine starke Hand brauchen, die sie führt. Und deshalb wurden Sie für diese Aufgabe auserwählt! Schauen Sie«, sagte er, »ich habe eine Idee. Ich werde für Sie beten? Jetzt gleich.«

»Am *Telefon*?«

»Warum nicht? Schöpfen Sie einmal tief Luft.«

»Mehr als Luftholen kann ich schon lang nicht mehr.«

»Ich verstehe.«

»Wirklich?«

»Ja, das tue ich.«

»Ich wüßte nicht, daß Männern jemals die Luft ausgeht.«

»Sitzen Sie bequem?«

»Ich stehe am Küchentelefon, wo ich nur noch stehe, seit ich mich auf den Schlamassel eingelassen hab'.«

»Könnten Sie sich einen Stuhl holen?«

Er hörte, wie sie sich einen Stuhl vom Küchentisch heranzog und sich setzte.

»OK«, sagte sie, schon viel besser gelaunt. »Aber mähren Sie nicht so lange bis die Kühe nach Haus kommen.«

»Fernbank jetzt oder nie!« rief Cynthia keuchend auf der Alten Kirchgasse.

»Wir haben ja nur ein ganzes Jahr dazu gebraucht.«

»Und es steht alles noch da, wie du es verlassen hast.«

Er wußte jetzt, warum er es immer vor sich hergeschoben hatte, immer wieder. Ein paar Mal hatte er eine Stippvisite in Fernbank gemacht, um die undichten Stellen in den Dächern zu kontrollieren, dann hatte er es wieder verlassen, als würde er verfolgt. Die leeren, stillen Räume bedeuteten, daß Miss Sadie fort war, für immer und ewig, und das war ihm einfach unerträglich.

»Das muß schwer sein für Louella, der Geburtstag von ...«
»Ich besuche sie morgen«, sagte er und keuchte jetzt selber etwas. »Wir laden Sie zum Abendessen ein.«
»Gute Idee. Vielleicht nächste Woche? Ach, wenn ich an ihr leckeres Brathühnchen denke!«
»Wir begnügen uns mit meinen leckeren Frikadellen...«
Sie waren oben am Hügelabhang angelangt und bogen in die Einfahrt, die überwuchert war von einem Gestrüpp verwilderter Weinreben. Obwohl man Fernbank seit den '40er Jahren nicht mehr richtig gepflegt hatte, sah es doch zu Miss Sadies Lebzeiten immer noch eindrucksvoll und stolz aus. Aber jetzt... Er sah die Villa, umgeben von einem verwahrlosten Rasen, und er fühlte, wie sein Herz dumpf schlug.
»Wir kaufen es!« krächzte er. Um Himmels willen! Was hatte er da gesagt?
Sie guckte erstaunt. »Timothy, du brauchst keinen Rückzug ins Private, du brauchst den Notruf. Wie kommst du nur auf den *Gedanken!*«
Warum sollte er nicht auf diesen Gedanken kommen? Hatte ein Mann nicht ein Recht auf seine eigenen Gedanken?
Plötzlich fühlte er sich verstimmt und verärgert und wäre am liebsten umgekehrt und nach Hause gefahren, aber da fiel ihm ein, daß sie in zehn Minuten Andrew Gregory oben auf der Veranda treffen würden.

Andrew stand in der Mitte des Salons und sah zur Decke. Das taten sie alle, dachte der Pfarrer – sie starrten auf die Wasserflecken als handle es sich um eine Schicksalswolke über ihrem Haupt. Warum konnten die Leute nicht die Stuckleisten sehen, die Holzvertäfelung...
»Wunderbare Holzvertäfelung!« sagte Andrew. »Ich bin nur einmal hiergewesen, beim Hochzeitsempfang, ich war bezaubert von dieser Liebe zum Detail. Ich fühle mich geehrt, Fernbank wieder betreten zu dürfen.«
»Möchten Sie es sich ansehen, von Bug bis Heck?«
»Von Bug bis Heck!« sagte Andrew schwärmerisch.

Zwei Stunden später standen sie kurz vor dem Abschluß.
»Die Bauentwicklungsfirma hat leider ein paar der schönsten Stücke verlangt«, sagte Andrew. Er bezog sich auf die Gegenstände, die er sich beim Hausrundgang flüchtig notiert hatte.
»Trotzdem wäre ich interessiert an dem *Neuengland*-Zweiersofa in Miss Sadies Schlafzimmer, an der *King George* Kommode in ihrem Ankleidezimmer, an den drei ledernen Schrankkoffern auf dem Dachboden, dem Sessel im Speicherraum, meiner Meinung nach ein *Louis XIV*, am altenglischen Tellerbord und an allen Betten im Haus, die aus ausgesprochen schönem Nußbaumholz sind ... dann wollen wir mal sehen... die sechs gerahmten Ölbilder von denen wir sprachen, wahrscheinlich französisch... und der Kiefernbauerntisch in der wunderbaren Küche! Der muß von einem einheimischen Handwerker um die Jahrhundertwende geschreinert worden sein.«
»Noch etwas?« fragte der Pfarrer und kam sich vor wie ein Verräter, ein Grabräuber.
»Um die Wahrheit zu sagen, ich hätte auch gerne die Eßzimmergarnitur, aber sie ist Viktorianisch und damit fahre ich selten gut. Es stehen allerdings noch zwei Sessel auf dem Treppenabsatz – ich bin mir nicht sicher wegen der Herkunft, aber sie sind bezaubernd. Die beiden Sessel nehme ich auch... und, oh, ja, den Inhalt der Wäschekommoden. Ich habe einen Kunden in Richmond, der sammelt Brokatdecken.«
»Kaum gebraucht!« sagte Pater Tim, der wußte, daß Miss Sadie niemals damit geprunkt hätte.
Während er sich dieser schrecklichen Qual unterzog, das Leben und die Geschichte eines Menschen auseinanderzureißen, streifte Cynthia umher und es klang, als hüpfe ein Eichhörnchen über den Dachboden.
Miss Sadies langer Brief, der ihm nach ihrem Tod ausgehändigt wurde, enthielt klare Anweisungen:»Bieten sie nichts im Hinterhof zum Verkauf an und lassen Sie keine Schnäppchenjäger mein Erbe durchwühlen. Ich weiß, daß Sie mich verstehen.«
War Andrew ein Schnäppchenjäger? Wohl nicht. Vielmehr erwies er sich in dieser Angelegenheit als unerschütterlicher

Gentleman. Im übrigen mußte etwas geschehen mit dem Inhalt von einundzwanzig Zimmern und den Hinterlassenschaften von nahezu einem Jahrhundert.

»Wie steht es mit dem Tafelsilber?« fragte der Pfarrer. Er fühlte sich wie Avis Packard, der, wenn er ein Dutzend Maiskolben verkauft hatte, auch den Brokkoli der vergangenen Woche loswerden wollte. »Äh, vielleicht die Silberbestecke?«

»Ja nun, warum nicht?« stimmte Andrew munter zu. »Stört ja niemanden, wenn überall ein B als Monogramm drauf ist, vielleicht nehme ich es selber!«

Der Pfarrer holte tief Atem. So schwer war das nicht.

»Die Teppiche, was ist mit den Teppichen?« Schließlich würde jeder Pfennig, den er einnahm, in das ›Haus der Hoffnung‹ gesteckt, bis...

Andrew lächelte verschmitzt. »Ich glaube, Miss Sadies Vater hat bei den Teppichen seine Hausaufgaben nicht gemacht.« Er kritzelte ein paar weitere Notizen aufs Papier und nannte einen Preis, der den Pfarrer beinahe umwarf.

»Abgemacht!« rief er aus.

Ungeheuer erleichtert und mit ungebremster Heftigkeit schüttelte er Andrews Hand.

»Während du mit Andrew den feinen Max gemimt und die großen Stücke hergezeigt hast, habe ich mich aufs Kleine geworfen. Schau, was ich gefunden habe!«

Das Gesicht seiner Frau strahlte.

»Eine Staffelei! Handgeschnitzt! Ist sie nicht wunderbar? Und schau mal hier – ein alter Holzmalkasten für Wasserfarben mit zwei vollen Fächern. Die Farben sind eingetrocknet und bröckelig, aber das gibt sich wieder, das krieg' ich wieder hin, mit – rate mal – mit Wasser!«

Sie war außer sich vor Freude, mehr als an Weihnachten.

»Und sieh mal! Eine Schachtel *Petit Point* Polsterbezüge mit gestickten Rosen, Hortensien und Stiefmütterchen, alles in meinen Lieblingsfarben! Perfekt für unsere Eßzimmerstühle. Oh, Timothy, wie konnten wir nur diese Schatzgrube ein gan-

zes Jahr lang übersehen. Als ob wir die Goldmine ignoriert hätten, nur um nach Eisenerz zu graben.«
Sie hob einen Polsterbezug hoch, damit er ihn bewundern konnte.
»Jetzt mußt du dir etwas aussuchen. Miss Sadie hat dich darum gebeten. Sie hat wortwörtlich gesagt ›Nehmen Sie, was Ihnen gefällt‹.«
Er stand wie angewurzelt und fühlte plötzlich die Tränen in sich aufsteigen. Cynthia ließ schweigend den Polsterbezug sinken, kam zu ihm und hielt ihn fest.

Er fand es auf dem schwach erleuchteten Dachboden.
Obwohl die Kiste nach nichts Besonderem aussah, fühlte er sich von ihr angezogen. Er kniete nieder, hob den Deckel und befreite den schweren Gegenstand von seiner Umhüllung. Die Figur, die auf einem ansehnlichen Marmorsockel ruhte, besaß ein Gewicht wie Stein, aber eine gewisse Leichtigkeit in der Form.
Im Pfarrhaus angekommen, stellte er den Bronzeengel im Wohnzimmer auf den Kaminsims und blieb bewundernd davor stehen.
Dies war genug. Mehr wollte er nicht.

»Mule! Was haben Sie an kleinen Miethäusern, vielleicht mit zwei Schlafzimmern, hell und sonnig, geräumig und offen, und, oh, ja, pflegeleicht, in hübscher Lage in Mitford, vielleicht mit Kamin und Waschmaschine, nicht zu kostspielig, und...«
»Hören Sie auf!« rief Mule. »Wollen Sie mich vergackeiern? Sie reden ja wie ein Irrer. Wenn ich irgend etwas in der Art *hätte*, überlegen Sie mal, wäre das noch *frei*?«
Er dachte nach. »Vermutlich nicht«, sagte er.

Cynthias Interesse wuchs. »Wir laden Pauline und Poo ein!«
Sie saßen in der Küche und planten die Dinnerparty während ihr Abendessen im Ofen schmorte.
»Großartige Idee. Louella, Pauline, Dooley, Poo, Harley, du, und ich. Hackbraten für sieben Leute!«

»Lieber für zehn. Dooley hat Appetit für eine Baseballmannschaft.«

»Richtig! Also zehn.«

»Ich mache Zitronenlimonade und Tee und backe einen Früchtekuchen«, sagte sie.

»In Ordnung.«

»Inzwischen, Liebling, habe ich unseren Rückzug geplant.«

»Wirklich?«

»Nächste Woche nehme ich dich für zwei Tage mit.«

»Cynthia, ich kann keine zwei Tage fort. Ich habe zu tun.«

»Liebling, genau deswegen nehme ich dich ja mit!«

»Aber es gibt eine wichtige Vorstandssitzung, und…«

»Pfeif auf die Vorstandssitzung. Seit wann muß ein Pfarrer an jeder Vorstandssitzung teilnehmen als ob's das Konzil von Nizäa wäre?«

»Cynthia, Cynthia…«

»Timothy, Timothy. Denk an alles, was du in der letzten Zeit getan hast. Drei Taufen, einen Sterbefall im Krankenhaus, du arbeitest mit dem Bischof an diesem Projekt, für das ihr stundenlang wie die Schulmädchen telefoniert, du hältst zwei Sonntagsgottesdienste, Heiliges Abendmahl jeden Mittwoch, ganz zu schweigen von deiner Bibelstunde jede Woche. Außerdem …«

»Ausgeschlossen…«

»Außerdem deine Krankenhausbesuche jeden Morgen und die große Sache, die du für die Bürgermeisterin gedeichselt hast, und die Wohltätigkeitsarbeit zugunsten des Kinderkrankenhauses und Bettys Schuppen einreißen – ganz zu schweigen davon, daß du an deinem Geburtstag *mir* einen wunderbaren Abend bereitet hast!«

Sie holte tief Atem. »Außerdem…«

Nicht noch einmal. »Aber du weißt…«

»Außerdem bist du der Meinung, daß du immer noch nicht genug getan hast.«

Was war genug? Wenn er das nur jemals wüßte.

»Also, Liebster, ich merke, daß du nicht die Absicht hast, der Vernunft zu gehorchen, deshalb … sehe ich mich gezwungen

zu tun, was Frauen seit Jahrtausenden zu tun gezwungen sind.« Sie marschierte um den Küchentisch und ließ sich auf seinem Schoß nieder. Dann verkrumpfelte sie sein noch vorhandenes Haar und küßte ihn auf das bloße Haupt. Als nächstes küßte sie ihn hingebungsvoll auf den Mund, hakte seinen Priesterkragen auf und flüsterte in sein Ohr.
Er errötete. »OK«, sagte er. »Ich tue es.«

Während Cynthia Essensreste von den Tellern kratzte und sie übereinanderstellte, saß er *Muse* lesend in der Küche und wartete auf seinen Einsatz beim Abwaschen.
Violet lag schnurrend neben der Gloxinie; Barnabas lag schnarchend unter dem Tisch.
Vier Verurteilte im Drogenbruch in Wesley.
Er lachte aus vollem Hals. Das war etwas für seinen Vetter Walter, genau! Er stand auf, holte die Schere aus der Küchenschublade und schnitt die Geschichte aus. Walter mochte nichts lieber als ein paar saftige Überschriften aus der Wortschmiede von J.C. Hogan.
»Wer entdeckte Amerika?« hörte er Lace Turners Stimme, die über die Kellertreppe nach oben durch die offene Tür drang.
»Christopher Kolumbus!« sagte Harley.
»Nach wem wurde Amerika benannt?«
»Amerigo Vespucci! Hätt' ja eigentlich nach Mr. Kolumbus benannt werden müssen, oder? Aber, das iss der Lauf der Welt. Du entdeckst was, und dann merkts nich' mal einer.«
Cynthia flüsterte. »Sie ist herübergekommen und gibt ihm schon ein paar Abende Unterricht. Du warst zu beschäftigt, du hast es nicht bemerkt.«
»Wer war König von England als North Carolina zur königlichen Kolonie wurde?« Lace Turner klang schulmeisterlich.
»Georg der Zweite!«
»Wann war der Französisch-Indianische Krieg?«
»Herrje, Lace, so lang ich leb', hat mich noch nie eine Menschenseele gefragt, ›Harley, wann war der Franzos'n-Indjaner-Krieg?‹«

194

»Harley...«

»Ich brauch' das nich' wissen und wer Amerika entdeckt hat, hab' ich ja gesagt.«

»Wer besiegte George Washington in Great Meadows?«

»Der Malefix-Franzos'.«

»Welches war der erste Staat, der Unabhängigkeit von Großbritannien forderte?«

»North Carolina!« In Harleys Stimme schwang Stolz mit.

»Siehst du, du lernst richtig gut, du tust bloß so, als ob du's nicht kannst.«

»Aber du bringst mir nix bei, was wert ist zu wissen. Und wenn wir sowieso ...Arittametik machen müssen, dann lies mir lieber eins von den Rätseln aus deinem Rechenbuch vor.«

»OK, aber paß gut auf, Harley, das ist schwer. Du leihst dir fünfhundert Dollar für ein Jahr. Der Zins ist zwanzig Prozent pro Jahr. Wie viel mußt du am Ende des Jahres zurückzahlen?«

Langes Schweigen im Kellergeschoß.

Der Pfarrer legte den Arm um seine Frau, die sich neben ihn auf die oberste Stufe der Kellertreppe gesetzt hatte. Sie sahen sich an, wortlos.

»Sechshundert Dollar!« rief Harley aus. »Richtig gut!«

»Hab' ich im Kopf gerechnet!«

»OK, hier ist noch eine...«

»Ich mag nich' mehr. Du gehst jetzt nach Haus und kümmerst dich um deinen eigenen Kopf.«

Sie ließ nicht locker. »Ein Rezept schreibt für vier Personen zweieinhalb bis drei Pfund Hühnerfleisch vor. Karen hat neunkommafünf Pfund Hühnerfleisch gekauft. Ist das ausreichend für zwölf Leute?«

»Ich hab' dir gesagt, ich mag nich' mehr«, sagte Harley. »Soll sich's die Karen doch selber ausrechnen!«

Der Pfarrer sah zu Cynthia. Die sprang auf, hielt sich die Seiten vor Lachen und verließ den Raum.

Er ging in sein Arbeitszimmer und nahm Stift und Papier aus der Schreibtischschublade. Mal sehen, dachte er, man braucht für das Rezept zweieinhalb bis drei Pfund Huhn für vier Leute...

Kapitel Zehn

WER DAZU IN DER LAGE IST

Er wechselte das Hemd für die Abendsitzung um sieben Uhr, als er hörte, wie Harleys Auto in die Einfahrt fuhr. Unmittelbar danach hörte er, wie Harleys Auto aus der Einfahrt herausfuhr. Harley mußte etwas vergessen haben, überlegte er, und knöpfte sich den Manschettenknopf zu.

Als er das Auto wieder in die Einfahrt fahren hörte, blickte er aus dem Badezimmerfenster und sah, daß es mit dem Heck zur Straße stand. Von seiner Warte aus konnte er außerdem durch die Windschutzscheibe schauen.

Es war eindeutig nicht Harley, der Harleys Auto fuhr.

Es war Dooley.

Er stand am Badezimmerfenster, knöpfte den anderen Manschettenknopf zu und beobachtete. Rein, raus, rein, raus.

Er hatte nur fünf Minuten, um die Sache zu regeln; er durfte nicht zu spät kommen, denn er selbst sollte die Sitzung leiten.

Er mußte mit Dooley und Harley darüber reden.

Verflixt, dachte er. Da hat man einen autonärrischen Jungen auf der eigenen Etage und einen Rennsportmechaniker im Kellergeschoß. Sollte das eine gute Kombination sein? Eher nicht.

Emma sah von ihrem Computer auf, in dessen Tastatur sie das Gottesdienstblatt eingab, das zur Information in den Kirchenbänken auslag.

»Ich weiß, ich bin Baptistin und es geht mich nichts an…«

Das ist so *klar* wie Kloßbrühe, dachte er.

196

»…aber mir scheint, daß Leute, die nicht stehen können auch nicht stehen sollten.«

»Was meinen Sie?«

»Ich meine, daß all die Leute, die im Sommer hier her kommen und die den Gottesdienst der Episkopalen nicht von einem Loch in der Erde unterscheiden können, daß die glauben, sie müßten all das Zeug machen, das da auf dem Blättchen steht. Ich meine, ein paar Leute sind steinalt und was sagt ihnen dies Blatt? Stehen, knien, sitzen, stehen, verneigen, stehen, knien oder sonst was! Das sind Anweisungen.«

»Stimmt.«

»Warum machen wir es nicht so wie die in der Presbyterianer-Kirche, von der ich gehört habe?«

»Und wie machen es die?« Er bemerkte, wie er die Zähne zusammenbiß.

»Schreiben Sie unten auf das Blatt eine kleine Zeile, die besagt, ›Wer dazu in der Lage ist, möge bitte stehen.‹«

Wer brauchte den Beistand eines Kuraten oder eines Diakons, wenn er Emma Newland hatte, die über die kniffligen Fragen der Kirche von heute nachdachte?

Als er das Pfarramt verließ, um ins Blumengeschäft zu gehen, begrüßte ihn Andrew Gregory vor dem Antiquitätengeschäft auf der anderen Straßenseite.

»Drei Monate lang sind wir uns nicht begegnet«, sagte Andrew höflich, »und jetzt – gleich zweimal hintereinander!«

»Letzteres ist mir lieber!«

»Bevor ich nach Italien brause, habe ich etwas für ›Sachen und Segen‹. Ich bin zwar schon in einem Monat zurück, aber wenn ich Platz machen will für die Möbel aus Fernbank, dann muß ich mich von Einigem trennen. Wäre Ihnen ein etwas verfrühter Basarbeitrag unangenehm?«

»Unangenehm? In keinster Weise. Ich wäre begeistert.« Er stellte sich Esther Bolicks Gesicht vor, wenn sie erfuhr, daß sie Antiquitäten von Andrew Gregory bekam.

Das war die Antwort auf seine Gebete…

Mit einer purpurroten Gloxinie im Arm schritt er etwas kurz-
atmig den Hügel hinauf. Einen Augenblick hielt er inne und
schaute das beeindruckende Gebäude an, das sie ›Haus der
Hoffnung‹ genannt hatten.

Ohne Sadie Baxters Großzügigkeit wäre dies nur ein verlassener
Ort, an dem sich früher einmal die alte Kirche Unseres Herrn
befand. Seit langem war sie bis auf die Grundmauern niederge-
brannt. Jetzt, da Miss Sadie tot war, war er der einzige, der wußte,
was sich in jener Nacht des schrecklichen Feuers abgespielt hatte.

Nun ja. Sollte er weiter über das Unglücksfeuer sinnieren oder
lieber betrachten, was sich da aus der Asche erhoben hatte? War
das nicht das Wesentliche im Leben? Jeden Tag neu zu entscheiden ob Feuer oder Phoenix? Louella saß an ihrem sonnigen
Fenster. Auf der breiten Fensterbank standen Gloxinien, Begonien, Philodendron, Efeu und ein Dutzend andere Pflanzen,
einschließlich einer zerzausten Amaryllis von Weihnachten.
Piekfein angezogen, streckte sie ihm ihre braunen Arme weit
entgegen, als er hereintrat. »Meine Güte, Schätzchen! In dem
blauen Mantel sehen Sie aus wie jemand aus dem Fernsehen.«
Er versank wohlig in ihrer Umarmung, die er genauso erwiderte.

»Haben Sie noch Platz für eine Gloxinie?«

»Dann sind's drei Gloxinien, die wo Sie mir gebracht haben!«
Immer brachte er das den Leuten mit, unweigerlich.

»Aber eine purpurrote hatt' ich noch nie, ist sie nich' schön!
Sie sind goldig, Herr Pfarrer, wirklich wahr!«

Er setzte den Topf auf den Fenstersims und hockte sich auf den
Fußschemel neben ihrem Sessel. »Wie geht es Ihnen? Behandelt man Sie auch anständig?«

»*Anständig* behandeln? Die bringen mich noch um mit ihrem
anständig behandeln. Nehmen Sie ein Guti, essen Sie zum
Apfelstrudel ein bißchen Eiscreme, lassen Sie sich aus dem Bett
helfen, steigen Sie hier in die Socken, so bleiben die Füßchen
warm…« Sie schüttelte den Kopf und lachte mit ihrer dunklen
Schokoladestimme, die dem Gesang in der Kirche Unseres
Herrn immer eine besondere Note verlieh.

»Es geht Ihnen also hundsmiserabel«, sagte er grinsend.

»Hundsmiserabel, Schätzchen, so ist es. Der kleine Kaplan, ist er nicht drollig, mit den Hunden, die ihm immer und überall nachtrotteln?«

»Kommt Taco noch jede Woche?«

»Taco hat Räude an der Hüfte, das muß erst in Ordnung.«

»Sie könnten eine Katze bekommen, solange bis bei Taco alles wieder in Ordnung ist.«

»Eine Katze? Mit 'ner *Katze* hat sich Louella noch nie abgegeben.«

»Arbeiten Sie in dem neuen Garten?«

»Mit 'ner Hacke in der Hand sehen Sie mich auch nich' rummachen. Nee, Sir, ich hab' meine Pflicht getan, ich bleib hier sitzen, guck TV, und tu wie wenn ich jemand wär.«

»Also, ich habe mal eine Frage«, sagte er.

Louella, deren grauweißmeliertes Haar im vergangenen Jahr schneeweiß geworden war, sah ihn gespannt an.

»Möchten Sie am nächsten Donnerstag zu einem Dinner ins Pfarrhaus kommen? Sagen Sie ja!«

»Sprechen Sie über Abendessen oder Mittagessen?«

»Abendessen!« sagte er. »Wie der Abend.« Louella, er konnte sich erinnern, nannte das Mittagessen ›*Dinner*‹ und das Abendessen war bei ihr ›*Supper*‹.

»Ich weiß nich', ich geh' so spät *abends* nich' aus«, sagte sie und sah verwirrt aus. »Wegen dem anderen Knie, was noch operiert werden muß…«

»Ich stütze Sie fest beim Gehen«, sagte er, erpicht darauf, daß sie die Einladung annahm.

»Ich weiß nich', Schätzchen…«

»Bitte«, sagte er.

»Wenn *Amazing Grace* diesen Sonntag gesungen wird, dann komm' ich«, sagte sie grinsend. »Wir hab'n das *nie* sonntags gesungen, einem *Monat* nich', wo es doch 'n 'piskopalischer Pfarrer *geschrieb'n* hat!«

»Abgemacht!« sagte er, erleichtert und glücklich. In der Nähe von Miss Sadie und Louella war er sich immer schon wie ein zehnjähriger Junge vorgekommen.

Er ging die Treppe hinauf in den zweiten Stock, um Lida Willis zu sehen.

Er mußte ihr nicht sagen, warum er gekommen war.

Lida klopfte mit dem Kugelschreiber auf ihren Tisch, wirkte immer noch sehr streng. »Sie macht sich gut. Sehr gut. Es könnte nicht besser sein.«

»Freut mich zu hören«, sagte er und meinte es genau so.

Er fand Pauline im Speisesaal. Sie deckte die Tische mit Tellern auf denen Miss Sadie auf ihre Kosten die Initialen HH hatte anbringen lassen. Wenn es um ihre eigenen Bedürfnisse ging, knauserte Miss Sadie ihr Leben lang und für das ›Haus der Hoffnung‹ hatte sie keine Kosten gescheut.

»Pauline, Sie sehen ... wunderbar aus«, sagte er.

»Das macht die neue Schürze.«

»Ich glaube, das macht die neue Pauline.«

Sie lachte. Er konnte sich nicht erinnern, sie je lachen gehört zu haben.

»Ich habe einen Vorschlag.«

Sie hörte ihm lächelnd zu.

»Würden Sie nächsten Donnerstagabend zu uns zum Essen kommen und Poo mitbringen? Dooley ist dabei und Harley und Louella.«

Er sah, daß sie sich über die Einladung freute, und daß sie zögerte, sie anzunehmen.

»Bitte, sagen Sie ja«, verlangte er. »Es ist bloß Familie, völlig zwanglos, und wir tragen alle irgendwas Bequemes.«

»Ja, also. Danke! Vielen Dank...«

»Großartig!« sagte er. »Hervorragend!«

Er hatte Leute fragen hören, »Wenn Sie jemanden zum Abendessen einladen dürften, tot oder lebendig, wen hätten Sie da am liebsten?« Meistens fiel sofort der Name Shakespeare; er hatte auch schon Mutter Teresa, den Papst, St. Augustinus, Thomas Jefferson, Pavarotti, Bach und Charles Schultz nennen hören...

Für alles Geld der Welt hätte er niemand anderen zum

Abendessen bei sich haben mögen, als genau die, die jetzt kamen.

Er fand Scott Murphy beim Hundezwinger.
»Das ist Harry«, sagte Scott, und zeigte auf einen traurig blikkenden Beagle. »Der ist neu.«
»Sieht aus wie ein Bischof, den ich mal hatte.«
»Da drüben ist Taco.«
»Was macht seine Räude?«
»Sie wissen aber auch alles!«
»Ich wünschte, es wäre so.«
»Ich überlege«, sagte der Kaplan. »Ich würde meine Leutchen gerne mal hier rausholen, mit ihnen irgendwo hin gehen – ich weiß nicht, vielleicht zu einem Baseball-Spiel, oder Softball, irgend etwas an der frischen Luft wo sie johlen und pfeifen können, und –
»Und Hotdogs essen!«
»Richtig.«
»Gute Idee. Ich weiß gar nicht, wer zur Zeit in der Stadt spielt...«
»Vielleicht bringen Sie und ich gemeinsam irgendein Spiel zusammen? Vielleicht im August?«
»Na klar! Bevor Dooley zurück muß in die Schule.«
»Ich sehe mich nach den Spielern um.«
»Ich mich auch«, sagte der Pfarrer.
Ein Softballspiel!
Er hätte am liebsten seinen Hut in die Luft geworfen. Wenn er einen gehabt hätte.

»Bingo!« sagte Emma und überreichte ihm den Computerausdruck mit Namen und Adressen.

Die Kirchenvorstandsmitglieder sagten, was er erwartet hatte, und zwar buchstäblich *unisono* »Wir wollen es durchziehen!«
Ja, sie wollten, daß Ingrid Swenson und ihre Kollegen am fünfzehnten vorsprachen. Man drückte es nicht so aus, aber die Botschaft war klar – laßt uns den wertvollen aber lästigen Besitz

abschütteln, bevor das Dach einbricht und wir einen Bank-
kredit aufnehmen müssen, um die Rechnungen zu bezahlen.
Er bat Ron Malcolm, Ingrid sofort nach der Sitzung anzurufen.

Es gab nicht gerade wenig R. Davis im Staat Florida, dem Aus-
druck nach zu schließen, aber Lakeland war die einzige Stadt
mit einem Rhody Davis. »Fängt mit einem *L* an«, hatte Russell
Jacks gesagt, als er im Gedächtnis kramte, wo Rhody sich in
Florida aufhalten könnte.
Er war enttäuscht, aber nicht überrascht, daß Rhody Davis sich
nicht im Telephonbuch hatte eintragen lassen.
Er rief Stuart Cullen an.
»Kennst du jemand in Lakeland, Florida? Einen Geistlichen?«
»Ich rufe dich zurück.«
Mittags telefonierte er mit einem Pfarrer aus einer Kirche in
der Innenstadt von Lakeland. Es war zwar ein seltsamer
Wunsch, aber der Pfarrer wollte desungeachtet jemand Geeig-
neten finden.
Am nächsten Morgen kam der Bericht.
»Unser Juniorverwalter fuhr morgens um neun Uhr vorbei
und sah neben dem Haus ein geparktes Auto. Desgleichen um
drei Uhr nachmittags und abends um acht Uhr. Abends brannte
zwar Licht, aber man sah keine anderen Zeichen einer Anwe-
senheit. Ein Hinweis vielleicht – im Vorgarten befand sich ein
Dreirad. Trotz aller Bemühungen half mir mein Priesterkragen
nicht weiter. Die Telefonnummer war nicht erhältlich.«
»Waren Sie jemals bei uns in den Bergen?« fragte Pater Tim.
»Nein, aber meine Frau und ich wünschen es seit langem. Einige Gemeindemitglieder fahren jeden Sommer in die Berge.«
»Wir haben ein Gästezimmer. Betrachten Sie es als das Ihre,
wenn Sie in unsere Gegend kommen.«
Ein Schuß ins Blaue, aber er wußte nun, was zu tun war.

»Ich möcht' Sie nich' beunruhigen, Hochwürden. Das wär' das
Letzte, was ich wollen tät, aber der Junge hat mir Löcher in den
Bauch gefragt, und ich hab' ja nein gesagt, dann hab' ich aber

den Zündschlüssel steck'n lassen, und er iss ja nur reingefahrn, rausgefahrn. Sie wer'n ihn doch nich' deswegen verprügeln, 'n Jung' in seim Alter, iss doch bloß natürlich…«

Harley sah völlig verstört aus; der Pfarrer fühlte sich wie ein Fiesling.

»Vielleicht sollt' ich ihn aufs Land rausnehm' und hinters Steuer setzen. In zwei Jahren rast er so un' so die Straße rauf un'runter, da isses jetzt Training. Ich paß auf wie'n Luchs, Hochwürden, ein' besser'n Trainer kriegt er nich' als mich alten Saufbold.«

»Ich weiß nicht, Harley. Ich muß darüber nachdenken.«

»Worum geht es eigentlich?« fragte er seufzend seine Frau.

»Hormone!« rief sie aus.

Mitford, so bemerkte er, wurde zu einem regelrechten Kiosk – Schlagwörter und Wahlparolen wohin er blickte.

Die Inhaberin der Bürgermeisterspfründe und ihr Gegner trugen ihren Teil dazu bei, indem sie die Vorgärten und Telephonmasten mit ihren Symbolen verunzierten, die Frauen der Episkopalkirche wiederum klebten an die Friedhofsmauern handgeschriebene Zettel sowie Anschläge an jedes Ladenfenster. Sogar die Bibliotheksdamen steuerten ihr Scherflein bei.

Jahresausverkauf an Büchern
10–4 h, 28. Juli
Bestellen Sie!

Sie wollen es nicht? Aber wir!
34. Wohltätigkeitsbasar ›Sachen und Segen‹

MACK STROUPE:
Mack für Mitford,
Mack als Bürgermeister

Esther Cunningham:
Richtig für Mitford
Richtig als Bürgermeisterin

Entrümpelt Dachspeicher in Mitford
Helft Brunnen bauen
in Afrika!

Cunningham kümmert sich.
Wählt Esther Cunningham
zur Bürgermeisterin

IHRE SACHEN SIND UNSER SEGEN
Kirche Unseres Herrn, 4. Oktober

Mack Stroupe:
Ich mache das Gute
Immer noch Besser

Was er von Mack Stroupe gesehen hatte, reichte ihm fürs Leben, denn dessen Gesicht klebte überall wo er hinsah. Und noch schlimmer, er kämpfte gegen Unbehagen, wenn er daran dachte, daß er Macks Gesicht jeden Sonntag morgen auch noch in der Kirche sehen mußte.

Als er um sieben Uhr im Büro der Bürgermeisterin vorbei kam, aß sie, wie gewöhnlich, ihr Wurstbrötchen. Es war kein schöner Anblick.
Drei Bissen höchstens, und das Wurstbrötchen war weg. Aber sollte er ihr eine Moralpredigt halten oder den Hohen Priester spielen? Hatte er nicht selbst gestern Abend ein Stück Käsekuchen heruntergeschlungen und wie ein Hühnerdieb dabei über die Schulter geguckt, damit er nicht von seinem Ehegespons erwischt wurde?
Stirb' jung, sei eine schöne Leiche, pflegte sein Freund Tommy Noles in solchen Fällen zu bemerken.
»Wenn Mack Stroupe unter der Hand Geld bekommt«, sagte er, »besteht da nicht die Möglichkeit...«
»Was meinen Sie mit ›wenn‹? Er *bekommt* Geld unter der Hand. Ich habe nachgeprüft, was das Aufstellen von Plakat-

wänden normalerweise kostet - man höre und staune – vier satte Tausender. Ich hab' den Barbecueladen in Wesley angerufen, der ihm hilft, seine kleinen Samstagnachmittagsverbrechen zu begehen – sechs hundert Kröten um hierher zu fahren, aufzubauen und von elf bis drei zu kochen. Dazu das neue Auto mit neuem CD-Player und Ledersitzen, und da fragen *Sie* noch was hier läuft?«

»Muß er nicht ein Formular ausfüllen, auf dem er genau angeben muß, woher die Wahlspenden kommen? Jemand hat mir gesagt, daß sogar die Medien Einsicht in das Formular nehmen dürfen.«

Sie zerknüllte die Brötchentüte und warf sie von unten nach oben gezielt in den Papierkorb. »Wissen Sie, was ich immer zu Ray sage? Priester sind die größten Unschuldsengel, die es gibt. Meinen Sie, dieser miese Abschaum *gibt an*, welche Gelder er unter der Hand bekommt?«

»Vielleicht erhält er im Augenblick genügend legale 1000-Dollar-Spenden, um all das zu erklären. Fragen schadet jedenfalls nicht.«

Sie kratzte einen Fleck an ihrem Hals auf und beugte sich zu ihm vor. »Wer fragt?«

»Ich nicht«, sagte er und meinte es ernst.

Die Fliegentür der Grillstube klappte hinter ihm zu. »Was ist los?« fragte der Pfarrer Percy.

»Ich bin schon halbtot, das ist los.«

»Was denn?«

»Velma.«

»Aha.«

»Sie will mich schon wieder auf eine Kreuzfahrt mitschleppen. Ich sag' ihr, wir waren doch auf einer, und wenn man eine gesehen hat, hat man alle gesehen – Drinks mit aufgesteckten Schirmchen, Hula tanzen, sich zum Narren machen, und wieder heim. Ich geh' da nich' mehr hin. Aber die nervt mich, bis ich blau bin im Gesicht.«

»Blau im Gesicht?«

»Was immer.«

Velma, die alles mit angehört hatte, kam zu ihnen. Sie sah angewidert aus.

»Ich hoffe, du hast dem Pater erzählt, daß die Kreuzfahrt, zu der du mich mitgenommen hast, von unseren Kindern bezahlt worden ist. Und ich hoffe, du hast erwähnt, daß es der einzige Urlaub war, den ich je hatte, seit ich dich vor dreiundvierzig Jahren geheiratet habe, ausgenommen der Autoausflug nach Wilkes, wo ich die ganze Zeit kotzen mußte, weil ich schwanger war.«

Velma holte tief Luft und ließ eine weitere Salve los. »Und hast du ihm von den Krampfadern erzählt, die ich in dieser Imbiß-bude gekriegt habe, von all der Steherei seit Teddy Roosevelt Präsident geworden ist? Jetzt frage mal den Herrn Pfarrer hier. Ich bin sicher, er hat *seine* Frau zu *mehreren* hübschen Aus-flügen mitgenommen, seit *er* verheiratet ist.«

Velma schmiß ihren Bestellblock auf den Ladentisch, stampfte zur Toilette und knallte die Tür hinter sich zu.

Percy sah geschmerzt aus.

Der Pfarrer sah geschmerzt aus.

Wenn Velma wüßte!

Man würde sie verraten, dachte er, vielleicht sogar anzeigen – und das aus gutem Grund. Schließlich hatte sie gründliche Arbeit geleistet, um etwas Besonderes zu planen.

»Kannst du mir bitte mal zuhören«, sagte er, »Ich kann mir nicht frei nehmen.«

Sie starrte ihn an, und wußte, daß es ihm ernst war.

»Ich muß wegfahren und Jessie Barlowe suchen.«

»Ich komme mit dir«, sagte sie.

Er setzte sich aufs Bett, in dem sie, mit dem Rücken gegen ein Kissen gelehnt, ein Buch las. »Es ist in Florida, das ist eine lange Fahrt und ich weiß nicht, was uns erwartet. Ich muß auch Pau-line dabei haben. Sie ist die leibliche Mutter und da keine Papie-re unterzeichnet wurden, daß Jessie bei Rhody Davis leben darf, besitzt sie das Sorgerecht. Sie kann Jessie legal mitnehmen.«

»Wirst du ... Polizei benötigen, die mit dir hineingeht?
Oder Sozialarbeiter?«
»Das ist nicht nötig. Nur wenn die Situation gefährlich scheint.«
»Scheint sie gefährlich?«
»Weiß ich nicht. Das kann man so nicht wissen.«
»Meinst du, du müßtest vorher weitere Erkundigungen einziehen, ich meine...«
»Ich meine, wir sollten sofort handeln.«
»Sind wir zu unserem Abendessen nächsten Donnerstag zurück?«
»Ja«, sagte er.
Sie lehnte sich an ihn, und sie saßen für eine Weile schweigend nebeneinander.
»Wir müssen das Gebet sprechen, das nie versagt.«
»Ja«, sagte er.

Er verfocht Paulines Sache bei Lida Willis, die ihrer Speisesaalaufsicht zwei Tage frei gab.
»Sie wird es beim Erntedankfest wieder reinholen«, sagte Lida.
Das war der Tag, an dem die Familien der Bewohner des ›Hauses der Hoffnung‹ in Scharen zu Besuch nach Mitford kamen und den Speisesaal bis auf den letzten Platz besetzten.
Er hielt Dooley im Unklaren über das was vorging und sagte Emma überhaupt nichts. Er wollte nicht, daß sich jemand Hoffnungen hingab. Die allgemeine Auskunft war, daß er mit seiner Frau einen kleinen Ausflug machte und daß Pauline bis North Carolina mitfuhr, um eine Großtante zu besuchen. Es tat ihm leid, Florida überhaupt erwähnt zu haben.
»Florida im Juli?« fragte seine Sekretärin entsetzt.
»Schade, daß die da unten so 'ne Salzluft haben!« sagte Harley.
»Die rostet die Kotflügel komplett durch. Lassen Sie mich mal die Karre anständig einwachsen!«
»Das müssen Sie nicht machen, Harley. Außerdem fahren wir morgen früh los.«
»Ich mach's gleich, Hochwürden, keine Sorge nich'. Und ich wisch' auch mal tüchtig durch.«

Es ging alles so schnell und ihm schwamm der Kopf.
»Passen Sie auf Dooley auf«, sagte er zu seinem Untermietmechaniker als beide das Auto beluden, »und verstecken Sie Ihre Autoschlüssel. Dooley dreht mit Barnabas die Runde und füttert ihn, Puny kommt morgen. Bitte bedienen Sie sich vom Nudelsalat im Kühlschrank, das Auto sieht großartig aus, tausend Dank, wir bringen Ihnen etwas mit.«
Harley grinste. »Irgend etwas wo Mickey drauf steht, Hochwürden! Da wär' ich Ihnen sehr verbunden.«

Heiß. Er konnte sich nicht erinnern, wann ihm, seit seiner Zeit in der Pfarrei am Meer, in den letzten Jahren so heiß gewesen war. Und die Farben in diesem Land – so intensiv, so lebhaft, so … anders. In den Bergen, in seinen hohen, grünen Bergen, fühlte er sich eingehüllt, beschützt – irgendwie getröstet.
Hier dagegen, die offene, flache Landschaft, blauer Himmel und Palmen. Er konnte sich über den Anblick von Palmen nie genug verwundern – waren sie doch für ihn der Inbegriff der Biblischen Landschaft. Wie kam ER, der die mächtige Eiche und die zarte Mimose schuf, plötzlich auf die Idee, ein so total ausgefallenes Gebilde wie die Palme zu ersinnen? Sehr ungewöhnlich!
Er lachte in sich hinein.
»Warum lachst du, Liebster?«
»Ich lache über Palmen.«
Wieder diese hochgezogene Braue und wieder der besorgte Blick. Bald würde er wirklich mit seiner Frau Urlaub machen und sich entspannt geben müssen, damit sie aufhörte, ihn so anzuschauen.

»Ich glaube, du fliegst«, erklärte Cynthia, die sich den Hals verrenkte, um auf den Tachometer zu sehen.
Herrje! Sie würden in Lakeland in der Hälfte der veranschlagten Zeit ankommen.
Er spürte bereits die Last der 1072 Kilometer einfache Strecke auf seinen Schultern lasten, als sie an Daytona vorbeirauschten und sich in die Ausfahrt nach Orlando einfädelten.

Wenn auch der Motor lief wie Pik Sieben und das Wachs auf dem Lack funkelte wie im Autosalon, so funktionierte doch die Klimaanlage nicht viel besser als der Kirchenventilator bei einem Zeltgottesdienst. Er hatte das in Mitford, wo sie in luftigen 1524 m Höhe lebten, nie bemerkt, aber hier, wo die Sonne unbarmherzig niederbrannte, mußten sie alle die betrüblich schwache Leistung des Wechselstromgeräts zur Kenntnis nehmen.

Er blickte in den Rückspiegel zu Pauline. Sie hatte stundenlang während der Fahrt nur aus dem Fenster geschaut.

An der Raststätte in Providence würde er Cynthia ans Steuer lassen, und in Lakeland angekommen, würden sie ein Motel nehmen und sich ausruhen, bevor sie sich am *Palm Court Way* auf die Suche nach Rhody Davis machten. Um Lida zufriedenzustellen und mit Pauline rechtzeitig zurückzukehren, standen ihnen nur wenige Stunden zur Verfügung, in denen sie Jessie suchen konnten. Dann mußten sie die 10stündige Rückreise nach Mitford antreten.

Vielleicht war es blödsinnig von ihm, während dieser einen anstrengenden Reise so viel zu riskieren.

Aber wann, wenn nicht jetzt?

Er parkte das Auto unter einem Baum neben dem Gehweg, wo der frühe Morgenschatten die etwas niedrigeren nächtlichen Temperaturen festhielt.

»Das ist Rhodys Wagen in der Einfahrt«, sagte Pauline.

»Bleibt ihr hier sitzen«, sagte er, »während ich mich umgucke, lasse ich den Motor laufen, damit ihr es kühl habt.«

»Kühl!« sagte seine Frau. »Ha, und noch mal ha. Kann ich nicht mitkommen, Timothy?«

»Nein«, sagte er.

Er hatte seinen Priesterkragen umgelegt, allerdings erst nach reiflicher Überlegung. Er trug ihn immer – also warum nicht auch jetzt?

Seine Augen kundschafteten schnell die Lage aus.

Der kleine Vorgarten war fast ohne Rasen. Plastikeinkaufstüten hatten sich in den an der unbedachten Veranda wachsenden

Yuccapalmen verfangen. Das Auto war ungefähr zwanzig Jahre alt, ein Riesending, die Kühlerhaube so ausgeblichen, daß von der ursprünglichen Farbe kaum mehr etwas erkennbar war.

Ein von Wind und Wetter beschädigtes Dreirad lag neben der Treppe. Keine Vorhänge vor den Fenstern.

Er klingelte an der Tür. Da er von innen keinen Klingelton vernahm, klopfte er laut an den Holzrahmen der Fliegentür.

Nichts zu hören, also klopfte er nochmals, noch lauter.

Unter seinem Hemd fühlte er bereits Schweißperlen herabtröpfeln. Er kam sich vor wie ein Grillfisch und es war noch nicht einmal neun Uhr.

Dieser weite Weg und dann war niemand zu Hause?

Da sah er noch einmal zu den nackten Fenstern und bemerkte ihr gegen die Scheibe gepreßtes Gesicht.

Sein Herz pochte; vor Freude wäre er am liebsten in die Luft gesprungen.

Sie sah ihn nüchternen Blickes an. Ihre rotblonden Haare klebten feucht an ihren Bäckchen, als ob sie beim Schwimmen gewesen wäre. Zweifellos war das die fünfjährige Jessie Barlowe; die Ähnlichkeit mit ihren Brüdern war verblüffend.

Da ihm nichts besseres einfiel, winkte er ihr zu.

Sie hob ihre kleine Hand und winkte zurück, sah ihn forschend an.

Er zeigte auf die Tür. »Darf ich reinkommen?« sagte er und formte die Worte mit dem Mund.

Sie verschwand vom Fenster, und er hörte sie über den Fußboden tapsen.

Er klopfte wieder.

Dieses Mal erschien sie an dem Fenster links von der Tür. Sie drückte ihre Nase gegen die Scheibe und starrte ihn an. Vielleicht war sie allein da drin, dachte er beunruhigt.

Sie verschwand vom Fenster.

Plötzlich öffnete sich die Tür einen Spalt breit und sie guckte ihn durch die Fliegentür an.

»Wer ist da?« fragte sie und zog eine Grimasse. Sie war barfuß, trug verschmutzte Shorts und hatte die Fußnägel rosa angemalt.

»Hier ist Timothy Kavanagh.«
»Rhody kann nich' kommen!« sagte sie und schlug die Tür zu.
Er kochte, er brodelte, er brief.

Er wischte sich mit einem Taschentuch den Schweiß von der
Stirn und blickte zur Straße, konnte aber nur das Heck seines
Buick im kürzer werdenden Schatten sehen.
»Jessie!« schrie er laut, und klopfte an die Tür. »Jessie!«
Er hörte, wie sie über den Fußboden lief.
Sie öffnete die Tür wieder, dieses mal einen etwas breiteren
Spalt. »Rhody kann nicht kommen!« sagte sie ganz ernst.
Er drückte die Klinke der Fliegentür herunter. Sie war nicht
verschlossen. Er öffnete sie schnell, trat über die Schwelle und
kam sich dabei wie ein Triebverbrecher vor.
Die starke, erstickende Hitze in dem kleinen Haus schlug ihm
wie eine Wand entgegen. Und der Gestank! Lieber Himmel!
Ihm drehte sich der Magen um.
Er sah ein nahezu kahles Wohnzimmer, das in eine Eßzimmer-
ecke überging, die mit halboffenen Schachteln und wahllos auf
dem Boden verstreuter Kleidung übersät war.
»Du darfst nich' reinkomm'«, sagte sie und wich zurück.
»Ich darf nich' mit Fremden red'n.«
»Wo ist Rhody?«
»Ihr Fuß tut weh, sie iss in' Nagel getreten.« Sie wischte sich
mit schmutzigen Händchen den Schweiß vom Gesicht und
steckte den Daumen in den Mund.
»Ist sie hier?«
Jessie schaute in Richtung Diele.
»Ich möchte gerne mit ihr sprechen, wenn ich darf.«
»Rhody redet spinnig.«
»Bringst du mich zu ihr?«
Sie sah ihn wieder mit diesem nüchternen Gesichtsausdruck
an, dann drehte sie sich um und ging in die Diele. »Komm mit!«
sagte sie.
Der Gestank. Was war das nur? Es roch immer stärker, je weiter
er Jessie entlang der dunklen Diele zu dem Bett folgte, in dem
Rhody Davis in einem fast leeren Zimmer lag. Eine Babywiege

stand neben dem Fenster, darin eine Matratze und ein zerknülltes Laken; eine Unmenge Müll lag auf dem Boden verstreut. Sie war etwa in seinem Alter, nackt bis zur Taille, eine massige Frau mit strähnigen Haaren und verzweifelten Augen. Und er sah sofort, was den Geruch verursachte. Ihr rechter Fuß, beinahe schwarz, war riesenhaft aufgeschwollen und rote Striemen liefen an ihrem aufgedunsenen Bein nach oben. Die Abszesse in ihrem Fuß eiterten ungehindert auf die Bettücher. Ihr Kopf rollte auf dem Kissen in seine Richtung.

»Daddy, Daddy, bist du es?« Schweiß glänzte auf ihrem Körper und lief in die durchweichten Laken.

»Rhody…«

»Du sollst hier nich' nach Thelma suchen.«

»Was…«

»Thelma iss weg, Daddy, lange weg.« Sie stöhnte und fluchte und warf ihren Kopf hin und her und sah ihn flehentlich an. »Warum bringst du den Hund hier rein? Schmeiß den Hund raus, er beißt das Baby…« Sie versuchte, sich aufzurichten, fiel aber zurück auf das schweißdurchtränkte Kissen.

»Habt ihr ein Telefon?« fragte er Jessie. Er war beinahe ohnmächtig von der Hitze, dem beißenden Geruch und all dem Leid. Jessie nuckelte am Daumen und machte eine Kopfbewegung. Es stand am Boden neben einer leeren Dose Salzgebäck und einem Glas verdorbener Milch. Er versuchte, die Fenster im Zimmer zu öffnen, aber sie waren zugenagelt.

Dann wählte er die entsprechende Nummer und unterzog sich der Pein, Namen, Telefonnummer, Adresse und die Art der vorliegenden Katastrophe zu melden.

»Wundbrand«, sagte er, denn er wußte Bescheid.

Im Krankenhaus wurde er dafür belohnt, daß er den Priesterkragen umgelegt hatte. Der Notarzt nahm sich die Zeit, Rhody Davis innerhalb von einer Stunde nach ihrer Einlieferung zu untersuchen und der Arzt war bereit, mit ihm über den Befund zu sprechen.

»Die Fußsohle weist eine eindeutige Perforation auf. Eine Blutvergiftung führte zu einer massiven Infektion und diese zum Wundbrand.«

»Das bedeutet?« fragte der Pfarrer.

»Möglicherweise ist eine Amputation notwendig – wir wissen es noch nicht. Inzwischen verabreichen wir Antibiotika in starker Dosierung.«

»Was kommt danach?«

»Aufgrund der Angaben, die Sie gemacht haben, wird unser Sozialamt die Patientin an das Leistungssystem anschließen.«

»Man wird sich um sie kümmern?« fragte Cynthia.

Der freundliche Doktor lachte in sich hinein. »Unser Sozialamt verbeißt sich gern in harte Fälle. Dieser hier erfüllt alle Voraussetzungen dafür, mit links.«

»Ich werde bei den Formalitäten behilflich sein«, sagte Cynthia.

»Ich bin seine Diakonin.«

Eigentlich müßte er völlig erschöpft sein, da eine lange Reise hinter ihm lag und eine weitere vor ihm. Aber er war nicht erschöpft, er war energiegeladen. Das waren sie alle.

Cynthia redete darauf los und fächerte sich Luft zu mit einem der Malbücher, die sie optimistischerweise mitgenommen hatte. Pauline wirkte viel gelöster und erzählte Geschichten von Miss Pattie aus dem ›Haus der Hoffnung‹, während Jessie auf ihrem Schoß saß.

Jessie aß abwechselnd Plätzchen, öffnete eine neue Schachtel Buntstifte und stellte Fragen. Was war das für ein weißes Ding um seinen Hals? Wie hieß ihr Hund daheim? Wohin fuhren sie? Was fehlte Rhody? Konnten sie noch mehr *Pommes frites* besorgen? Wurde das Äffchen in die Kiste mit dem Dreirad gepackt? Warum lackiert sich Cynthia nicht die Fußnägel? Warum sieht die Haut auf Paulines Arm so komisch aus? Ob sie mal anhielten, damit sie noch mal Pipi machen konnte?

Während der ersten Etappe saß er hinter dem Steuer und blickte oft in den Rückspiegel.

Er sah, wie Jessie das Gesicht ihrer Mutter berührte, obwohl sie nicht recht wußte, was ›eine Mutter haben‹ bedeutet.

»Du bist hübsch«, sagte das Kind.

»Danke dir.«

»Du hast da kein Ohr.«

»Es ist … verbrannt.«

»Wie hast du es verbrannt? Hast du geweint?«

»Ich erzähl dir das ein andermal. Deshalb sieht auch mein Arm so komisch aus. Der ist auch verbrannt.«

»Gehen wir zurück zu Rhody? Bist du Rhodys Freundin?«

»Ich bin deine Mutter.«

Halte durch, dachte er und fühlte den fremden Schmerz als sei es sein eigener. Er sah seine Frau an. Sie betete. Er merkte es, weil sie die Lippen bewegte, stumm, wie ein Kind, das vertieft in einem Buch liest.

Sobald sie Daytona hinter sich gelassen hatten, spielten alle begeistert Kuhpoker, wobei sie Lkw-Raststätten zählten, weil es praktisch keine Kühe gab.

Er fühlte sich, als hätte ihn ein Laster gerammt, was aber, Gott sei Dank, nicht der Fall war.

Um Mitternacht rollten sie in Mitford ein, setzten Pauline und Jessie bei Betty Craig ab, fuhren nach Hause und fanden Dooleys Zettel vor, der besagte, daß er bei Tommy übernachtete. Schlag ein Uhr kroch er in sein Bett, auf das er sich schon so gefreut hatte, bis Cynthia ihm sagte, daß sie Pauline gebeten habe, Jessie am nächsten Tag vor der Arbeit bei ihnen abzuliefern. Betty Craig verbrachte, was selten geschah, einen Tag außerhalb bei ihrer Schwester und es schien wenig sinnvoll, Jessie mit ihrem alten, ihr völlig fremden Großvater allein zu lassen. Oder?

Er schlief bis sieben Uhr, als er unten Jessie hereinkommen hörte. Sie schrie auf, ob vor Entzücken oder Angst war unklar, als sie Barnabas begegnete. Um acht Uhr wachte er wieder auf: Puny, Sissy, Sassy und der hochbeladene rote Kinderwagen rumpelten über die Schwelle und knatterten die Diele entlang, als seien sie die Feldartillerie.

Er vergrub den Kopf unter der Bettdecke und fühlte sich schuldig, weil er im Bett lag während der gesamte Haushalt unter ihm in Gang kam.

Jemand hüpfte die Treppe hinauf und es war bestimmt nicht seine Frau.

»Wach auf, Mr. Tim!«

Jessie Barlowe, frisch geschrubbt, die Haare zu einem Pferdeschwanz gebunden, trabte ins Zimmer. Als er die Augen öffnete, sprang sie aufs Bett und blickte neugierig auf ihn herab.

»Wird Zeit den Kragen anzulegen und mein Dreirad aus deinem Auto zu holen!«

Es war, als hätte er ein paar Runden mit Mike Tyson hinter sich gebracht.

Als er hilflos neben der Kaffeemaschine stand, war er Punys Bitte zum Opfer gefallen, nach den Zwillingen »zu sehen«, während sie den Boden oben sauber machte. Cynthia und Jessie waren nach nebenan gegangen, quasi aus der Schußlinie. Da stand er nun hinter verschlossenen Türen in seinem Arbeitszimmer, trank starken Kaffee, indessen Sassy albern kichernd vom Bücherregal zum Schreibtisch und wieder zurück hopste und Sassy hinter dem Sofa auf der Lauer lag, in der Hand eine Schnur mit Schnatterenten, über die sie fortwährend stolperte und anschließend heulte. Barnabas kroch unter den Lederohrensessel und versuchte verzweifelt, sich zu verstecken.

»Ba!« sagte Sissy und gab ihre Enten auf, weil er interessanter zu sein schien. »Ba!«

»Selber Ba!« sagte er.

Während der Staubsauger über ihm das blanke Hartholz entlang bumperte und Sissy sein linkes Knie mit einer Rassel bearbeitete, las er Oswald Chambers.

»Alle Lebensumstände liegen in Gottes Hand«, schrieb Chambers, »deshalb sollten Sie keine Lebensumstände für sonderbar halten, in denen Sie sich befinden.«

Obwohl dieser weise Satz zur unfehlbaren Wahrheit der Evangelien gehörte, hinderte ihn das nicht, laut aufzulachen.

Kapitel Elf

Amazing Grace

Pauline und Jessie saßen am Küchentisch, während er das Abendessen kochte.

Sie hörten Dooley die Diele entlangkommen.

»Das ist Dooley«, sagte Pauline und schob Jessie sanft ihrem Bruder entgegen als dieser die Küche betrat.

Dooley wurde plötzlich bleich unter seiner Sonnenbräune.

»Jess?«

Es war drei Jahre her, dachte der Pfarrer, und für eine Fünfjährige sind drei Jahre eine lange Zeit.

»Jess?« sagte Dooley noch einmal und sank auf dem Küchenboden in die Knie. Jessie sah ihn mit ihrem nüchternen Blick an. Dann, nur ein paar Schritte von ihrem Bruder entfernt, hob sie langsam die Hand und winkte ihm zu.

»Hey, Jess.«

»Hey«, murmelte sie und begann zu lächeln.

Es fiel ihm während der Nacht ein.

Um sieben Uhr am Sonntag morgen rief er im ›Haus der Hoffnung‹ an. Er wußte, sie saß am Fenster, fertig angezogen für die Kirche und las in ihrer Bibel.

»Werden Sie es machen?« fragte er.

»Herrje noch mal ...« sagte sie und überlegte.

»Für Miss Sadie? Für uns alle?«

Louella holte tief Atem. »Ich tue es für Jesus!« sagte sie.

Harley Welch war gekleidet in dunkelblaue Jacke und lange Hosen, dazu ein Herrenhemd, das Cynthia aus dem für den Basar bestimmten Stapel gezogen, gewaschen und gebügelt hatte. Die Krawatte war seine eigene, seine einzige. Er trug sie zur Beerdigung seiner Frau vor dreizehn Jahren und seitdem nie wieder.

»Sie sehen großartig aus!« rief Cynthia.

»Jaa!« pflichtete Dooley bei.

»Sieh an!« sagte der Pfarrer.

Harley nahm die Schachtel entgegen und öffnete, was hastig an einer Lkw-Raststätte in North Carolina gekauft worden war.

»Meine Güte! Wenn das keine Mickey-Uhr ist! Ich wollte immer 'ne Mickey-Uhr! Hochwürden, Sie sind der Größte!«

Und wieder Harleys Grinsen.

Während er seine Lieben zur Kirche Unseres Herrn chauffierte, dachte er, daß Harley in Wirklichkeit der Größte war. Harley Welch in voller Montur für die Kirche und mit einer Mickey-Maus-Uhr am Handgelenk, das war ein Teil dieses Schönen Tages, der ihm gnädig zuteil wurde.

Er stand auf der Kanzel und sprach jene einfachen aber bedeutungsvollen Worte, mit denen er den Gottesdienst zu eröffnen pflegte.

»Im Namen des Vaters, des Sohnes und des Heiligen Geistes, Amen.«

Dann ging er am Altar vorbei und setzte sich zur Verwunderung seiner Gemeinde in den Stuhl neben dem für den Abendmahlskelch zuständigen Ministranten. Heute morgen würde jemand anders die Hauptpredigt halten – ein seit langem verstorbener englischer Geistlicher und ein sehr lebendiges Mitglied seiner Gemeinde.

In der Mitte des Kirchenschiffes, auf der Evangelienseite, erhob sich Louella Baxter Marshal aus der Bank, hielt ein stilles Bittgebet, richtete ihre Handflächen gen Himmel und begann allein und ohne Begleitung zu singen.

Amazing grace! How sweet the sound
that saved a wretch like me!
I once was lost but now am found
was blind, but now I see.

(Ein schöner Tag ward uns beschert
wie es nicht viele gibt,
von reiner Freude ausgefüllt,
von Sorgen ungetrübt.)

Die Kraft ihrer Bronzestimme hob die Hymne des konvertierten Sklavenhändlers, Reverend John Newton, bis zum Dach empor:

'Twas grace that taught my heart to fear,
and grace my fears relieved;
how precious did that grace appear
the hour I first believed!

The Lord has promised good to me,
his word my hope secures;
he will my shield and portion be
as long as life endures.

(Mit Liedern, die die Lerche singt,
so fing der Morgen an.
Die Sonne bringt den goldnen Glanz
dem Tag, der dann begann.

Ein schöner Tag voll Harmonie
ist wie ein Edelstein.
Er strahlt dich an und ruft dir zu:
Heut sollst du glücklich sein.)

Die Worte füllten das Kirchenschiff und schienen es noch zu auszudehnen – wie Hefeteig, der an einem warmen Ort aufgeht.

In den Kirchenbänken wurden etliche Herzen weit bei dieser lange bekannten, aber irgendwie vergessenen Botschaft. Wer sie noch nie gehört hatte, der sehnte sich, sie kennenzulernen, den erfüllte dringendes Verlangen, auch Schutz und Schild für das eigene Leben beanspruchen zu können und Gewinn statt Verlust daraus zu ziehen.

Das Auge des Pfarrers ruhte auf seiner Gemeinde. Das ist für dich, Dooley. Und für dich, Poo und Jessie, und für dich, Pauline, die du von den Höllenhunden verfolgt wurdest und gewonnen hast. Das ist für dich, Harley, und für dich, Lace Turner, und sogar für dich, Cynthia, die mir spät, aber doch zur rechten Zeit gegeben wurde...

> *Through many dangers, toils, and snares,*
> *I have already come;*
> *'tis grace that brought me safe that far,*
> *and grace will lead me home...*

> *(Und was das Schicksal dir auch bringt,*
> *was immer kommen mag,*
> *es bleibt dir die Erinnerung*
> *an einen schönen Tag.)*

Heute war der Tag. Er war bereit.

Ron Malcolm, der Fernbank auf dreihundertfünfzig Tausend geschätzt hatte, legte ihnen nahe, kein Angebot unter zweihundertfünfundneunzig anzunehmen. Denn trotz seiner Mängel war Fernbank ein architektonisch wertvolles Gebäude, zu dem überdies ein weitläufiges, ebenes und deshalb hervorragend für den Wohnungsbau geeignetes Grundstück gehörte. Bei zweihundertfünfundneunzig Tausend – auf ein paar Dollar hin oder her kam es nicht an – wäre das ein guter Kauf und ein ebenso guter Verkauf.

Der Pfarrer sah in Richtung Fernbank, als er zur Grillstube ging. Er konnte die Villa nicht sehen, nur den oberen Teil des Abhangs und das große Waldstück.

Ein Kurbadhotel?
So sehr er sich auch anstrengte, er konnte es sich nicht vorstellen.

»Softball?« sagte Percy. »Machen Sie sich lustig über mich?«
»Ich mache mich nicht lustig. Zehnter August, entweder Sie kommen oder Sie sind Spielverderber.«
»Gut, Velma und ich braten Hotdogs, aber ich renn' nicht zu irgendwelchen Startmalen, ich hab' genug zu tun mit Startmalen in der Gastronomie.«
»Prima. Sie sind dabei. Sie können rechnen mit fünfundzwanzig aus dem ›Haus der Hoffnung‹, mit etwa zwanzig Spielern... und wie viele Zuschauer kommen, weiß ich nicht.«
Percy kritzelte etwas auf die Rückseite eines Bestellblocks.
»Das macht hundertfünfzig Rindswürstchen, allerhöchstens, plus Beilagen, zusammen mit Velmas Chili.«
»Falsch!« sagte Velma. »Keinen einzigen Tag im Leben steh' ich mehr hinter dem heißen Herd und rühr' im Chili rum! Ich habe mich entschieden, daß wir Dosen nehmen.«
»Chili in Dosen?« fragte Percy ungläubig.
»Und wie lange ist es her, seit du Kartoffeln für Pommes Frites geschält hast? Jahre, Jahre ist das her. Die Pommes kommen steinhart gefroren hier an, wie überall, wo die Leute sich nich' mehr kaputt arbeiten wollen.«
»Gefrorene Pommes sind was anderes als Chili in Dosen.«
»Für dich vielleicht. Für mich nicht.«
Velma stakste weg. Percy seufzte tief.
Der Pfarrer sagte nichts, aber er wußte sehr wohl, daß es bei dieser Unterhaltung nicht um Chili ging.
Es ging um eine Kreuzfahrt.

Er wandte sich zur Buchhandlung ›Happy End‹, um zu erfahren, ob die Suche nach einem antiquarischen Buch von John Buchan erfolgreich war.
Hope Winchester schüttelte den Kopf. »Höchst unergiebig bis jetzt.«

220

»Nun denn«, sagte er. »Oh. Kennen Sie jemanden, der Softball spielt?«

Ingrid Swenson war, falls überhaupt möglich, dieses Mal noch tiefer gebräunt. Er vermeinte, noch nie eine mit so viel Goldschmuck behängte Person gesehen zu haben, da seine wohlhabenden Gemeindemitglieder – Sommerfrischler in Mitford – sich betont unauffällig gaben.
Sie las aus dem Kaufangebot vor, als seien sie Kinder und könnten nicht selber lesen. Auf jedem ihrer Worte schien ein besonderes Verhängnis zu lasten, das er sich nicht erklären konnte, obwohl er durchaus bemerkte, wie glücklich, ja sogar ekstatisch sein Kirchenvorstand zu sein schien.
»Die Miami Baugesellschaft, der Käufer, beabsichtigt hiermit zu kaufen, und Die Kirche Unseres Herrn und Erlösers, der Verkäufer stimmt dem Verkauf zu und überträgt, nach Annahme des genannten Kaufangebots – alle Parzellen, Stücke oder Partien des im folgenden beschriebenen Grundstücks...«
Während einige jedes Wort genossen wie eine Vorspeise, die das Hauptgericht einleitet, wollte er lieber alles überspringen und gleich zum Preis und den Bedingungen kommen.
Statt dessen ging das Verhandeln weiter und es wurde erneut zugestimmt, daß einige persönliche Gegenstände in den Vertrag aufzunehmen seien.
»Der Kaufpreis«, sagte sie schließlich und blickte in die Runde, »beträgt 198 Tausend Dollar und wird wie folgt bezahlt – 20 Tausend als Anzahlung...«
»Entschuldigung«, sagte er. Sie blickte auf.
»Ich glaube, ich habe das Angebot nicht richtig verstanden.«
»198 Tausend Dollar.« Er bemerkte einen gereizten Unterton in ihrer Stimme.
»Danke«, sagte er, nun selbst mit gereiztem Unterton.

Buddy Benfield kochte Kaffee, weshalb sie in die Küche strömten, um sich einzuschenken. Ron holte für Ingrid Swenson eine Porzellantasse anstelle des Styroporbechers.

»Ist Ihnen klar«, sagte sie lächelnd, »das die elektrischen Leitungen im Haus gegen sämtliche örtlichen und staatlichen Bestimmungen verstoßen?«

War ihnen das klar?

Sie holte ein Blatt Papier aus ihrer Aktenmappe. »Sehen wir uns mal die Spalte mit den Zahlen an, die ist immer am aufschlußreichsten.«

»Die Kosten für das neue Dach, belaufen sich, wie Sie wissen, auf 45 Tausend. Die Wasserleitungen bestehen, soweit erkennbar, aus durchgerosteten, gußeisernen Rohren, die alle entfernt und durch Kupferrohr ersetzt werden müssen.« Sie nippte an ihrem Kaffee. »20 Tausend, mindestens. Dann müssen natürlich die Abwasserrohre ersetzt werden und der erforderliche Anschluß an die städtische Wasserversorgung und die Abwässerkanäle kostet 100 Tausend und mehr.

Was die Heizung angeht, so ist sie, wie Ihnen sicher bekannt, eine alte Ölheizanlage, die vor einigen Jahrzehnten nachträglich eingebaut wurde. Unsere Inspektion hat ergeben, daß die Ölbrennkammer durchgeschmort ist.« Sie lehnte sich in ihrem Stuhl zurück. »Ich bin sicher, ich muß Sie nicht darauf aufmerksam machen, daß so etwas tödlich enden kann. Also, die Schätzung für den Einbau eines Warmluftgebläses mit neuen Rückläufen und Kabelkanälen ergibt mehr als 10 Tausend.«

Hörte das überhaupt nicht mehr auf?

»Also, bevor wir uns den angenehmeren Themen zuwenden, sollten wir uns noch einmal die Elektroleitungen vornehmen.«

Allgemeines Hin- und Herrücken in den Stühlen, begleitet von diskretem Hüsteln.

»Wie Sie zweifellos bemerkt haben, Mr. Malcolm, Herr Pfarrer, hat der Dachboden eine Parallelogrammschaltung, deren Besichtigung sich von allein verbietet, nicht nur weil das lebensgefährlich ist...«, die Maklerin der Miami Baugesellschaft starrte in die Tischrunde, »...sondern auch gesetzeswidrig. Überall im Gebäude befinden sich über Putz verlegte, unterbrochene Leitungen. All das, um eine sehr lange Geschichte etwas kürzer zu gestalten, reicht aus, um das Gebäude für unbewohnbar erklären zu lassen.«

Sein Herz klopfte. Unbewohnbar.

Ron Malcolm rutschte in seinem Stuhl nach vorn. »Miss Swenson, sind Sie fertig mit Ihrer Liste?«

»Nicht ganz, Mr. Malcolm. Zwei Bemerkungen möchte ich abschließend machen. Zunächst, die Verbesserungen am Besitztum kosten den Käufer nach bisheriger Schätzung zusätzliche 220 Tausend Dollar. Berücksichtigt man dies, so werden Sie, glaube ich, es für einen weisen Beschluß halten, Ihren... hoch belasteten Besitz ... zu dem fairen Preis zu verkaufen, den wir Ihnen bieten.

Um nun die angenehmeren Seiten anzusprechen. Was wir vorschlagen, bringt eine neue, vitale Wirtschaft nach Mitford. Es wird Ihr Steueraufkommen erhöhen, und, unter anderem, den Wert jedes Grundstücks in Ihrem Dorf aufwerten. Mr. Malcolm, ich glaube, daß Sie zum Beispiel auf einem an Fernbank angrenzenden Grundstück wohnen. Ich muß Ihnen nicht erklären, welche Vorteile sich dadurch auf Ihrer persönlichen Habenseite abzeichnen.

Sicherlich ist Ihnen allen bewußt, daß kein Bürger aus Mitford Ihnen diesen unbewohnbaren Besitz abnehmen wird und ich kann mir vorstellen, wie dankbar Sie Mr. Stroupe sind – einem der Ihren – daß er unsere beiden Parteien zusammengebracht hat. Da Ihnen im Ort die Mittel fehlen, den Besitz selber zu nutzen, wäre es doch tragisch, nicht wahr, hilflos mit ansehen zu müssen, wie Fernbank, die Krönung des Dorfes, abgerissen wird?«

Der Seelenschmerz, den er empfand, war fast unerträglich. Verzweifelt wollte er die Uhr zurückstellen und die Dinge ungeschehen machen. Er bekämpfte den Drang, dem stickigen Gefängnis dieser albtraumhaften Sitzung zu entfliehen und auf die Straße zu laufen.

»Ich komme also zum Ende«, sagte sie und sah den hier Versammelten ins Gesicht, »wir bitten Sie heute, oder innerhalb von höchstens sieben Tagen, unser Angebot zu beantworten –

ein Angebot, das zugeschnitten ist auf Mitfords Wohl und ebenso auf die Interessen der Miami Baugesellschaft.«
Der Pfarrer stand auf, hörte, wie die Beine seines Stuhls auf dem blanken Fußboden knirschten – in das ergriffene Schweigen des Kirchenvorstands hinein.
»Wir werden Ihr Angebot innerhalb von dreißig Tagen prüfen«, sagte er ungerührt.
Sie machte eine Pause, ohne die Fassung zu verlieren. »Dreißig Tage, Pater? Ich nehme an, Sie verstehen, daß im flüchtigen Immobiliengeschäft sieben Tage großzügig sind?«
Er sah die überraschte Besorgnis seiner Kirchenvorstandsmitglieder, weil er in dieser heiklen Sache die Gesprächsführung an sich zog. Sie schwiegen jedoch, wahrscheinlich weil sie daran dachten, daß er es war, der all die Jahre die Verbindung zu Miss Sadie aufrecht erhielt. Ohne den Pater besäßen sie Fernbank vielleicht gar nicht.
»Und Ihnen ist klar«, fuhr Ingrid Swenson fort, »daß unser gesetzlich verbrieftes Recht, das Angebot angesichts einer solchen Verzögerung zurückzuziehen, für den Verkauf des Besitzes ein großes Risiko darstellt?«
Er sagte das zu ihr, was sie erst ein paar Wochen zuvor zu ihm gesagt hatte: »Das Risiko, Miss Swenson, sorgt für Adrenalin im Blut.«

Sie küßte zärtlich sein Gesicht – beide Wangen, seine Stirn, seine Schläfen, seinen Nasenrücken. »Siehst du«, sagte sie und enteilte wieder, um ihm ein Glas Sherry zu holen.
Er konnte sich nicht erinnern, sich je so schlapp gefühlt zu haben. Irgendwie saß ihm die Kilometerkeule von der Floridareise noch in den Knochen und die Sitzung ... als hätte er einen Schlag in den Magen bekommen.
Ron Malcolm argumentierte, daß die Miami Baugesellschaft viel zu stark die Mängel am Gebäude hervorgehoben und viel zu wenig die Vorzüge des dazugehörigen, wertvollen und hervorragenden Grundstücks betont habe. Obwohl Ron sein Argument überzeugend und gewandt vortrug, blieb Ingrid Swen-

son unbewegt. Sie hatte es plötzlich sehr eilig, die Sitzung zu beenden.

Der Pfarrer konnte sich eines tiefsitzenden, intuitiven Gefühls nicht erwehren, daß die ganze Sache etwas ... aber, er konnte den Finger nicht darauf legen. Doch er wußte, jedes Mal, wenn er seine Intuition verleugnete, folgten Unannehmlichkeiten. Er war nicht dreiundsechzig – oder waren es vierundsechzig – geworden, ohne ein paar Dinge zu lernen. Und auf seinen Instinkt zu achten, war eines der wertvollsten Dinge, die er je gelernt hatte.

Aber welche Vernunftgründe konnte er vorbringen, an einem Besitz festzuhalten, der in der Tat unter der Abrißbirne enden konnte? Sein Kirchenvorstand machte nicht viele Worte – sie wollten die vermaledeite Sache hinter sich bringen, saubere Hände haben und das Geld in der Kirchenkasse.

Er legte eines der alten *Petit Point* Kissen unter seinen Kopf und lehnte sich im Sofa zurück. Sein Hund breitete sich an seiner Seite auf dem Teppich aus und leckte ihm die Hand.

Lieber Gott! Ohne all die Tröstungen zu Hause mit allem was damit verbunden war, was wäre aus ihm geworden!

Ein Wahnsinniger am Wegesrand...

»Jetzt, wo du dich ausgeruht hast, Liebster...«

Er kannte diesen Blick. Er kannte diesen Blick so gut wie sein eigenes Spiegelbild.

Sie legte ihren Kopf schräg, in einer Weise, der er nie widerstehen konnte. »Du hast dich ausgeruht, nicht wahr?«

»Nun ja...« Er wußte nicht, worauf das hinauslief.

»Also, ich habe eine Idee. Du weißt, wie förmlich unser Eßzimmer ist.«

»Förmlich?« Das Eßzimmer, das Cynthia in wildes, unbekümmertes Kürbisgelb getaucht hatte?

»Ich finde, diese walnußgeschnitzte hohe Anrichte aus so einer *King George* Epoche und die würdigen Stühle mit den Brokatkissen...«

»Spuck' es aus, Kavanagh.«

»Ich möchte den Eßtisch in die Küche schieben.«

»Bist du wahnsinnig?« stieß er hervor.

»Nur für den Donnerstag abend«, sagte sie unbeeindruckt. »Weißt du, Pauline und Harley sind nicht der Eßzimmertyp, Louella auch nicht, sie wären stocksteif in dieser Umgebung. Unsere Küche kennen sie, die ist wie ihr Zuhause, wir ...«

Er traute seinen Ohren nicht.

»...wir *müssen* es so machen«, sagte sie und sah ihm in die Augen. »Kürbisgelbe Wände hin oder her, im Eßzimmer spürt man, die ... die Gegenwart von uralten Bischöfen!«

Er hatte absolut genug gehört.

Dooley Barlowe war nirgends zu finden und Harleys Stärken lagen auf anderen Gebieten. Er mußte sich entschließen – so oder so.

Sie legten den Mahagonitisch auf die Seite und es gelang ihnen durch sorgfältiges Manövrieren, den Tisch in die Küche zu tragen, ohne das Einlege-Medaillon in der Mitte zu beschädigen. Er war sicher, das alles sei nur ein Traum; genaugenommen war er davon völlig überzeugt.

Es war für ihn keine Überraschung, daß, nachdem der Tisch wieder auf den Beinen stand, kaum Platz war, um am Herd zu stehen und zu kochen. Ob er die Klappe vom Backrohr öffnen könne?

»Perfekt!« sagte sie, offensichtlich gehobener Stimmung. »Wir nehmen bloß die karierte Seidendamastdecke von deiner Mutter.«

»Der alte Lappen paßt wohl kaum, er ist so dünngescheuert wie Mottenflügel«, sagte er verdrießlich.

»Ich liebe alte Tischdecken!« rief sie aus.

Er seufzte. »Was liebst du nicht?«

»Maisgrütze ohne Butter. Staubflusen auf Deckenventilatoren. Griesgrämige Ehemänner.«

»Aha«, sagte er, wobei er sich auf Hände und Füße niederließ, um ein Streichholzbriefchen unter ein Tischbein zu schieben.

Beim Frühstück am nächsten Morgen fand er den großen Tisch mit der abgescheuerten Tischdecke in dem durch die offenen Fenster hereinflutenden Licht wunderbar. Cynthia hatte eine Körbchenvase mit Rosen aus dem Seitengarten gefüllt und sie dann mit Efeuranken umhüllt. In ihren preiselbeerroten Gläsern, die sie bereits für das Abendessen gedeckt hatte, fing sich das Licht und warf warmleuchtende Farbbänder über den Damast.

Wunderschön, ging es ihm durch den Kopf, aber er hütete sich, es laut zu sagen.

Jessie zu finden, war auf unheimliche Weise einfach gewesen, dachte er, als er mit Barnabas an der roten Leine zum Pfarramt ging. Er hatte Dankgebete für dieses Wunder zum Himmel gesandt, immer wieder aufs Neue. Die Suche hätte sie sonst wohin führen können – oder nirgend wohin. Aber sie waren direkt an die Tür gekommen, hatten geklopft und Jessie hatte geantwortet.

Er mußte sich bei Emma Newland von ganzem Herzen bedanken, er würde sich etwas besonderes für sie ausdenken, aber was? Emma liebte Ohrringe, je größer, desto besser. Er würde ihr ein paar Ohrringe schenken, die alle anderen Ohrringe in den Schatten stellten! Das wog zwar ihren Einsatz nicht auf, aber es war ein Zeichen der Wertschätzung, weil sie so klug und kreativ mitgedacht hatte.

Er schob die Bürotür auf, da schoß Snickers an ihm vorbei, fletschte seinen Hund an, bellte in so hoher Tonlage, daß es einem das Trommelfell zerriß und pinkelte auf die Vordertreppe – alles zur gleichen Zeit.

Barnabas wich zurück und bellte ebenfalls, ernstlich beleidigt und verblüfft. In den Tumult rief Emma von ihrem Schreibtisch: »Ich würde ihn nicht mit reinbringen, wenn ich Sie wäre!«

Der Pfarrer ahnte, wenn er seinen Hund zwang, über die Schwelle zu treten, würde ein grimmiges Zusammentreffen mit dieser völlig überdrehten Kreatur folgen und irgend jemand, vielleicht sogar er selbst, könnte Schaden nehmen.

Wütend drehte er sich auf dem Absatz um und stapfte zur Grillstube, seinen noch wütenderen Hund hinter sich her schleifend.

Er raste am Fenster des irischen Geschäfts vorbei, wo Minnie Lomax gerade eine Schaufensterpuppe fertig angezogen hatte, deren Arme einige Jahre zuvor irrtümlich mit dem Müll abtransportiert worden waren.

»Nicht mal in mein eigenes Büro darf ich!« schnaubte er. »Ohrringe, sonst noch was!«

»Nicht schon wieder«, seufzte Minnie und blickte ihm nach, wie er die Straße entlang lief.

Als er am ›Kragenknopf‹ vorbeikam, wurde er von einem Mitglied seiner Gemeinde begrüßt, das ganz und gar nicht von seiner Ankündigung begeistert gewesen war, daß er nach Kanaan ging – oder sonst wohin.

»Pater, Sie sehen gut aus!«

Die Dinge waren wieder ins Lot gekommen, Gott sei Dank. Nach all dem Durcheinander schienen die meisten Leute vergesssen zu haben, daß er sich aus dem Berufsleben zurückzog. Alles lief wie sonst.

Er sah Dooley am schmalen Durchgang auf der gegenüberliegenden Straßenseite herausradeln und anhalten, um nach links und rechts zu schauen. Als er zum Denkmal blickte, kam Jenny, einen Rucksack tragend, die Stufen der Bibliothek herunter. Sie sah Dooley und winkte ihm, und er trat ins Pedal und fuhr zu ihr.

Er hatte nicht vorgehabt, die beiden zu beobachten, aber anscheinend vermochte er auch nicht, sich abzuwenden. Dooley stand zwar mit dem Rücken zu ihm, aber Jennys Gesicht sah er dafür um so deutlicher.

Sie schaute so bewundernd zu ihm auf, als habe die Ferienhilfskraft des ›Ladens‹ den Mond ans Firmament gezaubert.

»Es tut sich was«, sagte Mule zu J.C. als der Pfarrer in die Nische schlüpfte.

»Was ist?« fragte er.

»Der Immobilienmarkt in dieser Stadt. Da ist die Kirche des Herrn mit den Schickimickis zugange, die sich Fernbank unter den Nagel reißen wollen. Edith Mallorys Schuhscheune ist gerade ins Angebot gekommen und, wie ich höre, wartet großes Geld auf die Leckerbäckerei.«

»Wessen großes Geld?«

»Weiß ich nicht. Winnie versucht, ihren Laden selbst zu verkaufen, damit sie die Provision spart. Also ich hab keine Ahnung, wer der Kaufinteressent ist. Inzwischen hat ein Makler von ich weiß nicht woher, die Schuhscheune in der Mache. Ron Malcolm makelt für die Kirche Unsres Herrn, und was meine Wenigkeit betrifft, ich komm' an keine Hinweise, geschweige denn an ein Angebot.«

»Wasser, Wasser überall, und kein Tropfen zu trinken«, sagte J.C. und drosch auf seinen Teller mit Gemüse und einem Steak nach Bauernart ein.

»Weil wir gerade von der Schuhscheune sprechen, was ist eigentlich aus dieser Besenhexe geworden?«

Der Magen des Pfarrers verkrampfte sich bei der Erwähnung von Edith Mallory, der das große Anwesen der Schuhscheune gehörte. Ihre auf ihn konzentrierte, erbarmungslose Verfolgungsjagd vor seiner Heirat mit Cynthia war etwas, was er erfolgreich aus seinem Gedächtnis verdrängt hatte.

»Du verdirbst ihm den Appetit«, sagte Percy und zog sich einen Stuhl heran. Percy hatte mit dieser Frau seinen eigenen Kampf gekämpft, da ihr auch das Dach gehörte, unter dem sie gerade saßen – sie hatte versucht, seine Miete in die Höhe zu treiben und ihn vor Ablauf des Mietvertrags rauszuwerfen. Das war, als der Pfarrer entdeckte, daß die Fußbodenbalken durchgefault und dadurch das ganze Gebäude einsturzgefährdet war. Kurzum, Percy erhielt einen neuen Mietvertrag – zu seinen Bedingungen, nicht zu den ihren.

Percy grinste den Pfarrer an. »Na Jungs, der habt ihr's gegeben, ihr habt ihr den Allerwertesten durch den *Fleischwolf* gedreht.«

»Paß auf, was du sagst«, sagte Velma, die mit einem Tablett Schinkensandwiches vorbeikam.
»Und die ist nie wieder gekommen! Nein, Sir! Die hatte keine Traute mehr, ihre Nase in die Stadt zu stecken, seit dem Abend, wo Sie sie auf Normalmaß runtergestutzt haben.«
J.C. belegte Percys Vermieterin mit seinen bevorzugten Kraftausdrücken.
»Also, wann kommen Sie zum Abschluß mit Fernbank?« fragte Mule.
»Weiß ich nicht. Wir prüfen das Angebot, dreißig Tage.«
Mule warf ihm einen erstaunten Blick zu. »Sie wollen dreißig Tage da sitzen und warten, wie Ihnen ihr wertvoller aber äußerst kostspieliger Besitz das Geld aus der Tasche zieht?«
Der Pfarrer war plötzlich verärgert, hatte das Bedürfnis aufzustehen und zu gehen. Beruhige dich, sagte er zu sich selbst, einem Ratschlag von Dooley Barlowe folgend.
»Spielen Sie Softball?« fragte er den Redakteur der *Muse*, der gerade mit vollem Mund kaute.
»Nua unta Druck kirchlicha Würdenträga.«
»Gut. Wie steht's mit Ihnen?« fragte er Mule. »Scott Murphy möchte ein Spiel zusammenkriegen für die Bewohner vom ›Haus der Hoffnung‹. Zehnter August. Wir brauchen Spieler.«
»Ich bin kein schlechter Fänger.«
»Sie sind aufgestellt«, sagte er. »Percy, ich hätte nichts gegen einen Cheeseburger mit allem, und mit Pommes!«
Percy kratzte sich am Kopf. »Mann! In sechzehn Jahren haben Sie vielleicht zweimal einen Cheeseburger bestellt. Und noch nie mit allem.«
»Das Leben ist kurz«, sagte er und fühlte sich bloßgestellt.
»Und legen Sie einen Streifen Speck drauf.«

»Wie geht's immer, mein Junge?«
»Tommy, sein Dad und Avis machen mit. Der olle Avis sagt, er kann einen Ball übers Feld schmettern bis über unser Haus.«
»Im Ernst? Was ist mit Harley? Glaubst du, er kann es?«
»Harley, der hat, ähm, der hat keine Zähne.«

»Was haben Zähne mit Softball spielen zu tun?«
Dooley grinste. »Wir können ihn fragen, ob er Lust hat.«
Sie deckten den Tisch, während Cynthia am Herd hantierte.
In fünf Minuten wollte er Pauline und die Kinder abholen und
den Hügel hinauffahren, um Louella zu holen.
Er deckte gern den Tisch mit Dooley. Stückchen für Stückchen,
nach und nach, fand Dooley zu sich selbst, sein Gemüt lockerte
sich auf. Das war Pauline zu verdanken, und Poo und jetzt Jessie. Jeder von ihnen brachte etwas mit, was zu Dooleys Heilung
beitrug und was ihn ganz machte. Er beobachtete, wie der Junge
das Messer auf die linke Seite des Tellers legte, einen Augenblick stutzte, es dann wegnahm und rechts hinlegte. Ordent-
licher Junge! Er sah auch das Lächeln in Dooleys Mundwin-
keln, als ob er an etwas dächte, das ihn amüsierte.
Dooley blickte auf und fing den Blick des Pfarrers auf. »Was
schaust du so?«
»Ich schau dich an. Wie du gewachsen bist und wenn ich an die
gute Arbeit denke, die du bei Avis machst – und wenn ich dran
denke, wie schön es ist, dich zuhause zu haben.«
Dooley stieg leichte Farbe ins Gesicht. Er dachte einen Augenblick nach, dann sagte er, »Dann laß mich dieses Wochenende
mit deinem Auto fahren.«
Flutsch war es ihm entschlüpft. »Betrachte es als abgemacht.«

»Magerer Hackbraten, heiß aus dem Ofen«, verkündete er und
stellte die brutzelnde Platte auf den Tisch.
Louella zog die Nase kraus. »Mager? Nein danke, Schätzchen,
das Chili laß ich aus!«
»Das hier würd' ich nicht auslassen«, sagte Harley.
»Er hat bloß Spaß gemacht«, erklärte Cynthia. »In Wirklichkeit
ist alles drin, was die Ärzte uns immer verbieten.«
Er sah Paulines leuchtendes Gesicht, ihren weichen Ausdruck
als sie auf ihre geschrubbten, sommersprossigen Kinder schau-
te.
Gott sei Dank! Drei von fünf ...
Bombastisch gut gelaunt setzte er sich und entfaltete eine

Leinenserviette, die, so erinnerte er sich belustigt, von einem alten Bischof stammte, der einst das Pfarrhaus bewohnte. Er wartete, bis alle Hände verschränkt und zu einem Kreis vereinigt waren.

»Unser Gott und Vater, wir danken dir!« begann er.

»Danke dir Jesus!« stimmte Louella glücklich ein.

»Wir danken Dir aus vollem Herzen für diese Familie, die heute abend hier versammelt ist und wir bitten Dich um Deine Gnade und Deinen Segen für alle, die da hungert und dürstet, nicht nur nach Speis' und Trank, sondern auch nach Freude und Frieden und nach dem einzig wahren Seelenheil, das Du, durch Deinen Sohn, freigiebig uns gewährst...«

Sie hatten gerade »Amen!« gesagt, als die Türklingel schellte.

»Ich geh' hin! Und wartet bloß nicht auf mich. Wer, um alles in der Welt...« Cynthia eilte die Diele entlang zur Tür.

Pater Tim reichte die Platte an Louella weiter und gab gerade die Kartoffelschüssel herum, als er Cynthia zurückkommen hörte, gefolgt von schweren Schritten.

»Du rätst nicht, wer gekommen ist!« sagte seine Frau.

Buck Leeper trat verlegen in den Türrahmen. In der kleinen, engen Küche eine beeindruckende Gestalt.

Gütiger Himmel! Für Buck eine Wohnung zu finden, hatte er völlig vergessen. Er hatte nicht mehr daran gedacht, seit er mit Mule telefonierte. Er war beschämt.

Er stand auf, wobei er beinahe den Stuhl umwarf.

»Gute Zeitplanung, Buck! Wir decken noch einen Teller, es ist mehr als genug da. Wie schön, Sie zu sehen!« Er schüttelte Bucks große, schwielige Hand. »Sie erinnern sich an Louella, Miss Sadies Freundin und Gesellschafterin. Und Dooley, Sie erinnern sich an Dooley.«

Buck nickte. »Dooley...«

»Hey.«

»Und das ist Harley Welch, Harley wohnt bei uns und das ist Pauline, Dooleys Mutter – ich erinnere mich, Sie brachten ihr eine Rose als sie im Krankenhaus lag.«

Buck errötete und blickte zu Boden.

Au weh. Das hätte er nicht sagen sollen. »Das ist Dooleys Bruder Poo und das ist Jessie, seine Schwester.«

Poobaw grinste Buck an.

»Ich hab' Hunger!« sagte Jessie.

»Das ist Buck Leeper, der Mann, der so hervorragende Arbeit geleistet hat beim ›Haus der Hoffnung‹. Er ist in Mississippi in der selben Straße geboren wie ich, ob ihr's glaubt oder nicht. Bitte gebt die Kartoffeln weiter, Dooley, hier ist die Sauce. Ach, ich sehe, wir haben die Butter für die Brötchen vergessen! Buck, ich hoffe Sie sind hungrig, wir haben genug für eine ganze Armee. Hier, nehmen Sie diesen Stuhl. Wir freuen uns, Sie wieder in Mitford zu haben! Louella, haben Sie dort drüben Platz? Dooley, rutsch' ein bißchen näher zu deiner Schwester...«

An was der Mensch alles denken muß! Er war erschöpft.

»Bitte, nehmen Sie Platz, Mr. Leeper«, sagte seine Frau lächelnd und übernahm das Gespräch.

Dooley hatte Poo und Jessie mit auf sein Zimmer genommen; Cynthia, Louella und Pauline machten Tee und Kaffee; die Männer waren ins Arbeitszimmer gegangen.

»Das war so«, sagte Harley, »Junior fuhr lieber Gelände als Asphalt, deshalb hab'n sie ihn ›Dreckschleuder‹ genannt. Einmal wollt' ihm die Polizei an den Kragen. Es hieß, Junior fuhr durch 'n Maisfeld mit 'nem '58er Pontiac mit runtergelassenen Fenstern. Er ist durch die vier Hektar Mais durchgepflügt und als er am andern Ende rauskommt und sich umschaut, hat er den ganzen Rücksitz voll grüner Maiskolben, röstfertig.«

Buck lachte das Lachen, das in den Ohren des Pfarrers wie ein kochender Wasserkessel klang.

»Harley, du solltest Buck etwas über deine Mechanikerkünste verraten. Auf der Baustelle der Kirche Unseres Herrn stehen eine Menge Fahrzeuge.«

»Jawohl, Sir, ich arbeite beinah' an allem was Räder hat, aber Erdbewegungsgeräte faß' ich nich' an. Klar, ich bin hier gut beschäftigt, ich hab' der Missus den Keller und die Garage auf-

geräumt, dann fang ich mit dem Dachstuhl hier oben an.« Harley zeigte zur Decke. »Hat keiner angerührt, seitdem daß einer von den alten Bischöfen hier gelebt hat.«
Pauline kam zur Tür des Arbeitszimmers. Jessie hat recht, dachte der Pfarrer, sie ist hübsch.
»Entschuldigen Sie...«
»Dürfen wir?« fragte er.
Sie lächelte. »Ja, Sir, Cynthia sagt, sie möchten bitte kommen.«
Buck erhob sich aus dem Ohrensessel und starrte Pauline an.
Pfarrer Tim sah, daß er einen Moment lang so erwartungsvoll und gespannt aussah wie ein Junge.

»Das kann ich doch nicht«, sagte Buck.
»Nun, also, sehen Sie...die Wahrheit ist, sie müssen. Ich habe mich umgesehen nach einem Platz wo Sie unterkommen können, aber ohne Ergebnis, und, also, zuerst habe ich es vergessen und nun ist es eben so, sie sind bei uns hängen geblieben – die Laken sind sauber und die Toilette funktioniert.«
Buck lachte. Zumindest lachte er...
Er zeigte Buck das Gästezimmer oben neben der Treppe, wo die Statur des Bauleiters den Raum seltsam zu verkleinern schien. Buck kaute an einem Zahnstocher, sah sich sorgfältig im Zimmer und im angrenzenden Bad um.
»Ich glaube, Sie haben es hier bequem, und machen Sie sich keine Sorgen. Wir besorgen Ihnen so schnell wie möglich was, eine Wohnung für Sie allein.«
»Wenn Sie sicher sind...«
»Ganz sicher! Oh, übrigens – spielen Sie Softball?«
Buck nahm den Zahnstocher aus dem Mund. »Ich hab mehr auf dem Softball-Feld rumgedroschen als je auf 'ner Baustelle. Bevor ich bei Emil angeheuert hab' war ich Softball-Trainer für einen Bautrupp in Tucson. Die letzten paar Jahre war ich dort, wir haben jedes Spiel gewonnen, zwei Spielzeiten hintereinander.«
Dooley erschien plötzlich an der Tür zum Gästezimmer.
»Ich bin in seinem Team«, sagte er.

Buck bot an, Pauline und die Kinder heimzufahren, während er Louella zum ›Haus der Hoffnung‹ brachte.

»Mir hat es großartig gefallen«, sagte Louella mit feuchten Augen. »Sie und Miss Cynthia, Sie sind meine Familie.«

»So wird es immer bleiben«, sagte er und meinte es so.

An der Tür von Zimmer Nummer Eins sagte er ihr Gute Nacht und küßte sie auf ihre Wange, die leicht nach Zimt roch. Er liebte diesen Geruch, der etwas von zu Hause an sich hatte.

Emma blickte ihn über ihre Halbbrille hinweg an. »Ich wette, Sie sind sauer, weil Snickers Sie neulich vertrieben hat.«

»Kann man wohl sagen.«

»Woher soll ich wissen, daß Sie Barnabas zur Arbeit mitbringen? Das haben Sie schon lange nicht mehr gemacht. Und außerdem, Snickers war bloß zwei mal hier, er hat einen Besuch *verdient*...«

»Hmm.«

»Emily Hastings hat angerufen, sie sagte, sie hat ein Hammelbein mit Ihnen zu rupfen.«

Hammelbeine lang ziehen oder Hühnchen rupfen, wo lag der Unterschied.

»Esther Bolick hat angerufen, die Dinge klären sich, Hessie Mayhew ist die größte Hilfe seit den Zwergen von St. Nikolaus.«

»Gut.«

»Hal Owen hat angerufen, er sagt, es wird Zeit, daß Barnabas seine Spritzen kriegt.«

»Richtig.«

»Evie Adams hat angerufen, raten Sie, was Miss Pattie jetzt gemacht hat?«

»Ich rate nicht«, sagte er brüsk und nahm die Hülle von seinem Predigthandbuch.

»Sie geht im Haus der Hoffnung durch die Hallen und stiehlt das Fruchtgelee von den Tabletts.«

»Das ist eine Menge Fruchtgelee.«

»Stört Sie das nicht?«

»Was?«

»Alte Leute bestehlen.«

»Miss Pattie ist selber alt.«

»So?«

Er täte nichts lieber, als seiner Sekretärin eins über die Rübe zu geben. »Sie haben im Haus der Hoffnung an die vierzig Personalkräfte. Sicherlich werden die mit gewissen Imponderabilien in Miss Patties Verhalten fertig.«

»Mit gewissen was?«

Er antwortete nicht.

»Wie können Sie nur mit diesem alten Ding *arbeiten*?« fragte sie und sah sein Predigthandbuch an.

Er verweigerte die Antwort.

Es gab ein langes Schweigen, währenddessen sie den Monitor ihres Computers erforschte und er ein Blatt Papier in seine Schreibmaschine einspannte.

»Also, wann geben Sie mir mehr Namen, die ich suchen soll?« fragte sie ihn schließlich in dem Versuch, alles wieder gut zu machen.

Kapitel Zwölf

Warten

»Wirst du es tun?« fragte er seine Frau.

»Natürlich nicht! Das ist nicht meine Aufgabe!«

»Diakone«, erinnerte er sie, »sind zuständig für die Schmutzarbeit.«

»Ich muß mich sehr über dich wundern, Timothy. Du begräbst die Toten, spendest den Verzweifelten Trost, findest mühelos Zugang zu Menschenseelen und wenn es um so etwas geht...«

»Ich kann es nicht«, sagte er.

»Du mußt es tun.«

Natürlich mußte er es tun. Er wußte es schon die ganze Zeit. Er wollte nur sehen, wie weit sie ihm nachgeben würde.

Nicht weit.

»Dooley...«

Er schnippte einen Fussel von seiner Hose. Dann starrte er auf seinen rechten Slipper, der anscheinend vom Hund abgeleckt worden war oder möglicherweise sogar von den Zwillingen, und er hatte die Schuhe erst gestern geputzt...

»Ja, Sir?«

Barnabas klappte die Läufe ein und gähnte ausführlich, um zu zeigen, wie langweilig ihm war. Kein gutes Zeichen.

»Also, Dooley...«

Dooley sah ihm klar in die Augen.

»Es geht um Jenny. Ich meine, nicht *genau* um Jenny. Mehr indirekt als direkt, aber natürlich können wir Jenny ganz aus dem Spiel lassen, also...«

»Was ist mit Jenny?«

»Wie ich sagte, ich meine es geht nicht direkt um Jenny. Es geht mehr um…«

»Um was…?«

Hatte er so eine Szene schon mal im Film gesehen? In einem Witzblatt? Er war alt, ging in den Ruhestand, er war draußen. Er erhob sich von seinem Stuhl, dann zwang er sich, sich wieder hinzusetzen.

»Es geht um Sex!« Gütiger Himmel, hatte er etwa geschrien?

»Sex?« Dooleys Augen waren völlig unschuldig. Sie hätten genau so gut über Ägyptologie sprechen können.

»Sex. Ja. Du weißt schon.« Hal Owen hätte das für ihn erledigt, Hal hatte einen Jungen groß gezogen, warum hatte er nur nicht früher daran gedacht?

Dooley sah aus, als würde er auf dem Schemel auf dem er saß gleich einschlafen. »Was ist mit Sex?«

»Also, zuerst einmal, was *weißt* du darüber? Und wenn du etwas weißt, weißt du auch, was du wissen *mußt*? Und woher *weißt* du, ob du wirklich weißt, was du wissen mußt, das heißt, du kannst nicht wissen, ob du *wirklich* weißt, was du wissen mußt, bis du…«

Er spürte richtigen Sprühnebel, als Dooley ihm prustend ins Gesicht lachte. Der Junge hielt sich die Seiten vor Lachen, warf den Kopf zurück und johlte. Anschließend ließ er sich vom Schemel auf den Fußboden fallen, wo er sich in embryonal gekrümmter Haltung umherwälzte, immer noch die Seiten haltend und wie eine Hyäne belfernd.

Jahrelang hatte Pater Tim darum gebetet, daß Dooley Barlowe einmal in richtiges Gelächter ausbrach. Aber das hier war lächerlich.

»Wenn du deinen hysterischen Anfall überwunden hast«, sagte er, fahren wir mit der Diskussion fort.«

Da er nicht wußte was er tun sollte, examinierte er seine Fingernägel und versuchte, etwas von seiner anfänglichen Würde wiederzugewinnen.

238

»Mein Gott Timothy. Du siehst furchtbar aus! Ist es geschafft?«
»Geschafft.«
»Was hast du ihm gesagt?«
»Es geht mehr darum...was er gesagt hat.«
»Wirklich?« sagte sie belustigt. »Und was hat er gesagt?«
»Er weiß alles.«
»Wie die meisten Teenager. Theoretisch.«
»Und es gibt keinen Grund zur Sorge, er ist noch nicht einmal interessiert, ein Mädchen zu *küssen*.«
Cynthia lächelte geduldig. »Ja, dann, Liebling«, sagte sie.

Er würde kein Sterbenswörtchen sagen von dem Scheck über $ 2000, den Mack Stroupe vergangenen Sonntag in den Spendenteller legte. Er hoffte nur, Emma würde ebenfalls schweigen.
Was diesen Punkt anging, war sie ziemlich zuverlässig, obwohl sie ihm in diesem Fall von dem Scheck erzählte. Von Anfang an hatte er sie angewiesen, »Sprechen sie mit mir nicht über Geld. Ich will es nicht wissen.« Wie er zu sagen pflegte, wollte er nicht seinen Gemeindemitgliedern ins Gesicht sehen und Dollarzeichen darin entdecken.

»Harley, haben Sie je Softball gespielt?«
»Nein, Sir, Hochwürden, ich bin kein Sportstyp.«
»Aha, na gut.«
»Ich kann so gut rennen wie jeder andre auch, aber werfen und fangen iss nich' mein Fall.«
Der Pfarrer spähte in den Wasserbehälter von Harleys Toilette, die in letzter Zeit lief.
»Danke, daß Sie in die Toilette schaun, ich kann nachts nämlich nich' schlafen, wenn das Ding da auf der andern Seite von der Wand hängt und tropft.
»Das Ding ist so alt wie Methusalem, aber ich glaube, ich kann es richten«, sagte der Pfarrer.
»Ich möchte auch was richten, Hochwürden, da bin ich schon immer hinterher.«

»Ich wüßte nicht, was bei mir gerichtet werden muß«, sagte er und nahm einen Schraubenschlüssel aus seinem Werkzeugkasten.

»Vielleicht muß nich' was gerichtet werden, aber gemacht?«

»Also, meinetwegen.« War es nicht besser, Dooley von einem ausgewiesenen Rennsportmechaniker Fahrunterricht geben zu lassen als von einem Priester? Er war sicher, Harley könnte den Unterricht viel interessanter gestalten und Dooley sogar ein paar professionelle Sicherheitstips beibringen. Außerdem, selbst wenn sein Buick jetzt mehr Umdrehungen drauf hatte, Harleys Fahrzeug wäre für einen vierzehnjährigen Jungen eine viel größere Herausforderung.

»Also, Sie tun etwas für mich«, sagte er, »wenn Sie zufällig Samstag nachmittag in der Nähe sind.«

Er konnte den Schläger in seiner Hand spüren. Wie viele Jahre war es her, seit er einen Ball über den Zaun schlug? Zu viele! Er sollte sich lieber in Form bringen, dachte er, als er im Laufschritt die alte Kirchgasse hinaufkeuchte. Der an seiner roten Leine angeleinte Barnabas sprang in großen Sätzen vor ihm her.

Heute war es kühler, aber feucht. Bedeckter Himmel, Regen vorausgesagt. Der Garten hatte es dringend notwendig. Und er trug eine Mütze, nur für den Fall.

Er wünschte, er könnte seine Frau dazu bewegen, mit ihm zu laufen, aber das war vergeblich. Sie war Sklavin ihres Zeichenbretts und sah in letzter Zeit auch so aus. Die inoffizielle Arbeit einer Diakonin, die Organisation des überfüllten Haushalts und ihr Job als Kinderbuchautorin und Illustratorin nahmen sie sehr in Anspruch. Und hatte er ihr nicht eine weitere Bürde aufgehalst, als er Buck im Gästezimmer unterbrachte?

Mit seiner Suche nach einer geeigneten Bleibe für den Bauleiter saß er wahrhaftig in der Klemme. Da die Dachstuhlarbeiten demnächst anfingen, hatte Buck kaum Zeit, sich selbst nach etwas umzuschauen. Vielleicht könnte Scott Murphy einen Mieter aufnehmen...

Im Laufschritt ging es zur niedrigen Steinmauer von der er in sein ›Bettdecken-Land‹ sehen konnte – nach einem Gedicht von R.L. Stevenson von ihm so benannt. Erschöpft keuchend sanken er und Barnabas nieder.

Das war der Blick, den Louella und alle anderen Einwohner Mitfords, die oben am Hügel wohnten, jeden Morgen beim Erwachen sehen konnten – ihr Leben lang. Eine Augenweide! Er kam nicht oft hier herauf, aber wenn er da war...

Hier oben, auf dieser Steinmauer sitzend, war ihm klar geworden, daß er Cynthia heiraten *wollte*, ja heiraten *mußte*, und er durchlebte die schreckliche Angst, was es hieße, sie zu verlieren. Und hier hatten er und seine Frau entschieden, daß sie in Mitford bleiben wollten, wenn er in Pension ging.

War er rechtzeitig für den Zug? Er sah auf seine Armbanduhr. Noch ein paar Minuten. Vielleicht würde er warten. Oder war das Leben neuerdings so brandeilig, daß er keine fünf Minuten erübrigen konnte, um eine Aussicht zu genießen, die ihn stets beglückt und erfreut hatte?

Er war an diesem Ort völlig allein, denn trotz seiner einzigartigen Schönheit, kamen nur wenige Menschen hier herauf.

Der Ort lag steil über dem Dorf, abseits der ausgetretenen Pfade, er war...

Da hörte er ein Auto auf dem Kiesweg, der unter ihm die Schlucht entlang führte und nur selten von ein paar Familien aus dem Dorf benutzt wurde.

Er spähte hinab, sah das schwarze Auto an die Böschung fahren und anhalten. Ein Mann öffnete die Fahrertür und beugte sich heraus, sah sich um, dann schloß er die Tür wieder. Er trug einen Hut, eine Art Kappe.

Mächtig großer Schlitten für Tuckers Mühlenweg, dachte er und sah auf seine Uhr. Vielleicht wäre der Zug ja früher dran.

Der Lieferwagen fuhr nicht gerade langsam. Zuerst sah er eine Staubfahne durch die Bäume wehen, dann, wie der blaue Wagen quietschend neben dem schwarzen Auto zum Stehen kam. Ein Mann sprang heraus, ging vorne um den Kühler herum und stand einen Moment lang neben der schwarzen Limousine.

Es schien, als würde ihm etwas durch das offene Autofenster ausgehändigt.

Der Fahrer ging schnell zurück zu dem Lieferwagen, warf den Motor an und fuhr weg, unter Hinterlassung einer Staubwolke, die alles hinter sich einnebelte.

Er beobachtete, wie die Limousine an einer schmalen Ausweichstelle wendete und in umgekehrter Richtung beinahe geräuschlos an Tuckers Mühle vorbeiglitt.

Wer sagt's denn, da kam der Zug; er hörte das schwache Tuten in der Ferne. Und da bog er schon um die Kurve, bei der roten Scheune die Bäume zerteilend...

Die Szene, deren Zeuge er soeben geworden war – enthielt sie etwas Seltsames, etwas Beunruhigendes?

...dann tuckerte der Zug durch das offene Feld an einer Reihe kleiner Häuser entlang und verschwand wieder hinter Bäumen.

Von seinem Standpunkt aus, hatte er die Automarke nicht wahrnehmen können, aber war das entscheidend?

»Genug!« sagte er zu seinem Hund. Während der ersten Tropfen eines Nieselregens hüpften beide den Abhang Richtung Baxter Park hinunter.

Anstatt durch den Park zu laufen, entschied er sich, den Berg ganz hinunter zu gehen und bei Oxford Antiquitäten vorbeizuschauen. Er wollte nach Andrew fragen und sich nach einem Geburtstagsgeschenk für Cynthia umsehen. Besonders früh war er nicht dran, denn der 20. Juli war schon in zwei Tagen.

Marcie Guthrie, Punys Schwiegermutter und eine von den gutaussehenden, famosen Töchtern der Bürgermeisterin las einen Liebesroman hinter der Ladenkasse. »Pater! Bringen Sie ruhig Ihren Hund mit rein, aber sagen sie ihm, er soll nicht so mit dem Schwanz wedeln.«

Er knotete Barnabas an einem schweren Tischbein fest. »Marcie, wenn Sie mir dabei helfen, was ich meiner Frau zum Geburtstag schenken soll, wird Ihnen mein ewiger Dank gewiß sein.«

242

»Ach du liebe Güte! Dann sehen wir mal.«

Cynthia hatte, Gott sei Dank, fast ebenso schlichte Bedürfnisse wie er. Und sie schien immer rührend dankbar, wenn er ihr etwas schenkte.

»Es soll etwas ... Wundervolles sein«, sagte er.

»Ich hab's!« rief sie aus. »Das ist es! Kommen Sie hier rüber.« Er trabte hinter ihr zu einem riesigen Nußbaumsekretär mit abgerundeten, nach oben zulaufenden Glastüren. »Sehen Sie!«

»Oh, nein. Der ist viel zu groß!«

»Nicht der Sekretär, das Aufsatztischchen!«

Aha! Auf einem *King George* Buffet neben dem Sekretär stand ein äußerst wohlgebautes Aufsatztischchen. Genau das war es, er wußte es sofort. Ein kleines Tischchen, das man auf den Schoß stellen konnte, mit einer Schublade für Stifte, mit eingebautem Tintenfaß und einer Lederschreibfläche. Perfekt!

Er wagte nicht zu fragen.

»Vierhundertsiebenundneunzig Dollar!« informierte sie ihn.

»Es ist nicht so uralt, etwa Jahrhundertwende.«

»Hm.«

»Aber für Sie, nur vierhundert. Andrew sagte, wann immer Sie etwas wünschen, soll ich Ihnen mit einem besonderen Preisnachlaß entgegenkommen.«

»Abgemacht!« sagte er und empfand eine Mischung aus ungeheurer Erleichterung, Aufregung über seinen Fund und momentaner Schuldgefühle, weil er vier Hunderter einfach so hinblechte. »Morgen früh bringe ich Ihnen einen Scheck. Könnten Sie es bitte einpacken?«

»Natürlich und schauen Sie die kleine Schublade an. Mit altem chinesischen Teepapier ausgelegt und eine Originalschreibfeder liegt auch dabei.«

Sein Schuldgefühl verschwand sofort.

»Haben Sie etwas von Andrew gehört?« fragte sie.

»Nein, wie geht es ihm, wann kommt er zurück?«

»Er weiß es nicht. Für mich klingt das alles sehr mysteriös. Sonst bleibt er nie so lange weg. Aber es ist natürlich die

Heimatstadt seiner Mutter und er wird all seine Vettern besuchen.«

»Vermutlich. Wissen Sie, ich sehe ihn selten, aber wenn er nicht da ist, vermisse ich ihn.«

»Er hat zweimal angerufen, um sich nach dem Geschäft zu erkundigen. Er klingt ... so anders.«

»Oh? Was heißt das, anders?«

»Ich meine, richtig *glücklich* oder so was.«

»Vettern können so etwas bewirken«, sagte er grinsend. Er erkannte plötzlich, daß er seinen eigenen Vetter vermißte, die einzige Blutsverwandschaft, die er auf der Welt besaß. Er würde Walter heute abend anrufen.

Er setzte seine Mütze auf und spurtete mit seinem Hund die Hauptstraße entlang. Jetzt konnte er genauso gut noch einen kleinen Abstecher machen, bevor er heimkehrte.

»Winnie?«

Er parkte Barnabas neben der Tür und spähte über den Ladentisch der Bäckerei.

»Ich komme!« rief sie und wehte durch die Vorhänge, die die Küche der Bäckerei verbargen. »Herr Pfarrer, ich bin froh, daß Sie es sind.«

»Ich höre, es hat jemand angebissen!«

»Vielleicht knabbert er nur, ich weiß nicht!«

»Wie lautet die letzte Meldung?«

»Also, dieses Maklerbüro wollte alles mögliche wissen, deshalb hab' ich ihnen alle Informationen geschickt, aber bisher ist niemand aufgetaucht, um sich den Laden anzusehen.«

»Großartig!« Er hielt es nicht wirklich für großartig, aber was sollte er sonst sagen? »Wie heißt der Makler?«

»Ein Maklerbüro H. Tide aus – ach, jetzt fällt's mir grad nicht ein – aus Florida vielleicht.«

Schon wieder Florida. »Wie fühlen Sie sich nun?«

»Ich hab' so sehr auf einen Interessenten gewartet, aber als sich dann jemand gemeldet hat, hat's mich irgendwie...«

»Irgendwie, was?«

»Angewidert.«

»Ich verstehe.«

»Im Ernst.«

Sie sah unsicher aus.

»Sie wissen, wir wünschten, Sie blieben.« Aber wenn Sie sich zum Gehen entscheiden, stehen wir auch hinter dieser Entscheidung.«

Winnie sah erleichtert aus. »Gut! Ich weiß nicht warum, aber ich fühl' mich immer besser, wenn ich mit Ihnen gesprochen hab.«

»Das macht vielleicht mein Kragen.«

»Nehmen Sie eine Napoleon-Cremeschnitte«, nötigte sie ihn in gewohnter Großzügigkeit.

»Oh je, bewahre, keinesfalls. Aber warten Sie, ich habe Leute zuhause, packen Sie mir bitte ein Dutzend Krapfen ein. Dooley mag sie so gern und Harley auch, und, mal sehen, ein Dutzend Haferplätzchen.«

»Mit Magerfett gebacken!« sagte sie.

»Großartig. Also, wie steht es mit dem Kuchen da rechts? Der mit dem Gittermuster drauf?«

»Kirschen!«

»Eß ich am liebsten. Packen Sie's ein!« Vierhundert Dollar auszugeben, hatte ihm so gut getan, daß er gleich noch einmal zuschlug.

Rhody Davis Bein sollte heute amputierte werden.

Er betete für sie an diesem Tag beim ersten Morgenstrahl, kurz nachdem er Blaise Pascal gelesen hatte. Dieser junger Mann, der im 17. Jahrhundert gelebt hatte, wußte, was Rhody Davis und verschiedene andere auf seiner gegenwärtigen Gebetsliste, mehr als alles andere nötig hatten.

»Im Herzen eines jedes Menschen gibt es ein Vakuum in Gottesgestalt«, schrieb Pascal, »und dieses kann mit nichts Geschaffenem gefüllt werden. Es kann nur von Gott ausgefüllt werden, der uns durch Jesus Christus bekannt ist.«

Mit ausgetüftelten mathematischen Gleichungen hatte der erst sechzehnjährige Pascal Europa in Staunen versetzt und als er über die Gottesgestalt des Vakuums schrieb, war er nicht viel älter.

Fast täglich während seiner Priesterschaft hatte Pater Tim gesehen, was passierte, wenn die Menschen versuchten, dieses Vakuum mit etwas Geschaffenem zu füllen. Pauline hatte es mit Alkohol versucht, Rhody Davis mit einem Kind, das ihr nicht gehörte...

Er schloß die Augen und betete für alle, die sich den geschaffenen Dingen zugewendet hatten, viel davon erwarteten und nichts dafür erhielten.

Stadtgespräch war, Mack Stroupe habe den Fernbank-Verkauf eingefädelt, der angeblich Wunder für Mitfords Wirtschaft wirken sollte. Das Unternehmen würde Menschen nicht nur aus anderen Teilen des Landes sondern vielleicht sogar aus der ganzen Welt anziehen, doch ein Großteil der Beschäftigten würde aus Einheimischen bestehen. Man denke nur an all die Landschaftsgestaltung, die Wartungsarbeiten, das Meer an Dachdeck- und Klempnerarbeiten – und all das Geld, das in die Taschen von Mitford flösse.

Laut mehreren Berichten war Fernbank bereits verkauft, der Handel abgeschlossen.

Mack Stroupe machte Eindruck.

Er rief im Bürgermeisteramt an.

»Sie ist nicht da«, sagte die quälend schüchterne Ernestine Ivory, die bei der Bürgermeisterin zwei Tage in der Woche aushalf.

»Darf ich fragen, wo sie ist?«

»Unten in der Schule. Sie machte ein extra Programm für die Kinder.«

»Kinder können nicht wählen«, sagte er.

»Ja, Pater, das stimmt. Aber die Eltern.«

Bingo. »Sagen Sie ihr, daß ich angerufen habe.«

246

Harley nickte nüchtern mit dem Kopf.

»Lassen Sie sich zu nichts überreden, was Sie nicht für richtig halten.«

»Ja, Sir.«

»...oder sicher. Besonders sicher!«

»Nein Sir, mache ich nicht.«

Der Pfarrer seufzte und trat etwas näher unter Harleys schwankenden Ventilator.

»Keine Sorge, Hochwürden. Ich paß' auf ihn auf, wie auf mein' eigenen Jungen.«

»Das weiß ich.«

»Jetzt kann er 'n bißchen Dampf ablassen.«

»Richtig.«

»Wenn ich schon so'n gebildeten Mann neben mir sitzen hab', wär' ich Ihnen sehr verbunden, wenn Sie mir'n bißchen bei den Hausaufgaben helfen würden.«

»Hausaufgaben?«

»Lace hat sich in' Kopf gesetzt, mich zu erziehen, übermorgen muß ich 'ne Prüfung machen.«

»Wie fühlen Sie sich dabei, so erzogen zu werden?«

»Mein Kopf funktioniert ganz gut, aber sie will mich unbedingt bilden und mir was ›beibringen‹. Lace ist'n guter Schlag, ich will sie nich' enttäuschen.«

»Das ist richtig. Wie kann ich Ihnen helfen?«

»Ja, sehn Sie mal. Sechzig Siebtklässler besichtigen die Freiheitsstatue in New York. Zwei Drittel davon sind bis zur Aussichtsplattform in der Mitte hinaufgestiegen, ein Viertel hat es bis ganz nach oben geschafft. Die restliche Gruppe wartet unten am Fundament des Sockels, heißt es hier. Wie viele Schüler sind nicht die Treppe hinaufgestiegen? Ich bring's nicht raus, nicht ums Verrecken.«

Der Pfarrer strich sich über die Stirn. »Oh, je.«

»Noch eine, die ist einfacher. Die Fackel der Freiheitsstatue ist 106 Meter vom unteren Rand des Fundaments entfernt. Wenn der Sockel, auf dem die Statue, steht 27 Meter hoch ist, wie hoch ist dann das Fundament?«

»Ich hole mir mal ein Glas Wasser und dann komme ich zurück
und sehe, was ich tun kann.«
Als er in Harleys Küche ein Glas Wasser trank, hörte er ihn
nebenan murmeln, »Elton putzt Fenster von 'nem Bürohaus.
Einige Büros haben vier Fenster, andere sechs...«
Wie geriet er nur immer in derartige Situationen?

Er küßte ihren Nacken, genau unter dem Pferdeschwanz, den
sie seit neuestem trug.
»Wünschst du dir etwas Besonderes zu deinem Geburtstag?«
Bitte, gib's der Himmel, daß sie nicht sagt, einen kleinen Urlaub.
Ich habe keine Zeit, sie hat keine Zeit, es darf nicht sein.
Sie seufzte. »Wir sind beide erschöpft, Liebling. Laß uns keine
aufwendigen Abendessen oder Tangos machen, sondern wir
lassen uns was vom Chinesen in Wesley kommen, sperren
unsere Schlafzimmertür ab, und sind einfach hier.«
Und was würde ihr ausufernder Haushalt dazu sagen? Oh, ja.
»Ich kann das organisieren«, sagte er und zog sie an sich.

»Ron, hat es je Gespräche mit der Miami Baugesellschaft gegeben wegen des Apfelgartens von Fernbank? Da oben stehen
hundertzweiundsechzig Bäume und alle tragen noch.«
»Miss Swenson hat den Apfelgarten beim ersten Mal, als sie
hier war, erwähnt. Sie reißen die Bäume raus. Dort werden die
meisten Cottages gebaut.«
Ein kleiner Punkt, aber es ärgerte ihn. Diese Bäume hatten ihre
Früchte in die Hand eines jeden fallen lassen, der vorbeikam,
und das seit Jahren. Sie hatten Mitfords Kühlschränke mit
Torten und Kuchen versorgt und endlose Küchenregale mit
Saucen und Gelees.
Und, ein womöglich noch kleinerer Punkt, er bemerkte, daß
Ron sagte, »*werden* gebaut.«

Für die Kirche Unseres Herrn begann ein neues Tages-
programm, als Buck Leepers Bautrupp mit seiner Invasion in
den Dachstuhl begann.

Da man nur durch eine Falltür oberhalb der Kanzel in den Dachstuhl gelangen konnte, stellte bereits der Dachstuhlzugang ein eigenes Bauvorhaben dar.

Unter Bucks Leitung entfernten die Handwerker Steine aus der Ostmauer, schnitten durch Pfeiler, Verschalungen und Isolierungen, mauerten einen neuen Kopfstein und eine Schwelle ein und schufen einen zweiflügeligen Türeingang. Noch bevor die Außentreppe gebaut war, ließ man die Handwerker über ein Gerüst und über Leitern endlose Festmeter Holz für die Klassenzimmerwände und für einen Aufenthaltsraum ins Innere schleppen.

Es lief alles genau so ab, wie er erwartet hatte: das wenige ihm verbliebene Haar, war mit feinem Staub bedeckt, ebenso die Kirchenbänke und alles was darunter lag. Wer kniete, bekam seinen Teil ab, so daß die schwarzgekleideten Kirchgänger, wenn sie sich vom Gebet erhoben, an der Vorderseite ihrer Röcke und Hosen eindeutige Male der Frömmigkeit aufwiesen. Jeder andere, dachte er, wäre in den Ruhestand gegangen und hätte den Dachstuhlausbau seinem armen Nachfolger überlassen. Er aber hatte unter diesem hohen, freien Dach sechzehn Jahre lang zelebriert und gepredigt und von dem Tag geträumt, an dem er den Kindern den Raum übergeben könnte.

Ja, Kinderfüßchen würden über den Häuptern der Gemeinde umhertrappeln, obwohl man sicher Maßnahmen ergriffe, um die Geräusche erheblich zu dämpfen. Auf jeden Fall war das ein Geräusch, auf das er sich schon freute.

Puny begegnete ihm an der Vordertür mit Sissy auf einer und Sassy auf der anderen Hüfte.

»Pater, ich glaub' nich', daß ich die Mädels weiter mit zur Arbeit bringen kann, auch wenn ich weiß, wie gern Sie sie hier haben.« Sie sah ungewöhnlich betrübt aus.

Er nahm Sissy und ging hinter seiner Haushaltshilfe die Diele hinunter.

»Ba!« sagte der glückliche Zwilling und patschte ihm mit einer Plastikbratpfanne auf den Kopf. »Ba!«

»So nennt sie Sie, haben Sie das gewußt?«

»Ach, nein.«

»Das ist Ihr Name. Wenn ich Sissy das Hochzeitsfoto zeige, das ich von Ihnen zuhaus' hab, sagt sie immer Ba!«

Er fühlte sich geehrt. Ba! Bis auf Pater war ihm noch nie ein Beiname gegeben worden.«

Er setzte sich an den Küchentisch, nahm einen Zwilling auf jedes Knie und fing sofort an, sie zu schaukeln. »Ich weiß, es ist schwer für Sie mit zwei so Kleinen zu arbeiten…«

»Ich krieg' meine Arbeit nich' mehr getan, aber ich haß' es, sie in die Tagesstätte zu geben, sie sind doch nur einmal Babys, und ich will nich'…« Puny war den Tränen nahe, »ich will das nich' verpassen!«

»Natürlich nicht! Ich weiß, es ist eine Anstrengung für Sie, aber wir überlegen uns gemeinsam etwas. Wir sind mit allem was Sie hier tun sehr zufrieden, Puny. Sie sind die Beste, immer gewesen.«

Ihr Gesicht hellte sich auf. Er liebte den Anblick der rothaarigen, sommersprossigen Puny Guthrie, die für ihn wie eine nahe Verwandte war, fast so nah wie eine Tochter, die er nie hatte. Außerdem, wer würde den Lehm von seinen Schuhen putzen, hinter den Bilderrahmen Staub wischen, seine Hemden flicken, Maisbrot backen, das ein blaues Band wahrlich verdiente und die Kleidung in den Schränken so in Ordnung halten, daß es darin aussah wie im Kaufhausregal? Was sie mit zwei kleinen Kindern im Schlepptau schaffte, war mehr, als jeder andere *überhaupt* schaffte, da war er sicher.

»Die Kirchentagesstätte macht nächste Woche auf. Versuchen Sie es mal, geben Sie die Zwillinge mal einen Tag oder zwei da ab, dann sehen Sie, ob es geht…«

»Danke, Herr Pfarrer! Sie sind ein wunderbarer Opa. Könnten Sie sie noch eine Minute festhalten, während ich raufrenne und die Wäsche hole?«

»Mama, Mama!« gellte Sassy.

»Ba!« seufzte Sissy und schmiegte sich an ihn.

Er strich den beiden Struwelköpfchen übers Haar und dachte,

alles in allem sei er doch ein sehr glücklicher Mann. Er brauchte Herausforderungen in seinem Leben... Aber, Moment mal, brauchte er auch dieses warme, feuchte Gefühl, das sich auf seinem linken Knie ausbreitete?

Er hatte geduscht, sie hatte sich im Duftschaumbad gebadet; sie hatte seinen sauberen Bademantel herausgelegt, er hatte Kissen hinter ihrem Kopf gestapelt; sie hatten Hühnchen mit Mandeln gegessen, Shrimps mit Hummersauce und zwei Frühlingsrollen.

»Lies mal deinen Spruch vor«, sagte sie, unzufrieden mit dem ihren. »Ich werde eine Überraschung erfahren, und mir wird große Anerkennung zuteil.«

»Wie albern, Liebling. Dir wird doch immer große Anerkennung zuteil. Alle lieben dich, es ist, als wäre man mit dem Papst verheiratet. Hier ist meiner. ›Machen Sie sich auf einen Sieg gefaßt!‹ Wer schreibt nur dieses Zeug?«

»Jetzt«, befahl er.

»OK!«

»Mach die Augen zu.«

»Ich liebe das«, sagte sie und legte ihre Hände über ihre Augen.

»Möchtest du nicht, daß ich rate?«

»Absolut nicht. Wir kommen direkt zur Pointe.«

Er wuchtete aus dem Schrank den Karton, den Marcie in das braune Papier mit dem Schriftzeichen *Oxford Antiquitäten* eingepackt hatte und ließ ihn neben ihr aufs Bett plumpsen.

»OK. Du darfst schauen.«

»Ein Karton! Ich liebe Kartons!«

»Losbinden, Kavanagh.«

Sie riß die Bastschleife ab und das Papier und zog den Klebstreifen oben vom Karton ab.

Er half ihr, das Schreibpult aus dem Karton zu heben und stellte es ihr auf den Schoß.

»Timothy!« flüsterte sie ungläubig.

»Alles Gute zum Geburtstag, meine Liebe.«

Ganz zweifelsohne, er hatte einen Volltreffer gelandet.

Sie lagen im Bett, hielten einander umfaßt und das Zimmer war vom warmen Licht der Nachttischlampe durchglüht.
»Du bist wunderbar«, sagte er aus vollem Herzen.
Sie lächelte. »Aber ich bin alt!«
»Alt? Du? Niemals!«
»Sie dir nur meine Krähenfüße an...«
»Ich sehe keine Krähenfüße«, sagte er, und küßte ihre Krähenfüße.

»Pater, hier ist Lottie Greer.«
Lottie Greer – die unverheiratete Schwester des betagten Erweckungspredigers Absalom Greer, der einst Sadie Baxter liebte...
»Es geht um Absalom.« Er hörte die Angst in ihrer Stimme.
»Was hat er?«
»Lungenentzündung. Er möchte, daß Sie beten.«
»Das werde ich, Miss Lottie, und andere mit mir. Soll ich kommen?«
»Er sagte, nur beten. Er hat Flüssigkeit in der Lunge.«
Er sagte, er stünde jederzeit zur Verfügung und daß sie ihn wissen lassen solle, was er tun könne. Dann rief er Cynthia an und die übrigen vom gemeinsamen Gebetskreis aller Kirchen.
Er hatte Absalom Greer lieb gewonnen. Der redegewandte, ungeschulte Priester war eine Kraft in seinem und in dem Leben zahlloser Anderer geworden, auch in dem von Pauline und Lace. Er war einer der letzten alten Kämpfer, die furchtlos das Thema Sünde aufgriffen, Reue predigten und Rettung verhießen, und das Evangelium von Jesus Christus kraftvoll verteidigten.
Kurzum, der Mann war sein Bruder. Er würde ihn am Sonntag besuchen.

Worauf wartete er nur?
Die Frage wurde nicht ausgesprochen, aber jedes Mal, wenn er einem Mitglied des Kirchenvorstands begegnete, fühlte er sie

auf sich lasten. Dreißig Tage? Wofür? Ingrid Swenson sah nicht aus, als könne man sie mit einem Bluff dazu bewegen, 295 auszuspucken, wenn sie 198 geboten hatte. Der Punkt war der, daß das Anwesen seine 295 wert war, und seiner Meinung nach versuchte die Miami Baugesellschaft, den Besitz zu stehlen. Aber auch selber einem Bluff zum Opfer zu fallen, bedeutete für ihn eine Demütigung, die er nicht gut ertragen konnte.

Die Antwort war, er wußte nicht, worauf er wartete. Er wußte nur, daß es ihm nicht richtig erschien, Fernbank an die Miami Baugesellschaft zu verkaufen. Vielleicht erschien es ihm später richtiger – allerdings, dann konnte es zu spät sein.

Er haßte das, er haßte es.

Indem er so tat, als mache er sich im Vorgarten zu schaffen, versuchte er, Gleichmut zu demonstrieren, während sie aus der Einfahrt fuhren. Dooley glühte wie die Innenstadt von Holding an Weihnachten, und Harley produzierte selbst ein paar Kilowatt.

Er sah auf und winkte, und sie winkten zurück.

Halb fünf. Dooley hatte seine Arbeit eine halbe Stunde früher verlassen und sie hatten versprochen, gegen sechs Uhr wieder in der Pfarrei zu sein.

Er schaute durch die Hecke zu dem kleinen, gelben Haus. Ein Fensterkasten mußte befestigt werden, eine Schraube war locker und der Kasten hing total schräg unter dem Atelierzimmerfenster.

Zu schade, daß dies Haus nicht mehr benutzt wurde. Aber eines Tages...

Er würde das am besten gleich anpacken und Buck bitten, danach zu sehen. Buck sollte ihnen sagen, was zu tun sei und ihnen helfen, die Anbauten und Renovierungen in Angriff zu nehmen. Wenn es je eine Gelegenheit gab, fachkundig beraten zu werden, dann jetzt durch Buck Leeper.

Er wandte sich zum Haus, dann hielt er inne und betrachtete noch einmal das gelbe Haus.

Aber natürlich!

»Aber er wird nie da sein, wenn du da bist, denn wenn du arbeitest, arbeitet er auch.«

»So ein großer, schwerer Mann in Arbeitsschuhen und Drillichhosen soll bei mir rumstiefeln dürfen und dabei stochert er in den Zähnen rum? In meinem *Haus*? Meine Güte, Timothy...«

Seine Firma zahlt die Miete.

»Meinst du wirklich, das geht gut?«

»Natürlich geht das gut. Wenn Buck da wohnt, dann weiß er genau, was nötig ist, wo man am gescheitesten was rausreißt und wir müßten keinen Architekten anheuern. Buck zeichnet uns alles auf – *und* er besorgt die Handwerker.«

Sie zog die Augenbraue hoch. »Ich weiß nicht...«

»Es ist eine großartige Gelegenheit.«

»Nun denn, betrachte es als abgemacht«, sagte sie, ihren Priester zitierend.

Um viertel vor sechs, stand er an der Vordertür und blickte suchend auf die Straße. Dann ging er hinaus und setzte sich auf die oberste Stufe der vorderen Veranda.

»Komm zu mir heraus«, rief er Cynthia zu.

Sie kam, setzte sich neben ihn und nahm seine Hand.

»Ich habe nachgedacht«, sagte sie.

»Oh, weh.«

»Ich möchte beim Softball mitspielen.«

»Wirklich?«

»Ja. Ich kann den Ball schlagen, ich kann laufen. Ich kann...«

»Du kannst pfeifen.«

Sie legte ihre Finger an den Mund und pfiff bis die Fenster wackelten.

»Du bist gut, Kavanagh«

»Dann stell mich auf.«

»Du bist die einzige Frau.«

»Noch«, sagte sie. »Ich höre, Adele Hogan will mitspielen.«

»Die Polizistin? Die Frau von J.C.?«

»Sie ist die schlechteste Softballspielerin, die es je gab. Das hat sie wenigstens gesagt.«

»J.C. hat nichts davon erwähnt.«

»Vielleicht dachte er, das ist ein Männerspiel.«

»Tja«, sagte er, »es war einmal...«

Um sieben Uhr war er soweit, daß er sich in Farmer auf die Suche machen wollte. Er und Harley hatten sich Farmer als perfekten Ort für den Fahrunterricht ausgedacht. Aber vielleicht sollte er zuerst im Krankenhaus anrufen. Er ging ins Arbeitszimmer, um sein schnurloses Telefon zu suchen. Cynthia war überhaupt nicht beunruhigt. »Gib ihnen noch fünfzehn Minuten. Es ist ein so schöner Sommerabend...«

»Ja, aber Harley kennt die Sperrstunde, er würde nicht überziehen. Ich rufe die Polizei an.«

Barnabas bellte mehrere Male laut auf. Als der Pfarrer die vordere Diele entlang raste, sah er Harley auf der Veranda stehen. Er sah aus, als hätte er ein paar Runden mit einem Grizzly-Bär hinter sich.

»Also, Hochwürden, ich möcht' nich', daß Sie sich beunruhigen...«

Er drückte die Fliegentür auf. »Wo ist Dooley? Was ist passiert?«

»Also, das letzte was ich will, ist Sie und die Missus beunruhigen...«

»Sagen Sie es mir, Harley.«

»Nein Sir, Sorgen wollt' ich nie und nimmer in Ihr Haus bringen...«

»Raus mit der Sprache, Harley, ich bin in Sorge, und ich bleibe es solange bis Sie mir nicht sagen, was vorgefallen ist.«

»Also, Sir, dem Jungen geht's gut.«

»Gott sei Dank.«

»Wir hatten 'nen Unfall.«

»Nein!«

»Doch.«

»Wer ist gefahren?«

»Also, ich will nich', daß Sie sich Sorgen...«

»Harley...«

»Der Junge.«

»Großer Gott!«

»War aber mein Fehler.«

»Sind Sie sicher, daß er nicht verletzt ist? Wo ist er?«

»Nein, Sir, er hat sich nix getan, aber mein Auto.«

»Schlimm?«

»Kühlerhaube zerquetscht und alles.«

»Schaden am Motor?«

»Ne, iss so gut wie neu.«

»Wie sind Sie heimgekommen?«

»Sie meinen, nachdem wir ihn aus'm Graben hatten?«

»Ja.«

»Sie meinen, nachdem wir ihn aus'm Graben hatten und dem Bauern geholfen haben, seine Kuh wieder in die Weide zu treiben?«

»Was für eine Kuh?«

»Die da mit hoch erhobenem Schwanz über die Straße stolziert ist und wegen der der Junge auf die Bremse gelatscht iss und im Graben gelandet.«

»Ich verstehe.«

Der Pfarrer sah in Richtung Einfahrt und sah Dooley hinter einem Busch hervorspähen.

»Ich will Ihnen keine Sorgen machen…«

Ha. Bald konnte er sich ›Sorge‹ mit zweitem Namen nennen – zumindest bis Dooley wieder in der Schule war und sich andere um ihn sorgen durften.

Kapitel Dreizehn

Die Felder sind weiss

Er sperrte die Tür auf und ging hinein. Eine seltsame Vorahnung überfiel ihn, als er die Rollos hochzog und den Ventilator anstellte. Heute war es fast so heiß wie neulich in Florida.
Er hörte die Badezimmertür in den Angeln quietschen und fuhr herum. Da stand Edith Mallory in so etwas wie einem Bademantel.
»Edith…«
Sie lächelte und kam auf ihn zu, wie immer nach dem dunklen Tabak riechend, den sie immer rauchte. Sie löste ihren Gürtel.
»*Timothy!*«
Er schlug die Augen auf und sah in das Gesicht seiner besorgten Frau. »Gott sei Dank!« sagte er und richtete sich auf.
»Diese Träume, die du hast… das macht mir Angst. Was war es dieses Mal?«
»Ich kann mich nicht erinnern«, log er. Schweißgebadet reichte er zum Nachttisch hinüber und drehte den Ventilator auf.
»So ist es besser«, sagte sie. »Geht es dir gut?«
»Ja. Tut mir leid, daß ich dich aufgeweckt habe.«
»Braucht dir nicht leid zu tun. Ich weiß noch, wie ich nachts aufgewacht bin weil ich schlecht geträumt habe und da war niemand, der bei mir war.«
»Sie knipste ihre Nachttischlampe aus, rollte zu ihm hinüber und ergriff seine Hand.
Bald schlief sie wieder, er nicht.
Es war nicht das erste Mal, daß er von Edith Mallory träumte. Er konnte sich noch genau an den Traum erinnern, in dem er im

Mantelschrank in der Halle der Pfarrei mit ihr eingeschlossen gewesen war. Er hatte an die Tür geklopft, um Hilfe zu rufen. Vor ein paar Jahren, während er in Irland unterwegs war, starb ihr Mann Pat an einem Herzschlag. Als der Pfarrer nach Mitford zurückkehrte, probierte sie jede erdenkliche Strategie, um ihn zu verführen und an sich zu binden. Bei jeder Gelegenheit versuchte sie, ihn zu reizen, wobei sie ihn immer ansah, daß er am liebsten die Flucht ergriffen hätte. Einmal hielt sie ihn über Nacht in *Clear Day* fest – so hieß ihr Haus auf dem höchsten Hügel Mitfords.

Er erinnerte sich an ihren Besuch im Kinderkrankenhaus, wo sie einen Scheck über $ 15,000 so großspurig überreichte, als wäre es eine Viertel Million. Dafür landete er hinterher auf dem Rücksitz ihres Wagens und sie streichelte sein Knie. Er befahl ihrem Chauffeur Ed Coffey, den Wagen anzuhalten und sprang aus dem noch fahrenden Lincoln heraus.

Nach dem beschämenden, haushoch verlorenen Ringkampf um die Grillstube, floh sie nach Spanien. Soviel er wußte, war sie nicht wiedergekehrt und ihren Jahresbeitrag an die Kirche Unseres Herrn überwies sie auch nicht. So viel dazu. Er wollte ihr Geld nicht haben, obwohl sein Kirchenkämmerer sicherlich ganz anderer Meinung war.

Er hatte es geschafft, sie völlig aus seinen Gedanken zu verbannen, bis jemand in der Grillstube ihren Namen erwähnte. Plötzlich fühlte er sich besudelt wie in den Jahren als sie ihn in seiner Kanzel mit den Augen verfolgte ... Aber, was soll's.

Er rollte auf seine Seite und versuchte sich vorzustellen, daß der Lufthauch aus dem Ventilator ein Passatwind irgendwo im Indischen Ozean sei.

»Im Hause meiner Frau wird nicht geraucht. Ist das ein Problem für Sie?« Es war bekannt, daß sich Buck Leeper zwei Packungen filterlose Lucky Strike am Tag reinzog.

»Kein Problem. Ich bin sowieso dabei, mich einzuschränken.«

Sie gingen in Cynthias Küche, wo eine schwache Brise durch die offenen Fenster wehte.

»Das Haus ist klein, aber …«

»Etwas wollte ich Ihnen sagen«, sagte der Bauleiter.
Es gab ein kurzes Schweigen während Buck auf seine Arbeitsstiefel heruntersah, dann direkt in Pater Tims Augen.

»Ich weiß es zu schätzen, was Sie für mich getan haben.«
Der Pfarrer nickte stumm mit dem Kopf.«

»Ich hätte Sie beinahe umgebracht, als ich mit den Möbeln so um mich schlug.«

Er erinnerte sich an den gewalttätigen, betrunkenen Buck in Tanners Cottage, während der Bauzeit des ›Hauses der Hoffnung‹. Da er nicht in der Lage war, das Weite zu suchen, hatte er betend dabeigesessen als Buck stundenlang in wilde Wutausbrüche verfiel.

»Es tut mir leid«, sagte Buck, heiser vor innerer Erregung.

»Denken Sie nicht mehr dran.« Pater Tim hatte für diese lang zurückliegende Nacht keine Entschuldigung erwartet, trotzdem tat es gut, die Worte ausgesprochen zu hören.

Er wußte instinktiv, daß Buck nichts mehr sagen wollte.

»Nun…Sie sehen ja jetzt, wie voll das Haus ist. Es ist tatsächlich nur für eine Person gedacht.«

»Was haben Sie vor?«

»Wir würden gerne die hintere Wand rausreißen und ein großes Atelierzimmer anbauen mit einer Reihe von Fenstern und vielleicht einer Glastür, die in einen Vorraum führt. Der Vorraum sollte vielleicht mit einer Garage für zwei Autos verbunden sein und mit einem Extravorratsraum. Da würden wir gerne was mit Ihnen ausknobeln.

Außerdem dachten wir, es wäre schön, einen Kamin am anderen Ende zu haben, am besten aus Naturstein, mit Bücherregalen auf jeder Seite. Oh, und Hartholzboden natürlich, und ein zweites Badezimmer neben dem Atelier. Das einzige Badezimmer ist im 1. Stock, ach, da fällt mir ein…«

Er geriet in Fahrt und sein Blutdruck jagte in die Höhe.

»…wir denken daran, die Treppe breiter zu machen, falls möglich, und Einbauschränke auf dem Treppenabsatz einzubauen, aber ich bin voreilig. Nur weil wir gerade in der Küche stehen, was halten Sie von einer Kochinsel und Erkerfenstern mit Blick auf die Hecke?«

Buck nahm den Zahnstocher aus dem Mund und starrte in dem kleinen Raum umher. »Sie wollen in etwa einem Jahr hier einziehen?«

»Richtig.«

»Da dürfen Sie voran machen.«

Mack Struope
arbeitet schon für
eine bessere Wirtschaft

»Ich warte nicht bis ich gewählt bin, um hart für Mitford zu arbeiten,« sagt der Bürgermeisteramtskantitat Mack Struope in seinem Wahlkampfhauptquartier in der Stadt.

»Ich arbeite bereits hart daran, neues Wachstum und neue Bautätigkeit hereinzubringen. Ich habe zum Beispiel den schönen Besitz der Leckerbäckerei einem Grundstücksmakler empfohlen und ich konnte einen anderen Makler dafür interessieren, sich Fernbank anzusehen. Wenn der Fernbank-Handel klappt, dann fließt das große Geld in jedermanns Taschen.

Ich gehöre nicht zu denen, die sagen, wenn's nicht kaputt ist, braucht's keine Reparatur. Ich sage, laßt uns eine gute Sache noch besser machen.«

Strouple kantitiert gegen die Amtsinhaberin Esther Cunningham, die acht Amtszeiten hinter sich hat, drei mal gab es bei ihrer Wahl keinen Gegenkantitaten.

Stroupes freie Samstagsbarbecues finden bis zur Wahlwoche in seinem Wahlkampfhauptquartier an der Hauptstraße statt.

Diesen Smstag gibt es Live Country-Musik, gespielt von Ihrer Lieblingskapelle – der Wesley Waschbrett Band. Alle sind eingeladen.

Er hat Macks Terminologie getroffen, »*wenn* der Fernbank-Handel klappt...«

Ein Teil von Miss Sadies Brief war ihm im Gedächtnis haften geblieben wie der Refrain von einem Lied.

»Ich hinterlasse Fernbank, um für etwaige Bedürfnisse des ›Hauses der Hoffnung‹ aufzukommen«, schrieb sie. »Verfügen Sie nach Ihrem Gutdünken, aber bitte gehen Sie liebevoll damit um.«

Gehen Sie liebevoll damit um.

War ein Verkauf weit unter Wert ein liebevoller Umgang?

Ihr gesamtes Erwachsenenleben, war Sadie Baxter mit sehr wenig ausgekommen, damit das Geld ihrer Mutter und ihres Vaters klug investiert werden konnte. Hatte ihr knappes und geschicktes Wirtschaften nicht für ein Fünf-Millionen-Dollar-budget für das ›Haus der Hoffnung‹ gesorgt und für vierzig hilfsbedürftige Menschen ein Heim geschaffen?

Mußte er wirklich ein arrogantes Angebot schlucken, das die Kirche einer verdienten Einrichtung beraubte?

Aber, was war die Alternative?

Vor und zurück, vor und zurück – immer die gleichen Fragen und niemals Antworten. Jedenfalls niemals, was seine Angelegenheiten betraf.

Er hielt es einfach nicht mehr aus.

Er stand vom Sofa auf und kniete neben dem Schreibtisch in dem stillen Arbeitszimmer. »Herr, Miss Sadies Haus gehört Dir, sie hat es mir mehrmals gesagt. Du weißt, ich habe hier ein echtes Problem.«

Er machte eine Pause. »Genaugenommen hast Du es, weil ich es Dir jetzt übergebe, klar und deutlich. Ich erfülle meine Pflicht, aber sage mir, wie ich sie erfüllen soll. In Jesu Namen. Amen.«

»Gedünstet, ganze Körner, keine Grütze«, sagte er zu Velma, als er zur hinteren Nische ging und sich hinsetzte.

»J.C. Ich habe eine Idee für eine Zeitungsgeschichte.«

»Bloß nicht dieses ›Fühlmichgut in der Kleinstadt‹-Zeug«,

wehrte der Redakteur ab. »Das ist so abgenudelt, da kotzen ja die Pferde.«

»Ich habe gehört, daß politische Kandidaten ein Formular ausfüllen müssen, in dem sie die Wahlkampfspenden und den jeweiligen Spender angeben müssen. Ich habe außerdem gehört, daß jeder, einschließlich der Medien, Einsicht in dieses Formular nehmen darf.«

Er merkte, daß die Botschaft bei J.C. ankam und daß sie ihm nicht schmeckte. »Und, warum lassen Sie sich das Formular nicht von Mack zeigen?« fragte der Redakteur.

»Warum nicht Sie?« fragte der Pfarrrer.

»Pater?«

Es war Lottie Greer. Aufgrund jahrelanger Erfahrung wußte er Bescheid.

»Bin unterwegs«, sagte er.

Er parkte hinter einer langen Reihe von Autos und Lieferwagen auf der Landstraße und ging in Greers Laden.

Männer standen auf der Veranda, gekleidet in Overalls und Arbeitssachen; viele rauchten und alle sprachen mit gedämpfter Stimme.

Sie nickten ihm zu, als er die Treppe heraufkam. Er hörte von innen leisen Gesang.

»Wie geht es ihm?« fragte er einen älteren Mann, der auf einer Bank saß.

»Schlecht, Prediger.«

Er öffnete die klapprige Fliegentür, die bei glücklicheren Anlässen von allein hinter ihm zugefallen war und betrat den Laden.

Das Zimmer ähnelte einem Gemälde von Rembrandt. Die gealterten Böden und das polierte Holz, die Niedrigwattglühbirnen, das verblassende Nachmittagslicht, das durch die Fenster fiel – es sah schön aus, heilig, irgendwie mehr nach Kirche als nach Laden. Aber wieso auch nicht? Hatte Absalom Greer nicht an diesem Ort seit fast siebzig Jahren das Evangelium gepredigt?

Mehrere Frauen saßen um den kalten Sommerherd, sprachen

mit leiser Stimme. Eine summte mit dem Chor innen. »...*es
ruft mich aus der Welt der Sorgen und vor meines Vaters
Thron, offenbart mein Sehnsuchtshoffen...*«
Drei Männer in schlechtsitzenden, schwarzen Anzügen be-
grüßten ihn in der Tür zu dem Raum, der Absalom und seiner
Schwester Lottie als Wohnraum diente. Alle hielten eine Bibel
in der Hand und alle sagten Guten Tag oder nickten, als ob sie
ihn kennen würden.
Lottie Greer saß in dem Stuhl neben dem Kamin, wo er immer
Platz nehmen sollte, wenn er zu Besuch kam.
»Miss Lottie...«
Sie blickte auf, linkisch und erschreckend zerbrechlich, ihren
Stock über den Knien. »Er sagte gestern, er wolle Sie sehen,
Pater. Er bat darum, zu Hause sterben zu dürfen, so wie frü
her.«
Er legte seine Hand auf ihre Schulter.
»Es zieht sich hin«, murmelte sie und senkte den Kopf. »Es war
hart.«
»Ja«, sagte er. »Ich verstehe.« Und er verstand wirklich. Bei
seiner Mutter hatte es sich auch hingezogen. Sie kämpfte einen
langen Kampf.
Sieben oder acht Männer standen außerhalb von Absaloms of-
fener Schlafzimmertür und sangen leise aber kräftig die alten
geistlichen Lieder, die der Pfarrer seit Kindertagen kannte.
»Er wollte, daß wir seine Lieblingslieder singen«, sagte einer
der Männer mit einer Bibel in der Hand. »Singen Sie mit, wenn
Sie können. Der Doktor ist bei ihm, sieht aus als ob er zwi-
schendurch bei Bewußtsein wär' und wüßte, wie's um ihn
steht.«
»Lena, bringen Sie dem Pater irgend etwas«, sagte Lottie.
»Ich habe ihm gerade ein Glas Tee eingeschenkt, Miss Lottie.
Ich hoffe, sie mögen ihn süß«, sagte sie und drückte ihm das
eiskalte Glas in die Hand.
»Oh, ja. Danke.«
»Und etwas Kuchen, vielleicht möchten Sie etwas Kuchen«,
sagte sie eilfertig.

»Nein danke, jetzt nicht.«

»Sie bedienen sich, bitte«, sagte sie und wies auf den Küchentisch, der mit Speisen überladen war. »Es ist zum Essen da, nicht zum Wegwerfen.« Sie errötete leicht und deutete einen Knicks an. »Ich hoffe, Sie versuchen auch meinen gestürzten Ananaskuchen, er steht drüben beim Ausguß.«

»Singt!« sagte einer aus dem Chor. »Bruder Greer hat es gerne laut.«

»*Jesus, lover of my soul…*« begannen sie den Text von Charles Wesley zu intonieren.

Er fiel in den Gesang ein.

> *… Let me to Thy bosom fly,*
> *While the nearer waters roll,*
> *While the tempest still is high:*
> *Hide me, O my Savior hide,*
> *Till the storm of life is past;*
> *Safe into the haven guide,*
> *O receive my soul at last.*

> *Other refuge have I none;*
> *Hangs my helpless soul on Thee;*
> *Leave, O leave me not alone,*
> *Still support and comfort me…*

Er kam sich vor, als sei er wieder ein Kind in der Baptistenkirche seiner Mutter in Mississippi, wo sein Großvater einst predigte. Eine innere Freude stieg in ihm auf, aber wieso auch nicht? Absalom Greer würde bald im schützenden Hafen anlangen…

Jemand, der aussah, als sei er der Arzt, trat aus Absaloms Zimmer. »Gehen Sie hinein, Pater«, sagte er. »Er hat nach Ihnen gefragt.«

Das Bett auf der anderen Seite des spartanisch eingerichteten Raumes schien weit weg. Es war, als müsse er Wasser treten, um es zu erreichen.

Er hörte das schwerfällige Rasseln in Absaloms Brust.
»Bruder Timothy, bist du es?« Der alte Mann hielt seine trüben blauen Augen zur Decke gerichtet.
»Ja, ich bin's.«
»Ich habe auf dich gewartet.«
In all den Jahren hatte er es gesehen – je näher der Tod rückt, desto mehr verbindet sich die Haut mit den Knochen. Es schien, als verschmelze beides zu einer Art kaltem Marmor, der schrecklich und schön zugleich aussieht.
»Der Herr hat mir eine Wahrheit für dich gegeben«, sagte Absalom. Er formte jedes Wort sorgsam mit dem Mund, so als solle es durch das wilde Gerassel unbeschädigt und deutlich hindurch klingen.
Pater Tim beugte sich nah über ihn. »Ich höre, mein Bruder.«
»Die Felder sind weiß...«
Jesus sagte es zu den Jüngern...
Dann wandte Absalom den Kopf und sah über ihn hinweg, sein Gesicht immer mehr von einem Ausdruck der Freude übergossen. »Halleluja... da sind sie... ich wußte, sie kommen wieder...«
Das Herz des Pfarrers klopfte vor Mitgefühl – er wußte instinktiv, daß Absalom Greer die Engel sah, die Engel, die er einst als Junge um seine Mutter und seine kleine Schwester im Zimmer nebenan schweben sah.
Der alte Priester erhob seine zitternde Hand über die Bettdecke und sprach einen letzten Predigtsatz.
Die Männer hörten auf zu singen. Die leisen Gespräche in der Küche verstummten.
Lotti kam, auf den Stock gestützt, ins Zimmer. »Sind es seine Engel?« flüsterte sie.
»Ich glaube, ja«, sagte er.

Er nahm die Nebenstraßen, denn er wollte Wiesen und offene Felder sehen, wünschte sich ein Weilchen Stillschweigen zwischen Tod und Leben.
Vielleicht hatte Sadie Baxter zu den ersten gehört, die Absalom

begrüßten und ihm den himmlischen Empfang bereiteten – einem Manne, zu dem Gott bestimmt sagte, »Gut gemacht, mein guter und treuer Diener.«
Er würde Absalom Greer vermissen. Es war ein besonderes Privileg gewesen, ihn gekannt zu haben. Er war einer der letzten jenes Schlages, die, wie der Heilige Paulus, willens waren »Jesu einfältiger Tor« zu sein.
In den Feldern wucherte der Weidenblättrige Spierstrauch über Goldruten und Flohkraut, über Wolfsmilch und wilde blaue Astern. Wunderschön, aber zu trocken. Sie brauchten Regen.
Er wünschte, sein Hund wäre bei ihm, der mit feuchter Nase durch die Fensterscheiben ein Lebewohl schnuppern könnte.
Er bog in die Staatsstraße ein und sprach vor sich hin: »Die Felder sind weiß...«
»Hebe deine Augen und sieh auf die Felder«, sagte Jesus zu seinen Jüngern, »denn sie sind weiß und harren der Ernte.«
Die stehenden Felder symbolisierten die Legionen, die ihr Gottesvakuum nicht mit dem Einen gefüllt hatten, der für sie geboren worden war; die stehenden Felder symbolisierten jene, die auf jemand warteten, der aufstand und die Wahrheit sprach, und der ihnen sagte, wie sie gerettet werden konnten.
Er hatte Absaloms Botschaft als Mahnung verstanden und nahm sie nicht auf die leichte Schulter.
Er blickte auf die Benzinuhr. Fast leer.
Es gab einen kleinen Lebensmittelladen mit Tankstelle an der Straße. Irgendwann einmal hatte er dort eine Packung Kekse und einen Weinbrand besorgt.
Er erreichte den Laden früher als gedacht. Er kurvte hinein und parkte neben dem Gebäude. Dann ließ er sich vom Ladenbesitzer den Schlüssel geben, ging hinein und sperrte die Toilette auf. Immer alles der Reihe nach.
Als er aus der Toilette heraustrat, sah er, wie der schwarze Lincoln von der Straße abbog und neben den Zapfsäulen zum Stehen kam.
Er trat instinktiv zurück und beobachtete, wie Ed Coffey aus

dem Lincoln ausstieg und in das Tankstellengebäude hineinging.

Ed Coffey. Edith Mallorys Chauffeur. Derjenige, der am Steuer saß, als er auf dem Parkplatz der Schuhscheune aus dem fahrenden Auto sprang und der ihn nach Hause gefahren hatte, nach jener grauenhaften, völlig verregneten Nacht in *Clear Day*.

Ed trug keine Uniform. Der Pfarrer konnte sich nicht erinnern, Ed je ohne Uniform gesehen zu haben, seit Pat Mallory starb.

Er stand neben dem Gebäude und wunderte sich, warum er nicht einen Schritt vorwärts trat, um mit dem Mann zu sprechen. Schließlich schien dieser Mann, ein gebürtiger Mitforder, immer vernünftig gewesen zu sein, obwohl er sich eindeutig vom Glanz des Malloryschen Geldes blenden ließ. Hatte Ed ihn nicht ein paar mal angesehen, als wolle er sagen, ich möchte das hier nicht machen, aber ich kann nicht mehr anders, es ist zu spät?

Ed verließ die Tankstelle, im Arm eine prallvolle, große Papiertüte, die er in den Kofferraum sperrte. Dann stieg er ins Auto und bog geräuschlos in die Straße nach Süden ein.

Eindeutig ein neuer Lincoln, nicht das alte Modell, das Edith nach Pats Tod weiterhin benutzte. Und es hatte verdunkelte Scheiben. Er konnte verdunkelte Scheiben bei einem Auto nicht ausstehen...

Also, Edith war zurück in Mitford. Vielleicht konnte er sie in der Kirche Unseres Herrn begrüßen. Edith auf der Evangelienseite, Mack Stroupe auf der Epistelseite.

Was passiert, wenn ein Geistlicher in seine Gemeinde blickt und sich einer zunehmenden Zahl von Menschen gegenüber sieht, deren Motiven er mißtraut, und die ihn wegen ihrer fragwürdigen Haltung selber gereizt und beklommen machen?

Er bemerkte, daß in den Vorgärten eine neue Schildergalerie aufgestellt worden war, zusätzlich zu dem allgemeinen Wirrwarr.

Wir halten zu Esther
Bill und Arlene

Wir halten zu Esther
Ralph und Fay Lewis

Unsere Sachen sind
Ihr Segen
Der beste Verkauf!
4. Okt., ab 10 Uhr
Gemeinsames Abendessen
18.00 Uhr

MACK BEDEUTET GELD
IN MITFORDS TASCHEN
$ Mack als Bürgermeister $

WÄHLT EURE WERTE
Esther als Bürgermeisterin

Spielt Ball!
Bitte alle kommen
Baxter Field, 10. August
Hotdogs für $ 1

»Fünfundsiebzig von der Handschuhfabrik, ein Tausender von der Leeland Bergbaugesellschaft – das dürfte keine Überraschung sein, weil Leeland sein Vetter vierten Grades ist. Fünfhundert von der Konservenfabrik, die nichts gegen etwas mehr Bautätigkeit in dieser Gegend hätte, zehn von Lew Boyds Vetter, fünfzehn von Henry Watts, und so weiter und so fort – war nicht anders zu erwarten.« J.C. schien mit sich zufrieden. »Sie können runtersteigen von Ihrem hohen Roß, alter Freund.«

Warum es weiter verfolgen? »Sagen Sie, haben Sie Ed Coffey in letzter Zeit bei uns gesehen?«

»Ed Coffey? Wenn er da ist, dann ist auch Ihre alte Freundin da.«

Er kam sich vor, als hätte man ihm eine kalte Dusche verpaßt.»Wenn Sie das bitte noch einmal anders ausdrücken könnten«, sagte er.

»Ganz schön empfindlich«, blaffte der Redakteur.

»Habe ich von Ihnen gelernt«, antwortete er.

Lace Turner besuchte Harley und war in die Küche hinaufgekommen, um mit Cynthia ein Stück Kuchen zu essen. Er holte gerade einen Krug Tee aus dem Kühlschrank, als sie ein leichtes Klopfen an der Tür hörten.

Jenny stand draußen und lugte durch die Fliegentür. »Hallo! Ist Dooley zu Hause?«

Barnabas schlenderte bellend in die Küche.

»Er iss nich' da!« sagte Lace.

»Was soll das, Lace!« sagte Cynthia. »Er *ist* da. Möchtest du hereinkommen, Jenny?«

»Nein, Ma'am, ich habe Dooley nur das hier mitgebracht.«

Cynthia öffnete die Fliegentür und nahm das Päckchen entgegen. »Wir sitzen gerade beim Kuchen, Schokoladekuchen ...«

»Nein, Ma'am, ich kann nicht. Danke schön.« Sie rannte die Treppe hinunter und über den Vorplatz.

Cynthia schaute Lace an. »Warum hast du gelogen?«

»Ich wußte nicht, daß er da ist.«

»Aber ja doch. Du hast ihn vor zehn Minuten gesehen. Das sind schon zwei Lügen.« Seine Frau machte keine halben Sachen.

Lace zuckte die Achseln.

»Ich möchte dir keine Moralpredigt halten«, sagte Cynthia, »aber ich möchte, daß du etwas weißt. Ich bin enttäuscht, daß du Jenny und mich angelogen hast. Du solltest es besser wissen.«

Lace starrte auf den zur Hälfte aufgegessenen Kuchen auf ihrem Teller. »Ich hasse dieses Mädchen.«

»Warum?«

»Sie meint, sie ist so gescheit, so hübsch, so ... *edel*.« Lace spuckte das Wort förmlich aus.

269

»Lace, bitte sieh mich an.« Lace sah sie an. »Du bist gescheit. Du bist hübsch. Du bist...«

»Nein, bin ich nicht! Ich bin nix!« Sie stand auf, weinte und rannte die Kellertreppe hinunter.

»Sieh mal an«, sagte seine Frau und sah grimmig drein. »Sie weint – das ist es, worauf Olivia gehofft hat.«

»Eine gute Nachricht«, sagte er und legte seinen Arm um ihre Schultern. Sie lächelte schwach. »Ja, komisch, manchmal kommen einem die guten Nachrichten wie schlechte vor.«

Esther Bolick nahm beim ersten Läuten ab.

»Also, Esther, wie läuft es?«

»Sie glauben es nicht – wir haben einen Schrank von Marie Sanders!« Wenn es nach ihm gegangen wäre, hätte Esther nun zwei Schränke. »Wie klappt es mit Hessie?«

»Eine Heilige, Hessie ist eine Heilige. Sie organisiert den Verkauf nach Arbeitsschluß, einschließlich Abendessen.«

»Wow.«

»Wußten Sie, daß Hessie und ich Piepser tragen werden? Ich fühl' mich wie Dick Tracy.«

»Ja, ich habe es gehört.«

»Natürlich kommen die Doppelstrickpullis aus Polyester immer noch rein.«

»Wenn Sie für mich einen orangefarbenen Freizeitanzug mit Paspeln finden, zahle ich einen guten Preis.«

»Zu spät. Mule Skinner hat sich schon dafür gemeldet.«

»Oh, na ja.«

»Aber die Qualität verbessert sich. Wir haben gerade einen Hoover Staubsauger und eine komplette Serie Hummel-Figuren hereinbekommen. Oh, und eine Nerzjacke, das Loch ist an einer Stelle, wo man es überhaupt nicht sieht.«

»Wie geht es Gene?«

»Reicht die Scheidung ein.«

»Wenn es weiter nichts ist«, sagte er.

Esther lachte herzlich. Wie sehr er es liebte, jemand aus dem Vorstand des Basars lachen zu hören. Ein kleines Wunder!

Er legte den Hörer auf, als es ihn plötzlich überkam. ›Bettdecken-Land‹. Schwarzes Auto, blauer Lieferwagen. Bestimmt nicht... Und das schwarze Auto, das um zwei Uhr morgens um das Denkmal schlich, so leise, daß man kaum den Motor hörte... Aber das lag Wochen zurück. Das war der Abend seines Geburtstages, der mehr als einen Monat zurücklag, das heißt, fünf oder sechs Wochen. Wenn Edith wieder da war, warum bekam niemand sie zu sehen?

Hielt sich Ed Coffey von Mitford fern? Kaufte er Lebensmittel in abgelegenen Läden ein? Hielt er sich an Nebenstraßen? Ging er ohne Uniform, um weniger Aufmerksamkeit auf sich zu lenken?

Wenn es eine Möglichkeit gabe, einen Blick vom Haus zu erhaschen, würde er nach *Clear Day* fahren und nachsehen, was los war. Aber das Anwesen befand sich fast einen Kilometer weit hinter einem elektronisch gesicherten Tor. Dieses Tor war auch an den Abenden verschlossen gewesen, an denen Edith den Kirchenvorstand zur Sitzung zu sich nach Hause einlud. Gäste mußten ein Kennwort in ein schwarzes Kästchen neben dem Eingang eintippen.

Sein Magen krampfte sich zusammen.

Da er nicht wußte, was er sonst tun sollte, ging er in die Bürotoilette und stach sich für einen Glukosetest in den Finger. Seiner Meinung nach war der Glukosetest die bessere Methode, um seinen Zucker zu prüfen, besser als der Teststreifen, über den man pinkeln mußte.

Hundertvierundzwanzig. Nicht schlecht.

Er machte ein Telefonat vom Büro aus, wobei er die Nummer immer noch auswendig wußte. Dann ging er nach Hause und nahm einen alten Gartenhut von der Schrankablage.

Er durchwühlte die Kommodenschubladen und fand die Sonnenbrille, die er selten trug, weil jemand gesagt hatte, er sähe darin aus wie eine Stubenfliege.

Er setzte Hut und Sonnenbrille auf und ging hinunter, wobei

er im Küchenspiegel noch einmal sein Aussehen kontrollieren wollte.

»Guter Gott!« schrie Puny auf, die erstarrt am Fußende der Treppe stand. »Sie haben mich was zu Tode erschreckt!« Als sie ihre Mutter so aufgebracht sahen, begannen beide Babys ein ohrenbetäubendes Geheul in der Küche anzustimmen.

Er versuchte, ihren Kinderwagen zu schaukeln, mit einer Gummiente zu quietschen, eine Grimasse zu schneiden und wie ein Hund zu bellen, aber sie waren untröstlich, und schon war er draußen.

»Die Cessna 152 macht nicht so viel Lärm wie meine kleine Klapperkiste«, rief Omer.

Alles in allem genommen, hielt sich der Pfarrer prächtig. Das Mittagessen hatte er ausgelassen, da er wußte, es ging in die Luft. Vierzig Kilometer hatte er bis zum Flugplatz zurückgelegt und nun rasierte er mit dem Schwager der Bürgermeisterin in einem geliehenen Flugzeug über die Baumwipfel, angetan mit einem abgetragenen Gartenhut und Sonnenbrille.

Pater Roland, der gelegentlich aus der kanadischen Wildnis schrieb, hatte völlig Unrecht zu behaupten, er sei der einzige, der sich amüsierte – bei Abendmahlsfeiern in primitiven Forsthütten oder verfolgt von einem Elchbullen. Mitford hatte auch große Abenteuer zu bieten. Man mußte nur danach Ausschau halten…

»Heiliger Strohsack, Omer!«

Omer grinste mit seinem Klaviertastengrinsen den Pfarrer an, der zufällig gerade umgekehrt im Sitz hing.

»Das nennt man ein Eins-G-Manöver.«

»Das reicht, danke!« Sein Gesicht war grün, zum zweiten Mal in nur wenigen Wochen.

»OK, ich fliege ruhig geradeaus«, gellte sein Pilot. »Wie niedrig wollen Sie denn runter?«

»Niedrig genug, damit ich sehe, was vor sich geht.«

»Ich kann runtergehen auf 60 Meter. Wie ist das?«

Er schluckte schwer. »Prima.«

»In dem Aufzug kann Sie sowieso niemand erkennen«, rief Omer.

»Gut!« rief er zurück.

Sie sahen den Höhenzug vor sich aufragen, von dem aus die Bewohner von *Clear Day* ins Land blicken konnten, ohne selbst gesehen zu werden.

»Jetzt geht's los!« sagte Omer. Pater Tim zog sich die Hutkrempe tiefer ins Gesicht und rückte die Sonnenbrille zurecht.

Was so aussah wie ein kleiner Landestreifen tauchte hinter den Bäumen auf. Es war das sagenumwobene Dach, das die 743 qm Wohnraum bedeckte, zusammen mit der riesigen Autoeinfahrt und einem Parkplatz linker Hand.

Bingo.

Ein blauer Lieferwagen parkte neben einem schwarzen Auto.

Und dort, auf der nicht überdachten Terrasse, bei den gestreiften Sonnenschirmen, standen zwei Menschen.

»Noch eine Runde!« rief er seinem Piloten zu.

Er wollte absolut sicher sein.

Omer drehte noch eine Runde und brummte über das Haus. Der Mann und die Frau auf der Terrasse sahen ärgerlich auf, gerade als er herunterschaute.

Dann dröhnte die blaue Cessna über die bebenden Baumwipfel und fegte über die Schlucht.

Omer warf ihm einen Blick zu und zwinkerte.

Edith Mallory war nicht auf Reisen in Spanien, Frankreich oder Malaysia oder auf irgendeiner anderen Tour und sie wohnte auch nicht in ihrer Prunkvilla in Florida.

Sie wohnte in Mitford, in *Clear Day*, und lenkte im Verborgenen die politische Karriere von Mack Stroupe.

Kapitel Vierzehn

Das Spiel beginnt

Am Morgen des Spiels auf dem Baxter Feld, gab Velma Mosely ihrem Herzen einen Stoß und begann, Zwiebeln zu hacken. Dies, so sagte sie zu sich selbst, würde absolut auf immer und ewig der letzte Topf selbstgekochtes Chili sein.

»Aufstellen, bitte.«

Buck Leeper schien drei Meter groß zu sein, als er in dem kleinen Unterstand vor den *Mitford Reds* stand.

»Wir sind nicht zum Jux hier«, sagte der Teammanager, »wir sind hier, um zu gewinnen. Verstanden?«

»Verstanden!« sagten seine Spieler, die rotgefärbte T-Shirts und Baseballkappen mit der Aufschrift ›Der Laden‹ trugen.

Es war zwanzig Minuten vor Spielbeginn und der Pfarrer fühlte sein Adrenalin hochsteigen wie Öl in einem Bohrturm.

»Pater, Sie sind der Teamchef und ich betrachte Sie als Beobachter auf dem Feld. Sie feuern die Spieler an und geben ihnen Ratschläge während der Läufe, wenn sie es brauchen. Ihr Job ist es, die Schüsse zu zählen.« Buck sah ihm in die Augen. »Ich weiß, Sie können es.«

Konnte er es wirklich? Er hatte wegen dieses Softballspiels gebetet, als ginge es um Leben oder Tod und nicht bloß um ein einfaches, lustiges Samstagnachmittagsvergnügen.

Sicherlich würden seine drei Übungsspiele, die recht gut liefen, sich positiv bemerkbar machen.

Buck nahm eine Lucky Strike aus seiner Hemdtasche und ging vor ihnen auf und ab. »Dooley, du bist mein erster Schläger. Ich habe dich beobachtet, wie du dich für das Spiel heute vorbereitet hast. Du hast es immer eilig, bist immer schnell auf den Füßen. Ich möchte, daß du wartest, bist du mit deinem Schlag dran bist, verstanden?«

»Verstanden«, sagte Dooley.

»Wir möchten dich auf diesem Mal haben.«

»Jawohl, Sir.«

»Adele, Sie sind ziemlich schnell und wurfsicher, Sie spielen am ersten Mal. Ich treffe auf Sie in der zweiten Spur. Wenn Dooley vorankommt, schauen Sie, daß Sie um jeden Preis zum Läufer vorpreschen. Wir brauchen jemand in einer Position, wo er Punkte sammeln kann.«

Adele stopfte ihre rechte Faust in ihren Handschuh.

Buck lachte sein Wasserkesselpfeifenlachen. »Wir wollen, daß die eingebildeten Affen mit dem Rücken zur Wand spielen. Richtig?«

»Richtig!« sagte sein Team.

»Avis, Sie sind mein erster starker Werfer. Ich möchte, daß Sie den Ball bis nach Wesley schmeißen. Pater, Sie sind mein Schläger, der überall im Einsatz ist. Bleiben Sie stark und schnell und denken Sie daran – Schultern gerade halten.«

Genau so gut hätte Buck einen Eisenbahnarbeitertrupp in einem 10 m tiefen Erdloch kommandieren können.

»Mrs. Kavanagh…«

»Cynthia«, sagte sie.

»Cynthia, Sie werfen auf der Nummer fünf. Ich möchte, daß Sie sich da verschanzen und den Ball abschmettern. Als Fänger sagen Sie uns die Würfe an…schauen Sie, wie die anderen stehen, schauen Sie auf die Füße. Kurzum, seien Sie wachsam die ganze Zeit.«

»Sie sagen es, Chef.«

Buck vervollständigte die Aufstellung mit Hal Owen als zweitem Mann am Mal und Mule Skinner, Jena Ivey, Pauline Barlowe und Lew Boyd im Außenfeld.

»Ich hab' das andere Team beobachtet«, sagte Buck, »wir sind besser als die. Wir können es schaffen. Ich möchte, daß Sie hun-

dertprozentig dabei sind, verstanden? Nicht fünfundachtzig, nicht fünfundneunzig – *einhundert.*«
Er sah in jedes ernste Gesicht und rollte dabei eine nicht angezündete Zigarette zwischen den Fingern. »Pater, möchten Sie beten?«
»Er möchte«, sagte Dooley.
Nach dem Gebet stellten sie sich auf und marschierten an der Würstchenbude vorbei. In diesem Augenblick erlebte er einen kurzen phantastischen Tagtraum. Er sah, wie sein Team auf das Feld lief. Dann sah er sich mitten im Gefecht stehen, in – um Himmels Willen – in seinem grünen Meßgewand, das er nur an Pfingsten trug.

»Mann!« rief Dooley aus.
Die Tribünen waren voll, etliche Zuschauer saßen im Gras und der Geruch von Hotdogs und Chili waberte durch die feuchte Sommerluft.
Der Schlagmalschiedsrichter, Tommys Dad, sah auf die Münze, die er gerade hochgeworfen hatte. Die *Mitford Reds* waren das Team auf das zugespielt wurde.
Der Pfarrer blickte suchend in die Menge, genauso wie er es in der Kirche Unseres Herrn tat.
Die Bewohner des ›Hauses der Hoffnung‹ saßen in Rollstühlen vor den ersten Reihen und sahen erwartungsvoll aus.
Da war Mack Stroupe, Zigarette im Mundwinkel, einen Fuß auf eine Zuschauerbank gestützt, auf der rechten Seite Harley und Lace. Er konnte Fancy Skinner, Onkel Billy und Miss Rose, Coot und Omer ausmachen, und ungefähr in der Mitte Tommy, der am Bein verletzt war und nicht spielen konnte. Er bemerkte, daß nicht wenige einen Erdbeerlutscher im Mund hin und herschoben, ein Zeichen dafür, daß die Bürgermeisterin ihre üblichen Wahlbonbons verteilt hatte.
Jessie, die mit Russell Jacks und Betty Craig in der vorderen Reihe saß, winkte mit beiden Händen zum Feld.
»Meine Damen und Herren«, verkündete Stadtrat Linder Hayes, »es ist mir ein großes Vergnügen, Esther Cunningham

anzukündigen, unsere allseits verehrte Bürgermeisterin, die seit sechzehn Jahren in acht großen Amtszeiten Mitford weise geholfen hat, sich um sich selbst zu kümmern! Euer Ehren, Sie werden hiermit offiziell gebeten, den ... *ersten Ball zu werfen.*«

»Geb's ihnen, Esther!« schrie jemand gellend laut.

Der andere Schiedsrichter lief mit einem Ball zur Bürgermeisterin, die sich, Seite an Seite mit dem Bezirkssheriff, stolz in der Abteilung der Ehrengäste tummelte.

In diesem Moment sprang der Redakteur der *Muse* vom Würstchenstand zu den Zuschauerbänken und kam erst einen Meter vor der Bürgermeisterin zum Stehen. Er ging in die Knie und hielt seine Nikon nach oben gerichtet.

»Verflixt«, zischte die Bürgermeisterin, »schießen Sie kein Foto von unten, da hab' ich drei Doppelkinne!«

»Und hinter dem Schlagmal«, dröhnte Linder Hayes, »unser geschätzter Polizeichef und wachsamer Hüter von Recht und Ordnung, Mr. Rodney Underwood!«

Applaus. Gejohle. Pfiffe. Rodney rückte sein Pistolenhalfter zurecht und winkte mit behandschuhter Hand in die Menge.

»Hey, Esther, mach' denen Feuer!«

Die Bürgermeisterin warf den Kopf zurück, bog ihren Arm rund wie einen Propeller an einer P–51 und ließ den Ball fliegen.

»*Schlaag* eins!« sagte der Schiedsrichter.

»Oh, *bitte*, sagte Cynthia, schwitzend vom Innenfeldtraining.

»Was ist?« flüsterte der Pfarrer.

»Ich muß auf die Toilette.«

»Das sind deine Nerven«, erklärte ihr Ehemann, der es zu wissen schien.

»Ins Feld!« gellte Buck.

Die Spieler spurteten auf ihre Positionen. Dann holte der Schlagmalschiedsrichter tief Luft, deutete auf den Schläger und rief, worauf alle gewartet hatten.

»*Das Spiel beginnt!*«

Der Werferjunge der *Roten*, Poo Barlowe, gab seinem Bruder ein Schlagholz, auf das er selbst den Namen *Dools* und einen Zickzackblitz gemalt hatte. Er hatte für diese persönliche Kennzeichnung einen roten Kugelschreiber benutzt und so lange und so oft gedrückt, bis es aussah wie ins Holz geschnitzt. Dooley machte ein paar Aufwärmschwünge, dann trat er in den Standplatz des Schlägers. Er umklammerte das Schlagholz, brachte die Füße in die richtige Stellung und wartete auf den Wurf.

Ein steiler, hoher Wurf verfehlte knapp die Schlagzone.

»Ball eins!«

Der zweite Wurf kam auf Brusthöhe, als Dooley das Holz fester griff und mit einem heftigen Schwinger zuschlug. *Krach!* Für die neu gegründeten *Mitford Reds* war das der erste Ball, der das Schlagholz traf; das krachende Geräusch schien in den Zuschauerreihen widerzuhallen.

»Los, Junge!«

Dooley lief blitzschnell zum ersten Schlagmal, seine langen Beine fraßen gleichsam die Entfernung, und als er daran vorbei zum zweiten jagte, jubelte die Menge. Er glitt hinein, nur einen Herzschlag vor dem Ball, der in Scott Murphys Handschuh landete.

»Reit' zu, Cowboy!« schmetterte Miss Pattie, die glaubte sie sei auf einem Rodeo.

Das Spiel hatte offensichtlich einen guten Start.

»Mama!«

Fancy Skinner winkte ihrer Mutter, die ihre Augen abschirmte und suchend in die Zuschauertribüne spähte. »Ich bin hier oben!«

Fancy, in grellrosa Leggings und einer dazu passenden Tunikajacke, stach so lebhaft von der Menge ab, daß ihre Mutter sie sofort erkannte und bis in die fünfte Reihe hinaufkletterte, am Arm einen Strickkorb mit den Anfängen eines Afghan.

»Also, wahrhaftig«, sagte Fancy, »ich hab' dich kaum erkannt, na, du findest die blonde Haarfarbe auch schön, hab' ich dir

nicht gesagt, daß blond mehr Spaß macht? Ich meine, sieh' dich
an, hier draußen bei 'nem Softballspiel ist es doch viel schöner
als daheim zu sitzen und das ›Glücksrad‹ anschauen, oder was
auch immer. Und oh, meine Güte, was du anhast, ich kann's
nicht glauben, rausgeputzt mit 'nem T-Shirt von Dale Jarrett,
du siehst hundert Jahre jünger aus!
Vielleicht nimmst du ja auch demnächst mal ab, wenn ich das
so sagen darf. So um die sechs Kilo müßten es schon sein, das
würde dein Herz entlasten. Oh, Backe, schau mal da, er hat im
rechten Feld eindeutig einen an den Zaun gerempelt. *Hey, Schiri, mach' die Augen auf, nur Pferde schlafen im Stehen!*
Au, weia, ich hab' vergessen, daß dein Hörgerät so empfindlich
ist, bin ich jetzt Schuld? Klingt wie 'ne Alarmanlage, und ich
find', das alte war besser, hier magst du ein Gummi, ohne Zukker? Schau! Da ist er, dort ist Mule, Mama, siehst du? Der da
im Gras da drüben, iss er nich' süß, *Mule, Schätzchen, wir sind
hier oben, schau hier rauf, Liebling,* au weia, der Ball hat beinah' sein' Kopf erwischt. Paß Obacht, was du tust, Mule!
Mama, magst du ein Hotdog? Ich hol uns welche am Ende vom
fünften Durchgang, Velma hat das Chili gemacht. Ich hab' nich'
gesagt Willi, ich sagte Velma – Mama, bist du sicher dein Hörgerät funktioniert? Mir kommts vor, als wär' das alte besser
gewesen und was du dafür bezahlt hast, dafür pfeifst du jetzt
auf dem letzten Loch, möchtest du Relish? Ich kann es nich'
essen, da krieg' ich 'nen sauren Magen.
Wie du stricken und gleichzeitig ein Ballspiel anschaun kannst,
kapier' ich nich'. Ich muß mich immer konzentrieren. Siehst du
da, der Herr Pfarrer, mit dem Mule immer in der Grillstube
hockt. Der, dem ich eine Maske gemacht hab' an dem Tag, an
dem du die Dauerwelle bekommen hast. Erinnerst du dich? Bei
dem weiß man nie, versucht er den Ball zu schlagen oder zu
erwürgen? Da, auf dem dritten Mal, das ist seine Frau. Ich
glaub, sie bleicht sich die Haare mit 'ner Kappe, und ich hab'
noch nie gehört, daß 'ne Pfarrersfrau Softball spielt. Die Zeiten
ändern sich gewaltig, unsere Pfarrersfrau leitet den Chor und
hilft im Krankenhaus, unentgeltlich.

Lauf, hol' sie dir, Avis! Hau' drauf! Ich frag' mich, warum Avis nich' verheiratet ist, wahrscheinlich mag er im Sommer lieber Squashspielen als Frauen, aber es ist natürlich wichtig, daß man seine Arbeit liebt. Himmel, der hat den Ball zum Mond geschickt! Schau, Mama, gleich da drüben, siehst du den Mann, der dich so anglotzt? Ist doch egal, wenn er jünger ist, das läuft heute überall so, ich hab' dir gesagt, Blondinen hab'n mehr Spaß im Leben. Wow, hast du das gesehen, er hat dir zugezwinkert, na, vielleicht hat er was im Auge. *Hey, Schiri, der Werfer steht nich' am Mal, hast du Tomaten auf den Augen?*
Der rothaarige Junge da, das ist Dooley, er ist fast so was wie der Sohn vom Pfarrer, wirklich ein harter Schläger und rennen tut der! War das ein mit Spucke eingeseifter Ball, Mama, hat das für dich wie ein Spuckball ausgesehen? *Spuckball, Spuckball!* Wer ist denn der Schiedsrichter, blind wie 'ne Fledermaus und taub wie 'n Maulwurf. Hoppla, ich stell' mich mal besser unten an, hast du gesagt, du möchtest Relish?«

Ben Isaac Berman, der von seiner Familie aus dem entfernten Decatur, Illinois ins ›Haus der Hoffnung‹ gebracht worden war, fand dieses Ballspiel schöner als alles andere, was er seit seiner Ankunft in Mitford im Juli erlebt hatte.
Er mochte die frische Luft, die lauten Rufe, den Tumult – sogar die Hitze war ein *Makhyeh* – obwohl es ihn störte, wie sein Hotdog in seinen Schoß gefallen war und zwei Begleiterinnen des ›Hauses der Hoffnung‹ notwendig waren, um alles sauber zu machen. Er verstand nur nicht, wie dann das Chili in seinen Hosenaufschlag geraten war.
Er kam sich vor wie ein *Schlamassel*, weil er seine Gliedmaßen nicht besser unter Kontrolle halten konnte. Aber andererseits saß er direkt neben Miss Pattie, die keinen einzigen Gedanken in ihrem Kopf kontrollieren konnte. Gott bewahre, daß ihm selbst das passierte.
Er mochte das Spiel auch deswegen, weil es ihn an seine Jugend erinnerte, die ihm in seiner Erinnerung so lebhaft vor Augen stand, als sei es vergangene Woche gewesen.

Und dieser Junge am zweiten Mal, dieser rothaarige Bengel, der lief wie der Wind. So ein Junge war er auch gewesen, so ein Junge war er immer noch, tief im Innern seines Herzens, wohin nie jemand geblickt hatte und es auch nie tun wurde, nicht einmal seine Frau, Gott hab sie selig. Selbst er vergaß den Jungen in seinem Innersten, solange bis er zu einem Spiel wie diesem ging und die Bergluft roch und das Knallen des Schlägers hörte – dann juckte es ihn in den Beinen und er flog um die Male und wirbelte tüchtig Schmutz auf, wenn er das Ziel erreichte...

Am Ende des siebten Durchgangs stand es 10 zu 10.
»Es ist unser Schlag und wir haben drei Ausbälle«, sagte der Pfarrer. »Wir wollen keine extra Durchgänge, also jetzt packen wir's und gehen als Sieger heim.«
Sein Hemd klebte ihm am Körper. Er kam sich vor wie durchgeritten und naß aufgehängt, wie Tommy Noles zu sagen pflegte.
Er beobachtete, wie Mule Skinner vortrat, um zu schlagen.
Der Ball kam hoch herein.
»Ball eins!«
Mule schwang den Schläger zum nächsten Wurf und pfefferte ihn über das zweite Mal ins Mittelfeld. Der Pfarrer wunderte sich über Mules Geschwindigkeit, als er zum ersten sprintete.
Dieses Spiel würde bis in alle Ewigkeit Futter für die Stammgäste der Grillstube sein.
Nachdem Jena Ivey ihren ersten Ausball bei dem Durchlauf schlug, war Pauline Barlowe mit ihrem Schlag an der Reihe.
Sie sah zuversichtlich aus, dachte er. Tatsächlich machte sie schon den ganzen Nachmittag eine ziemlich gute Figur, aber sie schwankte, eine Minute war sie stark und die nächste schwach.
Sie warf mehrmals und schleuderte einen Treffer zum zweiten Mal. Verflixt, ein Doppelaus! Aber der zweite Schlagmann erwischte den Ball und alle Läufer waren gerettet.
Die Male waren überfüllt.
»Spielpause!« schrie Buck und rannte im Laufschritt auf das Feld.

»OK, Werfer«, sagte er zu Lew Boyd, »Sie waren den ganzen Tag der Star der Verteidigung, ich möchte jetzt, daß Sie den Schläger nehmen und den großen Treffer landen. Oder schießen Sie mir einen Flugball zum Außenfeld rüber, um die Läufer vorwärts zu treiben.«

»Dafür kriegen Sie von mir Qualitätsbenzin, bleifrei.«

Der erste Wurf kam in der Mitte runter.

»Schlag' drauf!«

Lew schlug den nächsten Wurf ins rechte Feld, wo die Außenfeldspieler ihn schnappten und ihn zum dritten warfen. Die Läufer hielten.

Zwei Ausbälle.

Dooley eilte in den Unterstand und grub sich mit den Füßen eine sichere Position in der lockeren Erde.

Buck schrie, »Du mußt aufs Mal. Schaffst du es?«

»Ich schaffe es!«

Poobaw Barlowe preßte die Augen zu und betete, *Jesus, Gott, und alle Menschen...*

Der Pfarrer hielt den Atem an. Dooley war heute jedesmal auf dem Mal gewesen, wenn er schlagen sollte. Er sah den entschlossenen Gesichtsausdruck des Jungen, während er auf den Wurf wartete.

Als sie merkte, daß ihre Füße anschwollen, zog Fancy Skinner ihre hochhackigen Schuhe aus und verstaute sie im Strickkorb ihrer Mutter.

Coot Hendrick hoffte inständig, daß er nicht die fünfundzwanzig Dollar verlieren würde, die er auf die *Reds* gewettet hatte. Er hatte sie aus der Zuckerdose geborgt, in der nur noch einige Päckchen Nutra-Süßstoff und drei kleine Münzen lagen. Er zitterte vor Aufregung. Seine Mama war zwar alt, aber sie konnte ihm immer noch tüchtig Ohrfeigen verpassen.

Krach!

Dooley schloß sich einem dicht am Boden entlang ins Außenfeld fliegenden Ball an, der so scharf geworfen war, daß Pater Tim und Mule am dritten Mal Halt machten.

»Lauf zu, Junge, lauf nur, du machst es!« schrie er gellend.

Dooley schlug mit der Faust in die Luft und atmete tief ein als die Menge johlte und Beifall rief.

Nach zwei Ausbällen und überfüllten Malen war jetzt Adele Hogan mit einem Schlag an der Reihe.

»OK, Adele, gib's ihnen, mach' zu, du kannst es!« Beim morgigen Gottesdienst klänge er sicher wie ein Ochsenfrosch, der Kehlkopfentzündung hat.

»Ball eins!«

Der erste Ball kam an der Außenseite an.

»Ball zwei!«

Sie schwang den Schläger für diesen Wurf.

»Schlag eins!«

Die Unterstände spielten verrückt. »Hey, Schiri«, krähte jemand. »Wach' auf, du verpaßt 'n dolles Spiel!«

Der Ball kam in der Mitte runter.

»Schlag zwei!«

Zwei Bälle, zwei Schläge. Adele beugte sich herab, grabschte etwas Dreck und rieb ihn sich in die Hände, dann nahm sie den Schläger und hielt ihn fest umklammert. Der Pfarrer konnte die weißen Knöchel sehen, während sie mit den Füßen leicht vor und zurückwippte und den Wurf beobachtete.

Sie fing den Ball mit der Innenseite ihres Schlägers, nicht am dicken Ende, und schickte ihn kurz ins linke Mittelfeld.

Keiner lief nach dem Ball.

Die Außenfeldspieler liefen alle auf einmal los und als der Ball herunterkam, rempelten und stolperten sie alle übereinander. Adele Hogan rannte um ihr Leben und erreichte das erste Mal als Mule schon die Punkte ausrief.

Das Spiel war vorüber.

Die Menge spielte verrückt.

Der Spielstand war 11 zu 10.

Ray Cunningham keuchte auf das Spielfeld mit dem Ball der Bürgermeisterin und bat Adele, ihn zu signieren. Unfähig, sich zu beherrschen, tätschelte er ihr den Hintern, drückte sie fest und fragte sich, wie um alles in der Welt J.C. Hogan so ein Glück hatte.

Ben Isaac Berman zog sich an seiner Alu-Gehhilfe hoch und winkte dem rothaarigen Jungen auf dem Feld. Er blinzelte in die Sonne, fast sicher, daß der Junge zurückwinkte.

Der Redakteur der *Muse*, der unter einem schattigen Baum gesessen hatte, lief prustend zum ersten Mal und kurbelte eine Rolle Tri-X runter. Alle Bilder zeigten seine Frau, die in seinen Augen wie Dynamit aussah, selbst wenn ihr der Schweiß vom Gesicht strömte. Er wunderte sich über etwas, woran er nie zuvor auch nur gedacht hatte. Er wunderte sich, warum er so viel Glück gehabt hatte – und er beschloß, er würde es ihr genau so sagen, heute abend.

Auf jeden Fall morgen.

Jedenfalls bald.

Kapitel Fünfzehn

Vom Tag zur finsteren Nacht

»Sie wissen, wie sehr ich Ihr Urteil schätze, ich widerspreche Ihnen nicht oft.«
»Stimmt, das tun Sie nicht.«
Ron Malcolm war zum Pfarrhaus gekommen, und sie hatten hinter der verschlossenen Tür des Arbeitszimmers Zuflucht gesucht.
Der Seniorvorstand sah gequält aus, aber entschlossen. »Die Sache ist ausdiskutiert. Wir müssen eine Entscheidung treffen, und die einzig zu treffende Entscheidung ist, wir müssen an die Miami Baugesellschaft verkaufen. Sie wissen warum, ich weiß warum. Wir können uns nichts anderes leisten.«
Pater Tim lehnte sich im Ohrensessel zurück. Er war erschöpft von dieser Tortur, von diesem Konflikt zwischen hartleibiger Realität und seiner eigenen, wenngleich verschwommenen Intuition. Er hatte gebetet, er hatte nach Ausflüchten gesucht, er hatte gerungen, er hatte gehofft – er war all die Wege gegangen, die den Sterblichen offen stehen – und, ob es ihm gefiel oder nicht, er konnte nichts anderes mehr tun.
»In Ordnung«, sagte er.
An der Vordertür schüttelten sie sich zur Bekräftigung ihrer Vereinbarung die Hand, und Ron ging zu seinem Auto.
Der Pfarrer stand da, sah durch die Fliegentür in die Dämmerung. Behandeln Sie es liebevoll...
»Nun, Miss Sadie«, sagte er laut, »drohen Sie mir nicht mit dem Stock. Ich habe mein Möglichstes getan.«

Obwohl er die Versammlung der Ersten Baptisten vorzeitig verlassen hatte, kam er bestimmt zu spät zur Sitzung. Hastig hielt er am Wasserspender in der langgestreckten Galerie vor dem Gemeindesaal.

In der rechten Biegung hörte er Schritte auf den Fliesen und jemand redete.

»Die alte Frau kann froh sein, daß sie eines natürlichen Todes gestorben ist, der Ofen in dem verwahrlosten Loch hätte sie glatt in die Luft jagen können.«

Ingrid Swenson. Dann hörte er zustimmendes Gemurmel von ihrem nägelkauenden Kumpan und gemeinsames Gelächter als sie in den Gemeindesaal traten.

Stimmengewirr um den Tisch. Er versuchte, aufmerksam zu sein, konnte es aber nicht. Alles war erledigt, bis auf die Unterschriften unter dem Vertrag. Es gab für ihn keinen Grund mehr, anwesend zu sein.

Sein Blick schweifte über die Versammlung. Buddy Benfield grinste von einem Ohr zum anderen. Ron Malcolm trotzte Ingrid Swenson während eines letzten Wortgefechtes wegen der zerbröselnden Auffahrtsstraße nach Fernbank. Mamie Gordon, die im ›Kragenknopf‹ einen neuen Job hatte, blickte ängstlich auf ihre Armbanduhr. Sandra Harris überlegte, wie sie für eine Zigarette nach draußen entwischen konnte. Clarence Daly betrat den Saal mit einem Tablett voller Tassen und einer Kaffeekanne. Das Telefon in der Gemeindeküche klingelte, aber keiner rührte sich, um abzunehmen.

Sandra trommelte ungeduldig mit den Fingern auf den Tisch.

»Wir freuen uns, daß Fernbank in ein Kurhotel verwandelt wird«, sagte sie zu Ingrid, »aber ich hoffe, sie spezialisieren sich nicht auf Moorbäder und Schlammpackungen. Niemand in dieser Runde würde das schätzen.«

Das Telefon klingelte weiter.

»Also«, sagte Ron, »obwohl unsere Anwälte den Vertrag sorgfältig geprüft haben, möchten wir vor der Unterzeichnung einen letzten Blick darauf werfen – zum Nutzen aller Beteiligten.«

»Ich kann mir nicht vorstellen, wozu das gut sein soll.«

Ron lächelte. »Dauert nur ein paar Minuten.«

Das Telefon klingelte hartnäckig weiter.

»Hier, bitte«, sagte Clarence und stellte Tassen vor Ingrid und ihre Geschäftspartner. »Frisch aufgebrüht.«

»Oh, um *Himmels* willen«, sagte Sandra, »warum geht denn niemand ans Telefon?«

Keiner rührte sich.

»Wer läßt denn überhaupt das Telefon so lange klingeln?«

Ärgerlich stirnrunzelnd marschierte sie in die Küche.

Ron sah Ingrid an. »Ihre Klausel, daß die Instandsetzung der Auffahrtsstraße zu Lasten der Kirche Unseres Herrn gehen soll, habe ich durchgestrichen. Die Streichung ist mit meinen Initialen gekennzeichnet.«

Sie sah ihn kalten Blickes an und schob ihre Kaffeetasse weg.

»Pater! Andrew Gregory ist am Telefon!«

»Sagen Sie ihm...«

»Er ruft von Italien aus an. Er sagt, es ist *wichtig*!«

»Entschuldigen Sie bitte«, sagte er und verließ den Tisch.

Sandra gab ihm den Telefonhörer mit einem Ausdruck neuerweckten Interesses an den Vorgängen dieses Vormittags. Der exotischste Anruf, den sie je entgegennahm, kam aus Billings, Montana.

»Andrew?«

»Pater, Emma sagte mir, Sie seien im Pfarrsaal. Tut mir leid, wenn ich störe, aber etwas...etwas Wichtiges ist gerade geschehen. Steht Fernbank noch zum Verkauf?«

»Nun, ja...« Höchstens noch fünf Minuten.

»Ich möchte ein Angebot machen. Ich schicke sofort telegrafisch eine Bankbürgschaft.«

Hatte er richtig gehört? Träumte er?

»295 Tausend, Pater.« Andrew holte tief Luft. »So wie es ist, im gegenwärtigen Zustand.«

Er fühlte eine plötzliche, intensive Wärme im ganzen Körper, als ob er in einem Frühlingstauwetter dahinschmölze.

»Andrew?«

»Ja.«

»Betrachten Sie es als abgemacht.«

Niemandem auf der Welt, noch nicht einmal seiner Frau, konnte er je gestehen, wie sehr ihn der Ausdruck auf Ingrid Swensons Gesicht ergötzte.

Seinen Zustand konnte man nur als *ekstatisch* bezeichnen. Er mußte sich zwingen, nicht in die Luft zu springen, die Hacken zusammenzuschlagen und Hurra zu schreien.

Nach der Mitteilung, daß Fernbank verkauft würde, aber nicht an die Miami Baugesellschaft, hatte die Maklerin Schimpfwörter benutzt, die, so weit ihm bekannt, noch nie auf dem Grund und Boden der Kirche Unseres Herrn ausgesprochen worden waren.

Mamie Gordon hatte sich tatsächlich die Hände über die Ohren gehalten und ihr Mund formte ein perfektes O.

Wenn er Andrew wiedersah, würde er seinen Ring, ja seinen Hosenaufschlag küssen! Er würde seinen Kamin kehren, seine Fenster putzen, ihn in Tommy Ledbetters gelbem Mustang Kabrio an die Spitze der Weihnachtsparade setzen... Die Möglichkeiten der Dankesbezeigungen für Andrew Gregory waren unbegrenzt.

Halleluja!

»Ich bin eifersüchtig«, sagte seine Frau, seine Freude teilend.

»Worauf?«

»An unserem Hochzeitstag warst du nicht so glücklich!«

»Wie schnell du doch vergißt. Komm, wir tanzen.«

»Wir haben aber keine Musik.«

»Kein Problem!« sagte er und machte einen Tanzschritt.

»Ich summe!«

Im ›Happy End‹ gab es zu Ehren des Monats August fünfundzwanzig Prozent Nachlaß auf jedes Buch, dessen Titel mit einem A anfing,

»Was ist mit Jane Austen, bekomme ich darauf fünfundzwanzig Prozent?« fragte Hessie Mayhew, die überhaupt keine Zeit hatte, ein Buch zu lesen.

»Tut mir leid, nicht auf Autoren, die mit A beginnen sondern nur auf Buchtitel«, sagte Hope Winchester.

Er taumelte zum Ladentisch, bepackt mit *A Guide to Fragrance in the Garden, Andersonville: Menschen und Mythen* (Ein Weihnachtsgeschenk für Walter), *A Reunion of Trees, A Grief Observed, Alleine* von Admiral Byrd, *Anchor Book* der Lateinischen Zitate und *A Child's Garden of Verses.*

»Sehr scharfsinnig, Ihre Auswahl!« sagte Hope.

»Vielen Dank. Meine Frau wird aber nicht begeistert sein, weil wir gar keinen Platz haben, sie aufzustellen.«

»So lange auf dem Fußboden ein Fleckchen frei ist, hat man auch Platz für Bücher! Machen Sie einfach zwei Bücherstapel in gleicher Höhe, so einen Meter oder einszwanzig von einander entfernt, legen Sie ein Brett drüber und dann wieder von vorne. *Voilà!* Ein Bücherregal!«

»Ich werde mich hüten!«

Auf der Hauptstraße lernte er fast immer etwas Neues dazu.

Das Mittelschiff der Kirche Unseres Herrn war ein einziger helldunkler Schatten, als die Dämmerung über Mitford einsetzte. Auf den Simsen der Buntglasfenster brannten Kerzen, um den Nachzüglern den Weg zu weisen für den überraschend vom Pfarrer einberufenen Abendgottesdienst am Donnerstag.

Winnie Ivey hatte Kuchen und Plätzchen als kleine Erquickung für hinterher gestiftet, und die Frau des Pfarrers hatte Henkelkrüge mit Zitronenlimonade vorbereitet – nicht aus Gefrierextrakt sondern selbst gepreßt. Als Onkel Billy und Miss Rose Watson das hörten, trafen auch sie, die selten nach Einbruch der Dunkelheit ausgingen, guten Mutes in der Kirche ein.

Esther Bolick, der die Müdigkeit in jedem Knochen steckte, kam mit Gene schwerfällig den Mittelgang herunter und sie setzten sich auf der Evangelienseite auf ihren seit langem angestammten Platz. Freiwillige Basarhelfer, die bereits die lähmenden Nebenwirkungen eines der größten Wohltätigkeitsbasare des ganzen Kirchsprengels an sich verspürten, schlüpften still herein, dankbar für den Frieden, für jeden köstlichen dunklen Schatten, und für die vertrauten, vermischten Gerüche von Weihrauch, Blumen, Wachs und brennenden Lampendochten. Die meisten Mitglieder des Kirchenvorstands waren aufgetaucht, einige mit noch spürbarer Besorgnis, daß sie Mitford eines blühenden neuen Wirtschaftszweiges beraubt hätten, andere hochzufrieden über ihre Problemlösung.

Hope Winchester, vom Pfarrer persönlich eingeladen und sehr erleichtert über ihren erfolgreichen A-Verkauf, stand in der Tür und sah sich verlegen um. Sie fand die Umgebung einschüchternd, da sie nicht religiös erzogen worden war, aber Pfarrer Tim gehörte zu ihren besten Kunden und da er sie nie mit Gott bedrängt hatte, meinte sie, nichts zu verlieren zu haben.

Sie schlüpfte in die letzte Bankreihe, damit sie auf jeden Fall schnell verschwinden konnte und senkte sofort den Kopf. Es war die beste Zeit, um über den im September anstehenden S-Verkauf nachzudenken und wie sie vielleicht *Sea of Grass* von Conrad Richter präsentieren könnte, ein Buch von dem niemand gehört zu haben schien, was aber sicher ein Fehler war.

Der Redakteur der *Muse* und seine Gattin Adele glitten in die letzte Bankreihe auf der gegenüberliegenden Seite des Mittelgangs und überlegten, was zu tun sei, wenn alles auf die Knie sank. Beide waren von Baptisten erzogen und zutiefst davon überzeugt, daß das Niederknien in der Öffentlichkeit, und sei es in einer Kirche, zu angeberisch sei. So etwas taten nur die Pharisäer, die so laut beteten, daß jeder im Tempel es hören konnte.

Sophia Burton, die den Pfarrer morgens auf der Straße getroffen hatte, war froh, mit ihrer Liza kommen zu dürfen, froh, endlich einmal ihrem kleinen Haus mit dem Fernseher zu entfliehen, den sie, wie sie sehr wohl wußte, manchmal abschalten sollte, es aber nicht vermochte, froh, einmal nicht über ihren Job in der Konservenfabrik und den Betriebsleiter nachdenken zu müssen, der sie Dinge tun ließ, die niemand sonst außer ihr tun mußte. Da sie nicht wollte, daß ihre eigene Kirche, die Ersten Baptisten, sie für eine Abtrünnige hielten, hatte sie jemanden aus ihrer Sonntagschulklasse gebeten mitzukommen, so daß es mehr wie ein gesellschaftliches Ereignis als eine religiöse Angelegenheit aussah.

Weiter vorne auf der Evangelienseite saß Lace Turner mit Olivia und Hoppy Harper und Schwester Kennedy, die schon lange vor Dr. Harper am Krankenhaus war und von der man sagte, sie sei der Klebstoff, der den Laden zusammenhielte.

Und dort, so bemerkte der Pfarrer, als er wartend am rückwärtigen Ende des Kirchenschiffes stand, war seine Familie, Cynthia und Dooley, neben ihnen Pauline und Jessie und Poo und...Buck Leeper, erstaunlicherweise!

Der Pfarrer hätte auch alleine in die Kirche gehen und im leeren Kirchenschiff kniend ein Dankgebet sprechen können.

Aber er hatte große Freude daran, alle zu diesem Gottesdienst einzuladen, der sein eigenes, privates Erntedankfest darstellte... für das Ergebnis von Fernbank, für Jessie, für dieses Leben, für so vieles.

Er kam in seinem Talar rasch den Mittelgang herunter und, vor den Stufen des Altars wandte er sich gespannt mit dem Gesicht zur Gemeinde.

»Die Gnade und der Friede Gottes, unseres Vaters, und unseres Herrn Jesu Christi sei mit euch allen!« zitierte er aus den Philippern.

»Gelobet sei der Herr, der da hilft«, sagte er mit den Psalmisten, »denn er hat erhört die Stimme meines Flehens. Der Herr ist meine Stärke und mein Schild, auf ihn hofft mein Herz, ich werde nicht fallen.«

Er sprach die uralten Worte des Schafhirten Amos: »Suchet IHN, der macht die Plejaden und den Orion, der macht aus der Finsternis den Morgen und aus dem Tag die finstere Nacht; der dem Wasser im Meer ruft und schüttet es auf den Erdboden: er heißt der Herr!«

Da war es, das Lächeln, das er bei seiner Frau gesucht hatte. Und, ach, nicht nur eines sondern zwei, weil er von Dooley ein Extragrinsen als Zugabe erhielt.

»Liebe Freunde in Christo, hier in der Gegenwart des Allmächtigen Gottes, wollen wir schweigend niederknien und mit geduldigem und gehorsamen Herzen unsere Sünden bekennen, auf daß wir Vergebung erhalten durch Seine unendliche Güte und Gnade.«

Jetzt kommt es, dachte Adele Hogan, die zur ihrem eigenen Erstaunen von ihrem abgewetzten Eichensitz auf das Kniebankkissen rutschte.

Hope Winchester konnte es nicht; sie stand erstarrt wie eine Meerbarbe und fühlte ihr Herz klopfen als habe sie drei Liter Kaffee getrunken. Und ihr Mund war wie ausgetrocknet. Am besten, sie ging, wer würde es schon merken bei all den gesenkten Häuptern. Zu dumm, daß immer irgendwer die Augen nicht ganz schloß und sie losstürzen sehen würde – wie eine überführte Verbrecherin...

»Gnädigster Gott«, betete Esther Bolick laut und mit allen anderen aus ihrem anglikanischen Allgemeinen Gebetbuch, »wir bekennen, daß wir gegen dich gesündigt haben in Gedanken, Worten und Taten...«

Sie fühlte die Worte wie Balsam in ihren schmerzenden Knochen.

»...durch das, was wir getan haben«, betete Gene, »und was wir unterlassen haben.«

»Wir haben dich nicht von ganzem Herzen geliebt«, intonierte Onkel Billy Watson, wobei er durch ein Vergrößerungsglas blinzelte, um die Wörter im Gebetbuch erkennen zu können, »wir haben unseren Nachbarn nicht wie uns selbst geliebt.«

Er fand die Worte der Liturgie wunderschön. Sie machten ihn hoffnungsvoll und er fühlte sich näher bei Gott, und vielleicht stimmte es, daß er seinen Nachbarn nicht immer recht getan hatte, aber er würde versuchen, es besser zu machen, und er würde noch heute abend bevor er wieder auf die Straße trat, damit beginnen. Schnell dankte er stumm dafür, daß jemand sie nachher nach Hause fahren würde, denn es war stockdunkel draußen und obendrein noch heiß wie in einem Sägmehlofen.

292

»Es tut uns aufrichtig leid und wir bereuen demütig«, betete
Pauline Barlowe, nicht in der Lage, ihre Tränen zurückzuhal-
ten und nicht gewillt, den großen, kräftigen Mann neben sich
anzusehen. Obwohl er nur ungern gekommen war, hielt er
doch die Hand ihrer Tochter, welche am Daumen lutschte und
aufmerksam die Bewegungen der Deckenventilatoren verfolgte.
»Um Deines Sohnes Jesu Christi willen, sei barmherzig und
vergib uns«, betete Cynthia Kavanagh, die immer noch nicht
wußte, wie sie dazu kam, an diesem Ort niederzuknien und die
hoffte, daß die Anspannung endlich vorbei sei, die sie an ihrem
Mann in letzter Zeit bemerkte, und daß dieser Gottesdienst den
Beginn einer Erneuerung und Erholung einleitete.
»...daß wir uns freudig Deinem Willen beugen und auf Deinen
Wegen gehen«, betete Sophia Burton, die sich aus ganzem Herzen wünschte, daß sie es tagtäglich täte, wirklich täte und nicht
nur darum betete... oh, ja, vielleicht konnte sie es, sie begann
zu glauben, sie könne es...vielleicht.
»...zu Ehren Deines Namens!« betete der Pfarrer, der fühlte
wie sein Geist auf alle anderen hier Versammelten überging.
»Amen!« sagten alle zusammen.

Es war nicht so, daß es ihn nicht beunruhigte; tatsächlich machte es ihn schier wahnsinnig, wann immer der Gedanke ihn
überfiel. Aber was konnte er tun? Was konnte er beweisen?
Er konnte nicht mit den Menschen in der Stadt darüber reden
– das sähe aus wie übelste Gerüchtestreuerei und Einmischung
in die Politik; er würde es sicherlich nicht in der Grillstube erwähnen und er hielt es auch nicht für klug, es seiner Frau zu
erzählen. Das neue Violetbuch strengte sie an. Warum sollte er
sie unnötig mit einem offensichtlich hundsgemeinen Geschäft
belasten?
Omer hatte geschworen, still zu sein, zumindest eine Weile
lang. Sowieso würde er mit seinem Gerede nichts erreichen,
höchstens daß seine Schwägerin der Schlag traf. Und überhaupt, wer konnte irgend etwas beweisen?

Der Pfarrer tröstete sich damit, daß es bis zum Wahltag noch über ein paar Monate hin war. Bis dahin deckte Mack sicherlich seine Karten auf, jemand würde stolpern, über etwas...

Im Augenblick war der Dachstuhlausbau die örtliche Unterhaltung für alle, die nichts Besseres zu tun hatten. Onkel Billy schlenderte mit seinem Stock die Straße herunter und erteilte allen Handwerkern zweckdienliche Anweisungen, manchmal bekam er etwas von ihren Lunchpaketen ab oder er zockelte zur Schnellstraße, um etwas von Hardees abzustauben. Bis jetzt gelang es ihm, zwei Steinmetzen und einem Tischler Pommes frites abzubetteln.

Coot Hendrick lenkte seinen verrosteten Lieferwagen jeden Morgen gegen elf auf den Bordstein, rutschte hinüber auf die Fußgängerseite, kurbelte das Fenster herunter und beobachtete die ganze Schau in der Abgeschiedenheit und Bequemlichkeit seines Fahrzeugs. Während die Handwerker Mörtel mischten, Bauholz sägten und insgesamt viel Grasnarbe sowie zwei Staudenbeete aufrissen, aß er Kekse, knackte Erdnüsse, trank Weinbrand bis drei Uhr. Dann fuhr er zu Lew Boyds Essotankstelle, wo er bis fünf Schach spielte, danach ging er zu seiner betagten Mutter nach Hause, der er Abendessen machte, meistens einen kleinen Laib Maisbrot mit einer Schüssel Salat und Zwiebeln, die er mit brutzelnden Speckwürfeln und einem Schuß Weinessig braun werden ließ.

Unter dem Dachstuhl tat sich aber noch ein weiteres Kirchenprojekt. Während die Vorschüler dem alten Küsterhaus neues Leben verliehen, hatte sich der Kindergarten im größten Raum der Sonntagsschule etabliert, durch dessen Mauern man Quietschen, Gackern, Kichern und Weinen in jeder Tonlage schallen hörte.

Der Pfarrer liebte es, in einen der Erwachsenenwelt völlig fremden Raum zu gehen, vollgestopft mit Plastikdreirädern und großen Vinylbällen, mit denen man um sich werfen konnte, ohne die Fensterscheiben zu zerbrechen. Besonders liebte er die Schaukelpferde. Wann immer er zu Besuch kam, wippten

Babys entfesselt darauf hin und her, verdutzt, aber auch bangend um ihr junges Leben.

Sissy und Sassy hatten sich ins Getümmel gestürzt wie Fische ins Wasser. Nach eintägigem Jammern nach der Mutter hatten sie sich an ihr neues Leben gewöhnt und bemerkten kaum, wenn Puny mittags schuldbewußt in seiner Begleitung kam, um nach ihnen zu sehen.

»Sassy, hier ist die Mama, komm' zur Mama, *bitte*!« Sassy wandte ihren Kopf und kaute auf einer Schnur mit Gummiclowns, die noch kurz zuvor von einem Kleinen angekaut wurden, der sich einen Becher Saft über den Kopf gegossen hatte.

Sissy zog sich an einem Holztisch hoch und wackelte mit Volldampf auf ihn zu. »Ba!« rief sie. »Ba!«

»Selber Ba!« Er ging in die Knie und breitete die Arme aus. »Komm zu Opa, du kleiner Tolpatsch!«

»Ich wußte gar nicht, daß er Großvater ist«, sagte Marsha Hunt, die für die Racker verantwortlich war.

Puny sah plötzlich heiter aus. »Oh, ja!« erklärte sie. »Und es ist das beste, was ihm je passieren konnte!«

Nach dem Elfuhrgottesdienst stellte sich Mack Stroupe ein paar Meter weiter links vom Pfarrer auf und schüttelte überschwenglich die Hände der Menge, die aus den Türen flutete. Wenn ich nicht den Talar anhätte, dachte Pfarrer Tim, wüßte keiner, der zufällig hier vorbeikommt, wer der Geistliche ist.

Als er am Montagmorgen die Kollekte durchzählte, konnte Emma es nicht erwarten, ihm mitzuteilen: Mack Stroupe hat einen Tausender in den Teller gelegt.

Regen. Sturzbäche von Regen. Regen, der die Fahrstraßen auswusch, die restlichen Pflanzen in den Gärten verwüstete und durch Mitfords Dächer drosch. Zum ersten Mal zeigte sich am kleinen, gelben Haus ein Leck, welches von Buck, der beim nachmittäglichen Schauer auf das Schieferdach kletterte, zugestopft wurde.

Der Pfarrer fuhr auf die Anhöhe, um das Problem der undichten Stellen in Fernbank zu überprüfen und kam gerade zur rechten Zeit. Der Truthahnröster und die anderen Pfannen und Töpfe waren kurz vor dem Überlaufen. Er schüttete gehorsam jeden vollen Topf in die Toilette – eine Spülmethode, die von Miss Sadie aus Ersparnisgründen in Fernbank oft angewendet worden war. In einem anschließenden Telefonat hatte er versucht, zu Andrew so ehrlich wie nur möglich zu sein und ihm die haarsträubenden Wahrheiten über alles, angefangen vom Dach bis zur Heizung, mitzuteilen. Seltsamerweise schien Andrew angesichts dieser Aussichten zu frohlocken.

Das Telegramm für die Bürgschaft war bei der Bank eingetroffen und hinterlegt, die Verträge wurden aufgesetzt und alles kam ins Rollen. Andrew würde in ein paar Wochen nach Mitford zurückkehren, damit er noch vor dem Winter mit den Arbeiten am Haus beginnen konnte.

Pater Tim stand in der großen, leeren Küche und sah auf den strömenden Regen, der gegen die Scheiben klatschte. Selbst an einem Tag wie heute hatte er, was Fernbank betraf, ein gutes Gefühl wie seit langem nicht.

Wo immer er hinging, ließ er wissen, daß er auf der Seite der Amtsinhaberin stand, ohne, wie er hoffte, allzu predigerhaft dabei zu wirken. Lokalpolitik war eine Gratwanderung, das galt besonders für die Geistlichkeit.

Was konnte er noch tun?

»Du hast schon genug *getan*!« sagt Cynthia. »Eine Flugschau organisiert mit Rolle vorwärts und Banner rückwärts!«

»Die Rolle vorwärts von gestern kann nicht mit dem Barbecue von heute konkurrieren.«

»Da magst du recht haben«, sagte sie.

Er beobachtete seine Frau, die die Augenbrauen hochzog und nachdenklich aussah. Vielleicht fiel *ihr* irgend etwas ein.

»Betty, wie geht es Ihnen denn?«

Er saß auf der Veranda mit Betty Craig, die bei seiner Frage schwer seufzte.

»Nun, Pater, Jessie macht ins Bett und hat schreckliche Albträume.«

»Das tut mir leid, aber eigentlich überrascht es mich nicht.«

»Und die arme Pauline, ich glaub', sie will nichts wie eine gute Mutter sein, aber niemand hat es ihr je gezeigt, wie's geht.«

»Ich hoffe, daß die Vorschule Jessie hilft. Ich bezweifle, ob sie vorher viel mit Kindern zusammen war.«

»Gestern kam sie heim und hat herzzerreißend geweint und gesagt, sie geht nicht mehr hin. Aber heute morgen, als ich sie zur Tagesstätte der Kirche des Herrn gebracht hab', schien alles wieder in Ordnung. Ich bringe sie dorthin, verstehen Sie, weil Pauline so früh zur Arbeit geht.«

»Werden Sie mit all den Leuten in Ihrem Haus fertig?«

»Oh, ja! Es tut gut, Leute im Haus zu haben, aber ich glaub' jetzt paßt keiner mehr rein, der nicht auf der Faust sitzen und den Daumen als Rückenlehne haben will. Wollen Sie mir … etwa noch jemand schicken?«

»Ich glaube, Pauline wird sich bald nach einem kleinen Haus umsehen.«

Betty schaukelte schweigend. »Sie wissen, daß Mr. Leeper öfters her kommt.«

»Was halten Sie davon?« fragte er, weil er ihrem Urteil vertraute.

»Oh, ich mag Mr. Leeper, und er ist auch gut zu den Kindern. Aber, sie will trocken bleiben … und ich höre, er trinkt noch…ich weiß nicht, ob das eine gute Lösung ist.«

Er dachte genauso, wollte es sich aber selbst nicht eingestehen.

»Ich möchte gerne gucken kommen«, sagte er und kam sich vor wie ein Schuljunge.

»Bist du sicher?« fragte sie.

»Natürlich! Das wollte ich schon seit Wochen.«

Sie marschierten durch die Hecke zu ihrem Arbeitszimmer, wo sie ihm den immer größer werdenden Stapel ihrer Aquarellbilder für *Violet geht wieder zur Schule* zeigte. Er saß auf ihrem winzigen Zweiersofa, und sie breitete vor ihm das Ergebnis ihrer Mühen aus. Auch sie war jetzt befangen.

Er war verblüfft über das Talent seiner Frau. Es zog ihm beinahe die Schuhe aus. »Es ist wundervoll, absolut wundervoll. Das beste überhaupt!«

»Danke dir! Dein Lob bedeutet mir viel.«

»Und Violet – auf diesem Bild sieht sie so, wie soll ich sagen, so glücklich aus!«

»Ja! Weißt du, Violet geht gern in die Schule.«

»Aha.«

»Dabei fällt mir ein – ich wollte dir etwas sagen, Liebling.«

»Sprich nur«, sagte er. Er liebte ihren ernsten Ausdruck und wie sie so mit ihrem Halstuch in der Baumwollbluse da saß.

»Ich werde nach dem Erscheinen des Buches ein paar Wochen verreisen, um Schulen und Bibliotheken zu besuchen. Ich weiß, was das für dich bedeutet.«

Er haßte es, um ehrlich zu sein. Er erinnerte sich, wie kläglich allein er sich gefühlt hatte, als sie letztes Jahr ein paar mal verreist war. Und, noch schlimmer, er machte sich die absurdesten Vorstellungen – daß sie mit dem Auto die Brücke verfehlen und in den Fluß stürzen würde, oder daß man sie auf dem Schulparkplatz überfiel, oder daß das Kurbelgehäuse Öl verlöre. Und was wäre, wenn sie irgendwo am Straßenrand stecken bliebe? War ihr klar, daß Menschen, die nichts weiter getan hatten als das, ermordet wurden?

Er sagte, was er immer in solchen Augenblicken sagte: »Muß das sein?«

Und sie antwortete, was sie immer antwortete. »Ja.«

Ron nahm Kappe und Jacke ab und schüttelte den Regen auf dem Fußabtreter vor der Bürotür aus.

»Völlerei oder Hungersnot«, sagte er, »Dürre oder Flut.«

»Sprechen Sie über das Leben oder über das Wetter?« fragte Pater Tim forschend.

»Über das Leben *und* das Wetter«, sagte Ron. »Wir sehen gegenwärtig eine Flut von Makleraktivitäten.«

»Wie das?« Er hatte die Nase voll von Makleraktivitäten.

»Wir haben einen Kaufinteressenten für das Pfarrhaus.«

Das Blut gerann ihm in den Adern. »Jetzt schon?«

Ron setzte sich auf die Besucherbank. »Sie sind sehr interessiert, und sie sagten, sie würden es sich gerne nächste Woche ansehen.«

»Wer ist sie?« Warum fühlte er sich so angegriffen, ja sogar wütend?

»H. Tide. Aus Orlando.«

»Das ist der gleiche wie bei der Leckerbäckerei.« Und, wenn es wirklich der gleiche war, dann hatte Mack Stroupe die Hände im Spiel. Hatte Mack sich nicht in dem Zeitungsartikel damit gebrüstet, Winnie einen Makler geschickt zu haben, der nur dieser H. Tide sein konnte?

Schlechte Nachrichten konnte er nie verstandesmäßig mit dem Kopf verarbeiten, statt dessen fühlte er sie im ganzen Körper – in seiner Brust, in seinem Magen, seiner Kehle.

»Tut mir leid«, sagte Ron, der den Gesichtsausdruck des Pfarrers bemerkte. »Wenn sie es sofort haben wollen, tun wir alles, was in unserer Macht steht, damit Sie zurechtkommen. Idealerweise werden wir versuchen, uns etwas einfallen zu lassen, damit Sie im Pfarrhaus bleiben können, bis Sie im Ruhestand sind.«

»Sie *versuchen*, sich etwas einfallen zu lassen?«

»Nun...« Ron sah verlegen und betreten aus.

»Halten Sie mich auf dem laufenden«, sagte er und hörte die kalte Wut in seiner Stimme. Er wollte nicht, daß es so klang, aber er konnte es nicht ändern, konnte es nicht verbergen.

Er fühlte sich seltsam verstört und alleingelassen.

Während er nach Hause ging, beschloß er, daß er Cynthia gegenüber nichts davon erwähnen würde, nicht bevor es unbedingt nötig war. Schließlich stand nichts in Stein gemeißelt.

Also gab es noch etwas, was er seiner Frau verheimlichte, und er wußte instinktiv, daß dies keine gute Methode war – das einfachste Ratgeberbuch hätte ihm das sagen können.

Wenn sie den Haushalt auflösten ... wohin sollten sie gehen?

Im September fingen Bucks Handwerker nebenan im Haus an

zu arbeiten und Cynthia würde Zeichenbrett und Bibliothek in seinem Arbeitszimmer verstauen. Er mochte Veränderungen nie, und hier stand er nun vor der größten Veränderung seines Lebens, verbunden mit einer Adressenänderung zum ungünstigsten Zeitpunkt, den man sich nur vorstellen kann. Seine Pensionierung schien so glatt zu gehen, so einfach...und so eine Bereicherung zu sein, letztes Jahr als die Entscheidung fiel. Nun sah es aus, als ob man ihn wie Müll in den Rinnstein kehren könne. Einfach so.

Aber er war zu hastig, zu vorschnell und er überreagierte.

Er schöpfte tief Luft und bog in die Glyziniengasse ein. Er hatte Angst vor Cynthia, die ihm nur in die Augen zu sehen brauchte und schon wußte sie, ob etwas nicht stimmte.

Am liebsten wäre er ins Auto gestiegen und weit weg gefahren. Immer weiter.

Kapitel Sechzehn

Buchstützen

Als sie in scharfem Tempo zur Grillstube gingen, trafen sie
Onkel Billy, der von der Baustelle an der Kirche Unseres Herrn
nach Hause schwankte.
»Mach mir keiner 'n X für'n U vor, wenn Ihr Junge nich' mindestens 'n Fuß in die Höhe gewachsen iss.«
Dooley kicherte und sah auf seine Füße. »Wohin sind die gewachsen?«
Der Pfarrer bemerkte, daß Dooley in seinen Dialekt verfiel, den
er offengestanden, ziemlich vermißt hatte. Jegliche stärkere
Abweichung von der englischen Hochsprache würde ihm sowieso in spätestens zehn Tagen ausgetrieben. Verflixt, er wollte
gar nicht daran denken, daß er Dooley nach Virginia bringen
und ihn dort an der Uni abgeben mußte, auch wenn er da etwas
lernte, erwachsen wurde und seinen Horizont erweiterte.
Percy drehte sich am Grill um und strahlte. »Schaut mal, der
große Ballspieler. Man sollte dich an die Yankees verscherbeln,
so wahr ich hier stehe.«
»An die Dodgers«, sagte Dooley und lachte wieder.
Der Pfarrer hatte seinen Jungen diesen Sommer öfter lachen
hören als je zuvor. Warum auch nicht? Der Junge bekam einen
regelmäßigen Gehaltsscheck, hatte ein Mädchen, das nach ihm
verrückt war, eine beste Freundin, eine Familie, die sich ständig
die Hacken ablief, und ganz allgemein, einen Schwarm Menschen, der ihn liebte. Ganz zu schweigen natürlich von einer
Ausbildung, die jährlich den Gegenwert eines Autos mit Ledersitzen und Airbag verschlang.

»Hey, Kamerad«, sagte J.C. und grinste, was nur alle zwei Jahre vorkam.

»Hey«, sagte Dooley und glitt in die hintere Nische. Das war das erste Mal, das er mit den alten Knaben zusammen saß und er fühlte sich nicht allzuwohl dabei. Statt dessen könnte er jetzt mit Tommy drüben an der Schnellstraße eine Pizza verdrükken.

»Hey, du Preisboxer!« sagte Mule. »Laß uns deinen Arm sehen!« Dooley spannte den Muskel seines rechten Oberarms und jeder durfte einmal anfassen und drücken.

»Steinhart«, sagte J.C. anerkennend.

Mule nickte besonnen.

»Totschläger!« sagte der Pfarrer.

J.C. zog ein Taschentuch heraus und wischte sich über die Stirn.

»Ich geb' einen aus!«

»Schon wieder«, sagte Mule. »Ich hab das Gefühl, ich bin taub wie 'ne Türklinke.«

»Ich sagte, ich geb' Dooley einen aus, nicht der ganzen Bagage.«

»Wenn Sie Dooley Barlowe einen ausgeben, müssen Sie aber tiefe Taschen haben«, sagte Pater Tim, so stolz als habe der Junge Appetit auf Aristoteles.

»Ich möchte ein großes Cola, 'ne große Portion Pommes und zwei Hotdogs mit allem«, verkündete der Gast des Redakteurs.

»Mit allem?« Mule zog die Augenbrauen hoch. »Ich dachte du hättest 'ne Freundin und magst keine Zwiebeln essen?«

»Hör nicht auf die Schwätzer«, sagte J.C. »sie haben versucht, meine...äh... meine Geschichte mit Adele zu regeln und hätten beinahe mein Leben ruiniert. Wenn du was über Frauen wissen willst, mußt du nur mich fragen.«

Mule fiel vor Lachen beinahe aus der Nische.

»Was geht hier vor?« fragte Velma, die es nicht ertragen konnte, wenn gelacht wurde, ohne daß sie wußte warum.

»Das interessiert Sie bestimmt nicht«, sagte der Pfarrer.

»Doch bestimmt!« Sie stemmte die Arme in die Hüften und sah sie mit zusammengekniffenen Augen an.

»Ach, laß doch«, sagte Mule. »Dürfen Männer nicht mal einen

kleinen Scherz machen, ohne daß die Weiblichkeit wissen will worum es geht?«

»Nein«, sagte Velma, »also, worum geht es?«

»Wir bringen Dooley etwas über das andere Geschlecht bei«, sagte Mule.

»Gütiger Himmel hilf!« Velma sah richtig angewidert aus.

»Laßt es doch«, sagte Dooley. »Ich brauch' nichts über Mädchen wissen, ich weiß schon alles.«

»Seht ihr?« sagte Velma. »Jetzt laßt ihn in Ruhe. Dooley, wenn du je etwas über das andere Geschlecht wissen willst, dann kommst du zu mir und fragst mich oder Percy, verstanden? Wir sagen dir die verflixte Wahrheit.«

»Ach du grüne Neune!« Mule bedeckte sein Gesicht mit den Händen. »Der ist froh, wenn er wieder in der Schule ist, nach dem Quatsch, den er hier hören muß…«

»Genau!« sagte Dooley.

Ron Malcolm rief an, um zu sagen, daß er Mittwoch mittag mit den Leuten von H. Tide zum Pfarrhaus käme.

Pfarrer Tim entschied, daß er sich so weit wie nur möglich von dieser jämmerlichen Situation fernhalten würde.

Als er schließlich den Mut faßte, Cynthia davon zu erzählen, sah sie ihn entgeistert an.

»Warum wollen sie es jetzt zeigen, wenn sie es doch erst verkaufen, wenn wir ausziehen?«

»Die Wahrheit ist, wenn das richtige Angebot kommt und der Käufer unbedingt einziehen will, dann verkaufen sie es jetzt und suchen uns etwas…«

Er merkte, daß sie ihren Ohren nicht traute. »Uns etwas suchen…?«

Er sah beiseite. »Auf dem Immobilienmarkt in Mitford gibt es, wie du weißt, traditionsgemäß kaum Bewegung. Der Kirchenvorstand meint, er darf ein passendes Angebot nicht ablehnen. Den Leuten ist bekannt, daß Häuser schon zwei bis drei Jahre auf dem Markt waren und niemand hat sich dafür interessiert.«

»Auf dem Immobilienmarkt gibt es traditionsgemäß keine Bewegung, weil die Erschließung in Mitford im Schneckentempo läuft.« Sie wandte sich ab. Er sah einen Muskel an ihrer Wange zucken. »Grund genug für mich, Mack Stroupe zu wählen.«

»Das aus deinem Munde, ich kann es nicht glauben.«

»War doch nur Spaß, um Himmels willen, reiß mir nicht gleich den Kopf ab.«

»Ich habe dir nicht den Kopf abgerissen.«

»Doch das hast du. Und außerdem bist du total mit den Nerven runter im Moment. Du schleppst jede Last und trägst jede Bürde in Mitford und für dich bleibt keine Kraft übrig. Und jetzt sagst du mir, wir können mir nichts, dir nichts aus dem Haus geworfen werden, dank einer Pfarrgemeinde, der du sechzehn Jahre lang treu gedient hast? Wenn dein Kirchenvorstand so denkt, Timothy, dann bitte stelle sie alle in einer Reihe auf, einen nach dem anderen, und laß sie sich vorbeugen. Dann gehe ich die Reihe runter und gebe jedem verdienten Mitglied das, was es verdient, nämlich einen kräftigen Tritt in den …! Muß ich noch deutlicher werden?«

Sie drehte sich um und verließ sein Arbeitszimmer und er hörte, wie sie die Treppe nach oben ging. Die Schlafzimmertür, die selten geschlossen war, knallte hinter ihr zu.

Er kam sich vor, als sei er mit Eiswasser übergossen worden. All die Empfindungen, die er seit kurzem hatte, der Druck auf seiner Brust, das Pochen in seinen Schläfen, das Zusammenkrampfen seines Magens... all das kehrte wieder, nur noch schlimmer.

Er saß völlig zerstört in der Küche. Noch nie hatte es einen solchen Wortwechsel zwischen ihnen gegeben. Sie waren beide überarbeitet, überanstrengt und wer läßt sich gern sagen, daß er übernacht auf die Straße gesetzt werden kann?

Er war bekümmert, daß seine eigenen Kirchenleute fähig waren, solche Überlegungen anzustellen.

Außerdem schämte er sich für Ron Malcolm, einen der besten Männer, die er kannte und außerdem ein persönlicher Freund. Ron Malcolm benahm sich wie... wie Ed Coffey, der jeden Mist mitmachte, nur wegen des Geldes.

Geld!

Er war froh, daß er kein nennenswertes Vermögen besaß, froh, daß er das meiste davon weggegeben hatte in diesem vergänglichen Leben. Die Erkenntnis, was manche Leute für Geld alles tun würden, schmerzte so sehr, daß er am liebsten den Makler angerufen und den ganzen Kram an die Kinderkrankenhauskasse überwiesen hätte.

Wie hoch war der Betrag, der vom Vermögen seiner Mutter übriggeblieben war? Etwa Hundertvierzigtausend, die er in all den Jahren fest angelegt hatte. Obwohl er jedesmal kräftig zuschlug, wenn das Kinderkrankenhaus etwas brauchte, hatte er doch durch geschicktes Anlegen den Großteil der ursprünglichen Summe von zweihunderttausend bewahren können.

Genau genommen war es keine geschickte Geldanlage sondern eine sichere Geldanlage gewesen. Er war furchtsam wie ein Hase, wenn es an die Ausschüttung der Zinsen ging. Er wünschte, er hätte Miss Sadie nach ihren Anlagestrategien befragt. Es gab tausend Dinge, die er nach ihrem Tod hätte fragen wollen, und nun war es zu spät herauszufinden, wie sie mit über einer Million Dollar für Dooley rausrücken konnte, nachdem sie fünf Millionen für das ›Haus der Hoffnung‹ ausgegeben hatte.

Sollte er nach oben gehen und mit Cynthia reden? Was sollte er sagen?

Er konnte sich nicht erinnern, sich so müde, so… er suchte nach dem Wort, daß seine Gefühle ausdrückte, aber er konnte es nicht finden.

Er besaß nicht die Energie zu sagen, es tut mir leid. Tatsächlich wußte er gar nicht genau, was ihm eigentlich leid tun sollte. Was hatte er denn gesagt? Er konnte sich kaum erinnern, aber irgendwie hatte es mit Mack Stroupe zu tun.

Er wünschte diesen Mack Stroupe ans Ende der Welt. Dieser Mack Stroupe machte ihn krank.

Ob er sich eine Napoleon-Cremeschnitte gönnen sollte? Hatte er nicht ewig lang gewartet, bevor er neulich einen mageren Cheeseburger aß?

Er war doch kein Asket in der Wüste sondern ein vielbeschäftigter, aktiver Geistlicher, der anständige Ernährung braucht. Er überprüfte seine Glukosewerte und marschierte zu Winnie Ivey, wobei er mehreren Leute begegnete, die ihn grüßten, aber er hob nur die Hand. Sie starrten ihm sprachlos nach. So übellaunig hatten sie ihren Geistlichen noch nie gesehen. Es sah ihm überhaupt nicht ähnlich.

Die Türglocke der Leckerbäckerei schellte, woraufhin vier Gäste an einem Tisch den Kopf nach ihm umdrehten. Es waren Lehrerinnen der fünften und sechsten Klasse der Schule in Mitford, die ihren Tee tranken. Er sah sofort, daß sie mit ihm reden wollten und wandte sich deshalb zum Gehen.

»Pater?« sagte Winnie, die durch die Vorhänge hinter den Backblechen hervorkam. »Hätten Sie eine Minute Zeit?«

Gütiger Himmel, Winnie Ivey sah so mißmutig und gedrückt aus wie er sich selbst fühlte. Was war nur mit den Leuten los?

Sie hatte noch ein Kännchen heißes Wasser für die ihn seltsam verstohlen musternden Lehrerinnen gebracht und hielt ihn am Ärmel fest. »Ich muß mit Ihnen über etwas reden«, flüsterte sie.

Sie gingen in die Küche, die wie stets nach einem paradiesischen Kindertraum duftete – Zimt, aufgehender Hefeteig, Plätzchen im Ofen. Jemand sollte diesen Duft in eine Aerosoldose packen. All dies wirkte so beruhigend, daß er sich sofort entspannter fühlte.

»Sie sehen furchtbar aus«, sagte sie.

»Nun, ja.« Wenn es ihm Winnie Ivey nicht sagte, würde es sicher Emma Newland tun, oder, im Grunde, jeder andere auch.

»Pater, die schrecklichste Sache...«

Es gab nicht nur eine schreckliche Sache heutzutage sondern zwei.

»Diese Maklerfirma will mein Geschäft kaufen.«

»Wirklich?«

»Und ich kann keine Minute friedlich an was anderes denken als an den Verkauf. Nachdem ich so viele Anzeigen aufgegeben hab' und gebetet wie 'ne Irre, ist das hier meine große Chance und ich fühl' mich schrecklich dabei.«

»Wenn Sie gebetet haben und Sie finden mit dieser Entscheidung keinen Frieden, dann warten Sie ab. An diese Regel pflege ich mich zu halten.«

»Aber sie wollen es sofort kaufen.«

»Bekommen Sie den Preis, den Sie verlangt haben?«

»Nicht ganz. Mr. Skinner glaubt, es ist fünfundsiebzig Tausend wert, ich habe sechzig verlangt und sie wollen mir fünfundvierzig zahlen.«

»Fünfundvierzig Tausend für zwanzig Jahre Arbeit«, sagte er nachdenklich. »Das ist nicht viel mehr als zweitausend im Jahr.«

»Oh«, sagte sie bestürzt.

Er fühlte sich jede Minute schlechter. Jedes Bedürfnis nach einem Napoleon hatte sich verflüchtigt.

»Ich danke Ihnen sehr für Ihren Rat, Herr Pfarrer, ich vertraue auf Sie.«

Er spielte nicht gern die göttliche Vorsehung, für niemanden. Aber sie hatte ihn um Rat gebeten und er hatte so gut wie möglich geantwortet. Und er fügte etwas hinzu, wofür er im Immobiliengeschäft mittlerweile berüchtigt war.

»Bitten Sie die Leute um 30 Tage Bedenkzeit.«

Sie war aufgeregt. »Ich glaube nicht, daß die das möchten.«

»Wahrscheinlich nicht. Das stimmt.«

»Und möglicherweise bekomme ich kein anderes Angebot.«

»Stimmt auch. Andererseits müssen Sie auch bedenken: Nur ihr Laden steht zur Diskussion. Es gibt gegenwärtig kein anderes Geschäft, das in der Hauptstraße zum Verkauf stünde und dies hier ist eine ausgezeichnete Lage. Ich denke, Sie halten das As in der Hand.«

Sie verschränkte die Arme am Körper, runzelte die Stirn und dachte nach. »Na, ich *könnte* es probieren. Aber ... es ist riskant.«

Er mochte ihr nicht sagen, Risiko sorgt für Adrenalin im Blut.

Hatte er denn keinen Bischof? Keinen Rechtsanwalt? Hing er denn allein im Weltraum? Stuart Cullen müßte die Sache für ihn durchfechten. Dafür sind Bischöfe da, oder nicht? Aber Stuart war nicht im Büro, auch in den folgenden zwei langen Wochen nicht, da seine Frau, nach Auskunft der Sekretärin, den Bischof gezwungen hatte zu verreisen – es war nicht sicher wohin, aber sie glaubte nach Südfrankreich, oder zumindest irgendwohin wo man eine fremde Sprache sprach und am Strand Bikinis trug.

Dooley, dessen Job vorgestern zu Ende war, betrat das Pfarramt mit einem Brief in der Hand.
Er setzte sich pfeifend auf die Besucherbank und beäugte seine Tennisschuhe, schlenkerte mit dem Bein und guckte in die Luft, während der Pfarrer den Brief öffnete und las:

Mein geliebter Ehemann,
Es tut mir leid, daß ich Dich heute morgen so angefahren habe. Weshalb eigentlich? Als Du gegangen warst und so verletzt aussahst, wollte ich Dir nachlaufen und Dich festhalten, aber ich konnte mich nicht bewegen. Ich stand oben auf dem Treppenabsatz und habe apathisch aus dem Fenster gesehen und beobachtet, wie Du den Bürgersteig entlang liefst.
Ich sah, wie Du einen Moment stehen bliebst und Dich umsahst, als ob Du umkehren wolltest. Du schienst so verloren und mich überkam plötzlich die Angst wegen all der Dinge, durch die ich Dir Schmerzen zugefügt habe. Mein geliebter Timothy, der Du mir alles auf der Welt bedeutest – bitte verzeih mir.
Ich meine, es war nur eine Kleinigkeit zwischen uns, etwas, was jemand anderen kaum bekümmern würde. Wir sind beide so empfindlich, so ähnlich im Grunde unseres Herzens, wo wir Zurückweisung fürchten und uns der Strafe widersetzen.
Als ich so auf Dich herunterschaute, kam mir Deine Verletzung wie meine eigene vor und so habe ich sie in den vergangenen Stunden in doppeltem Maße getragen.
Komm schnell nach Hause, liebster Ehemann!

Komm und küß mich und wir wollen uns so umarmen,
wie es uns der liebe Gott gegeben hat. Du bist mir so
kostbar, kostbarer als die Luft zum Atmen.
                    Ewig die Deine,
                          Cynthia
            (Immer noch Deine Buchstütze?)
PS Ich weiß, es ist eine jämmerliche Geste, aber ich
werde Dir einen saftigen Braten zum Abendessen ser-
vieren und Deine geliebten überbackenen Kartoffeln.
Waffenstillstand?

Dooley sah zur Decke, stand auf, starrte aus dem Fenster, setzte sich wieder, dann fand er an seiner linken Schuhsohle ein Kaugummi, das er mit unerträglicher Sorgfalt abkratzte. »Du und Cynthia, ihr hattet Zoff?«

»Ja.«

»Ich verstehe.«

»Ach, ja?« Er war überwältigt, diese Worte aus Dooley Barlowes Mund zu hören. *Ich verstehe.* Eine reife Leistung für jeden Erwachsenen und erst recht für einen vierzehnjährigen Jungen.

»Jenny und ich hatten auch Zoff. Sie hat mir was vorgeworfen, was ich gar nicht gemacht hab'.«

»Aha.«

»Sie sagte, ich hätte neulich Lace Turner zu viel Aufmerksamkeit geschenkt.«

»Ach, was...«

»Dabei stimmt es gar nicht.«

»Sicher nicht.«

»Lace wollte über Amerikanische Geschichte sprechen, das war alles, und ich hab' geantwortet.« Er zuckte die Schultern.

»Richtig. Worüber habt ihr geredet – ich meine worüber aus der Amerikanischen Geschichte?«

»Über ›In den Westen gehen‹ mit dem Zug. Ich würde das gerne machen. Lace sagt, sie auch.« Man sah seine Sommersprossen.

»Das war alles.«

»Ich wundere mich jeden Tag«, sagte der Pfarrer, »wie über die einfachsten Dinge Mißverständnisse entstehen können.«
»Lace schreibt eine Geschichte über die Eroberung des Westens von Springfield, Illinois, von wo aus Donners Leute mit dem Güterzug gestartet sind. In ihrer Geschichte wird der Zugführer getötet und eine Frau muß den Zug fahren.«
»Wow.«
»Sie hat für ihre Geschichten letztes Jahr nur Einser bekommen.«
»Gut gemacht.«
»Den blöden Hut trägt sie nicht mehr.«
»Ich hab's bemerkt.«
»Tja, also, ich habe nicht den ganzen Tag Zeit. Wirst Du Cynthia antworten?«
»Ja, sicher.«
»Ich muß nach Poo und Jessie sehen. Tippst du, oder schreibst Du mit der Hand?«
»Ich tippe, ich beeile mich.«
Er entfernte die Hülle vom Predigthandbuch und spannte ein Blatt Papier ein.

Buchstütze –
Dooley hat Deinen Brief gebracht und wartet auf Antwort. Ich habe gelitten, Du hast gelitten.
Genug!
Du bist mir über alle Maßen lieb und wert. Daß Gott uns erlaubt, dieses Bündnis zu haben, erstaunt mich jeden Tag von neuem!
»Du heller Stern, wäre ich nur so standhaft wie du es bist...«
Love, Timothy – der, vor kaum zwei Jahren, wie Du Dich erinnerst, gelobt hat, Dich immer zu lieben, komme, was da wolle.
Waffenstillstand.
PS Ich spüle freudig das Geschirr ab und Barnabas hilft abtrocknen.

Er mußte irgend etwas für Esther tun.

Noch mehr Wahlplakate an der Schnellstraße würden nichts nutzen. Esthers brauchte für ihre Wahlkampagne das persönliche Gespräch, sie mußte den Leuten in die Augen schauen und über ihr Programm reden können. Ein Kaffeeklatsch irgendwo zu Hause...

Aber nicht bei ihm zu Hause. Wirklich nicht. Für ihn als Geistlichen war es politisch nicht korrekt, mit seinem Löffel in einem Bürgermeisterskaffee zu rühren. Er mußte jemand anderen dazu überreden.

Esther Bolick lachte ihm ins Gesicht. »Wollen Sie sich über mich lustig machen?« sagte sie. Er hätte es wissen müssen. Was für eine törichte Vorstellung; er kam sich wie ein Idiot vor. Warum nahm er nicht den Telefonhörer und rief Hessie an?

»Sie müssen sich verwählt haben«, sagte Hessie und hängte ein.

Er rief die Präsidentin der Frauen der Episkopalkirche an, ob sie nicht Interesse an einem Programm der Bürgermeisterin während der nächsten Monatssitzung hätte.

»Sie hat schon letztes Jahr ein Programm bei uns gestaltet«, sagte Erlene Douglas, »und wir nehmen keinen Redner zwei mal, es sei denn es ist der Bischof oder ein großes Tier.«

»Stellen Sie ein Schild in Ihr Fenster«, flehte er Percy an, »eins von denen, wo drauf steht ›Wir halten zu Esther‹.«

»Ich denk' nicht dran«, sagte Percy. »Ich führe ein Geschäft. Ich mach' für niemanden Wahlkampf. Sollen sie es doch unter sich ausbaldowern.«

»Olivia«, sagte er mit seiner schönsten Predigerstimme, »ich frage mich, ob...«

Aber Olivia, Hoppy und Lace fuhren an die Küste in den letzten Tagen bevor die Schule wieder anging, was, mit Ausnahme ihrer Flitterwochen, für Hoppy der erste Urlaub seit zehn Jahren war.

Er saß da und starrte auf sein Bücherregal im Büro und trommelte mit den Fingern auf den Tisch. Vielleicht konnte Esther die Polizeidienststelle besuchen und dort morgens Krapfen verteilen? Oder, noch besser, warum verschenkte sie nicht Luftballons in Hattie Cloers Markt an der Schnellstraße? Ihm qualmte der Kopf.

Er rief Esthers Büro an und bemerkte, daß sie deprimiert klang.

»Ich weiß nicht«, sagte sie tief aufseufzend. »Wer braucht diese Verschärfung? Der miese Schleimbeutel hat praktisch seit Ostern Wahlkampf gemacht, das ist mehr Politik als ich vertragen kann.«

»Aber Sie können jetzt nicht aufgeben!«

»Wer sagt, ich kann nicht?«

»Mr. Tim!«

Bei seiner Leberhackauslieferung an Betty Craig traf er an der Tür Jessie, ein Malbuch in der Hand. »Schau!« sagte sie und hielt es hoch, damit er besser sehen konnte.

»Hervorragend!« sagte er und hockte sich auf die Fersen.

»Kamelen. Kamelen speichert Wasser im Höcker.«

»Richtig. Großartig!«

»Darf ich auf deinen Schoß?«

»Absolut.«

Er setzte die Tüte mit Leberhack ab und suchte sich im Wohnzimmer den Lehnstuhl mit einem Schonbezug aus. Jessie kletterte auf seinen Schoß und kuschelte sich an ihn, den Daumen im Mund.

»Ich dachte, du wolltest aufhören, am Daumen zu lutschen«, sagte er und wiegte sie in seinen Armen.

»Betty hat Pfeffer drauf getan, aber den hab' ich abgewaschn.«

Er wußte nicht viel über Daumenlutschen, aber er wußte, was half. Es war das, was auch gegen jede andere Krankheit in der Welt half, und wovon es allgemein viel zu wenig gab.

Nachdem er mit Pauline gesprochen hatte, legte er eine weitere, wenn auch kurze Liste auf Emmas Schreibtisch.

Aber dieses Mal fand Emma nichts. Überhaupt nichts.

Die Makler aus Orlando hatten ein Angebot gemacht. Einhundertfünftausend in bar. Das war, auf den Pfennig genau, der geforderte Preis.

Es war ihm neu, daß irgend jemand in letzter Zeit den geforderten Preis zahlen wollte.

Als er mit Ron darüber sprach, fühlte sich sein Unterkiefer wie erfroren oder mit Draht verschnürt an. »Wann wollen sie es für sich reklamieren?«

»Am fünfzehnten Oktober.«

»Wer ist der Käufer?«

»Namen haben sie nicht gesagt. Wer immer es ist, er wird vielleicht vermieten.«

»Ich bitte Sie, das vorab zu klären.«

»Sie haben deutlich zum Ausdruck gebracht, daß sie keine Schlafmützen sind. Sie waren heute schon bereit, das Geld auf den Tisch zu legen, aber natürlich unterschreibe ich nichts, bevor ich es nicht dem Kirchenvorstand vorgelegt habe.«

»Ich möchte Sie bitten, etwas zu tun.«

»Sie wissen, daß ich Ihnen gerne helfen möchte, Pater.«

Wußte er das wirklich? »Ich möchte, daß Sie noch zehn Tage abwarten. Tun Sie nichts innerhalb der nächsten zehn Tage.«

Er dachte nicht, daß es viel nützte – selbst seine nunmehr zur Gewohnheit gewordenen 30 Tage würden daran nichts ändern – aber er brauchte einfach Zeit, um sich an die Situation zu gewöhnen. Der Gedanke, daß dieser Handel sofort über die Bühne gehen sollte, machte ihn hilflos. Er fühlte sich in der Falle.

Ron rieb sich das Kinn. »Ich sagte bereits, sie wollen, daß ich Ende der Woche auf sie zurückkomme. Wenn wir sie warten lassen, könnten sie ihr Angebot zurückziehen.«

»Schauen Sie. Wenn Sie glauben, wir fühlen uns gut dabei, so einfach aus dem Haus geschmissen zu werden, dann muß ich Sie leider eines anderen belehren. Ich muß Ihnen sagen, daß wir das ganz und gar nicht schätzen. Und wenn Sie in bezug auf meine vorzeitige Pensionierung Pläne hegen, von denen ich nichts weiß, dann legen wir jetzt besser die Karten auf den Tisch.«

Sein Herz klopfte nicht, seine Stirn schwitzte nicht. Er war so kühl wie eine Hundeschnauze.

Ron wollte lächeln, konnte aber nicht. »Vorzeitige Pensionierung? Pater, wir würden Sie für immer behalten, wenn Sie uns ließen. Der Ruhestand war nicht unsere Idee sondern Ihre.«

»Und es ist meine Idee, zehn Tage Zeit zu haben, um das alles zu verdauen. Sechzehn Jahre in dieser Pfarrei geben mir das Recht auf zehn Tage.« Schluß, aus.

Er akzeptierte kein Nein als Antwort und Ron wußte es.

»Pater! Halt! Warten Sie!«

Es war Winnie, die in der Schürze die Hauptstraße hinter ihm herlief.

»Ich sah Sie vorbeigehen, aber ich war gerade am Telefon. Sie glauben es nicht! Sie glauben es nicht!«

»Doch, ich glaube es!« sagte er, lachend über ihre Aufregung.

»Ich hab' die Kreuzfahrt gewonnen! Ich hab' gewonnen! Eine Kreuzfahrt auf ganz viele Inseln!«

»Halleluja!« sagte er und ergriff ihre Hände, als sie auf und nieder hüpfte. Das Kopftuch rutschte ihr aus der Stirn und ihre grauen Locken kräuselten hervor.

»Noch nie hab' ich irgend was gewonnen, noch nicht mal 'nen Teddybär in 'ner Schießbude.«

»Es gibt immer ein erstes Mal!« sagte er und freute sich mit ihr.

»Die vom *Goldenen Band* sagen, ich kann ab Oktober jederzeit fahren! Sie waren so nett, sie sagten mein Spruch war einfach perfekt, sie sagten, er hat den Nagel auf den Kopf getroffen! Ich danke Ihnen so sehr, Pater, daß Sie mir geholfen haben. Sie können jederzeit für einen Napoleon bei mir vorbeischauen! Ach je, ich geh lieber zurück, ich hab zwei Kunden sitzen mit Krapfen und Kaffee.«

Er beobachtete sie, wie sie die Straße hinuntereilte und dachte, gleich hebt sie vom Pflaster ab und fliegt.

In zwei kurzen Tagen hatte Harley drei Schubkarren mit Müll aus Cynthias Garage gekarrt, ihr Auto gewaschen und gewachst, das Gras vor beiden Häusern gemäht, die dürren und abgestorbenen Zweige der Funkia entfernt und die Blumenbeete gejätet.

»Harley, nun machen Sie mal halblang«, sagte der Pfarrer und bückte sich selbst zum Unkrautjäten.

»Nein Sir, tu ich nich', ich freu' mich, daß ich arbeiten kann. Hier ist der beste Platz, wo ich je war und ich dank' dem Herrn und Meister dafür.«

Es gab da noch eine andere Sache zu bedenken. Keine Übergangslösung, auf die sich der Kirchenvorstand einließ, würde Harley Welch mit einbeziehen.

Pater Tim ging neben dem Staudenbeet in die Hocke und sah zu, wie das gesprenkelte Licht über das Gras flackerte. Er und Cynthia hatten das Gebet gesprochen, das nie versagte, und darüberhinaus, was konnten sie sonst noch tun?

Er dachte an die Idee, die ihm heute morgen beim Joggen plötzlich unerwartet gekommen war. Es überfiel ihn aus blauem Himmel und zwar so heftig, daß er seine Schritte verlangsamen mußte. Natürlich hatte er so etwas noch nie gemacht. Aber konnte das ein Grund sein, es nicht zu tun? Cynthia wüßte Rat.

Das Ärgerlichste an dieser neuen Entwicklung in Sachen Pfarrhaus war, daß er unternehmen konnte was er wollte, immer stand er unter einem Fallbeil, das nur darauf wartete herabzusausen. Dreißig Tage hier, zehn Tage dort, es nahm kein Ende.

Es gab jedoch etwas Erbauliches. Nach Kanaan zu gehen, schien kein Verhängnis mehr zu sein. Vielmehr schien es eine verflixt gute Möglichkeit, etwas Frieden in sein Leben zu bringen.

Er dachte, sie müßten bis in die frühen Morgenstunden hinein diskutieren. Aber sie einigten sich sehr schnell.

»Ich denke, wir sollten es tun«, sagte er zu seiner Frau.

»Ich denke auch, wir sollten es tun«, sagte sie verschwörerisch. Sie streckte die Hand nach ihm aus, legte ihre warme Handfläche auf seine Wange und lächelte. »Damit wären alle Probleme gelöst«, sagte sie.

Kapitel Siebzehn

Tiefblaues Meer

Am folgenden Morgen erreichte er sein Büro früher als gewöhnlich und fand eine Botschaft auf seinem Anrufbeantworter.

»Pater. Hier ist Ron. Ich habe mit H. Tide gesprochen, sie wollen den Abschluß jetzt oder nie.« Ron räusperte sich. »Ach, außerdem hieß es, sie vermieten nicht an uns. Sie wollen es am fünfzehnten Oktober in Besitz nehmen.«

Einen Moment lang unregelmäßiges Atmen. »Machen Sie sich keine Sorgen, Pater, wir kümmern uns um Sie.«

Wilma Malcolms Stimme war im Hintergrund zu hören. »Das Randall Haus!«

»Wilma hat gehört, daß das Randall Haus zur Verfügung steht, und ich bin sicher, wir finden eine Lösung. Also, ich melde mich, wenn ich zurück bin, wir wollen ein paar Tage zu unseren Enkelkindern fahren. Der Anrufbeantworter klickte, surrte und klickte noch einmal.

Wie erstarrt saß er an seinem Schreibtisch.

In all den Jahren als Priester...

Eine ziemlich lange Zeit rührte er sich nicht. Dann stand er auf, drückte die Löschtaste und ging zur Tür hinaus.

Er ging nach Hause, um Dooley beim Packen für die Fahrt nach Virginia am nächsten Morgen behilflich zu sein.

Er konnte jetzt eigentlich niemandem ins Gesicht blicken, am allerwenigsten Dooley Barlowe. Bestand nicht die Gefahr, daß er zusammenbrach und heulte wie ein kleines Kind? Oder

317

schlimmer noch, nach einem festen Gegenstand griff und ihn durch das Fenster schleuderte?

Er versuchte mühsam sich zu erinnern, wie Ron zu ihm gehalten hatte an jenem Abend, als sie Edith Mallory in die Schranken wiesen. Das war vor ein paar Jahren in *Clear Day* gewesen. Nachdem der Pfarrer Edith mit den verfaulten Fußbodenbalken unter dem Grill konfrontiert hatte, wurde sie davon überzeugt, daß sie den Schaden reparieren und Percys Mietvertrag um fünf Jahre verlängern müsse, mit einer Mieterhöhung, die nur den Bruchteil dessen betrug, was sie ursprünglich verlangte. Diese unverschämte Erhöhung hatte in Wahrheit nur dazu dienen sollen, der Grillstube den Garaus zu machen. Edith Mallory haßte ihn wie die Pest, daran bestand kein Zweifel. Sie hatte ihrer Wut auf ihn an diesem Abend freien Lauf gelassen, und zwar so, daß er sich lieber nicht daran erinnerte. Er und Ron hatten *Clear Day* verlassen, triumphierend und überschwenglich, Brüder in einem Sieg, der weniger mit Gewinnen als mit dem Bewahren eines lebenswichtigen Bestandteils des Dorfes zu tun hatte. Während überall auf den Dörfern das Zusammengehörigkeitsgefühl schwand, hatten er und Ron für diesen Lebensnerv gekämpft und gewonnen.

Bevor er zuließ, daß ihn diese Sache mit dem Pfarrhaus bei lebendigem Leibe auffraß, sollte er Ron Malcolm lieber verzeihen. Mit Gottes Hilfe schaffte er es vielleicht. Aber was war, wenn er alle fünf Minuten von vorne anfangen mußte?

Es kam darauf an, überhaupt anzufangen.

»Bist du da?« gellte Dooley vom Treppenabsatz.

»Ich bin zuhause. Gib mir eine halbe Stunde Zeit.« Er ging in der Küche vorbei, um ein Glas Eiswasser zu trinken.

Cynthia war in Wesley beim Einkaufen und Lace, die morgen an den Strand fuhr, buk Plätzchen in Harleys Küche. Der Duft wallte die Treppe empor wie ein Luftgeist.

Er ging in sein Schlafzimmer, gefolgt von Barnabas und setzte sich in den Ohrensessel, atmete ein paar Mal tief durch, um den Aufruhr zu besänftigen, der von seinem Kopf in sein Herz gewandert war.

Er und Cynthia hatten wegen des Pfarrhauses das Gebet gebetet, das niemals versagte, aber er hatte das Bedürfnis, noch einmal zu beten.

Barnabas legte den Kopf auf die Füße seines Herrn.

»Ach, mein Alter«, seufzte er und kraulte mit der Schuhspitze den Nacken seines lieben Hundes.

Der Ton kam durch das offene Schlafzimmerfenster – ein schrecklich kreischendes Geräusch, ein lauter, dumpfer Schlag, das Aufjaulen eines Hundes. Dooley schrie.

Er schoß zum Vorderfenster und sah auf die Glyziniengasse. Guter Gott! Barnabas lag auf der Straße und Dooley beugte sich über ihn.

Er erinnerte sich nicht, wie er die Treppe herunter raste, er schien aber sofort auf der Straße bei Dooley zu sein, der über Barnabas gekrümmt lag, und er hörte das schreckliche Geräusch, das aus seinem eigenen Innern drang wie ein langgezogenes Stöhnen.

Über die Brust seines Hundes rann Blut, es sickerte auf den Asphalt und er streckte den Arm aus...

»Faß ihn nicht an!« rief Dooley. »Er beißt sonst. Wir müssen ihm die Schnauze zubinden. Hol' Lace, hol' Lace!«

Der Pfarrer war auf den Füßen und rannte zum Haus und rief und schrie. »Und hol' mir'n paar Handtücher!« gellte Dooley. »Er hat einen gequetschten Brustkorb, ich brauch' Handtücher!«

Das Herz klopfte ihm bis zum Hals. Lieber Gott, nimm nicht meinen Hund, nicht diese gute Kreatur, sei barmherzig!«

Lace flog durch die Tür. »Hilf Dooley!« sagte er und rannte zum Gästebadezimmer, wo er einen Arm voller Handtücher packte. Dann drehte er sich um und rannte die Diele vor und die Treppe hinunter und auf die Straße. Ihm kam es albtraumhaft langsam vor – eine Ewigkeit.

»Gib mir das Ding, was du auf dem Kopf hast«, sagte Dooley zu Lace, »und hilf mir, ihn festzuhalten! Wir müssen ihm die Schnauze zubinden, sonst beißt er, schau so, halt ihn hier fest.«

Pfarrer Tim ertrug kaum den Anblick seines Hundes wie dieser litt, wimmerte, auf dem Asphalt zuckte und neues Blut aus der Brustwunde quoll.

Dooley wickelte das Kopftuch um Nase und Schnauze des Hundes und verknotete es. »Okay«, sagte er und zog sein T-Shirt aus. »Schau nicht hin, man kann die offene Lunge sehen.« Er schob ein Stück des zusammengeballten Hemdes in die klaffende Wunde; sofort verfärbte sich die weiße Baumwolle dunkel vom Blut.

»Gib mir ein Handtuch«, sagte Dooley und preßte die Kiefer zusammen. Er nahm das Handtuch und wickelte es wie eine Bandage um die schwer atmende Brust von Barnabas. »Noch eins.« Dooley arbeitete schnell. »Und hol' mir eine Decke, wir müssen ihn zu Doktor Owen fahren. *Er stirbt vielleicht.*«

Der Pfarrer rannte ins Haus, betete, der Schweiß floß ihm nur so herunter, und er öffnete den Wäscheschrank in der Halle.

Keine Decken. Der Kleiderschrank! *Er stirbt vielleicht.*

Jesus Christus, sei gnädig. Er stürmte die Treppe nach oben, warf die Doppeltüren auf, griff sich zwei Decken und rannte wieder nach unten, atemlos, außer sich vor Angst.

Cynthia, komm nach Hause... *er stirbt vielleicht.*

»Leg die Decke da ausgebreitet hin«, sagte Dooley zum Pfarrer. »Hilf ihm mal«, sagte er zu Lace.

Sie breiteten die Decken übereinander neben Barnabas aus, als ein Auto verlangsamte und anhielt. »Können wir helfen?« rief jemand.

»Ihr könnt beten!« rief Lace und winkte das Auto vorbei.

Zusammen gelang es ihnen, Barnabas auf die Decken zu heben. »Vorsichtig«, sagte Dooley, »vorsichtig. Er hat schreckliche Schmerzen, und sein Lauf ist auch gebrochen, aber da kann ich jetzt nix machen, wir müssen uns beeilen. Wo ist Harley?«

»In die Stadt gegangen«, sagte Lace mit weißem Gesicht.

»Nimm seine Schlüssel, sie hängen am Nagel. Fahr seinen Laster rückwärts hierher. Wir legen Barnabas hinten rein und fahren beide mit ihm.«

Sie rannte zum Haus als Dooley, nackt bis zur Hüfte, sich über

Barnabas beugte und seine Hand auf den Kopf des Hundes legte. »Es ist OK, Junge, es ist OK, es wird alles wieder.«

»Jesus, danke Dir für Deine Gegenwart«, betete der Pfarrer. »Gib uns heilende Hände...«

Sie hörten, wie Lace den Motor startete und aus der Einfahrt fuhr. Sie kam quietschend neben ihnen zum Stehen. Der Motor lief.

»Laß die Klappe hinten runter«, sagte Dooley. Lace sprang aus dem Laster und klappte sie herunter.

»Faß du mit mir diese Ecke von der Decke an«, sagte er zu Lace. »Dad, du ziehst das andere Ende hoch. Sachte. Sachte!« Das Gewicht des Hundes schien enorm als sie ihn auf die Ladefläche des Lasters hievten. »OK, Junge, wir legen dich jetzt hin.«

Lace und Dooley kletterten zu Barnabas und zogen den leise vor sich hin winselnden Hund in die Mitte der Ladefläche. Dann knallte Dooley die rückwärtige Klappe zu und sah den Pfarrer an.

»Beeil' dich«, sagte er.

Er raste an Harley vorbei, der zu Fuß auf der Hauptstraße nach Hause lief. Völlig verwirrt drehte Harley sich um und sah ihnen nach.

Innerhalb von fünfundzwanzig Minuten lag Barnabas in Meadowgate auf dem Tisch und Hal Owen und Blake Eddistoe taten ihre Arbeit. »Ihr bleibt besser draußen«, sagte Dooley und schloß die Tür zum Operationssaal.

Der Pfarrer saß mit Lace in dem kleinen Wartezimmer. Ein Ventilator brummte über ihnen. Durch die offene Vordertür zum Hof sah man vier Hühner im Gras scharren.

Als er vor ein paar Minuten aus dem Laster stieg, waren seine Beine wie Gummi gewesen. Er war gefahren wie der Wind, ohne Unterlaß betend und er schaffte die halbstündige Fahrt in zwanzig Minuten. Zweimal blickte er durch das Fenster der Fahrerkabine nach hinten. Dooleys Daumen wies nach oben. Lace sah gefaßt aus. »Ich glaube, er schafft es.«

»Ich glaube es auch«, sagte er. »Du warst wunderbar.«
»Ich mag Ihren Hund«, sagte sie.

Barnabas mußte ein paar Wochen zur Erholung in Meadowgate bleiben. Der Lauf heilte, es war ein einfacher Bruch. Die Heilung der Brustwunde, verursacht offenbar durch den heftigen Aufprall des Fahrgestells, als das Auto über ihn fuhr, würde länger dauern. Außerdem konnte daraus eine Lungenentzündung entstehen.
Kurzum, es würde eine Weile dauern, bis Barnabas wieder mit seinem Herrchen zum Joggen ginge.
Der Pfarrer betrat den Operationssaal, in dem Hal auf dem Boden ein bequemes Lager bereitet hatte, und er sah auf den schlafenden, mit Bandagen umwickelten Barnabas, dessen linker Hinterlauf fest in einer Schiene steckte. Er achtete auf seine Atmung, dann kniete er nieder und legte seine Hand auf die friedlich nebeneinander eingerollten Vorderpfoten.
Er weinte und spürte Salz in seinem Mund.
Nachher saß er in Hals Büro, trank Marge Owens Eistee und versuchte, den Ablauf der Ereignisse zu rekonstruieren.
Wahrscheinlich war er in seinem Sessel im Schlafzimmer eingeschlafen, mit Barnabas zu seinen Füßen. Als Barnabas hörte, wie Dooley nach unten ging, folgte er ihm. In dem Moment als Dooley die Vordertür öffnete, um Tommy zu besuchen, sah Barnabas ein Eichhörnchen auf dem Rasen.
»Ich wußte nicht einmal, daß er da stand«, sagte Dooley, »und dann war er so schnell durch die Tür, daß ich ihn nicht halten konnte.« Dooley, der mit entblößtem Oberkörper in seinen Jeans und Tennisschuhen da saß, ließ den Kopf sinken.
»Mach dir keine Vorwürfe«, sagte Pater Tim. »Ein Hund bleibt ein Hund. Er hat das Eichhörnchen gesehen und hat getan, was Hunde eben tun. Mir hätte das gleiche passieren können.«
»Richtig«, sagte Hal. »Es geht nicht darum, daß du die Tür auf gemacht hast sondern daß du sein Leben gerettet hast.«
»Muß ich auch sagen«, sagte Lace mit bernsteinfarbenen Augen voller Mitgefühl.

»Ich möchte nicht in die Schule zurück«, sagte Dooley. »Ich möchte hier bleiben und nach Barn sehen.«

Hal lehnte sich gegen die Wand und zündete sich eine Pfeife an. »Du kannst dich auf mich verlassen, ich mach' das schon. Ich erstatte dir sogar jede Woche Bericht. Was hältst du davon?«

»Im Ernst? Das machst du?«

»Ganz bestimmt. Gib mir deine neue Telefonnummer in der Schule. Schreib sie einfach da drüben an die Wand, das machen alle so.«

»Was ich nicht verstehe«, sagte Lace, »warum hat die Person, die ihn angefahren hat, nicht gehalten?«

Dooley zuckte die Achseln. »Es ging so schnell ... ich sah Barnabas dem Eichhörnchen nachjagen, und dann das Auto... ich weiß nicht mal, welche Marke es war. Die Farbe war vielleicht braun, ja, ich denke, braun.«

Pfarrer Tim rief Cynthia an, die außer sich war.

Ein Nachbar von der anderen Straßenseite hatte ihr erzählt, daß Barnabas angefahren wurde und der Pfarrer ihn ins Krankenhaus brachte. Harley berichtete ihr, wie er seinen eigenen Laster die Hauptstraße hochpreschen sah, aber keine Ahnung gehabt habe, was los sei.

»Er erholt sich wieder, Timothy«, sagte Hal. »Ich achte auf das kleinste Anzeichen einer Lungenentzündung. Du weißt, wir lieben Barnabas als gehörte er zur Familie. Bei uns leidet er nicht.«

Marge nickte. »Das stimmt, Tim. Und Blake und Rebecca werden sich auch um ihn kümmern.«

Und doch kam er sich gemein vor, seinen Hund zu verlassen.

Blake Eddistoe begleitete die drei in den Hof und schüttelte Dooley die Hand. »Gut gemacht«, sagte er.

Beim Lastwagen drehte Dooley sich plötzlich um und sagte, »Du solltest mich fahren lassen.«

Was Hartnäckigkeit anbetraf, so konnte es der Junge mit Churchill aufnehmen. Er warf ihm die Schlüssel zu.

Dooley machte große Augen. »Du meinst es ernst?«

»Bis zur Schnellstraße.«

Dooley, der jetzt eines von Hals Hemden trug, öffnete die Fahrertür. »Steig ein«, sagte er zu Lace. »Du kannst in der Mitte sitzen.«

Er war froh, daß der Weg von Meadowgate zur Schnellstrasse etwas länger zu sein schien als er in Erinnerung hatte; froh für den Jungen. Er wünschte, die Straße ginge bis Kanada, bevor sie in die Schnellstraße mündete.

Er war schon zu Hause und unter der Dusche, als es ihm auffiel. Heute hatte ihn Dooley zum ersten Mal »Dad« genannt.

Während sie nach Virginia fuhren, dachte er an den Brief von Miss Sadie.

...das Geld gehört ihm, wenn er das Alter von einundzwanzig erreicht hat. (Ich bin altmodisch und glaube, daß achtzehn Jahre viel zu jung ist, um so eine Erbschaft anzutreten.)
Ich habe einenviertel Millionen Dollar zinsgünstig angelegt und Vorkehrungen getroffen, seine Schulausbildung zu vervollständigen. Wenn er achtzehn ist, wird ihn das Einkommen aus der Stiftung durch das College bringen.
Ich baue auf Sie, daß Sie es ihm gegenüber nie erwähnen, solange bis er alt genug ist, um es mit Würde zu tragen. Ich baue auch auf Sie, zu ihm zu halten, Pater, durch dick und dünn, wie Sie es immer getan haben.

Die Frage des ›zu Dooley Haltens‹ war seit nunmehr vier Jahren beantwortet; jetzt ging es um den größeren Fisch. Die Beanwortung der Frage, wann der Junge eine solche Information mit Würde tragen konnte, die stand noch aus.
Wenn es so etwas wie würdevolle Haltung gab, dann hatte er sie in Wahrheit gestern erlebt, auf der Straße. Dooley hatte mit größtmöglicher Umsicht gehandelt, weise und geschickt.
Trotzdem warnte ihn etwas, von der Erbschaft zu sprechen.

Kurz bevor sie die Schule erreichten, wußte er die Antwort und die lautete, »Warten.«

»Na, mein Junge?«

»Ja, Sir?«

»Wenn du an Weihnachten heimkommst, dann leihe ich dir die Schlüssel für den Buick.«

Oh, die strahlende Hoffnung, die dem Jungen ins Gesicht stieg...

»Es gibt nur ein Problem.«

Die strahlende Hoffnung verdüsterte sich.

»Du mußt deine Fahrübungen auf Nebenstraßen machen, und ich werde auf dem Rücksitz sitzen.«

Dooley kaute an einem der Plätzchen, die Lace vorbeigebracht hatte. »OK«, sagte er grinsend, »aber versuch dich zu ducken, damit dich niemand sieht.«

Er telefonierte mit Buddy Benfield, um ihn zu fragen, wann der Vertrag unterzeichnet wurde. »Sobald Ron zurückkommt«, sagte der Juniorvorstand, dem es offensichtlich peinlich war, mit einem Mann zu sprechen, der bald aus seinem Besitz vertrieben würde.

»Timothy.«

Seine Frau saß auf der hinteren Veranda, trank ihren Morgenkaffee und sah irgendwie entschlossen aus.

»Ich möchte, daß du Pater Douglas anrufst, um ihn zu bitten, den Sonntagsgottesdienst für dich zu halten.«

»Warum denn?« fragte er.

»Weil du erschöpft bist.«

Sie diskutierte nicht, sie nörgelte nicht. Sie stellte eine Tatsache fest und sah ihn aus kornblumenblauen Augen an. Es war ihr bitter ernst.

»In Ordnung«, sagte er.

Sie war sichtlich überrascht. »Ich sollte wahrscheinlich damit aufhören ...«

»Ja, vermutlich.«

»...aber ich möchte dich auch bitten, am Sonntag morgen länger zu schlafen. Kein Rumgeistern in Hausschuhen um fünf Uhr früh, wie ein Rauschgoldengel an Weihnachten.«

»Und weiter«, sagte er.

»Du meinst, du wirst es wirklich *tun*?«

»Was immer du sagst«, versicherte er. »Verlange nur nicht, daß ich an irgendwelche Strände gehe und einen Bikini trage.«

Was hatte Velma nur mit sich angestellt? Sie trug eine prächtige, bunte Papiergirlande um den Hals und Ohrringe, die aussahen wie kleine Bananen. Er wollte nichts sagen, aber sie sah aus, als hätte sie sich aus Emma Newlands Schrank bedient.

»Was ist das?« fragte er.

»Ein hawaianischer Blütenkranz. Wissen Sie's noch nicht?«

»Was?«

»Sie geht mit Winnie auf Kreuzfahrt!« sagte Percy und sah erleichtert aus. »Sie segelt über das tiefblaue Meer, legt an fünf Häfen an und ißt acht Mahlzeiten pro Tag, einschließlich Mitternachtsbüffet.«

»Im Ernst? Das ist perfekt! Phantastisch!«

Velma legte die Hände über den Kopf und wackelte mit den Hüften, was kein reizender Anblick war.

»Man weiß natürlich nicht, ob sie Hula tanzen in St. Thomas.«

»Meiner Meinung nach nicht«, sagte der Pfarrer. »Scheint mir eher ein Ort für Limbo zu sein.«

»Stillgestanden, bitte«, sagte J.C. »Ich mache ein Bild.« Er hob die Nikon und ratterte vier Schüsse runter: Velma an der Kasse stehend. »Nichts für die Titelseite, aber ich denke, ich bring' es auf der Seite ›Ratschläge für den Heimgarten‹ unter.«

Coot Hendrick mußte natürlich seinen Senf dazu geben.

»Sie hätten warten sollen und einen Schnappschuß von Winnie und Velma nebeneinander machen sollen.«

»Man muß die Nachrichten nehmen wie sie kommen«, sagte J.C. »Ich bin hinten in der Nische, ich sterbe vor Hunger!«

»Sie, *verhungert*?« sagte Coot. »Ich müßte 'n Tischbein essen, um zu Kräften zu kommen.« Verzweifelt wartete er darauf, daß Velma wieder an die Arbeit ging und ihm sein übliches Frühstück 'Nummer Eins' brachte, dazu ein Pepsi Cola.

Mule sah besorgt aus. »Wie geht es Barnabas?«
»Wenn keine Lungenentzündung dazu kommt, dann packt er es. Danke der Nachfrage. Es war schlimm. Dooley hat sein Leben gerettet.«
»Fancy läßt ausrichten, es tut ihr leid, was passiert ist.«
»Adele ebenfalls.«
»Danke. Ich fahre morgen raus und sehe nach ihm.«
»Fancy läßt fragen, warum Sie nicht mehr gekommen sind, Sie sollen sie anrufen, sie baut Sie jederzeit irgendwo ein.« Mule besah den Kopf des Pfarrers, als suche er nach Hühnermilben. »Sieht ein bißchen zackelig über dem Kragen aus.«
Wenn schon. Ihm war egal, ob er aussah wie Johannes der Täufer an einem schlechten Tag, nie mehr würde er den Fuß...
»Das Randallhaus ist leer, sie sind mit ihren Kindern nach Kalifornien gezogen«, sagte Mule und ließ die neuesten Nachrichten vom Immobilienmarkt los. »Winnies Käufer rückt ihr ziemlich auf die Pelle und die Schuhscheune wurde diese Woche verkauft.«
»An wen?« fragte J.C. und löffelte Joghurt über eine Pfirsichhälfte.
»An wen schon, H. Tide natürlich.«
Der Redakteur sah angewidert aus. »Was wollen die eigentlich? Mitford zu einer Kolonie von Orlando machen?«
»Ich frage mich«, sagte der Pfarrer, »wofür H. Tide steht.«
»Woher soll ich das wissen«, sagte Mule, »vielleicht Höchste Tide. Oder Henry Tide, irgend so was. Stimmt es, daß Ihre Diakone ein Angebot für Ihr Haus bekommen haben?«
»Es sind keine Diakone, sie sind der Kirchenvorstand. Und es ist nicht mein Haus.«
»Wenn die den richtigen Preis kriegen, verkaufen sie's unter Ihrem Hintern weg, was?«
»Wer weiß?« sagte er und sah beiläufig drein.

»Schaut mal«, sagte J.C. und zog die *Muse* aus seiner Aktentasche. »Frisch aus der Presse, aber ihr holt euch eure bitte draußen.« Er blätterte ein paar Seiten um, strich das Blatt glatt und legte es auf den Tisch.

Eine ganze Seite mit Kleinanzeigen...

Wir halten zu Esther. Love, Esther und Gene Bolick
Wir halten zu Esther. Hoffentlich Sie auch. Tucker, Ginny, Sue
Wir halten zu Esther. Sie ist die Beste. Sophia und Liza Burton
Wir halten zu Esther. Wählen Sie Ihr Gewissen! Familie Simpson
Wir halten zu Esther. Sie tut, worum es in Psalm 72:12 geht.
Ein Anhänger

Der Pfarrer klatschte auf den Tisch. »Das ist großartig! Großartig! Wieviel kostet eine Anzeige?«

»Vierzig Dollar«, sagte J.C., sehr mit sich zufrieden.

»Woher hat Sophia die vierzig Dollar?«

J.C. sah unbehaglich drein. »Fragen Sie nicht.«

»Sie hat keine vierzig Dollar.«

»Na und? Sie hält zu Esther, aber sie hat kein Geld. Was soll's, ich hab' ihr die Anzeige kostenlos gegeben, aber sagen Sie's niemand weiter...«

Mule zeigte mit dem Daumen nach oben. »Mir ist es egal, was die Leute über dich reden, alter Kumpel, du bist in Ordnung.«

»Schaut mal.« J.C. zeigte auf zwei Zeilen.

Wir halten zu Esther. Minnie Lomax, Das Irische Wollgeschäft
Wir halten zu Esther. Dora Pugh, Landhandel Mitford

»Zwei Geschäfte, die keine Angst haben, ihre politische Meinung in aller Öffentlichkeit zu zeigen!« sagte der Redakteur anerkennend.

Der Pfarrer holte tief Luft. Vielleicht gab es doch einen Silberstreifen am Horizont. Bei Minnie und Dora würde er alsbald vorbeischauen und gratulieren. »Sie kommen in der Stadt rum«, sagte er zu J.C. »Wie sehen die Wahlchancen aus, von Ihrem Standpunkt aus betrachtet?«

»Von meinem Standpunkt aus?« J.C. hüstelte und schob das Joghurt beiseite.

»Ich würde sagen, sobald die Ausgabe hier bei den Lesern ist, steht es fünfzig zu fünfzig.«

Irgendwer oder was mußte die Fäden zugunsten von Esther ziehen, sonst hätte Edith Mallory ganz Mitford in den Klauen. Heute war der fünfte September und die Wahlentscheidung fiel in weniger als zwei Monaten. Sicher, am Sonntag konnte er ein besonderes Gebet sprechen, oder ein Abendmahl anbieten für jene, die sich unerschütterlich der edlen Wohlfahrt der Gemeinde verschrieben hatten. Und, da er gerade bei den Psalmen war, hieß nicht die Losung für den nächsten Sonntag »dem, der da lügt, soll das Maul verstopft werden?«

Also, gut. Da fiel ihm ein, am Sonntag war er gar nicht in der Kanzel. Wenn es nach den Plänen seiner Frau ging, würde er bis Mittags schlafen und wenn er aufwachte, stark, wie neugeboren und völlig sorgenfrei sein.

»Hier«, sagte er und gab J.C. zwei Zehner und einen Zwanziger. »Setzten Sie nächste Woche eine von mir rein und schreiben Sie darunter, ›Ein Freund‹.«

Auf ihrem Weg nach Meadowgate hielten sie am ›Laden‹, um ein Bruststück für Marge Owen zu besorgen. Während Cynthia die monatliche Rechnung zahlte, inspizierte er den Inhalt der Fleischtruhe.

»Pater!« Es war Winnie Ivey, die eine viereinhalb Kilo schwere Tüte mit Mehl trug. »Ich freu' mich, Sie zu sehen, ich hab' eine Entscheidung getroffen! Ich hab' mich entschlossen mit Velma auf die Kreuzfahrt zu gehen und nichts zu unternehmen bis ich zurück bin. Ihrem Rat folgend hab' ich den Immobilienleuten gesagt, sie sollen warten. Ich fühl' mich gleich ganz anders!«

Sie errötete. »Können Sie's glauben, daß ich das gemacht hab?«

»Kann ich. Gut gemacht!«

»Sie fanden es dumm, haben versucht, mich zu drängen. Sie sagten, ich hätte vielleicht keine zweite Chance. Aber dann, raten Sie mal?«

»Was?«

»Sie haben mir dreitausend mehr geboten, aber ich sagte nein, ich warte, und dabei bleibt es. Außerdem liegt mein Umsatz Gott sei Dank dieses Jahr schon sieben Prozent über dem Vorjahr!«

»Ach, wahrhaftig?«

»Ja, doch!« Er dachte, Winnie sähe zehn Jahre jünger aus, was ihm selbst unglaublich aufbauend dünkte.

»Wissen Sie was?«

»Was?« fragte er.

»Nach Tennessee, wo ich sowieso nicht hinwollte, geh' ich nicht. Joe sagte, er könnte mir einen Job im ›Graceland‹ besorgen, aber, ehrlich gesagt, Pater, auf *Rock an' Roll* hab ich nie viel gegeben.«

Er mußte nicht George Burns sein, um zu wissen, daß der richtige Zeitpunkt das Wichtigste war.

Laut Buddy Benfield sollten die Malcolms gegen elf Uhr nach Mitford zurückkommen.

Er wartete vor ihrem Haus, als sie in die Straße einbogen.

Samstag abend, und er sah auf eine saubere Anzeigetafel. Morgen kein Gottesdienst, kein frühes Erscheinen, um die Kirche aufzusperren…

Gott sei Dank, morgen früh konnte er ausruhen. Warum wußte er nie, daß er eine Erholungspause brauchte, bevor ihm jemand diese Wahrheit einbleute?

Ihm steckte die Müdigkeit schmerzlich in allen Knochen, sogar in seinen Zähnen fühlte er sie.

Aber warum sich wie ein Igel in der Kiste einrollen, wenn es so viel gab, wofür er dankbar sein sollte? Er sollte auf den Beinen sein, laut jauchzen und die Hacken gegeneinanderschlagen.

»Wie fühlst du dich?« fragte seine strahlende Frau, die gegen einen Stapel Kissen gelehnt im Bett saß.

»Wunderbar. Erstaunlich. *Stark!*«

»Genau so wie ich!«

»Das hätte ich schon vor Jahren machen sollen«, sagte er.

»Vielleicht. Aber Gottes Zeitplanung ist perfekt.«

»Glaubst du wirklich, wir sollten …?«

Sie nickte. »Ich denke ja. Jetzt ist es lästig, aber auf die Dauer zahlt es sich aus.«

»Vielleicht irgend wann einmal eine Arkade dazwischen?«

»Vielleicht. Aber ich werde die Hin- und Herspringerei durch die Hecke vermissen, und du?«

»Oh, die Hecke. Durch die ich zuerst meine attraktive Nachbarin erblickte.«

Sie lachte glücklich. »Dein Untergang war besiegelt.«

Er setzte sich auf, nahm sie in seine Arme und rieb seine Wange an der ihren. »Danke dir«, murmelte er.

»Wofür?«

»Dafür, daß du die Frau bist, die du bist, und weil du mich erträgst und weil du dich um mich sorgst.«

»Du meinst, du hältst mich nicht für eine Xanthippe?«

»Nur manchmal.«

»Du weißt, was morgen ist«, sagte sie.

»Doch, es sind zwei Jahre.«

»Zwei *lange* Jahre?«

»Nicht so lange«, sagte er und küßte sie aufs Ohr. »Aber, leider, hatte ich keine Gelegenheit, etwas zu kaufen…«

»Kaufe mir nichts«, sagte sie und lehnte sich an ihn. »Schenk' mir nichts, was man einwickeln muß.«

»Darauf kannst du dich verlassen«, sagte er und fühlte ihre weiche Schulter, das blaue Satinnachthemd…

Sie wich lachend zurück. »Vielleicht sollten wir versuchen, etwas zu schlafen, Liebling. Es war ein langer Tag, eine ganze Reihe von langen Tagen, und außerdem, jetzt wo du Hausbesitzer bist, brauchst du deine Kräfte, um all die kleinen Arbeiten zu erledigen, die unweigerlich auf dich zukommen – wie zum

Beispiel das Fundament reparieren, wo es bröckelt und das Loch über Dooleys Zimmer ausbessern.«

»Aha. Der Kirchenvorstand kommt nicht mehr dafür auf, oder?«

»Das ist richtig«, sagte sie und küßte ihn Gute Nacht. »Nur du und ich.«

»Und Harley«, sagte er strahlend.

Sie knipste das Licht aus, drehte sich auf ihre Seite und eine Weile lang hörte er auf ihr leichtes, unregelmäßiges Schnarchen.

Er vermißte seinen Hund und betete für ihn, dankbar, daß Barnabas sich erholte. Er dachte an Dooley und fand, daß sie ihn morgen in der Schule anrufen sollten, auch wenn es ein bißchen früh schien.

Abgesehen davon war er besorgt, daß Pater Douglas das ›Frieden sei mit Euch‹ weglassen würde, was er gelegentlich aus unerfindlichen Gründen tat.

Und wie sollte er eigentlich das Fundament reparieren? Vermutlich würde Harley das wissen, aber wenn nicht? Vielleicht brauchte man etwas Mörtel; und ein paar neue Steine, wo die alten zerborsten und herausgefallen waren …

Er wälzte sich auf den Rücken und sah zur Decke. Seine Decke, ihre Decke, die erste Decke, die er je sein eigen nennen durfte, sobald die Papiere unterzeichnet waren. Jetzt hatte sie ein Haus und er hatte ein Haus. Buchstützen. Wenn die Arbeit an ihrem Haus beendet war, würden sie dort wohnen und dieses hier vermieten. »An jemanden mit Kindern!« hoffte Cynthia.

Es hatte ihm Spaß gemacht, Ron den Scheck über einhundertfünftausend Dollar zu übergeben, obwohl es ihm schier den Atem verschlug als er ihn ausschrieb…

»Timothy?« sagte sie.

»Ja?«

»Du denkst nach?«

»Richtig.«

»Hör sofort damit auf, Liebling.«

Er lachte leise. »OK«, sagte er.

Er wußte jetzt, wie recht Stuart Cullen hatte, der ihm vor einigen Jahren schrieb:

Martha ist hereingekommen, um mir zu sagen, daß
Schlafenszeit ist. Ich kann gar nicht sagen, wie schön
es ist, wenn man manchmal etwas gesagt bekommt.
Schöner als immer nur selbst etwas zu sagen... Hier
kommt Martha wieder. Mein Freund, glaube mir, mei-
ne Frau sagt nicht gerne etwas zwei mal. Ich finde es
gut, daß sie meine Energien haushälterisch überwacht.
Sonst würde ich alle IHM widmen. Und wenn ich am
nächsten Morgen aufstünde, hätte ich keine mehr
übrig.

Er streckte seinen Arm nach ihr aus und sie drehte sich in der Dunkelheit ungeduldig lächelnd zu ihm um.

Kapitel Achtzehn

EINE TASSE WOHLWOLLEN

Ein früher Oktobersturm sammelte Kräfte über der Karibik, brauste an der Ostküste nordwärts und ließ sich vor Cape Hatteras landeinwärts fallen. In ein paar kurzen Stunden erreichte er die Berge am westlichen Ende des Bundesstaates, wo er mit beängstigender Macht Mitford zermalmte.

Heftige Regenschauer prasselten auf die Kirche Unseres Herrn nieder, ratterten an den verriegelten Fensterläden des Glockenturms, wehten die Planen von den Holzbrettern, die auf der Baustelle gestapelt waren und warfen einen Schubkarren in ein Rosenbeet. Das Blechdach von Omer Cunninghams Schuppen – ehemals Hangar für seine historische Klapperkiste – wurde auf Luther Greens Wiese geschleudert. Die Kühe brüllten vor Entsetzen, als es glänzend, klappernd und knatternd durch die Luft geflogen kam.

Coot Hendricks Rhodeländer Hühner suchten auf der hinteren Veranda Schutz, nachdem sie beinahe in einer Grube im Garten ertrunken wären. Lew Boyd erzählte, während er einen Mustang von außerhalb mit bleifreiem Premium volltankte, habe es ihm den Hut vom Kopf gehauen und in den Buchsbaum beim Denkmal geweht - fast einen Block entfernt.

Telefonleitungen waren unterbrochen; ein Erdrutsch bahnte sich von einem unbewaldeten Hügel nahe Farmer den Weg ins Tal und begrub einen Dodge Wohnwagen unter sich; und ein blechernes Coca-Cola-Schild aus Hattie Cloers Markt an der Schnellstraße landete in Hessie Mayhews Schaukelstuhl auf der Veranda.

Am Dorfrand saß der alte Mueller in seiner Küche und versuchte, die Kaminuhr zu reparieren, worum ihn seine Frau etliche Jahre vor ihrem Tod gebeten hatte. Zufällig blickte er aus dem Fenster und sah seine alte Scheune zu Boden sinken. Er bemerkte, daß sie leicht schwankte, bevor sie umfiel und als sie fiel, ging es sehr schnell.

»Heißes Ding!« nuschelte er laut, froh daß er sich die Mühe sparen konnte, sie selber einzureißen. »Jetzt«, rief er in das wilde Getöse, »sei auch bitte so nett und schlichte die Bretter auf.«

Die Dörfler tauchten bei Sonnenschein wieder auf, geblendet von der aufsehenerregenden Schönheit des Wetters nach dem Sturm. Es gab einen direkten Zusammenhang zwischen dieser Schönheit und der nachfolgenden Heftigkeit.

Die Berghügel schienen wie in Glas geschnitten, hoben sich ab vom klaren, phantastisch blauen, von Horizont zu Horizont reichenden Himmel.

Im Obstgarten von Fernbank lag eine Rekordernte saftiger, säuerlicher Kochäpfel auf dem Boden und wartete darauf, in heimische Säcke gelesen zu werden. Der Sturm hatte die Pflückarbeit übernommen und keine einzige Leiter mußte mehr aufgestellt werden.

»Sehen Sie«, sagte Jena Ivey, »jede Sache hat zwei Seiten!« Jena hatte ihr Blumengeschäft geschlossen, um nach Fernbank hinaufzugehen und Äpfel einzusammeln. Sie versprach, für den in drei Tagen stattfindenden Basar, Apfelkuchen zu backen.

»Aber«, sagte ein anderer Äpfelsammler, »mit bunten Herbstfarben ist heuer nichts. Der Sturm hat alle Blätter abgeweht!«

»Wie auch immer«, seufzte Jena, die fand, daß manche Leute wirklich schwer zufrieden zu stellen waren.

Würzig, wie im Frühling. Es war diese fröhliche fünfte Jahreszeit, der Altweibersommer, der nur sehr selten wirklich eintraf. Er kam seinen Verpflichtungen nach, er machte seine Runden, er steckte seine Nase in jedermanns Geschäft. Wie sollte ein Priester sonst wissen, was vor sich ging?

Er klingelte bei den Bolicks. »Esther, wie geht es?«

»Ich bring' Gene Bolick um, wenn ich ihn erwische, so geht es!«

»Was denn nun schon wieder?«

»Hab' ich nicht seit dem verflixten Burenkrieg gebacken, damit ich Freitag fertig bin? Und hab' ich ihm nicht gesagt, ›Gene faß' die Plätzchen nicht an, ich hab' gerade dreihundert Plätzchen gebacken und ich tu sie jetzt in diese Achtlitergefriertüten, laß bitte die Pfoten davon.‹ Ich mach' die Tüten zu, leg sie in die Tiefkühltruhe, und, wie ich gestern abend nach Hause komm', wer sitzt da am Tisch und stürt mit dem Kopf in den Achtliter-tüten rum wie der Fuchs im Hühnerhaus? Wer wohl?«

»Ist ja nicht zu fassen!«

»Hartgefroren wie Ziegel und er drischt die Plätzchen rein als kämen sie grad aus dem Ofen.«

»Ach.«

»Wie verzweifelt muß ein Mann sein, wenn er so was macht!«

»Da pflichte ich Ihnen bei. Aber, versuchen Sie, ihm zu verzeihen«, sagte er. Er wußte, daß Gene Bolick kein Plätzchen zu Gesicht bekommen hatte, seit die ganze Wohltätigkeit vor einigen Monaten ins Rollen gekommen war.

Er hängte ein, nachdem er ihr versichert hatte, daß er am Freitag sein Bestes gäbe – in den Schützengräben mit dem Rest der Truppe.

Er überflog die *Muse* und suchte nach einer weiteren Seite mit Kleinanzeigen ›*Ich halte zu…*‹

»Sieht aus, als ob Esther in Führung geht«, sagte J.C., der vollkommen davon überzeugt war, daß seine Kleinanzeigenidee den Ausschlag gegeben hatte. Man war allgemein der Meinung, die ganzseitige Anzeige mit Mack Stroupes Gesicht sei ein böser Fehler des anderen Lagers gewesen. Seine Fratze auf einem Plakat war eine Sache, aber sie so nah vor der Nase zu haben, war entschieden abstoßend, so jedenfalls lautete das Stadtgespräch.

Wie immer mehr andere Menschen, war auch der Pfarrer optimistisch was den Wahlausgang in einem Monat betraf. Die

Frau eines Diakons der Ersten Baptisten hatte einen ›Wir halten zu Esther‹-Tee vor der Wahl arrangiert und die Bürgermeisterin plante, am Allgemeinen Feuerwehrstag im Feuerwehrwagen die Hauptstraße hinunterzufahren.
Die Dinge entwickelten sich entschieden positiv.

Als er in die Küche kam, um sich eine Kanne Tee zu machen, bemerkte er, daß Violet von ihrem Penthouse auf dem Kühlschrank herabgestiegen war und zusammengekauert im Hundebett unter dem Tisch lag.
Gott sei Dank kam Barnabas am Samstag nach Hause, am Tag nach dem Basar. Hal hatte ihn fast einen Monat in Meadowgate behalten, nur um sicher zu sein.
Die Schiene würde noch ein paar Wochen dran bleiben, aber der Brustwickel war ab. Bis alles sauber heilte, bedurfte es einer Ruhezeit von vier bis fünf Monaten, in denen Barnabas weder Laufen, Jagen, noch Stöckchen holen durfte.
»Es gibt ja offensichtlich eine Menge Frohsinn in meinem Haus«, sagte Cynthia. Sie stand bei der Küchentür, den Kopf etwas schräg gelegt.
»Was meinst du?«
Sie lauschte aufmerksam, als höre sie Sphärenmusik. »Jemand lacht!«
»Was ist daran verkehrt?«
Sie antwortete nicht, aber sie kam zu ihm und stellte sich mit gerunzelten Brauen neben den Herd, während er den Kessel aufsetzte.
»Elton verwendete sechs Blöcke für eine Treppenkonstruktion mit drei Stufen…« Harleys Stimme drang bis in die Küche.
»Armer Harley«, sagte Cynthia. »Ich hoffe, er schreibt diesmal eine Eins.«
»Die Zwei minus hat ihn arg zurückgeworfen.«
»Ich denke, Lace ist zu streng mit ihm.«
»Und du bist zu weich! Bringst ihm sein Frühstück auf einem *Tablett* herunter, um Himmels willen!«
»Du bist nur eifersüchtig, weil ich dir dein Frühstück nicht

bringe, schon gar nicht auf einem Tablett. Aber, mein Lieber, du hast nie auf meinem Dachboden so sauber gemacht und aufgeräumt, daß es besser aussieht als in meinem Arbeitszimmer.«

»Stimmt.«

»Nie hast du das Gerümpel von besagten Aufräumarbeiten zum Basar gebracht und mir eine Quittung dafür besorgt, mit der ich alles von der Steuer absetzen kann.« Sie drehte sich um und ging schnell zur Tür.

»Guter Gott, Timothy! Hör mal!«

Er hörte das hysterische Gelächter einer Frau vom kleinen Haus nebenan.

Sie gingen hinaus zur hinteren Veranda. Das schrille Gelächter dauerte an, gefolgt von einem Geräusch, das sich anhörte wie zerbrechendes Glas.

»Was um alles in der Welt?« fragte sie offensichtlich verstört.

»Ich gehe nachsehen.« Er wollte nicht nachsehen, er wollte nicht, daß irgend etwas außer der Reihe sich nebenan abspielte. Er rannte durch die Hecke und die dunklen Stufen bis zur Fliegentür hinauf. Er blickte in Cynthias Küche und sah Pauline Barlowe am Ausgußbecken stehen. Sie mußte sich übergeben.

»Pauline«, sagte er.

Sie reiherte wieder in den Ausguß, dann drehte sie sich um, starrte mit verquollenen Augen zur Tür und wischte sich über den Mund.

»Was?« sagte sie. Ihre Stimme war kalt, rauh; der bittere Geruch von Galle und schalem Alkohol durchdrang den Raum.

Er öffnete die Tür und ging hinein. »Was ist denn hier los?« Er versuchte, nicht wütend zu klingen sondern so, als stelle er eine ganz normale Frage. Es gelang ihm nicht.

»Frag'n Sie doch Ihr'n Obermacker da drin was los ist, und sagen Sie mir, wenn Sie's wissen. Ich versuch' die ganze Zeit, rauszufinden, was los ist.«

Sie lachte plötzlich, rutschte zu Boden und lehnte sich mit dem Rücken an den Küchenschrank.

Er ging die Diele entlang in das Wohnzimmer wo Buck Leeper im *Queen Anne* Sessel saß, schlafend und schnarchend, eine leere Wodkaflasche auf dem Lampentisch und ein Glas auf dem Boden neben seinen Füßen.

Er reinigte die Küche und kehrte mit dem Besen ein kaputtes Glas auf die hintere Veranda, während Pauline auf einem Stuhl saß, den Kopf in die Hand gestützt. Er hatte den Eindruck, daß sie lautlos weinte. Dann drehte er alle Lampen im Parterre ab, bis auf die Dielenlampe und die im Wohnzimmer. Buck bewegte sich nicht, und der Pfarrer weckte ihn nicht auf. Mit Buck würde er morgen reden.

Er fuhr Pauline nach Hause. Sie saßen im Auto vor dem Haus, wo ihr Vater, ihr Sohn und ihre Tochter schliefen.

Heiterkeit und Heulphase waren vorbei; nun war sie stumm wie ein Fisch, das Gesicht von ihm abgewandt.

»Wir müssen miteinander reden«, sagte er.

Sie nickte.

»Sonntag nachmittag, wenn es bei Ihnen geht.«

Sie nickte wieder. »Es tut mir so leid«, flüsterte sie.

Er stieg aus dem Auto, öffnete ihr den Schlag und half ihr auf den Gehsteig. Die Temperaturen waren beträchtlich gefallen und sie zitterte in ihrem ärmellosen Kleid. »Werden Sie jemanden wecken?«

»Keine Sorge«, sagte sie und vermied immer noch seinen Blick. »Niemand wird mich in dem Zustand sehen.«

Als er aus der Garage ins Haus kam, begegnete er Cynthia in der Diele. »Es ist Esther!« sagte sie. »Sie hatte einen Unfall, und sie sagen, es sieht böse aus. Sie wollen, daß du sofort ins Krankenhaus kommst!«

Esther! Er rannte ins Badezimmer, klatschte sich Wasser ins Gesicht, nahm seine Jacke in der Küche vom Haken und fuhr den Buick erneut aus der Garage – mit quietschenden Reifen.

Es gab viele Möglichkeiten, eine Wahl zu verlieren. Er betete zu Gott, das dies nicht eine davon war.

»Was ist passiert?« fragte er Schwester Kennedy im Kranken-hausflur.

»Sie ist von der Leiter gefallen, hat sich das linke Handgelenk gebrochen, den rechten Ellenbogen und…« Schwester Ken-nedy schüttelte besorgt den Kopf.

»Und was?«

»Und den Kiefer. Während wir hier reden, drahtet ihr Dr. Har-per gerade den Mund zu.«

»Guter Gott!«

»Aber es wird ihr wieder gut gehen.«

»*Gut* gehen? Wie kann es jemandem mit zwei gebrochenen Extremitäten und einem zugedrahteten Mund gut gehen?«

»So etwas passiert eben, Pater.« Schwester Kennedy seufzte und setzte ihren Gang durch den Flur fort.

Er bahnte sich seinen Weg zum Wartezimmer, wo Gene Bolick geschockt auf einem modernen Dänischen Sofa saß.

»Wo ist Ray?« fragte er Gene. Warum war Ray Cunningham nicht da? Wußte er denn nichts von dem schrecklichen Unfall seiner Frau?

»Ray wer?« fragte Gene entgeistert.

»Esthers Mann!«

»Ich bin Esthers Mann«, sagte Gene so schlicht wie möglich.

»Sie meinen…Sie meinen, die Bürgermeisterin ist nicht von der Leiter gefallen?«

»Von der Bürgermeisterin ist mir nichts bekannt, aber Esther ist von der Leiter gefallen, leider, und es hat sie ziemlich übel erwischt.« Er sah untröstlich aus.

»Gütiger Himmel, Gene, es tut mir so leid, schrecklich leid.« Er saß neben dem Schäflein seiner Gemeinde auf dem Sofa.

»Wie geht es ihr?«

»Nicht so gut, wenn Sie mich fragen. Sie stand unten im Ge-meindesaal auf einer Leiter und hat Schilder befestigt – Sie wissen schon, *Küchenwaren, Bekleidung,* und so weiter, und wollte runtersteigen und…« Gene erhob die Hände. »Und ist runtergestürzt.«

»Wo sind denn die anderen?« Normalerweise, wenn jemand in

Mitford ins Krankenhaus kam, erschien eine Freundesschar sowie die Familie, um zu beten, die Automaten zu plündern und Kochrezepte aus alten Ausgaben der *Southern Living* zu reißen.

»Unten im Gemeindesaal, schätze ich, wo sie schon die letzten achtundvierzig Stunden sind.«

»Ich werde die Gebetskette anrufen«, sagte der Pfarrer. Er eilte den Flur entlang zum Telefon und bat seine Frau, die Kette in Bewegung zu setzen.

»Wie schlimm ist es?« fragte Cynthia.

»Ein Bruch an beiden Armen und den Mund haben sie ihr mit Draht verschnürt.«

Sie rang nach Luft. »Allmächtiger.«

»Ich werde eine Weile hier bleiben.«

»Arme Esther. Wie schrecklich. Bitte sag' Gene, es täte mir so leid. Ich werde Esther morgen besuchen, und ich rufe die Gebetskette sofort an. Ich liebe dich, mein Herz.«

»Ich liebe dich auch. Halt meinen Platz warm.«

Er ging eilends zur Halle im Erdgeschoß und hielt kurz am Automaten, um sich eine Packung Knabbernüsse und Sprite zu kaufen.

Er hatte soeben sein Gebet mit Gene beendet. Sie beteten, daß bei Esther wieder alles in Ordnung käme, da stürmte Hessie Mayhew ins Wartezimmer. Er sah auf seine Armbanduhr. Elf Uhr. Kaum jemand in der Stadt blieb bis elf Uhr abends auf.

»Wie geht es ihr?« fragte Hessie.

»Vollgepumpt bis obenhin«, sagte Gene.

»Ich muß sie sehen«, sagte die zweite Vorsitzende des Basars. Mit ihren weit aufgerissenen Augen und ausgefransten Haaren, sah Hessie aus, als wäre sie an eine Steckdose angeschlossen gewesen.

»Sie können sie nicht sehen«, sagte Gene. »Nur ich und der Pater dürfen reingehen.«

»Ist Ihnen klar, daß morgen um sieben Uhr das Speise- und Getränkekomitee sich in meinem Haus trifft, um zwölf zweischichtige Orangenmarmeladekuchen zu backen, und wir haben das Rezept nicht?!«

Gene schlug sich mit der Hand an die Stirn. »Ach, herrje!«

»Ich bin sicher, es ist irgendwo aufgeschrieben«, gab der Pfarrer zu bedenken.

»Nein, ist es nicht«, sagte Gene.

»Das stimmt. Nichts ist aufgeschrieben.« Hessie spitzte ihren Mund. »Ich hab's ihr tausend Mal gesagt, sie soll ihre Rezepte aufschreiben, *besonders* den Orangenmarmeladekuchen, meine Güte noch mal!«

»Sie hat alles im Kopf«, sagte Gene zu ihrer Verteidigung.

»Also«, verkündete die zweite Vorsitzende mit entschlossener Miene, »müssen wir einen Weg finden, um es da auch wieder raus zu bekommen.«

Als er am nächsten Morgen ins Büro kam, spürte er die Erschöpfung von einer halben Nacht im Krankenhaus.

Um zwei Uhr morgens hatte er Esther verlassen. Da lag sie, einen Arm in Gips, den anderen in Gips und einer Schlinge, und nicht in der Lage, ein Wort zu sprechen, selbst wenn sie gewollt hätte. Gene schlief neben ihrem Bett auf einem Klappbett des Krankenhauses.

Wie man Esther ein Kuchenrezept entlocken könnte, war ihm ein Rätsel. Jedenfalls hatte Hessie die Backprozedur auf Donnerstag nachmittag verschoben, was bedeutete, die Kuchen würden in der letzten Sekunde eintreffen – wenn überhaupt.

»Wir *müssen* Esthers Orangenmarmeladekuchen haben«, hatte sie nüchtern konstatiert. »Die Leute *erwarten* Esthers Kuchen. Zwanzig Dollar pro Kuchen mal zwölf macht zweihundertundvierzig Dollar. Das ist nicht zu verachten.«

Er gähnte und setzte sich müde an seinen Schreibtisch.

Er rieb sich die Augen als Buck Leeper die Tür öffnete und, den Bauhelm absetzend, hereinspazierte.

»Guten Morgen«, sagte der Pfarrer.

Buck stand verlegen in der Tür. »Ich muß mit Ihnen reden.«

»Setzen Sie sich.«

342

»Ich kann nicht bleiben. Ich bin gekommen, um Ihnen zu sagen...« Buck blickte zu Boden, dann sah er dem Pfarrer in die Augen. »Es tut mir leid. Es ist schrecklich, was passiert ist. Ich hab' einen Drink genommen, ihr einen angeboten, und damit fing es an.«

»Haben Sie gewußt, daß sie Alkoholikerin ist? Alkoholsüchtig?«

»Ja.« Bucks Stimme klang heiser. »Ich muß es Ihnen sagen, ich hab' Sie überredet, das hätt' ich auf keinen Fall tun sollen, mir ist ganz schlecht, weil ich es getan hab'.«

»Es gibt Hilfe, Buck.«

Der Bauleiter schurrte mit den Arbeitsstiefeln hin und her und sah zu Boden. »Nein, ich schlag mich schon durch, wie früher, das hier ist das erste Mal seit längerer Zeit... Ich wollte Ihnen sagen, daß ich ausziehe, einer von den Handwerkern weiß ein Haus, das zum Verkauf steht, aber vielleicht vermieten sie es auch.«

»Bevor wir darüber reden, wollen wir das Problem benennen. Es hat einen Namen. Es ist Ihr Alkoholismus. Ihre Sucht.«

Buck wurde stocksteif und wandte sich ab, aber ging nicht zur Tür.

»Wie lange haben Sie getrunken, richtig getrunken?«

»Ich war dreizehn, als mein Alter es mir in die Kehle geschüttet hat. Das erste Mal hat er mich trinken lassen, bis ich gekotzt hab'.« Er sah den Pfarrer an. »Bourbon sauer mit Zitrone. Ihm hat's gefallen, daß ich ihn dann irgendwann unter den Tisch soff, das haben nicht viele geschafft. Als er starb, hab' ich mir geschworen, das Zeug nie mehr anzurühren.«

»Aber Sie haben es getan, und nun leiden Sie wegen sich selbst und wegen Pauline. Mögen Sie Pauline?«

»Oh, ja. Ich mag sie.«

»Warum?«

»Ich hab' Respekt vor dem, was sie geschafft hat, einfach so aus ihrer Hölle herauszukommen und wieder Vertrauen zu haben. Mein Gott, ich hasse, was ich getan hab'.«

»Sie haben es beide getan. Dazu braucht es zwei.«

»Und ihre Kinder. Sie hat großartige Kinder. Wer verdient solche Kinder? Niemand, nicht einmal solche Leute, die ihren

Grips alle beisammen haben, die nie getrunken haben! Ich dachte, ich könnte sie vielleicht... wir könnten vielleicht...«
»Sie können.«
»Nein.« Seine Stimme klang hart. »Es ist zu spät für mich.«
»Was wäre, wenn Sie jemanden bei sich hätten, jemanden, der Ihnen näher stünde als ein Bruder, jemand der sich für Sie einsetzt, Ihnen da durch hilft – Ihnen darüber hinweg hilft?«
»Oh, Jesus Christus!« sagte Buck angewidert und wandte sich zur Tür.
»Genau an den habe ich gedacht.«
Bucks Gesicht lief rot an. »Der Quatsch ist nichts für mich.«
»Wie lange haben Sie den Schmerz um Ihren toten Bruder mit sich rumgeschleppt? Und wie lange wollen sie ihn noch mit sich rumschleppen? Hören Sie auf damit. Hören Sie auf und betrachten Sie genau, was Sie um all die wertvollen, all die kostbaren Dinge im Leben betrügt.«
Der Bauleiter drehte sich um und starrte aus dem Fenster, den Rücken zum Pfarrer gewandt.
»Sie schaffen das nicht alleine, Buck. Sie versuchen es seit Jahren und es klappt nicht. Kurzum, wir sind nicht dazu geboren, alles allein zu tun – wir haben Gott, mit dem als Verteidiger wir uns unser Leben zimmern. Es allein zu probieren, mag eine Weile angehen, aber es hat nie und wird nie zum Guten sich wenden.«
Buck zuckte mit den Schultern und sah immer noch aus dem Fenster. »Pauline glaubt an Gott und hat es nicht geschafft.«
»Nein, aber sie wird es schaffen. Wir wenden uns nicht an Gott, um perfekt zu sein, sondern um gerettet zu werden.«
»Erinnern Sie sich, mein Großvater war Prediger. Ich bin nicht gut genug und es gibt keine Möglichkeit für mich, gerettet zu werden oder wie immer Sie das nennen. Niemals.«
»Es geht nicht darum, ob Sie gut genug sind.«
Buck drehte sich wütend um. »Worum geht es dann, um Himmels willen?«
»Es geht darum, IHN in unser Leben zu lassen. Sie tun das einfach, indem Sie beten. Beten Sie mit mir. Wenn wir IHN einlassen, dann sorgt ER dafür, daß wir neue Geschöpfe werden.«

»Neue Geschöpfe?« Buck lachte bitter. »Wer möchte ein neues Geschöpf sein, wenn nicht einmal das alte funktioniert?«

»Neue Geschöpfe mögen auch Fehler machen, sie stolpern und fallen. Aber wer Gott von ganzem Herzen sucht, von dem wird ER sich finden lassen.«

»Für mich klingt das wie kompletter Unsinn.«

Pater Tim erhob sich und blieb neben dem Schreibtisch stehen. »Ich könnte Ihnen tagelang erzählen, was Sie durch Ihre Hingabe gewinnen würden – aber betrachten Sie es einmal anders: Was haben Sie eigentlich zu verlieren?«

Eine Weile hörte man als einziges Geräusch das Ticken der Uhr auf dem Bücherregal.

»Hören Sie«, sagte Buck, »in ein paar Tagen bin ich aus dem Haus draußen.«

Er ging plötzlich zur Tür, öffnete sie und ging hinunter zu seinem Lastwagen, ohne sich umzusehen.

»*Die Felder sind weiß...*«

»Buck!« sagte der Pfarrer. »Warten Sie...«

Aber er wartete nicht.

»Sie wollen das Geschäft mit allem Drum und Dran kaufen, und mich als Geschäftsführerin einsetzen«, sagte Winnie, ihn ängstlich ansehend. »Was meinen Sie?«

Sollte er noch jemals mit einem Immobilienfall zu tun haben...

»Was meinen *Sie*?« fragte er.

»Klingt wie eine gute Idee. Ich meine, ich mach' meine Arbeit, bekomme regelmäßig Gehalt und sie dürfen sich den Kopf zerbrechen.« Sie seufzte. »Das wär' mal 'ne Erholung.«

»Wollten Sie nicht bis nach der Kreuzfahrt warten, bis Sie eine Entscheidung treffen?«

»Sie wollen jetzt eine Antwort. Sehr bald.« Sie rang die Hände. »Sofort!«

Er fühlte sich nicht kompetent, Winnie in einer Sache zu beraten, die immerhin die nächsten Jahre ihres Lebens anging.

»Was sagt Ihnen Gott zu all dem?«

»Ich habe immer noch das Gefühl, ich bin festgefahren, ich weiß nicht, wohin die Reise geht.«
Bestimmt kein gutes Zeichen, aber was sollte er noch sagen?

»Ihre Haare...« sagte Emma.
»Was ist damit«, sagte er brüsk.
»Liebling«, sagte Cynthia, »dein Haar...«
»Faß es bitte nicht an!« sagte er. Wenn schon, er hatte selber daran herumgeschnipselt! Wenigstens hing es ihm nicht wie Seetang über den Kragen.
»Mann!« rief Mule und sah ihn sich interessiert an.
»*Gefällt* es Ihnen nicht?« fragte er. »Ich habe noch nie irgendetwas über *Ihr* Haar gesagt, ich *bemerke* Ihre Haare gar nicht, warum Sie *mir* nicht den gleichen Gefallen tun können, *verstehe* ich einfach nicht...«
»Ach herrje«, sagte Mule verdutzt. »Ich wollte Sie gerade fragen, wo Sie das blaue Hemd her haben?«

Als er am Donnerstag morgen in Esthers Krankenhauszimmer ging, war ihr Bett von Basarhelferinnen umringt. Eine von ihnen hielt einen Notizblock bereit, und er fühlte die Spannung, die in der Luft lag.
Sie sahen noch nicht einmal auf, als er eintrat.
Hessie beugte sich über Esther und sprach so laut, als habe sich die Patientin bei dem Sturz das Gehör schwer beschädigt.
»Esther!« rief sie. »Du mußt mit uns zusammenarbeiten! Der Arzt gibt uns zwanzig Minuten und keine Sekunde länger!«
»Ummaummhhh«, sagte Esther, die verzweifelt versuchte, durch den zusammengepreßten Kiefer zu sprechen.
»Warum kann sie nicht etwas aufschreiben?« fragte Vanita Bentley. »Ich sehe zwei Finger aus ihrem Gips ragen.«
»Uhneehh«, sagte Esther.
»Du kannst nicht mit zwei Fingern schreiben. Hast du schon mal versucht, mit zwei Fingern zu schreiben?«
»Meine Güte«, sagte Vanita. »Denk *du* dir doch was aus, wir müssen uns beeilen!«

346

»Wir brauchen eine Tafel mit dem Alphabet!« erklärte Hessie.
»Wer hat Zeit, nach einer Alphabettafel zu suchen? Wo sollen
wir die überhaupt finden?«
»Malt euch doch eine!« lautete die Anweisung der zweiten
Vorsitzenden. »Schreibt das Alphabet auf den Notizblock und
laßt sie darauf zeigen, bis es buchstabiert ist.«
»Ummuhuhneh«, sagte Esther.
»Sie kann den Arm nicht heben und darauf zeigen!«
»Na und? Wir können den Notizblock bewegen!«
Esther hob den Zeigefinger ihrer rechten Hand.
»Ein Finger. *Eines!* Richtig Esther? Bei ja, zwinkerst du einmal,
bei nein zweimal.«
»Sie hat einmal gezwinkert, also ja. *Eines!* Eine was, Esther,
eine Tasse? Einen Teelöffel? Vanita, schreibst du das auf?«
»Zwei Zwinkerer«, sagte Marge Crowder. »Also keine Tasse
und kein Teelöffel.«
»Butter!« sagte jemand. »Ist es ein Stück Butter?«
»Sie hat zweimal gezwinkert, das heißt nein. Versuch's noch
einmal. Einen *Teelöffel?* Gott sei Dank! Vanita, ein Teelöffel.«
»Richtig. Aber ein Teelöffel wovon? Salz?«
»Also, bitte, man tut doch keinen Teelöffel Salz in einen
Kuchen!«
»Entschuldige, daß ich geboren bin«, sagte Vanita. »Vielleicht
Zimt? Schau! Einmal Zwinkern. Einen Teelöffel Zimt!«
»Halleluja!« riefen sie im Chor.
Esther wackelte mit dem Finger hin und her.
»Eins, zwei, drei, vier, fünf…« zählte jemand.
»Fünf was?« fragte Vanita. »Tassen? Nein. Teelöffel? Nein.
Eßlöffel?«
»Ein Zwinkern, es ist Eßlöffel! *Fünf Eßlöffel!*«
»Meine Güte, ich bin froh, daß ich heute früh meine Herzpillen
genommen habe«, sagte Hessie. »Mit Butter? Ich hab' das
Gefühl, es muß Butter sein. Schaut! Ein Zwinkerer!«
»*Fünf Eßlöffel Butter!*« rief die Schar einstimmig.
»OK, in den Kuchen gehört Backpulver. Wie viel Backpulver
Esther?

Esther hielt einen Finger hoch.

»Einen Teelöffel?«

»Uhnehhh«, sagte Esther und sah verzweifelt aus.

»Einen *Eßlöffel*?« fragte Vanita.

»Man nimmt doch keinen *Eßlöffel* Backpulver in den Kuchen!« schnaubte Marge Crowder.

»Paßt mal auf«, sagte Vanita, »ich versuche euch zu helfen. Mein Mann hält mich für eine gute Köchin, aber ich backe keine Kuchen, OK, wenn wir wollt, daß jemand anders die Notizen schreibt, dann bitte, einfach aufstehen und hier weitermachen. Danke!«

»Du machst es großartig, Schätzchen, mach weiter«, sagte Hessie.

»Schaut euch das an!« rief Vanita aus. »Sie hat einen Finger ausgestreckt und den anderen zurückgebogen! Heißt das anderthalb? Tatsächlich, sie hat einmal gezwinkert! Wahrhaftig, das ist der schlauste Trick, den ich je gesehen hab. OK, anderthalb Teelöffel Backpulver!«

Alle applaudierten.

»Es bringt mich um«, sagte Vanita, die sich mit dem Notizblock Luft zufächelte. »Glaubt ihr nicht, wir könnten genauso gut eine zweischichtige Schokoladencremetorte verkaufen?«

»Ummunnehhh«, sagte Esther. Ihre Augen brannten vor Entrüstung.

Hessie schnaubte. »Das kann ja noch in alle Ewigkeit dauern. Wie viel Zeit haben wir noch?«

»Zehn Minuten, vielleicht elf.«

»Elf Minuten? Spinnt ihr? Das schaffen wir nie in elf Minuten.«

»Ich glaube, sie hat mir mal erzählt, sie benutzt Buttermilch bei diesem Rezept«, sagte Marge Crowder. »Esther«, rief sie laut, »wieviel Buttermilch?«

Esther machte die Geste: ein Finger und ein halber.

»Anderthalb Tassen, richtig? Großartig. Jetzt geht's ans Zusammenrühren!«

Noch mehr Applaus.

348

»OK«, befahl die zweite Vorsitzende, »was haben wir bis jetzt?«

Vanita, die stark kurzsichtig war, hielt den Notizblock nah vor die Augen. »Ein Teelöffel Zimt, fünf Eßlöffel Butter, anderthalb Teelöffel Backpulver und anderthalb Tassen Buttermilch.«

»Ich muß mich hinsetzen«, sagte die Vorsitzende des Speise und Getränkekomitees und preßte die Hände an die Schläfen.

»Sieht aus, als würd' Esther gleich einschlafen, oh, gütiger Himmel, Esther, Schätzchen, nicht einschlafen, du kannst heute Nacht schlafen!«

»Könnte jemand die Krankenschwester um eine Antistresstablette bitten?« erkundigte sich Vanita.

»So was führen die doch nicht. Seit neun Jahren reich' ich Scheine dafür beim Krankenhaus ein, wenn's keine zehn sind!«

»Ach, übrigens«, fragte Marge Crowder, »gelten die Angaben für eine Schicht oder für zwei?«

Er entschied sich, in die Halle zu gehen und etwas frische Luft zu schnappen.

Mit Hammer und Zange. Das sagte eine Basararbeiterin über den Start am Freitag.

Das Wetter war phantastisch. Der Gemeindesaal war zum Bersten voll mit Waren und Menschen, der Rasen geschmückt mit drei weißen Zelten, die alles Mögliche vor schlechtem Wetter schützten, angefangen von Antiquitäten und Kinderspielzeug bis zu warmen Mahlzeiten und selbstgemachten Nachspeisen. Drei Touristenbusse standen geparkt an der Straße und signalisierten das vorletzte große Ereignis des Jahres.

Parkende Autos besetzten zuerst die beiden Plätze an der Kirche, dann verlagerte sich der Verkehr hügelaufwärts, wo er die umliegenden Krankenhausparkplätze belegte sowie die Seitenstraße bis zur Methodistenkirche hinunter. Ein Strom von Autos und Lieferwagen flutete auch in die Parklücken hinter dem ›Kragenknopf‹, dem Irischen Wollgeschäft und der Leckerbäckerei.

Das Mitforder Blumengeschäft machte zehn Parkstreifen lok-

ker während sich einige Anrainer der Hauptstraße, einschließlich Evi Adams, gutes Geld verdienten, indem sie ihre Privateinfahrten vermieteten.
Für die Basararbeiter bedeutete es Knochenarbeit, daran bestand kein Zweifel.
Elf Stunden am Stück gab der Pfarrer Wechselgeld heraus, wühlte für neugierige Kunden alten Plunder durch, servierte Chili und Spaghetti, verpackte Kuchen in Kartons, tütete Plätzchen ein, trug Mülltüten zu Gene Bolicks Lieferwagen, machte Kaffee, schleppte Eis, sammelte Scherben ein, fand Gelenkbandagen und versorgte ein aufgeschürftes Knie, führte einen Hoover Staubsauger vor, nahm verschiedene Barbeträge für den Fonds ›Brunnen Bauen‹ entgegen, erzählte die Geschichte von den Buntglasfenstern und wischte einen verschütteten Saft im Korridor vor dem Gemeindesaal auf.
Onkel Billy kam zur Oberaufsicht, gerüstet mit drei neuen Witzen, die er extra für diesen Anlaß gesammelt hatte.
Nach fünf Uhr fuhren Firmenlieferwagen aus der Umgebung herein und heraus, wie ein Uhrwerk, und brachten Angestellte, die tüchtig aßen und kräftig kauften.
Um acht Uhr griffen die Reinigungsleute mit aller Macht zu und um viertel nach Acht erreichte eine kleine aber treue Restgruppe, trotz Müdigkeit in allen Knochen das Krankenhaus, versammelte sich um Esther Bolicks Bett und sang »*For she is a jolly good fellow.*«
Die Marmeladekuchen, berichteten sie, gehörten zu den ersten Artikeln, die weg gingen. Eine anonymer Spender steuerte sechzig Dollar bei – wodurch sich der Betrag auf 300 Dollar, beziehungsweise 3 Meter Brunnengraben summierte.
Es war der erfolgreichste Wohltätigkeitsbasar seit erdenklichen Zeiten und er hatte die phantastische Summe von zweiundzwanzig Tausend Dollar eingebracht. Diese Gesamtsumme übertraf nicht nur den Rekord des Vorjahresbasars um etliche Tausender sondern ließ auch alle anderen kirchlichen Spendensammler, womöglich weltweit, vor Kummer und Scham in den Boden versinken.

Pauline kam am Nachmittag in sein Büro und setzte sich auf die Besucherbank. Sie sah stolz und stark aus.

»Ich gehe zu den AA«, sagte sie »und ich werde Buck nicht wiedersehen. Das ist das beste, was ich tun kann, Pater. Und ich will es tun und ich bitte Gott, mir die Kraft dazu zu geben.«

Sie sah ihn ernst an. »Beten Sie für mich, daß ich es kann?«

Es war die längste Rede, die er je von ihr gehört hatte.

Er ging mit Pauline nach Hause und fand die frische Luft, den blauen Himmel wunderbar.

»Wann immer Sie das Gefühl haben, Sie möchten in eine eigene Wohnung ziehen, dann helfe ich Ihnen, und Harley hilft genauso.«

»Danke. Aber ich verdiene nicht…«

»Pauline, Sie haben mir eines der schönsten Geschenke auf dieser Welt gemacht – das Glück, Dooley Barlowe zu kennen. Das verdiene ich nicht. Also, wir wollen nicht über ›verdienen‹ sprechen, OK?«

Sie sah ihn an und lächelte. Und dann lachte sie.

»Mr. Tim!« Jessie kam angerannt und packte ihn an den Hosenbeinen. »Ich lutsch' nich' mehr am Daumen.«

Schau!« Sie hielt ihren Daumen hoch und er begutachtete ihn.

»Buck hat mir's abgewöhnt«, sagte sie und grinste ihn an. »Er hat mir 'ne Babydollpuppe gegeben mit Haaren zum kämmen. Willst du sehen?«

»Ja!« sagte er.

Jessie schoß ins Wohnzimmer und kam mit der Puppe zurück.

»Sie hat die gleiche Haarfarbe wie ich. Buck sagt, er hat einen ganzen Haufen Babydolls angeschaut, bis er die hier fand. Möchtest du sie halten? Sie heißt Mollie, sie macht dich nicht naß oder so was.« Sie nahm ihn bei der Hand. »Komm und setz dich hin, wenn du sie hältst. Buck hat sie oft gehalten, aber er kann nich' mehr kommen, Pauline sagt, er kann nich'.«

Jessie steckte ihren Daumen in den Mund, dann nahm sie ihn wieder heraus.

Pauline blickte zum Pfarrer und wandte sich achzelzuckend ab, aber er sah die Besorgnis in ihren Augen.

Der Basar ist ein Segen für Tausende

Am vergangenen Freitag veranstaltete die Kirche Unseres Herrn ihren jährlichen Verkauf ›Sachen und Segen‹, der einen alle Rekorde brechenden Reingewinn von $ 22,000 einbrachte. Laut der 2. Basarvorsitzenden Hessie Mayhew wird ein Großteil des Erlöses Brunnengrabungen in Ostafrika zufließen und für ein Krankenhaus im Bezirk Landon wird ein Sanitätsauto gekauft. Weitere Empfänger des Basarerlöses sind die Inneren Missionen in Bosnien, Kroatien, Ruanda, der Bezirk Harlan in Kentucky und Lebensmittellager in unserem örtlichen Bezirk.

Mrs. Mayhew sagte, der besondere Dank gelte der Vorsitzende Esther Bolck, die allen Helfern vollen Einsatz abverlangte und ihn auch bekam.

Eine Liste der freiwilligen Hellfer ist auf der Rückseite der heutigen Ausgabe abgedruckt. Da Mrs. Bolik bedauerlicherweise mit zwei gebrochenen Armen und einem Kieferbruch im Krankenhaus liegt, Karten bitte an Zimmer 107 adressieren. Aber – auf ärztliche Anweisung – bitte keine Besuche bis nächsten Mittwoch. Sie ist allergisch gegen Lilien, die ihre Nasenschleimhäute kaputt machen, alles andere mag sie.

Die Fotografie eines großen, imitierten Schecks über zweiundzwanzig Tausend Dollar war in dem Artikel enthalten.

»Wer hat das *geschrieben*?« fragte Pater Tim.

»Ich habe eine Hilfe engagiert«, sagte J.C. pompös. »Vanita Bentley!«

»Wer hat es getippt?«

»Ich, Vanita schreibt nur Handschrift. Von jetzt an wird sie eine spezielle wöchentliche Kolumne schreiben ›Stadtgespräch‹ «

»Glückwunsch!« sagte der Pfarrer. Was machte es schon, wenn die *Muse* niemals den Pulitzerpreis gewinnen würde. Meine Güte, es war nicht die *New York Times*!

»*Buon giorno*, Pater! Andrew Gregory, endlich daheim!«

»Andrew! Sapperlot, wir haben Sie vermißt!«

Andrew lachte. Der Pfarrer konnte sich nicht erinnern, diesen Tonfall an seinem Freund gehört zu haben …

»Seit wir das letzte Mal miteinander sprachen, stand nur Fernbank im Mittelpunkt meines glühenden Interesses«, sagte Andrew. »Ich bin schon sehr gespannt, einen Blick darauf zu werfen. Wie ist es Fernbank ergangen?«

»Also, erstens, Ihnen gehört ein Obstgarten voller Äpfel und das Dach hält.«

»Fabelhaft! Darf ich es mir ansehen?«

»Natürlich. Wann paßt es Ihnen? Wie wäre es in… einer Viertelstunde?«

»Perfekt!« sagte Andrew und klang… ja, wie *klang* Andrew eigentlich? War es sorglos? Jungenhaft? Gelöst?

Aber warum sollte er nach einem dreimonatigen Besuch bei seiner Verwandtschaft in Italien eigentlich nicht gelöst wirken?

Als Pfarrer Tim in Fernbank ankam, parkte Andrews grauer Mercedes bereits in der Einfahrt, und Andrew stand wartend auf der Veranda mit einem Mann und einer Frau. Als er die Stufen erklommen hatte, konnte er nicht umhin festzustellen, daß die Frau außerordentlich attraktiv war, fast so groß wie der stattliche Andrew und mit einer bemerkenswert guten Figur ausgestattet. Er blinzelte in die strahlende Wärme ihres Lächelns, wobei er den dunkelhaarigen Mann daneben kaum bemerkte.

»Pater!«

»Willkommen zu Hause, mein Freund!«

Sie umarmten sich und Andrew küßte den Pfarrer nach europäischer Sitte auf beide Wangen. »Pater, zunächst möchte ich Ihnen Anna vorstellen, meine Kusine...«

Gütiger Himmel. Das war seine *Kusine*?

»...und Ehefrau«, sagte der strahlende Andrew.

Kapitel Neunzehn

FERNBANK

Überrascht, völlig verdattert vor Freude, brachte der Pfarrer kaum ein Wort heraus. »Herzlichen Glückwunsch!« stotterte er.

»*Masseltow*! Ach, *felicitaziones*!«

Andrew schüttelte kräftig seine Hand. »Haben Sie Dank, Pater, gut gemacht! Und das ist Annas Bruder Antonio Nocelli.«

»Nennen Sie mich Tony!« sagte Antonio, der den Pfarrer umarmte und auf beide Wangen küßte. »Ich habe so viel von Ihnen gehört, Pater!«

»Wohingegen ich nichts von Ihnen und Anna gehört habe!«

Anna lachte und warf den Kopf zurück. »Ich muß Ihnen sagen, Herr Pfarrer, daß Andrew unser Vetter vierten Grades ist, also Sie brauchen sich nicht zu beunruhigen.«

»Ja, um Himmels willen, beunruhigen Sie sich nicht!« sagte Andrew und lachte in sich hinein.

Anna zog die Schultern hoch und lächelte. »Mein Englisch? Nicht perfekt!«

»Wessen Englisch ist schon perfekt?« fragte der Pfarrer. »Also, gehen wir hinein? Möchten Sie alleine mit den beiden hineingehen, während ich draußen warte?«

»Aber nein doch, Sie müssen mitkommen«, sagte Andrew. Der Pfarrer dachte, daß er seinen Freund noch nie so braun gebrannt, so jungenhaft, so voller Tatendrang gesehen habe.

»Also, hier ist der Schlüssel. Fernbank gehört Ihnen sowieso bald, warum sperren Sie die Tür nicht gleich selber auf?«

»Ich bin so aufgeregt«, sagte Anna zu ihrem Mann.

Tony pflichtete ihr bei. »Wir konnten nicht schlafen vor Gedanken an Haus, das Andrew so in Herz geschlossen.«
Andrew schob die Flügeltüren auf und sie gingen hinein. Einen Augenblick lang herrschte völliges Schweigen.
»Ahh, *bella*...« sagte sie. »*Molto bella!*«
Anna breitete die Arme in der Eingangshalle aus. »Es ist wundervoll! Genau so wie du gesagt hast!«
»Ein bißchen feucht, meine Liebe, aber.«
»Aber, *amore mio*, Sonnenschein bringt es in Ordnung!«
»Anna glaubt, daß Sonnenschein alles in Ordnung bringen kann«, sagte Andrew amüsiert zum Pfarrer.
Sie wanderten durch das Haus, jeden Raum auskostend.
Anna berührte die Wände, die Treppengeländer, die Einrichtung und murmelte oft, »Fernbank...«
Im Ballsaal erzählte er die Geschichte der Decke, die ebenfalls von Italienern bemalt worden war. Vater und Sohn waren den weiten Weg nach Mitford gekommen, um diese Malerei auszuführen und sie wohnten fast drei Jahre bei Miss Sadies Familie.
Während sich über ihnen Engel zwischen rosa Wolken tummelten, empfand er Stolz, wie ein Vater auf sein Kind, dessen Entzückensrufe er begierig aufsaugt.
Fernbank wurde von jemandem geliebt! Gott sei Dank!

Der Altweibersommer hielt an und bot letzte Momente frohen Wetters. Sie saßen auf Miss Sadies gebrechlichen Terrassenmöbeln, die der Pfarrer vorher abgestaubt hatte. Andrew und Anna setzten sich in den Korbstuhl für Verliebte.
»Nun!« sagte Andrew. »Nun, erzählen wir Ihnen alles.«
Pater Tim lachte. »Sachte. Noch mehr Aufregungen halte ich nicht aus.«
Tony und Anna besaßen ein wunderbares kleines Restaurant in Lucera, nur ein paar Schritte von meiner *penzione* entfernt. Das Essen war hervorragend, vielleicht das beste, das ich je bei meinen Reisen rund um das Mittelmeer gegessen habe. Ich bin jeden Tag dorthin zum Essen gegangen.

»Bald«, sagte Anna und sah Andrew keck an, »kam er auch zum Abendessen.«

»Tony hat gekocht, Anna hat serviert. Wir haben rausgefunden, daß wir Vettern und Kusine sind, und, tja...«Andrew lächelte, plötzlich um Worte ringend.

»Schüchtern«, sagte der Pfarrer und nickte den anderen zu. Anna machte ein verschmitztes Gesicht. »Er ist nicht schüchtern Pater, er ist britisch!« Sie straffte den Körper und tat so steif wie ein Brett. »Aber nur äußerlich! Innerlich ist er Italiener, zart wie frische *Ravioli!* Wenn er das nicht wäre, dann hätte ich ihn nicht heiraten können und so weit weg von Zuhause gehen!« Sie lachte vergnügt und streichelte Andrews Wange.

»Das Gebäude, in dem ihr Restaurant war, sollte anderen Zwecken dienen und Mrs. Nocelli starb vergangenes Jahr...«
Anna und Tony bekreuzigten sich.

»Die Verwandtschaft ist weggezogen, einige nach Rom, einige nach Verona; der Weinberg der Familie ist verkauft worden, so daß es fast keine Bindungen mehr gab. Als ich Anna fragte, ob sie mich heiraten will, hatte ich trotzdem Angst, sie würde Italien nicht verlassen wollen.«
Anna tätschelte ihrem Mann das Knie. »Die Zeitplanung ist gut, Pater.«

»Habe ich es nicht gewußt?«
Andrew lächelte leichthin. »Die Nocellis sind eine alte Weinbauernfamilie in Lucera. Wir sind von ihrem langjährigen Priester getraut worden. Glücklicherweise konnte ich mich einschmuggeln, dank meiner katholischen Erziehung als Junge.«

»Ihre Kinder«, sagte der Pfarrer, »wissen sie davon?«

»Oh, ja. Sie kamen zur Hochzeit nach Lucera. Sie freuen sich sehr für uns.«

»Haben Sie Kinder, Anna?«

»Nein, ich habe keine Kinder, Pater, und mein Mann wurde vor zehn Jahren von einem Verrückten mit einem schnellen Auto getötet.«

»Und nun zu Fernbank«, sagte Andrew, »Anna, Tony und ich

357

werden darin wohnen und ein sehr kleines Restaurant darin aufmachen.«

»Sehr klein!« rief Anna aus.

»Und sehr gut!« sagte Tony und zeigte mit dem Daumen nach oben. Der Pfarrer dachte, daß Tony ebenso gut aussah und so warmherzig war wie seine Schwester.

Nicht fähig, noch länger still zu sitzen, erhob sich Andrew und verkündete: »Wir nennen das Restaurant ›Lucera‹ zu Ehren dieses hübschen Dorfes und der Heimat meiner Mutter als junges Mädchen. Der Wein für unser Restaurant wird von einem der alten Weingüter kommen, die seit dem zehnten Jahrhundert dort Wein anbauen.«

»*Brava*, Lucera!« sagte Tony. »*Brava*, Mitford.«

»Gütiger Himmel!« Dem Pfarrer wurde das Wunder bewußt.

»Ein italienisches Restaurant in Mitford, Wein aus alten Weingärten, liebe Menschen in diesem großen Haus! Miss Sadie wäre geblendet. Wir werden all noch geblendet sein!«

Anna stand da, tänzelte fast vor freudiger Erwartung. »Ich sehne mich, die Äpfel zu besichtigen!«

»In diesen Schuhen, Liebes?« fragte Andrew.

»Die ziehe ich sofort aus!« sagte sie und tat es.

Als er die Glyziniengasse entlang zum Pfarrhaus lief, sah er sein Haus in der einsetzenden Dunkelheit. Er versuchte, ein Besitzgefühl an sich zu entdecken, wie er es eigentlich erwartet hatte. Na ja, dachte er, das kommt noch, wenn in einem strengen Winter die Rohre platzen und ich derjenige bin, der die Rechnung zahlen darf.

Er klopfte auf seine Manteltasche. Darin steckte ein Scheck über fünfzehntausend Dollar, die er heute abend bei der Kirchenvorstandssitzung erhalten hatte.

Ron Malcolm hatte den Scheck mit gewisser Förmlichkeit überreicht. »Pater, als wir den Verkaufspreis festsetzten, haben wir uns etwas Verhandlungsspielraum gelassen. H. Tide wollte das Haus so dringend, daß er keinen Versuch machte zu handeln. Deshalb haben Sie den Höchstpreis bezahlt. Wir alle ha-

ben das Gefühl, daß neunzigtausend für Sie und uns ein guter Preis ist … wir danken Ihnen für dieses Geschäft!«
Herzlicher Beifall von allen Seiten.
Er fühlte sich wie ein Schneekönig. Zweistöckiger Wohnsitz aus Naturstein, vollständig bezahlt, und fünfzehntausend Dollar in seiner Tasche. Nicht schlecht für einen alten Knaben wie ihn.
Er pfiff ein paar Takte aus der Pastorale und nahm die Vordertreppe im Laufschritt, um seiner Frau die gute Nachricht zu überbringen.

Er wußte nicht, wohin Buck gezogen war und obwohl er den Bauleiter auf seiner Baustelle sah, ließ niemand etwas von seiner neuen Bleibe verlauten.
Buck hatte das gelbe Haus in makellosem Zustand hinterlassen. Das spielte jedoch überhaupt keine Rolle, da der Ausbau nächste Woche beginnen würde. Sägespäne und Holzböcke überall, für länger als er überhaupt denken mochte, und Buck würde die Aufsicht sicher jemand anderem übergeben, sobald der Dachstuhl fertig war.
Er wollte Buck Leeper nicht verlieren. Irgendwie konnte er es nicht erklären, Buck war jetzt ein Teil von Mitford.

»Timothy!«
»Stuart! Ich habe gerade an dich gedacht.«
»Im guten Sinne, hoffe ich?«
»Nur nichts übertreiben«, sagte der Pfarrer, stillvergnügt lachend. »Was gibt's, alter Freund?«
»*Alter* Freund. Seltsam, daß du das jetzt sagst. Ich komme mir vor, als wäre ich hundertundvier.«
»Warum? Du warst doch gerade in einer Gegend, wo die Leute Bikinis tragen.«
»Stuart ächzte. »Ja, und wo ich volle zwei Wochen lang den Bauch einziehen mußte.«
»Den Bauch einziehen ist kein Urlaub«, sagte der Pfarrer.
»Hör mal, ich bin drüben an der Schnellstraße auf dem Weg zu

einer Sitzung in South Carolina. Können wir uns auf einen Kaffee treffen?«

»Kaffee. Hmmm. Wie steht's mit der Grillstube? Es ist kurz vor dem Mittagessen. Ich lade dich ein.«

»Großartig. Auf der Hauptstraße, wenn ich recht erinnere?«

»Nördlich vom ›Laden‹, grüne Markise, Name auf dem Fenster. Wann?«

»In fünf Minuten«, sagte der Bischof und klang viel heiterer.

»Dies«, sagte er und stellte seinen noch jugendlich wirkenden Seminarfreund vor, »ist mein Bischof, Hochwürden Reverend Stuart Cullen.«

»Hochwürden Reverend…« sagte Percy nachdenklich. »Ich glaub', Sie würden es nicht extra erwähnen, wenn es Tiefwürden hieße.«

»Percy!« sagte Velma. »Oh, um Himmels willen, geben Sie nicht acht auf Timothy, nennen Sie mich Stuart. Stuart schüttelte reihum die Hände und der Pfarrer durfte beobachten, wie er die gesamte Runde mit seinem Charme bezauberte.

»Bleiben Sie bitte so!« J.C. hockte mit seiner Nikon auf dem Boden und kurbelte sechs Schüsse in schneller Folge herunter.

»Hab' noch nie'n Papst gesehen«, sagte Coot Hendrick mit großen Augen.

»Das ist kein Papst, das ist ein Bischof«, sagte Mule.

Percy sah verwirrt aus. »Ich dachte, Sie hätten gesagt, er wäre ein Hochwürden.«

»Nennen Sie mich einfach Stuart und lassen Sie es gut sein«, bat der Bischof und eilte mit Pater Tim zur hinteren Nische.

Stuart goß Sahne in seinen Kaffee. »Übrigens, jemand sagte mir, daß man für die Route Abrahams nach Kanaan heutzutage vier Visa benötigt.«

»Überrascht mich nicht bei fast 1000 km Reiseweg. Ich würde gerne einmal zu den Heiligen Stätten fahren. Ich erinnere mich da an unsere Seminararbeiten – Kanaan ist der Geburtsort des Wortes *Bibel*.«

»Nicht zu vergessen auch der Geburtsort unseres Alphabets. Also, was hältst du von einem kleinen Ausflug nach Outer Banks? Das könnte deine Ebene von Jesreel werden, mindestens.«

»Erzähle.«

»Wunderbare Gemeinde, kleine Kirche im neogotischen Stil, historischer Friedhof, großartige Umgebung...«

»Fahre fort.«

»Da unten lebt ein Pfarrer, der nichts lieber hätte als eine Kirche in den Bergen. Ich verfüge über so eine Kirche und Bill Harvey, der Bischof dieses Kirchsprengels meint, wir könnten tauschen – und du könntest dorthin als Vertretung gehen, im Sommer nach deiner Pensionierung.«

»Ich werde Cynthia einweihen und du, laß mich mehr darüber wissen. Also, wann machst *du* dich auf den Weg nach Kanaan, mein Freund?«

»Ich wußte, daß du fragen wirst, aber ich weiß es nicht. Ich bin immer noch verstört, genau so wie du es warst.«

»Wie kommt es, daß ich nun gescheiter bin als du?«

»Du bist älter«, sagte Stuart und grinste. »Viel älter.«

»Erinnerst du dich an Edith Mallory?«

»Den Geier, der dir die Klauen in die Eingeweide treiben wollte?«

»Bei uns steht eine Wahl an und ich bin mir sicher, daß sie das große Geld in die Opposition pumpt.«

»Wer ist die Opposition?« fragte Stuart und biß in sein gegrilltes Käsesandwich.

»Niemand von der Sorte, der dieser Stadt guttäte.«

»Wenn ich nur wüßte, wie du da hineingeraten bist. Die beste Politik ist, Hände weg.«

»Ganz deiner Meinung. Besonders, weil ich keine Beweise habe.«

»Ein ätzendes Geschäft. Aber du kennst das Gegenmittel?«

»Gebete.«

»Genau. Wie kommt euer Berufungsausschuß voran? Ich habe lang keinen Bericht mehr bekommen.«

»Ich bin überhaupt nicht mehr auf dem Laufenden«, sagte der Pfarrer, »aber sie scheinen guten Mutes zu sein. Wir haben in der Gemeinde nachgefragt und man stimmt mehrheitlich für einen jungen Pfarrer mit Kindern.«

»Sie könnten uns allen viel Kopfschmerzen sparen, wenn sie den Bewerbern eine zentrale Frage stellten.«

»Die wäre?«

»Glauben Sie, daß Jesus Gott ist?

»Richtig. Ich habe mit dem Ausschuß darüber gesprochen. Ziemlich trauriger Zustand, wenn wir Bewerbern, die immerhin die Priesterweihe haben, solche Fragen stellen müssen...« Der Bischof seufzte. »Paulus sagt im zweiten Brief an den braven Mann, dessen Namen du trägst, ›Denn es wird eine Zeit sein, da sie die heilsame Lehre nicht leiden werden; sie werden sich selbst Lehrer aufladen nach ihren eigenen Lüsten, und sie werden sich von der Wahrheit abwenden und sich zu den Fabeln kehren.‹ Ach, Timothy...«

»Iß auf, mein Guter. Du hast noch eine lange Fahrt vor dir. Warum fliegst du nicht?«

»Ich fahre, weil ich Zeit brauche, um nachzudenken, ich brauche Zeit für mich allein.«

»Mußt du ins Auto steigen und die Bundesstraße runterbrettern, um mal Zeit für dich zu haben? Also, Stuart...«

Stuart lachte leise in sich hinein. »Zwei Wochen am Strand lösen nicht alle Weltprobleme.«

»Besonders, wenn du den Bauch einziehen mußt«, sagte der Pfarrer.

»Ich hab's getan, verkündete Winnie.

Er wußte nicht, ob sie lachte oder weinte.

»Würden Sie die Kopie dieses Vertrags mit nach Hause nehmen und durchsehen?« fragte sie. »Ich hab' es von einem Anwalt prüfen lassen, aber ich weiß nicht wie gut er ist, wenn Sie nicht zu beschäftigt sind, könnten sie es vielleicht machen. Ich hätte Sie eher fragen sollen, natürlich ist es jetzt zu spät, weil ich ihn schon zur Post gegeben hab', aber trotzdem, wenn Sie...«

»Ich weiß nicht, wie ich da helfen soll, aber gut, ich schaue es mir an.« Verflixt, warum beantragte er nicht gleich eine Maklerlizenz? Er schien sich den Immobilien genauso intensiv zu widmen wie der Seelsorge.

»Man hat mir schrecklich zugesetzt, Pater. Ich glaube, ich bleibe dabei und führe das Geschäft.« Er dachte, sie sieht bleich aus wie ein Bettlaken.

»Ich wäre überglücklich, wenn Sie in Mitford blieben. Ihr Geschäft gedeiht, Sie haben eine Menge Freunde hier...«

»Aber meine Familie ist da oben – ein Bruder und eine Schwester und zwei Nichten und ein Neffe.«

»Ich weiß. Aber sind wir nicht auch Familie? Lieben wir Sie nicht?« Er sollte sich schämen, einen solchen Keil zwischen sie und ihr eigen Fleisch und Blut zu treiben.

»Ich freu' mich, daß ich nächste Woche die Kreuzfahrt machen kann«, sagte sie und sah überhaupt nicht freudig aus.

Lace saß am Küchentisch und machte ihre Hausaufgaben in Geschichte, als Dooley von der Schule aus anrief. Pater Tim nahm das Wandtelefon neben der Spüle ab. »Pfarrhaus...«

»Ich bin auf dem Weg in mein Seminar!«

»Hey, mein Junge!«

»Selber hey«, sagte Dooley. »Was ist los bei euch?«

»Nicht viel. Und bei dir?«

»Wir haben morgen abend Ringelpiez. Mann!«

»Mann, was?«

»Vier Busladungen Mädchen kommen, vielleicht fünf.«

»Mann!« Er fand auch, daß damit alles gesagt sei.

»Wie geht es Barn?«

»Sieht gut aus. Er frißt gut. Schläft viel.«

»Ich vermisse ihn irgendwie.«

»Er dich noch viel mehr. Also was für ein Ringelpiez ist das?«

»Sie machen es jeden Herbst in der Sporthalle und es kommt eine Band. Ich hab' beim Dekorieren geholfen.«

»Aha.«

»Wir haben eine Menge Laken mit Drähten aufgehängt und

man denkt, man ist in einem riesigen Zelt. Ganz witzig, du solltest es sehen.«
»Wann sollen wir dich besuchen?«
»Ich sag' es euch. Ich muß aufhören.«
»Willst du Lace schnell guten Tag sagen? Sie ist hier.«
»Sicher.«
Er übergab Lace das Telefon. »Dr. Barlowe.«
Ihr Lächeln, das er selten sah, war so spontan und offen, daß er errötete und die Küche verließ.

Sie saßen am Tisch und tranken Tee, als Lace ihre Bücher und Papiere zusammenräumte, um nach Hause zu gehen.
»Gibt es was Interessantes in der Schule?« wollte Cynthia wissen.
»Ich hab' gerade gelernt, was ein Palindrom ist. Ich such' schon immer danach.«
»Etwas wie Bob, nicht wahr?«
»Richtig. Wörter, die vorwärts wie rückwärts den gleichen Sinn ergeben. Das hier zum Beispiel«, sagte sie und deutete auf den Vertrag auf dem Tisch, »ist kein Palindrom, es heißt vorwärts H. Tide und rückwärts gelesen wird Edith draus. Aber man kann auch aus ganzen Sätzen ein Palindrom machen, wie ›Ein Leben mit Tim, Nebel nie.‹«
»Genial!« sagte Cynthia.
»Wiedersehen«, sagte sie und ging zur Kellertür. »Wiedersehn Harley! Lies das Buch, das ich dir auf die Spüle gelegt hab!«
»Was hast du auf die Spüle gelegt?« fragte der Pfarrer neugierig.
»*Silas Marner*.«
»Aha. Also, bis bald, Lace.«
»Bis bald«, sagte Cynthia.
»OK!«
Er zog den Vertrag zu sich heran.
EdiT. H.
Das Blut pochte in seinen Schläfen. Edith? Konnte die Firma H. Tide Edith Mallory gehören?

War das der Grund, warum H. Tide das Pfarrhaus so dringend haben wollte? Edith wußte, daß er und Cynthia in dem gelben Haus wohnen würden. Wollte Edith aus irgendwelchen morbiden, abartigen Gründen das Nachbarhaus unter Kontrolle haben?

»Was ist mit dir, Timothy?«

»Nichts. Ich denke bloß.« Er nahm den Vertrag mit ins Arbeitszimmer, setzte sich an den Schreibtisch und sah aus dem Fenster auf die dunkler werdenden Schatten des Baxter Parks.

Mack Stroupe. H. Tide. Edith Mallory.

Wenn die Überlegung richtig war, die Lace in ihm ausgelöst hatte, dann versuchte Edith jetzt, einen weiteren Besitz auf der Hauptstraße in die Hände zu bekommen. So wie sie Percy behandelt hatte, wollte er niemanden mehr behandelt sehen, schon gar nicht Winnie. Und welche Betrügerei hatte sie mit Winnie vor, die ihr Geschäft ohne Hilfe eines Maklers verkaufte?

Er sah auf den mit rätselhaften Hieroglyphen bedeckten Vertrag. Er rief Vetter Walter an, den Rechtsanwalt. »Sie haben Walter und Katherine erreicht, bitte hinterlassen Sie eine Nachricht nach dem Signalton. Wir werden Ihren Anruf umgehend beantworten.«

War nicht ein unterschriebener Vertrag gültig und bindend?

Er ging auf und ab.

Edith Mallory hatte immer schon Wert auf Grundbesitz gelegt. Aber warum sollte sie die Schuhscheune an ihre eigene Firma verkaufen? Er verstand das nicht. Vielleicht machte er zuviel Aufhebens von einem rückwärts gelesenen Namen?

Andererseits, warum war Mack Stroupe so großspurig in der Stadt umherstolziert und hatte sich mit seinem Einfluß auf das Kaufgebaren von H. Tide gebrüstet?

Und noch etwas. Könnte die Miami Baugesellschaft mit all dem zu tun haben? Oder war das bloßer Zufall?

Er wußte nicht, worum es bei dem Handel ging, aber er mußte einsehen, daß alles noch schlimmer war als ursprünglich angenommen.

Er wußte es, weil das Gefühl in seiner Magengrube es ihm sagte.

Walter rief zurück.
»Mein lieber Vetter! Welche Kunde dringt aus der Provinz?«
»Mehr als du vermutlich wissen willst. Eine rechtliche Frage.«
»Schieß los«, sagte sein Vetter und lebenslanger bester Freund.
Nach dem Gespräch mit Walter rief er einen alten Bekannten in der Staatsregierung an. Was machte es, wenn es halb zehn Uhr abends war und er Dewey Morgan seit zwölf Jahren nicht mehr gesehen hatte? Vielleicht arbeitete Dewey gar nicht mehr in der Regierung ihres Bundesstaates?
»Kein Problem«, sagte Dewey, der im Lauf der Jahre einen beachtlichen Sprung nach oben in der Hierarchie getan hatte.
»Ich rufe dich morgen an.«
»So schnell wie möglich, sei so gut. Und solltest du je nach Mitford kommen, unser Gästezimmer steht dir zur Verfügung.«
»Ich nehme dich beim Wort. Arlene wollte Mitford schon immer kennenlernen.«
Wenn alle Leute, denen er sein Gästezimmer in letzter Zeit anbot, die Einladung annahmen...

Um zehn Uhr klingelte das Telefon im Kirchenbüro.
»Tim? Dewey. Ich sollte nachsehen, wer der stille Teilhaber der Firma H. Tide aus Orlando ist, nicht wahr? Und auch der Miami Baugesellschaft. Es heißt hier Edith A. Mallory – bei beiden Unternehmen. Ich hoffe, das ist es, wonach du gesucht hast.«
»Oh, ja«, sagte er. »Genau!«
Danach hatte er gesucht, richtig, aber er haßte, es zu finden.

Er schob die Vorhänge zur Bäckereiküche beiseite und trat ein, ohne sich vorher bemerkbar zu machen.
»Winnie, ich muß Ihnen etwas sagen.«
»Was denn, Pater? Setzen Sie sich, Sie sehen gar nicht gut aus.«
»H. Tide gehört einer Person, die Sie vielleicht nicht gut behan-

delt, ich möchte nicht ins Detail gehen. Die Wahrheit ist, Sie möchten bestimmt nicht an diese Leute verkaufen und unter ihrem Management arbeiten.«

»Oh, nein!«

»Sie wären abhängig von Percys Vermieter. Ich denke, Sie sollten mit Percy sprechen.«

»Aber ich habe den Vertrag schon unterzeichnet und abgeschickt.«

»Und ich habe gerade mit meinen Vetter gesprochen, der Anwalt ist. Bitte. Sprechen Sie mit Percy über den Vermieter. Und wenn es Ihnen nicht gefällt, was Sie da zu hören bekommen, müssen wir schnell handeln.«

Sie wischte sich die Hände ab und strich ihr Kopftuch glatt.

»Was immer Sie sagen, Herr Pfarrer!«

»Treiben Sie seinen Blutdruck nicht in die Höhe, bevor alle ihr Mittagessen serviert gekriegt haben«, sagte Velma.

Sie wandte sich an Winnie. »Ich nehme drei Paar Shorts mit, keine kurzen Shorts sondern so mittellange, drei Oberteile und zwei ärmellose Kleider und meinen weißen Pullover. Packst du auch ein Abendkleid für das Kapitänsessen ein?«

»Meine Güte«, sagte Winnie geistesabwesend, »ich hab' keine Zeit über so was nachzudenken. Ich weiß nicht, was ich mitnehme, ich besitze gar kein Abendkleid.«

»Aber vergiß nicht, ein paar Schuhe mit Gummisohlen mitzunehmen, sonst rutschst du auf Deck zu sehr.« Velma hatte eine von ihren Kindern gestiftete Kreuzfahrt mitgemacht und wußte wovon sie sprach.

»Velma«, drängte der Pfarrer. »Wir müssen uns beeilen. Darf ich Percy eine Frage stellen? Nur eine? Sein Blutdruck kann doch nicht so hoch steigen bei einer Frage?«

»Also gut, aber macht es kurz.«

Coot Hendrick klopfte mit dem Löffel gegen sein Wasserglas. Seitdem Velma auf diese Kreuzfahrt eingeladen worden war, hatte sie ihm nicht einmal Kaffee nachgeschenkt, ohne daß er extra darum bitten mußte.

Der Pfarrer ging auf den Wirt zu. »Percy, haben Sie eine Sekunde Zeit für uns?«

Percy trat einen Schritt vom Grill zurück, warf das Handtuch über seine Schulter und kam an die Theke.

Warum verwickelte er sich immer in solche unangenehmen Situationen? Tat er das Schlimmste, was ein Priester nur tun konnte - sich in fremde Angelegenheiten mischen?

»Percy, bleiben Sie ganz ruhig, regen Sie sich nicht auf. Ich möchte Winnie nur erzählen von...«

»Wovon?«

»Eurer Vermieterin.«

Farbe schoß in Percys Gesicht. Zweihundertvierzig Volt, mindestens. »Nur ein oder zwei Sätze«, sagte er lahm.

Er ging mit Winnie zur Leckerbäckerei, wo sie im Büro H. Tide anrief, um zu sagen, daß sie vom Vertrag zurücktrete. Sie hielt ihm den Telefonhörer hin, damit er den Wortschwall hören konnte, der am anderen Ende losbrach.

Laut Walters Auskunft war ein Vertrag solange nicht in Kraft bis ihn der Käufer dem Verkäufer unterschrieben wieder zugestellt hatte, entweder persönlich oder per Post.

Als sie einhängte, ging er zu einem der Tische vor dem Schaufenster und ließ sich in einen Sessel fallen. Sein eigener Blutdruck lag bestimmt nicht bei hundertzwanzig zu achtzig.

»Earl Grey!« sagte er zu Winnie. »Pur und bitte doppelte Teemenge!«

Wieder war Edith Mallory der Brocken vor der Nase weggeschnappt worden. Sie hatte Fernbank und das Pfarrhaus verloren. Und nun hatte sie ein erstklassiges Anwesen in der Hauptstraße verloren.

Der einzige Besitz, den sie erwerben konnte, war der, der ihr bereits gehörte. Er war sicher, sie würde sich alle Mühe geben nicht auch noch Mack Stroupe zu verlieren.

Winnie servierte den Tee und strahlte ihn an. »Gott sei Dank, ich fühl' mich, als wär' mir'n Lastwagen von der Seele gerollt. Jetzt bin ich wieder da, wo ich angefangen hab – und froh drum!«

»Ich habe einen Vers für Sie, Winnie, vom Propheten Jeremia. 'Der Herr ist freundlich dem, der auf ihn harrt und der Seele, die nach ihm sucht. Seine Barmherzigkeit hat kein Ende sondern sie ist alle Morgen neu, und seine Treue ist groß.«
»Nehmen Sie ein Stück Schokoladekuchen!« sagte Winnie mit glänzenden Augen. »Oder möchten Sie lieber ein Magerfettplätzchen?«

Esther Bolick war zu Hause und es ging ihr besser, Barnabas wurde wieder kräftiger, und das gelbe Haus war voller Sägespäne und Sand. Cynthias Buch war beendet, und Winnie und Velma hatten Ansichtskarten nach Mitford geschickt.
Percy klebte Velmas Karte an die Registrierkasse.

An all meine Lieben, ich wünschte ihr wärt hier, ihr glaubt nicht wie bunt die Fische sind, wie Neonfarben. Winnie hat einen Sonnenbrand. Wenn man die Eiscremeparty und das erste Morgenfrühstück an Deck dazurechnet, kann man 11 mal am Tag essen. Ich beschränk mich auf 9 oder 10. Ha, ha.
Velma
Winnie hatte ein Schild in ihr Schaufenster gehängt:
Bin auf Kreuzfahrt. Zurück am 30. Oktober
Percy trottete die Straße hinab und klebte ihre Ansichtskarte neben das Schild.
Liebe Kundschaft, tut mir leid, daß ich Sie nicht bedienen kann, aber ich bin in der Karibik und tanke ein bißchen Sonne. Die Leute von Golden Band haben einen Obstkorb in unsere Kabine gestellt mit Champagner, von dem Velma einen Ausschlag bekam. Es ist so wunderschön hier, aber in manchen Orten laufen Schweine auf der Straße. Also, paßt gut auf Euch auf, bis ich wiederkomme. Dann habe ich eine große Überraschung in der Backkiste. Winnie.

»Pater? Scott Murphy!«

Er hörte es an Scotts Stimme. »Wann? Wo?« fragte er.

»Gestern abend! Zwei Männer, die jeden Mittwoch gekommen sind, einer mit seinen Kindern. Sie sagten, sie wollten mehr über Gottes Pläne für ihr Leben wissen. Wir haben uns unterhalten und sie beteten und es war wirklich eine wunderbare Sache. ›Heimatlos‹ ist ganz außer sich. Er denkt, daß wir nächsten Sommer vielleicht das schaffen, was Absalom Greer geschafft hat, nämlich am Ufer vom Mitfordbach jede Woche einen Gottesdienst abhalten.«

»Das müssen Sie mir noch einmal ganz genau berichten«, sagte der Pfarrer. »Wollen wir morgen früh zusammen laufen?«

»Start halb sieben, bei mir zu Hause?«

»So ist es.«

Scott lachte überglücklich. »Essen Sie Ihre Haferflocken!«

Andrew rief an, um zu fragen, ob Buck Leeper vielleicht für die Renovierung von Fernbank zur Verfügung stünde. »Ich glaube nicht, aber fragen Sie ihn selbst«, sagte er.

»Ich suche auch nach einer guten Baumschule. Ich möchte ein paar Sträucher und Bäume neu pflanzen.«

»Ich kenne eine ausgezeichnete Baumschule, obwohl die Bäume dort ziemlich klein sind.«

»In meinem Alter, Pater, kann man sich zwei Dinge nicht leisten – jungen Wein und kleine Bäume.«

Der Pfarrer lachte.

»Ich würde Ihnen gern sagen, wer diesen Ausspruch getan hat, aber ich weiß es nicht mehr – ein weiteres hervorstechendes Merkmal des Älterwerdens.«

»Ach, Andrew. Sie sehen aus wie ein junger Bursche, dank Ihrer schönen Braut! Ich bin hingerissen von Anna und alle anderen werden es auch sein. Danke, daß Sie Tony und Anna nach Mitford gebracht haben. Ich weiß, mit ihnen bricht eine andere, schöne Zeit an.«

»Danke, Pater, wir sind ganz begierig, mit der Arbeit auf dem Hügel zu beginnen. Anna möchte bis Weihnachten ein paar

Zimmer fertig haben, obwohl es sicher ein Jahr dauert bis alles anständig gerichtet ist, bei unserem Klima!«

»Ich gehe mal runter zur Kirche und sehe was los ist. Wenn Buck interessiert ist, dann ruft er Sie an.«

Er verließ das Büro, zog den Reißverschluß seiner Jacke zu, und war froh, in der Kälte etwas frische Luft zu schnappen und auf eine Baustelle zu gehen, wo das richtige Leben pulsierte.

»Anfang Dezember bin ich hier weg«, sagte Buck und klopfte den Dreck von seinen Arbeitsstiefeln. »Ihr Haus ist in guten Händen und ich bleibe in Kontakt. Ich beaufsichtige den Job nach wie vor.«

»Ja, sehen Sie, da wäre noch ein Job für Sie oben auf dem Hügel in Fernbank. Ich weiß, daß die Zusammenarbeit mit Andrew angenehm ist, und bestimmt wäre Miss Sadie begeistert, wie schon über Ihr ›Haus der Hoffnung.‹«

»Bin schon viel zu lang hier«, sagte Buck kurz angebunden.

Pater Tim ließ nicht locker. »Ich glaube, wenn Sie in Mitford blieben, gäbe es genügend Arbeit für Sie. Sie könnten ihre eigene Baufirma aufmachen.«

»Nie und nimmer. Hier gibt es nichts für mich.«

Er dachte an Jessie und die Puppe.

»Nun, dann«, sagte er und fühlte so etwas wie Verzweiflung.

»Ich hab' Ihnen was mitgebracht!« sagte Velma.

»Mir? Sie haben *mir* etwas mitgebracht?«

»Schauen Sie«, sagte Velma und nahm einen in Seidenpapier gewickelten Gegenstand aus einer Tüte. Sie hielt ein Hemd in die Höhe, auf dem sich rote, grüne und orangegelbe Affen von Palme zu Palme schwangen.

»Aha. Ja, also, sehr großzügig Velma…«

»Sie haben Winnie geholfen, das Preisausschreiben zu gewinnen und ich durfte umsonst mit, also…«

»Ich werde es anziehen«, sagte er, sich für den Gedanken erwärmend.

»Haben Sie gesehen, was Winnie mitgebracht hat?« fragte Percy.

»Keine Ahnung.«

»Sag' es ihm bloß nicht«, tuschelte Velma. »Das findet er selber raus. Gehen Sie nur hinunter und schauen Sie, ich mach inzwischen Ihre Bestellung fertig, aber beeilen Sie sich.«

Gebräunte Menschen, die von exotischen Orten zurückkehrten, schienen neue Energien mit sich nach Hause zu bringen. Er verzog sich umgehend in die Bäckerei.

Er schöpfte tief Atem als er hineinging. Die himmlische Pforte!

»Winnie!« brüllte er.

Sie kam durch den Vorhang. Aber war das Winnie?

»Winnie?« sagte er und nahm seine Brille ab. Er hauchte darüber und rieb mit dem Taschentuch nach. »Sind Sie das?«

»Natürlich bin ich es!« sagte sie. Die rundum braungebrannte Winnie sah zehn Jahre jünger aus, vielleicht wie zwanzig.

»Velma sagte, Sie hätten etwas mitgebracht.«

»Kommen Sie«, sagte sie lachend, »Ich zeig' es Ihnen.«

Er ging durch den Vorhang und da, neben dem Herd, stand in einer mehlbestäubten Schürze ein stattlicher, sehr großer Bursche mit vollem, dunklen Haar und blitzenden Augen.

»Das ist *er*!« krächzte Winnie glückstrahlend.

»*Er*?«

»Der, von dem ich immer geträumt hab', daß er neben mir in der Küche steht. Pater Kavanagh, das ist Thomas Kendall aus Topeka, Kansas.«

»Was...wo...?«

»Ich hab' ihn auf dem Schiff kennengelernt.«

»In der Küche genaugenommen«, sagte Thomas, streckte dem Pfarrer eine große Hand entgegen und grinste von einem Ohr zum anderen. »Ich bin Konditormeister, Pater.«

»Du hast den Konditormeister des Schiffes gestohlen? Winnie!«

Sie lachten alle. »Nein«, sagte Winnie, »es war seine letzte Arbeitswoche. Er wollte zurück nach Kansas, hat sich aber entschlossen, zuerst mit zu mir zu gehen. Er wohnt bei Velma und Percy.«

Kein Zweifel, er war völlig sprachlos. Zuerst Andrew, dann Winnie...

»Er mag meine Cremehörnchen«, sagte sie plötzlich schüchtern.

»Wer mag die nicht?«

Thomas legte seinen Arm um Winnie und blickte offensichtlich stolz auf sie herab. »Ich bin mächtig froh, in Mitford zu sein«, sagte er schlicht.

»Herrje, wir sind mächtig froh, Sie hier zu haben«, antwortete der Pfarrer und meinte es auch so.

Esther Cunningham gab der *Mitford Muse* ein exklusives Interview, das am Morgen vor der Wahl erschien.

»Wenn ich wiedergewählt werde«, wurde sie zitiert, »dann gebe ich Ihnen allen etwas, worauf wir seit langem warten – eine neue Weihnachtsdekoration!«

Die einfachen Lampenleitungen, die links und rechts entlang der Hauptstraße hingen, boten seit mehr als zehn Jahren Anlaß für Gemecker und Geschimpfe. Daß dies eine wirtschaftlich begründete Maßnahme war, änderte nichts daran, wirkte doch die Stadt dadurch wie eine seltsame Landebahn für Außerirdische.

»Unterstützen Sie die Partei, die die Menschen unterstützt«, sagte die Bürgermeisterin, »und ich schenke Ihnen Engel für die Hauptstraße!«

Er gehörte am Dienstag morgen zu den ersten im Wahllokal. Um Mules und Percys Stimmen brauchte er sich nicht zu sorgen, aber er war mehr als skeptisch in bezug auf J.C. Hatte J.C. nicht immer vermieden, ihm in die Augen zu sehen, wenn man sich vor dem Rathaus zufällig begegnete?

Seine Augen blickten forschend in die Menge.

Die Perkins, sie waren große Estherfans. Und da waren Ron und Wilma…sicherlich wählten die Malcolms nur Esther. Aufgrund der Menschenmenge neben der Tür rechnete er sich aus, daß von 10 Stimmen mindestens 8 bis 9 gute, solide, verläßliche Stimmen waren, von der Sorte ›*Wir halten zu…*‹.

Warum machte er sich eigentlich Sorgen?

Macks letztes Hurrageschrei bestand in einem weiteren Plakat, das entschieden nicht gut ankam, so weit der Pfarrer das beurteilen konnte.

»Haben Sie die Poren in seinem Gesicht gesehen?« fragte Emma angewidert. Die sehen aus wie Mondkrater. Wenn ich nur diesen Mack Stroupe nie wieder sehen müßte!«

Aus dem Augenwinkel beobachtete er sie, wie sie den Computer startete und wie sie ihre E-mail durchsah – die von einer alten Schulfreundin aus Atlanta, von der Gebetskette aus Uruguay und einer Kirche in Nordengland kam. Emma Newland im Cyberspace. Nie hätte er geglaubt, daß er das einmal erleben würde.

Er ging nach dem Mittagessen die Straße entlang und stemmte sich gegen einen bitterkalten Wind. Da Esther Bolick immer noch nicht nach draußen ging, hoffte er, Gene habe dafür gesorgt, daß er stellvertretend für seine Frau die Wahlstimme abgeben durfte.

»Gute Beteiligung?« fragte er im Wahlraum.

»Oh, ja, Pater. Wirklich gut. Wie schon lang nicht mehr.«

Er rückte seinen ›Ich halte zu...‹ Anstecker zurecht, wartete draußen und begrüßte Wähler, so lange er den schneidenden Wind ertragen konnte.

Er hoffte, daß sein Bischof nicht zufällig mit dem Auto vorbei führe.

»Sie und Cynthia, kommen Sie doch zu uns rüber und bringen Sie den Burschen mit, der in Ihrem Keller wohnt«, sagte die Bürgermeisterin.

»Harley.«

»Richtig. Ich möchte, daß er unser Wohnmobil in Schuß bringt. Also, wir feiern hier die große Spare-Rib-Party, während die Stimmen ausgezählt werden. Ray kocht.«

»Um wie viel Uhr?« fragte er voller Vorfreude, da seine sorgsam ausgewogene Kost tatsächlich so eine Schwelgerei erlaubte.

»Die Wahllokale schließen um halb acht, also wenn Sie um fünf nach halb acht im Büro sein können?«

»Abgemacht!« sagte er. Er konnte förmlich sehen, wie bei der Bürgermeisterin die roten Flecken ausbrachen.

Onkel Billy und Miss Rose waren schon da, als er mit Cynthia und Harley eintraf. Cynthia eilte schnurstracks zu Ray, um ihm beim Aufbau des Eßtisches zu helfen.
»Prediger, ich hab' mal 'n Witz für Sie!«
»Schießen Sie los!« sagte er. »Und lassen sie Harley mithören.« Miss Rose schniefte und stolperte davon.
»Rose mag den hier nich'«, sagte Onkel Billy. »Also, Sir, ein armer Sünder, der mächtig gesündigt hat, stirbt. Kaum ist er unten in der Hölle, fängt er an, die Kobolde rumzukommandieren, mach dies', mach das', aber dalli. Also, Sir, er war so herrschsüchtig, daß ihn die kleinen Teufel bei ihrem Oberteufel verpfiffen. Der ruft den Sünder rein und sagt, ›Wieso führst du dich hier auf, als würde dir das Ganze gehören?‹
Sagt der Sünder, ›Es gehört mir, meine Frau hat es mir gegeben, solang' ich gelebt hab.‹«
Harley beugte sich vornüber und klatschte sich laut lachend aufs Knie. Pater Tim lachte glücklich. Oh, die Freuden eines Witzes von Onkel Billy.
»Ich sehe, der gefällt Ihnen, ich erzähl' Ihnen den andern, wenn wir gegessen haben.«
»Ich werde Sie dran erinnern!« versprach der Pfarrer.
Aha, da war ein Pfarrerskollege, der ungeschützt seine politischen Ansichten offenbarte. Bill Sprouse von den Ersten Baptisten rannte mit seinem Hund Sparky an der Leine fast die Partygäste über den Haufen. »Sparky und ich gingen gerade draußen spazieren, da hat Esther uns hereingebeten.«
»Ich hoffe inständig, Sie standen bei der Wahl zu Esther.«
»Ist der Papst Katholik?«
»Und ob«, sagte der Pfarrer und schüttelte seinem Kollegen die Hand. »Reverend Sprouse, Harley Welch.«
»Freut mich, Sie kennenzulernen, Harley. Ich höre, Sie kennen sich mit Automobilen fabelhaft aus. Mein Auto zeigt neuerdings Macken, ich weiß nicht woran es liegt, aber die Geräusche

sind wirklich seltsam. So ähnlich wie *uahuudschigdschiguump.* Ungefähr so.«

Harley hörte aufmerksam zu und nickte. »Könnte der Ventilatorriemen sein.«

Ray Cunningham kam auf sie zu und wischte sich die Hand an einem Geschirrtuch ab. »Kinder, holt euch was von den Spare Ribs da hinten auf dem Tisch. Ich möchte, daß ihr alles aufeßt. Harley, bevor du gehst, komm bitte zu mir. Mein Wohnmobilmotor klopft schrecklich.«

»Wann, meinen Sie, werden wir was erfahren?« fragte Bill Sprouse.

»Oh, so gegen neun«, sagte Ray, der sich nach acht Wahlen als wahrer Experte fühlte.

Der Pfarrer trat einen Schritt zurück, weil es schien, als wolle Sparky sein Bein über seinem Slipper heben.

»Um Himmels willen, Sparky!« der Baptistenpfarrer hob eilig seinen Hund hoch, woraufhin sich Sparky mit anklagendem Blick über den Arm seines Herrchens hängen ließ.

»Esther hat Ernestine Ivory oben im Wahlbüro sitzen, wo gezählt wird«, sagte Ray. »Sie kommt runter zu uns, wenn es vorbei ist und verkündet uns die gute Nachricht. Also, Kinder, nun macht, geniert euch nicht, ich hab' den ganzen Tag am heißen Herd gestanden.«

Omer rollte an, eine Fuge in G-Dur pfeifend. »Deine neunte Amtszeit!« sagte er zu seiner Schwägerin und gab ihr einen herzlichen Klaps auf den Rücken.

Onkel Billy gähnte ausgiebig. »Längst über meiner Bettgehzeit«, sagte er, als die Uhr neun schlug. Miss Rose, die selbst im Schlaf grimmig aussah, schnarchte in einem blauen Lehnstuhl, der vor Jahren aus dem Wohnzimmer der Bürgermeisterin hier her gebracht wurde. Mit den Händen hielt Miss Rose verschiedene, gut verschlossene Essenspäckchen umklammert.

»Dauert nicht mehr lang«, verkündete Ray. »Doll, hat Ernestine das Handy? Sie könnte wenigstens mal anrufen und einen Zwischenbericht abgeben.«

Das Telefon klingelte aufs Stichwort und verschiedene Leute sprangen auf. »Wenn man vom Teufel spricht«, sagte Bill Sprouse, der das oft tat.

Die Bürgermeisterin sprang quer durch den Raum zu ihrem Schreibtisch. »Hallo? Ernestine? Richtig, richtig.«

Alle Augen waren auf Esther Cunningham gerichtet, als die Farbe langsam aus ihrem Gesicht wich.

»Das ist nicht dein Ernst, Ernestine«, sagte sie mit leiser Stimme.

Jeder sah jeden an, fragend, entsetzt.

Esther hängte langsam den Hörer ein.

»Mack Stroupe«, sagte sie ungläubig, »ist der Bürgermeister von Mitford.«

Kapitel Zwanzig

Alle Morgen neu

In die gelähmte Stille, die der Nachricht von Mack Stroupes
Sieg folgte, ließ Ernestine Ivory eine weitere verwirrende Auskunft platzen: Er hatte mit einer Stimme Mehrheit gewonnen.
Esther Cunninghams zahlreiche roten Flecken vereinigten sich
zu einem einzigen Flammenmal, als sie den Chef des Wahlaus-
schusses zu Hause anrief und eine Neuauszählung am folgen-
den Donnerstag verlangte.
Kein Problem, sagte dieser.
Rays Abendessen lag allen wie ein Stein im aufgeregten Ver-
dauungssystem. Da sie nicht wußten, was sie noch sagen oder
tun sollten, flohen fast alle Gäste nach Hause.
Onkel Billy, aschgrau im Gesicht, rüttelte Miss Rose wach.
»Esther hat Pech«, sagte er.
»Esther ist *Chef?*« rief Miss Rose. »Sie war immer schon der
Chef und wird es auch immer bleiben, was soll die Aufregung?«

Als morgens die Glocken der Kirche Unseres Herrn sieben Uhr
schlugen, verließ er mit Barnabas sein Haus und wandte sich
auf der Hauptstraße nach Norden. Auf Hals Anweisung durften sie inzwischen ein paar Blocks weit ihre übliche Laufstrecke
nehmen, aber nur in normaler Schrittgeschwindigkeit.
Als sie an der Leckerbäckerei vorbeikamen, sah er Thomas mit
Schürze und Bäckermütze, wie er gerade ein Tablett mit verbo-
tenen Köstlichkeiten ins Fenster stellte. Der große, dunkle Bursche sah auf und winkte lächelnd.
Es war erst das zweite Mal, daß er seine Augen auf Thomas

378

Kendall richtete, und doch schien ihm, als ob der gutmütige Bäcker immer schon dagewesen sei. Sein Gesicht schien ihm so tröstlich und vertraut.

»Pater!«

Er ging zu Fuß an der Stadtverwaltung vorbei und wollte gerade die Grillstube betreten, als er sich umdrehte und Winnie erblickte. Sie winkte wie wild. »Könnten Sie einen Moment zurückkommen?«

Barnabas riß ihm mit einem Ruck die Leine aus der Hand und jachterte zu Winnie, die immer von guten Essensdüften umgeben war. Bevor sie ausweichen konnte, sprang er an ihr hoch und leckte ihr tüchtig über das Gesicht.

»Oh, nein!« schrie sie laut auf.

»Der Herr ist freundlich dem, der auf ihn harrt«, brüllte der Pfarrer, »Seine Barmherzigkeit hat kein Ende.«

Barnabas streckte sich gehorsam auf dem Bürgersteig aus. Er konnte jedoch nicht widerstehen, den Puderzucker von Winnies Schuhen abzulecken.

»Sie ist alle Morgen neu und seine Treue ist groß!«

Barnabas seufzte, ließ ab und rollte sich auf den Rücken.

»Amen!« rief Winnie. »Sie haben meinen Bibelvers gesagt.«

»Wie geht es Ihnen an so einem herrlichen Tag?«

»Könnten Sie eine Minute hereinkommen, Pater? Wir wollten Sie heute anrufen, weil wir Ihnen etwas Besonderes sagen möchten.« Sie schien kurz davor, auf der Straße auf und ab zu hüpfen.

Er folgte ihr in Bäckerei, da trat Thomas mit einem weiteren Küchentablett durch die Vorhänge.

»Guten Morgen, Pater! Die Krönung des Tages. Es ist Baklawa!« Dem Pfarrer wurden die Knie weich als Thomas das Tablett mit den honiggetränkten Teilchen direkt vor seiner Nase niederstellte; Barnabas lief der Speichel herunter.

»Bitte bedienen Sie sich«, nötigte ihn Winnie. »Ich habe nie im Leben Baklawas gemacht, aber Thomas ist der Spezialist.«

Thomas entschied, daß sie alle zulangen und eines dieser rautenförmigen, blättrigen Baklawas essen sollten. Wegen der Unbesonnenheit dieses Augenblicks, muß ich eine Woche lang den Gürtel enger schnallen, dachte der Pfarrer. Wie konnte er nur so ein Bruder Leichtfuß sein wo er doch eigentlich ein Konservativer war?

»Raten Sie mal?« sagte Winnie, nicht in der Lage länger zu warten.

»Ich kann nicht raten«, antwortete er, obwohl er glaubte, diesmal könne er es.

»Thomas geht nicht zurück nach Kansas City.«

»Aha.«

»Jedenfalls nicht, um dort zu leben.«

»Pater«, sagte Thomas, »Ich bitte Sie um die Hand von Winnie. Ich möchte sie gerne heiraten.«

»Aha!« War Thomas Kendall ein Mann von Charakter? War er gut für Winnie? Er mußte einfach seinem Instinkt trauen, der, soweit er sagen konnte, keine Vorbehalte geltend machte.

»Er ist der Richtige, Pater«, sagte Winnie überzeugt. »Gott hat ihn geschickt.«

»Nun, dann!«

Die Männer lachten, dann standen sie auf, umarmten sich und klopften sich gegenseitig auf den Rücken. Der Pfarrer zog ein Taschentuch heraus und schneuzte sich.

»Ach, du liebes Lieschen!« sagte Winnie und tupfte sich die Augen mit dem Schürzensaum.

»Ich bin glücklicher als glücklich, Ihnen ihre Hand zur Ehe zu geben, Thomas. Aber Winnie, was ist mit Ihrem Bruder? Hat der nicht ein Wörtchen mitzureden?«

Winnie strahlte. »Joe sagte, wir sollten Sie fragen. Er sagte, was immer Sie sagen, es ist ihm recht.« Sie blickte stolz auf den liebenswürdigen Mann neben sich.

»Würden Sie die Trauung vornehmen, Herr Pfarrer? Irgendwann Anfang Januar? Ich muß nach Kansas fahren, um meine Mutter zu sehen und ein paar Kisten zu packen. Seit fünfzehn Jahren lebe ich mehr oder weniger auf Vergnügungsdampfern, da ist nicht viel zusammengekommen.« Thomas legte seine große Hand auf Winnies Hand.

»Velma ist Brautführerin«, sagte Winnie, die ihre Freude kaum bezwingen konnte.

Der Pfarrer ergriff Winnies andere Hand.

»Möge der Segen des Herrn mit euch beiden sein!« sagte er und meinte es von ganzem Herzen.

»Hallo, Pater Kavanagh hier...«

»Rathaus, morgen, vier Uhr«, sagte Esther Cunningham düster. »Ich hab' dem lieben Herrgott versprochen, die Wurstbrötchen aufzugeben. *Beten Sie!*«

»Ich *bete*!« rief er aus.

»Timothy?« Cynthia sah nachdenklich aus. »Deine Haare...«

Nicht schon wieder.

Du könntest nach Charlotte fahren.

»Niemals.«

»Du könntest Fancy Skinner verzeihen und ...«

»Ich habe Fancy Skinner verziehen. Das hat aber nichts damit zu tun, daß ich niemals wieder den Fuß in ihren Stuhl setze.«

Sie sah ihn scharf an. »Seltsame Ausdrucksweise.«

»Niemals«, sagte er und sah sie ebenfalls scharf an.

Um viertel vor vier war er da, wie fast alle anderen, so weit er das überblicken konnte. Sogar Esther Bolick tauchte auf, mit einem bekümmerten Gene.

Mack Stroupe stand neben der Tür, schüttelte Hände, als finde das Ereignis zu seinen Ehren statt. Er trat öfters vor die Tür, um zu rauchen und warf anschließend die Kippen ins Stiefmütterchenbeet.

Esther Cunningham rauschte herein mit Ray, ihren fünf schönen Töchtern und einer Mischung aus Enkeln und Urenkeln, einschließlich Sissy und Sassy, die in Punys Schlepptau direkt von der Kindertagesstätte mitgekommen waren. Er nahm Sissy auf den Arm und setzte sich neben Puny in die Sitzreihe, die der Cunninghamtruppe vorbehalten war.

»Das ist der größte Hammer, den ich je erlebt hab'«, sagte seine

Haushaltshilfe. »Ich mußte Ihre Meßgewänder sein lassen und mir diesen Schwachsinn antun.«

»Sie können meine Meßgewänder jederzeit sein lassen«, sagte er und schaukelte Sissy hin und her.

Sie starrte Mack Stroupe an, der sein lautes, wieherndes Lachen lachte und sich mit einer Gruppe Anhängern unterhielt.

»Wenn ich nicht Christin wäre, würde ich rübermarschieren und ihm die Augen auskratzen!« Sie betrachtete prüfend ihre Fingernägel, als ob sie wirklich so etwas in Betracht zöge.

Joe Joe Guthrie, Punys Mann und Enkel der Cunninghams rutschte neben ihnen auf den Sitz. »Was meinen Sie, Pater?«

Joe Joe blickte den Pfarrer an, wie er in all den Jahren schon oft angeblickt worden war - so als könne er prophezeien, wie die Dinge ausgehen. Auf diese Weise wurde er am allerungernsten angeblickt.

Die Neuauszählung war vollbracht, es hatte fast drei Stunden gedauert. Die Leute walzten herum, gingen rein und raus, rauchten, tuschelten, lachten. Einige, die an frühes Abendessen gewöhnt waren, fuhren hinüber zur Schnellstraße, verschlangen eine Pizza und kehrten, nach Pepperoni riechend, wieder zurück.

Andere klebten an ihren Sitzen und zählten mit den drei Mitgliedern des Wahlausschusses jede Stimme. Sassy schlief ein, während Sissy wie ein geölter Blitz durch den Saal sauste.

Kurz vor sieben Uhr überquerte er den Mittelgang und setzte sich zu den Bolicks. »Das Ende ist nah«, sagte Gene und sah erschöpft aus.

Es war ein Kopf-an-Kopf-Rennen. Kaum lagen Mack oder Esther in der Stimmenauszählung vorn, zog der andere nach und überholte den Rivalen.

Als der Stapel Stimmzettel allmählich kleiner wurde, erstarb das Gelächter und Getuschel, das Gepfeife und Gejohle.

Jetzt muß bald etwas geschehen, dachte er, als die letzten drei Stimmzettel hochgehoben und gezählt wurden.

»Meine Damen und Herren!« rief der Wahlbeamte aus, »die

Neuzählung, deren Augenzeuge Sie hier alle geworden sind...
ergibt eine Stimmengleichheit.«
Ein allgemeines Aufseufzen hallte durch den Saal, gefolgt von
Gemurmel und Zwischenrufen.
»Was wir tun werden...« sagte der Wahlbeamte und versuchte
das Stimmengewirr zu übertönen. Das Stimmengewirr ver-
stärkte sich.
Er klopfte mit seinem kleinen Hammer auf den Podiumstisch.
»Gemäß den Statuten verfahren wir in solchen Fällen so, daß
wir... eine Münze werfen.«
Der Pfarrer lehnte sich in seinem Sitz nach vorne. Eine Münze
werfen? Das Wohlergehen einer ganzen Stadt entscheidet sich
durch das Werfen einer Münze?
»Gott steh' uns bei«, sagte Esther Bolick.
Er sah, wie Esther Cunningham leichenblaß wurde. Wo waren
ihre flammend roten Flecken, ihr unbezähmbarer Mut? Kopf
hoch ...Esther.
Er betete das Gebet, das niemals versagte.
»Zuerst die Dame«, sagte der Wahlbeamte. »Kopf oder Zahl?«
Atemloses Schweigen.
Esther Cunningham stand da und sah in die Menge, als müsse
sie die *Ansprache von Gettysburg* halten.
»Kopf!« sagte sie mit einer Stimme, die über die letzte Sitzrei-
hen hinwegdonnerte und an der Wand abprallte.
Der Wahlbeamte blickte zur Tür. »Mr. Stroupe?«
Mack Stroupe zuckte die Achseln.
Der Beamte steckte die Hand in die Hosentasche und zog sie
verlegen wieder heraus. »Äh, hat irgend jemand einen Nickel
oder einen Groschen?«
Jemand eilte nach vorn und gab ihm eine Vierteldollarmünze.
Die beiden anderen Beamten traten näher, bereit, die Richtig-
keit des Ergebnisses zu bestätigen.
Er holte tief Atem, räusperte sich und beugte sich etwas über
die Münze. Dann, mit einer Mundbewegung, als spreche er
einen offiziellen Eid, warf er die Münze.

Stadtgespräch
von Vanita Bentley

Gestern abend im Gemeindesall der Kirche Unseres Herrn, wurden Esther Bolick und Hessie Mayhew, die beiden Vorsitzenden des Basars ›Sachen und Segen‹ durch ein Abendessen zu ihren Ehren gefeiert.
Zusammen mit ungefähr achtzig Freiwilligen, einige davon von anderen Mitforder Kirchen, haben Bolck und Mayhew $ 22,000 Spendengelder gesammelt und sie wurden für ihr »heroisches Bemühen« von Pater Timothy Kavanagh gepriesen.
»Held sein heißt einfach, ein Ideal zu verkörpern«, sagte Rev. Kavanagh, »und diese Freiwilligen verkörpern genau dies für uns alle. Ein Held ist auch jemand, der auf tapfere Weise Menschenleben rettet. Und auch dieses haben die Freiwilligen sicherlich getan.«
Der Reverend sagte, der Basarerlös sei für Lebensmittel und medizinische Versorgung in Zaire verwendet worden, für sauberes Brunnenwasser in verschiedenen ostafrikanischen Dörfern und für einen Krankenwagen in Landon, wo zwei Kinder vergangenes Jahr wegen fehlender medizinischer Hülfe starben.
»Dieser Basar war immer ein Segen für andere«, sagte er.
»Aber dieses Jahr, dank der hervorragenden organisatorischen Fähigkeiten zweier Frauen und ihrer Bereitschaft, uns vor dem Herrn zu dienen, können wir alle einen besonderen Triumph für Sein Königreich feiern.«
Bolk und Mayhew wurden mit Ehrennadeln ausgezeichnet und andere Freiwillige bekamen von örtlichen Geschäftsleuten eine kleine Aufmerksamkeit.
Mrs. Bvolk, deren Kiefer wegen eines Unfalls (wir berichteten) zugedrahtet werden mußte, erhielt auf Wunsch ein

spezielles Menü, bestehend aus Kartoffelbrei mit Braten-
soße, womit sie die Wiedererlangung ihrer Fähigkeit, richtig essen zu können, feierte.

Wenn, wie es heißt, die Zeit wirklich im Fluge vergeht, so wur-
de sie für den Pfarrer zu einer *Concorde* Düsenmaschine.
Nach dem jährlichen Erntedankfest aller Kirchen, das dieses
Jahr zum Glück bei den Ersten Baptisten stattfand, überschlu-
gen sich die Ereignisse.
Cynthia fuhr Dooley am Namenstag des Hlg. Andreas zur
Schule zurück, während der Pfarrer die Predigt für den ersten
Adventssonntag vorbereitete. Und er begann mit der schweren
Aufgabe, die unzähligen Adventsfeierlichkeiten auszubalancie-
ren, wozu nicht zuletzt der Jugendunterricht und die Weih-
nachtssänger gehörten, die dieses Jahr einen großen Auftritt
hatten. Aus Cambridge, England, sollte zusätzlich ein Chor
samt Organisten kommen, wobei alle Besucher für fünf Tage
privat in Mitford untergebracht würden und am Adventssin-
gen durch die Stadt am 15. Dezember teilnähmen. Anschließend würden alle zum Pfarrhaus kommen und ein leichtes
Abendessen vor dem Kaminfeuer einnehmen.
»Leichtes Abendessen, schwerer Nachtisch«, sagte Cynthia
und blätterte hektisch ihre Kochbücher durch.
Er atmete schwer, wenn er an all das dachte. Seine Frau ebenfalls, die für jeden auf ihrer Liste etwas tun sollte und ziemlich
hinterherhinkte.
»Was immer du tust«, sagte sie ihm mindestens drei Mal,
»schau bitte nicht *da* hinein.« Dabei pflegte sie auf den Kleiderschrank zu deuten, von dem er sich ohnehin so weit wie möglich fernhielt.
Dann gab es natürlich den alljährlichen Treck in die Wälder
zum nördlichen Ende des Fernbankgrundstückes, wo mit der
Jugendgruppe eine Frasertanne zu fällen war, die als Stamm-
baum Christi vor dem Altar aufgestellt würde, gefolgt vom Be-

such einer Sonntagsschule, um die Bedeutung der Ornamentik zu diskutieren, die die Kinder für diesen Baum anfertigten. Dann den Höflichkeitsbesuch bei der Theaterprobe für das Weihnachtsspiel, das dieses Jahr zum großen Erstaunen der Eltern und zur Entrüstung mindestens zweier Lehrerinnen in moderner Kleidung aufgeführt wurde, inspiriert von dem nicht lange zurückliegenden Erfolg des Films *Hamlet*, in dem Hamlet in Blue Jeans mit so etwas ähnlichem wie einem Golfhemd auftrat.

»Was sollen wir mit all den *Flügeln* machen?« klagte eine Lehrerin, die für traditionelle Kostüme plädiert und verloren hatte.

Er machte sich rar, wann immer die Diskussion um das Weihnachtsspiel entbrannte und vertiefte sich in die lohnendere jährliche Aufgabe, mit Jena Ivey über die fünfundvierzig weißen Weihnachtssterne und die Wagenladung Buchsbaum, Kiefernzweige, Tanne und Gipskraut zu verhandeln, die am Weihnachtsabend als Kirchenbegrünung dienten.

»Warum verhandeln eigentlich Sie nicht?« hatte er einmal ein Mitglied der Altargilde gefragt.

»Weil Jena Sie lieber mag und Sie einen besseren Preis bekommen«, wurde ihm mitgeteilt. Diese rein wirtschaftliche Erwägung hatte seine Aufgabe in Stein gemeißelt. Für immer und ewig war sie an seine Person gebunden.

Er durfte nicht vergessen, die belgische Schokolade für die Krankenhausschwestern zu bestellen und den Organisten und den Chorleiter zu treffen, um die Musik für den Weihnachtsgottesdienst zu besprechen; er mußte seinen Senf zur Einrichtung der neuen Sonntagsschulräume abgeben und Eltern von Dooleys Klassenkameraden anrufen, um eine Mitfahrgelegenheit für ihn nach Mitford zu organisieren, da einige sowieso nach Holding fuhren; er mußte veranlassen, daß jemand den ›heimatlosen‹ Hobbes besuchte und Weihnachtslieder mit ihm sang. Er mußte die Dinge aussortieren, die Andrew Gregory nicht in Fernbank haben wollte und Harley helfen, diese Dinge zu Paulines kleinem Haus hinter dem Postamt zu transportieren, damit es wie ein richtiges Zuhause aussah, gerade rechtzeitig…

»Wir haben es mal wieder geschafft«, erklärte seine Frau und schüttelte den Kopf.

Sie starrten einander an, bleich und verausgabt.

»Nächstes Jahr«, sagte sie erleichtert, »wird alles anders.«

Nächstes Jahr würde er nicht wie ein kopfloses Huhn herumlaufen, denn nächstes Jahr besäße er keine Pfarrgemeinde mehr. Während er darüber nachdachte, verschwamm plötzlich alles vor seinen Augen. In weniger als zwölf Monaten würden seine Schäflein im Gemeindesaal im Kreise um ihn stehen und singen »*For he is a jolly good fellow*«, ihm Geld, irgendein Ehrenabzeichen sowie Dosen mit gemischten Nüssen geben.

Nach der Hochzeit planten Winnie und Thomas in ihr Cottage am Mitfordbach zu ziehen, während Scott Murphy mit seinem Wok und einigen anderen wertvollen Besitztümern in Winnies gegenwärtig Unterkunft einzog, das einst das Zuhause von Olivia Harpers prominenter Mutter gewesen war.

»Reise nach Jerusalem!« sagte Cynthia.

Es war in jeder Hinsicht die Jahreszeit für gute Nachrichten und frohe Botschaften. Joe Ivey zog zurück nach Mitford.

»Halleluja!« sagte Pater Tim.

Winnie freute sich wie ein Schneekönig. »Er hat gesagt, die Leute fragen ihn, ob Elvis wirklich tot wäre und er kann es nicht mehr hören. Er will in dem kleinen Zimmer hinter der Bäckereiküche Haare schneiden.«

»Der Barbier von der Bäckerei«, frohlockte der Pfarrer. »Ich finde das prima!« Ein bißchen die Seiten kürzen lassen, dazu aus der Hand ein Stück Obstkuchen essen.

»Schau mal!« sagte Jessie. »Ein Baby in der Kiste.«

Sie stand auf Zehenspitzen, hielt ihre Puppe fest und lugte in die Wiege, die einst ihrer Großmutter gehörte.

Er merkte, daß sie nichts über dieses Baby wußte und fragte sich, wie behütet sein eigenes Leben eigentlich verlief, daß ihn das so überraschen konnte.

Er sah auf seine Uhr, nahm sie auf den Arm und sah mit ihr auf die Wiege herab. Während sie so im lampenerleuchteten Arbeitszimmer standen, erzählte er ihr vom Baby und warum ER gekommen war. Sie lutschte am Daumen, patschte auf seine Schultern und hörte aufmerksam zu.

Vier Tage vor Weihnachten und er lief so verworren herum wie die restliche geistesgestörte Menschheit. Er widerstand der Versuchung, erneut auf die Armbanduhr zu schauen und setzte Jessie so sanft wie möglich ab, als es an der Vordertür Sturm klingelte.

Das war bestimmt der Früchtekuchen der Frauen der Episkopalkirche, sonst wollte er einen Besen fressen. Oder, noch wahrscheinlicher, die alljährlichen Orangen von Walter.

»Ich wollte mich ... verabschieden.« Buck Leeper stand barhäuptig in der beißenden Kälte.

Diesen Moment hatte er gefürchtet. »Kommen Sie rein, Buck!«

»Ich kann nicht, ich bin auf dem Weg nach Mississippi, ich wollte nur...«

»Buck!« Jessie hüpfte den Flur entlang, umfaßte die Beine des Bauleiters während Barnabas aus der Küche jagte und anfing zu bellen.

»Bitte«, sagte der Pfarrer und trat zurück, um Buck eintreten zu lassen. »Jessie ist bei uns, weil Pauline Töpfe und Pfannen einkauft. Kommen Sie mit hinter, wir treiben etwas Warmes für Sie auf, für unterwegs.«

»Tja«, sagte Buck verlegen, dann bückte er sich und hob Jessie auf den Arm.

Sie gingen durch die Diele und in das Arbeitszimmer, wo ein Feuerchen im Kamin flackerte. Buck stand wie im Trance in der Tür und nahm das Bild des mit winzigen Lämpchen erleuchteten Christbaums und der am Boden kreisenden Eisenbahn in sich auf.

Plötzlich sah der Pfarrer den Raum mit neuen Augen, ebenso die frischen, aromatisch riechenden Zweige auf dem Kaminsims und die Kerzen, die auf seinem Schreibtisch standen und sich in den Fenstern spiegelten. Er war seit Tagen in dieses Zimmer herein und wieder heraus gegangen, hatte kaum etwas wahrgenommen. Wenn überhaupt, dann hatte er sich mit dem Verstand, nicht mit dem Herzen daran erfreut.

Buck setzte Jessie abrupt ab und kniete auf einem Bein neben ihr nieder. »Schau, du hast ein schönes Weihnachten«, sagte er und sprach nur mit Mühe.

Ihre Augen füllten sich mit Tränen. »Buck, bitte geh' nicht weg!«

»Ich muß«, sagte er.

Sie legte die Arme um seinen Hals und schluchzte. »Ich und Poo wollen, daß du bei uns bleibst!«

Buck hielt sie an sich gedrückt und bedeckte seine Augen mit seiner Hand.

»Nicht weinen«, sagte Jessie, hielt ihn fest und umklammerte seine Schulter. »Bitte nicht weinen, Buck.«

Er stand da und wischte sich mit dem Jackenärmel über die Augen. »Danke für...alles. Ihre Baustelle ist in guten Händen. Ich verdufte.«

Buck ging langsam aus dem Arbeitszimmer den Flur entlang und schloß die Tür hinter sich zu.

Der Pfarrer fühlte sich seltsam festgefroren, unfähig sich zu bewegen; Jessie stand in der Arbeitszimmertür, weinte und hielt ihre Puppe fest.

Die Uhr tickte, der Zug pfiff und klackte, das Feuer zischte.

Er ging traurigen Herzens zu ihr hinüber und strich über ihre Schulter. Sie sah betroffen zu ihm auf. »Das hätte Buck nicht tun sollen«, sagte sie.

Halb acht Uhr morgens und er hatte bereits die Post von gestern durchgesehen, zwei Briefe getippt und Louella besucht. Für zehn Minuten könnte er sich sicher entfernen...

Er ging ans Ende des Flurs und öffnete ohne anzuklopfen die Tür, genau wie immer.

»Igitt, ich wußte, daß Sie es sind«, sagte Esther Cunningham und verbarg mit beiden Händen etwas auf ihrem Schreibtisch.

»Worum geht es? Was verbergen Sie? Aha! Ein Wurstbrötchen!«

»Überhaupt nicht, es ist ein *Schinken*brötchen!«

»Wurst, Schinken, wo ist der Unterschied?«

»Ich hab' dem Herrn nur das mit der *Wurst* versprochen«,
sagte sie und ihr Blick bedeutete, »also schweig still.«

»Esther, Esther.«

Er setzte sich und legte seine Füße auf einen modernen dänischen Kaffeetisch und grinste.

Sie grinste zurück, zeigte mit den Daumen nach oben. Dann
warf sie den Kopf zurück und brach in schallende Gelächter aus.
Ach, es tat so gut, die Bürgermeisterin wieder lachen zu hören.

Als Junggeselle hatte er sich jedes Jahr Gedanken gemacht, was
er am Weihnachtsabend anfangen sollte. Da ein Gottesdienst
um fünf und dann wieder einer um Mitternacht war, kämpfte
er mit sich, wann oder was er essen sollte, ob er nachts gegen
ein Uhr noch ein paar Geschenke öffnen oder lieber damit warten sollte bis zum nächsten Tag, wenn er aber von dem Abend
zuvor erschöpft war.

Jetzt besaß alles einen festen Rahmen. Und so wie sein Bischof
es liebte, wenn man zur Abwechslung einmal ihm etwas sagte,
so hörte er nun gespannt seiner Frau zu.

»Wir haben ein gesetztes Essen um zwei Uhr am Heiligen
Abend und wir öffnen jeder ein Geschenk, bevor wir zum Mit-
ternachtsgottesdienst gehen. Wir öffnen die Geschenke von
Dooley am Weihnachtsfeiertag morgens, weil er nicht warten
kann bis wir alten Leutchen unsere steifen Knochen in Gang
gebracht haben. Nach dem Brunch um punkt ein Uhr, öffnen
wir den ganzen Kladderadatsch.«

Sie stemmte die Hände in die Hüften und fuhr fort, den
Schlachtplan aufzustellen. »Zum Brunch werden wir natürlich
Harley nach oben einladen. Das Menü besteht aus Brathähn-
chen und Austernpastete, die mache ich, während du Saft aus-
preßt und Spargelspitzen in den Ofen stellst.«

Das einzige was ihr fehlte, waren anständige Militärepauletten.

»Danach geht Dooley zu Pauline und übernachtet dort und unser Weihnachtsabendessen wird vor dem Kamin serviert und wir werden beide unsere Hausmäntel und Pantoffeln tragen!« Sie holte tief Atem und lächelte wie ein Schulmädchen. »Wie findest du das?« Wie er es fand? Es war mehr als gut, es war wunderbar, es war fabelhaft. Er gab ihr einen Brummbärkuss, woraufhin sie in Lachen ausbrach. Das klang wie Musik in seinen Ohren, die er schon seit längerem seiner überarbeiteten Frau entlocken wollte.

Er wollte im Schrankfach nach seiner Kamera greifen und berührte dabei den Karton mit den Sachen seiner Mutter – ihre Taschentücher, ihren Hochzeitsring, ein Abendtäschchen, Knöpfe...

Da stand er und sah den Karton nicht mit den Augen, sondern im Gedächtnis. Er sah die Tapete aus ihrem Speisezimmer vor einem halben Jahrhundert, vor Äonen, in Holly Springs. Cremefarbene Rosen mit blaßgrünen Blättern...

Er nahm den Karton nicht herunter, und doch löste dieser Gegenstand Erinnerungen an die Weihnachsfeste mit seiner Mutter aus: Duft von Zichoriekaffee, dampfende Puddings und Plätzchen auf großen Blechen, seine Freunde aus dem Seminar um ihren Tisch versammelt; das Gästezimmer mit seinem Wirbel an Geschenken – all die sorgfältig ausgedachten, mit weißem Seidenband mit Namenszug verschnürten Überraschungen.

Seine Hand berührte immer noch den Karton, und er erinnerte sich an etwas, das C.S. Lewis gesagt hatte. Etwas, das vor langer Zeit seine eigenen Empfindungen sehr klar ausdrückte.

»Mit dem Tod meiner Mutter«, schrieb Lewis, »verschwand alles zufriedene Glück, alles was ruhig und verläßlich war, aus meinem Leben. Es gab noch viel Spaß, viele Freuden, viele Glückssträhnen, aber nie mehr diese alte Sicherheit. Nun war es wie ein Meer mit Inseln; der große Kontinent war untergegangen, wie Atlantis...«

»Mutter...« flüsterte er in die dunkle Wärme des Schrankes hinein. »Ich erinnere mich...«

Er war nicht überrascht, daß er Mack Stroupe erneut in der Kirche Unseres Herrn zu sehen bekam. Es schien sogar, als sei der Würstchenstand geschlossen – vielleicht während der Feiertage, dachte er.

Er wollte nicht darüber nachdenken, ob er Edith Mallory je wiedersehen müßte.

»Ich mache das jedes Jahr!« sagte Cynthia aufgeregt.

»Was denn?«

»Die Sahne für die Austernpastete vergessen. Und natürlich hat niemand morgen offen.«

Es war diese gemütliche Ruhepause zwischen den Gottesdiensten um fünf und um zwölf Uhr am Heiligen Abend, und er saß neben dem Feuer in einem Zustand der Zufriedenheit, den er schon lange nicht mehr erlebt hatte. Heute nacht, nach der Schlichtheit des Fünfuhrgottesdienstes, der immer ohne Chor und ohne üppige Girlanden und Grünschmuck stattfand, käme das anschwellende Brausen der Stimmen und der Orgel und der atemberaubende Anblick des Kirchenschiffes, das wie durch göttliche Gnade mit Kieferzweigen, Tannengrün und flackerndem Kerzenlicht bedeckt war.

Er löste sich wie aus einem Traum »Ich besorge es irgendwo. Ich glaube, Hattie Cloers Markt hat bis acht Uhr offen.«

»Es tut mir so leid.«

»Macht doch nichts. Du kochst, ich besorge. Mein Teil ist der bessere.« Er nahm ihr Gesicht in seine Hände und küßte sie auf die Stirn, dann ging er in die Küche, um seine Jacke vom Kleiderhaken zu nehmen.

»Mann! Was ist das für ein großartiger Duft?« Er schnupperte in die Luft und lugte in die Backröhre.

»Esthers Orangenmarmeladekuchen! Vanita Bentley hat mir eine Raubkopie des Rezepts geschenkt. Sie hat Dutzende davon auf dem Kopierer ihres Mannes gemacht.

»Wo bleibt dein Gewissen, Kavanagh?«

»Keine Angst, es ist legal. Ich habe Esther angerufen und sie hat mir ihre Erlaubnis gegeben. Viel Vergnügen«, sagte sie.

»Na, gut!« seufzte er und fühlte sich als Diabetiker aus-
geschlossen.
»Du darfst ein winziges Scheibchen probieren, Liebling. Ich bin
sicher, dein Stoffwechsel erlaubt es.«
Wenn sie wüßte! »Harley!« rief er die Kellertreppe hinunter.
»Wollen Sie zur Schnellstraße fahren?«
»Ja, Sir, Hochwürden, täte ich, ich lerne grad' was auswendig
aus diesem Buch über den Burschen, der sein Gold hortet.«
Er hörte wie Dooley und Barnabas von unten die Treppe er-
klommen. »Wohin gehst du?« fragte Dooley.
»Zum Markt. Willst du mitkommen?«
»Sicher. Darf ich fahren?«
»Tja…«
»Du hast gesagt, ich darf, wenn ich zu Weihnachten nach Hause
komme.«
»Richtig. Dann soll dein Wunsch erfüllt werden!« Perfekte
Zeitplanung! Es wurde gerade dunkel und kaum eine Men-
schenseele würde an einem kalten Julabend auf der Straße sein.
Harley kam die Treppe herauf. Er trug eine fellgefütterte Jacke,
so gut wie neu, die er auf dem Basar erstanden hatte. »Ich hab'
nur auf 'ne Ausrede gewartet, das Buch wegzulegen. Iss noch
nich' mal 'n Bild drin!«
Barnabas stand im Getümmel, wedelte mit dem Schwanz und
hoffte eingeladen zu werden, als die Türklingel heftig schellte.
»Ich gehe hin!« sagte der Pfarrer und eilte durch die Halle.
Es war Buck Leeper, der dort im bleichen Schein der Veranda-
lampe stand.
»Ich bin bis Alabama gekommen, dann hab' ich umgedreht«,
sagte er. »Ich tue alles, was von mir verlangt wird.«

Kapitel Einundzwanzig

Löwe und Lamm

Buck zitterte, als sie in das Arbeitszimmer gingen. Obwohl der Pfarrer wußte, daß Buck nicht vor Kälte zitterte, bat er ihn, sich ans Feuer zu setzen.

Es folgte ein langes Schweigen während Buck wartete, daß das Zittern sich legte; er saß mit gesenktem Kopf da und blickte zu Boden. Der Pfarrer erinnerte sich, wie er selbst oft gezittert hatte mit klappernden Zähnen wie im Fieberwahn.

»Weiß Pauline, daß Sie wieder in Mitford sind?«

»Nein. Ich bin wegen ... dem hier gekommen«, er hob unmerklich den Kopf. »Ich wollte gar nicht zurückkommen.«

»Ich weiß.«

»Ich war völlig ausgeschlaucht, die ganze Strecke. Als ich in Huntsville rein fuhr, da wußte ich, ich kann nicht mehr...«

Er zitterte wieder und schloß die Augen. Pfarrer Tim sah auch ein Muskelzucken an seiner Backe.

»Allmächtiger Gott«, sagte Buck.

Pfarrer Tim sah ihn an und betete. Dieser Mann, der die größten Baustellen im Südosten und die mächtigsten Maschinenparks in der Branche geleitet hatte, konnte jetzt sein Zittern nicht beherrschen.

»Ich bin auf einen Parkplatz von Arby's gefahren und saß im Auto und versuchte zu beten. Alles was dabei rauskam, war etwas, was ich früher in der Kirche vom Großvater gehört hab'.« Buck sah ins Feuer. »Ich sagte, ›Dein Wille geschehe‹.«

»Das ist das Gebet, das niemals versagt.«

Die Uhr tickte.

»ER kann für Ihr Leben das gleiche bedeuten, wie das Fundament für ein Gebäude.«

Buck fing seinen geraden Blick auf. »Ich will alles tun, koste es was es wolle, Pater.«

»Am Anfang genügt ein einfaches Gebet. Manche meinen, das sei zu einfach, aber, wenn man mit dem Herzen betet, kann das alles verändern. Wollen Sie mit mir beten?«

»Ich weiß nicht, ob ich dem gerecht werden kann... nun, ja.«

»Natürlich können Sie. Niemand ist durch und durch gut. Der Punkt ist, daß man Ihm alles übergeben kann, allen Müll, alle Möglichkeiten. Alles.«

»Was geschieht, wenn ich...dieses Gebet bete?«

»Sie meinen, was geschieht jetzt, heute abend, in diesem Zimmer?«

»Ja.«

»Es kann etwas ganz außergewöhnliches geschehen. Oder, es geschieht so subtil, so allmählich, daß man den genauen Augenblick, wenn ER dazu tritt, nicht bemerkt.«

»Richtig«, sagte Buck flüsternd.

Der Pfarrer streckte seine Hand zu dem Mann aus, den er lieben gelernt hatte und sie standen beide vor dem Feuer und neigten ihren Kopf.

»Gott, ich danke Dir, daß Du mich liebst...«

»Gott, ich danke Dir, ...« Buck zögerte und fuhr fort, »daß Du mich liebst.«

»...und daß Du Deinen Sohn geschickt hast, um für unsere Sünden zu sterben. Ich bereue meine Sünden aufrichtig und heiße Christus als meinen eigenen Erlöser willkommen.«

Der Bauleiter wiederholte die Worte langsam und sorgfältig.

»Nun, als Dein Kind, übergebe ich Dir mein ganzes Leben.«

»...als Dein Kind«, sagte Buck still vor sich hinweinend, »übergebe ich Dir mein ganzes Leben.«

»Amen.«

»Amen.«

Er wußte nicht, wie lange sie vor dem Feuer standen, sich wie Brüder umarmten – die beiden Männer aus Mississippi; zwei

Männer, die niemals die Freundlichkeit leiblicher Väter erfuhren; zwei Männer, die beschlossen, ihr Leben in die Hand eines anderen Vaters zu legen, wobei der eine glaubte – und der andere hoffte – ER sei die Freundlichkeit selber.

In der Küche sagte Cynthia, »Du glaubst es nicht! Schau mal!«Sie zeigte unter den Küchentisch, wo Barnabas und Violet zusammen schliefen. Die weiße Katze kuschelte sich gegen das üppige schwarze Fell des Hundes, gegen seine Brust, gegen die heilende Wunde.

Pater Tim sank vor Erstaunen in die Knie, spähte mit ungläubigen Augen unter den Tisch.

»Es ist ein Wunder«, sagte Cynthia zu Buck. »Jahrelang waren sie Todfeinde. Sie können sich nicht vorstellen, wie er sie gejagt, und, wie sie ihn verachtet hat.«

Barnabas öffnete ein Auge und linste zum Pfarrer, dann schloß er es wieder.

»Der Löwe wird liegen beim Lamm!« krähte Cynthia.

»Fröhliche Weihnachten, alle zusammen!« grölte der Pfarrer.

»Fröhliche Weihnachten!« rief seine Frau aus.

»Genau«, sagte Buck. »Ihnen auch.«

»Ich dachte, das nimmt nie ein Ende.« Dooley kam mit Harley die Kellertreppe herauf. »Hey, Buck, bist du nicht nach Mississippi gefahren? Wie geht's immer?«

»Gut. Was machst du so?«

Dooley zog ein paar Handschuhe aus seiner Jackentasche. »Ich fahr' jetzt zum Laden! Nichts wie raus hier, ich bin fertig.«

»Der ist ein ganz fauler Stinker, das ist er«, sagte Harley.

Sie marschierten zur Garage und drückten auf den Knopf, der die automatische Tür öffnete. Langsam hob sie sich, wie ein Bühnenvorhang und gab den Blick auf eine Szene frei, die sie sofort in Bann schlug.

»Schnee!« rief Dooley aus.

Schnee wirbelte in großen, dicken Flocken herab und lag bereits wie Zuckerguß über dem stillen Rasen.

»Vielleicht läßt du besser mich fahren«, sagte der Pfarrer.

»Ich kann im Schnee fahren! Außerdem, ich fahr' nicht schnell, ich fahr' ganz langsam.«

»Ich schätze, Hochwürden, bei dem Wetter heut' abend gaunern unterwegs keine Kühe rum.«

Buck und Harley kletterten auf den Rücksitz und er glitt neben Dooley auf den Sitz. »Das ist nicht Harleys Laster, Junge, also, es gibt keine Kupplung. Denk' dran, linken Fuß...«

»Ich weiß schon«, sagte Dooley.

Als sie rechts in die Hauptstraße einbogen, standen sie, an jedem Laternenpfahl – Engel, aus glitzernden Lampen geformt, die die schneebedeckten Straßen bewachten.

»Jesus Maria«, sagte Harley, »eine andere Welt.«

»Phantastisch!« sagte der Pfarrer. Der Buick schien leichter als Luft durch ein Wunderland zu rauschen. Er schaltete im Radio seinen Lieblingsmusiksender ein. *Hört die Engelsboten...*

»Buck, wo wohnst du?«

»Ich schlaf in der Koje bei einem von meinen Handwerkern für ein paar Tage, dann fahr ich zurück. Emil hat Anfang Januar einen großen Job für mich in Texas.«

»Warum schlafen Sie nicht bei uns in der Koje? Harley, würden Sie Buck auf ihrem Sofa schlafen lassen? Cynthia hat das Gästezimmer zur Geschenkeverpackungsstation umfunktioniert.«

»Willkommen. Ich schlaf so weit die Diele runter, daß ich nich' glaub, daß ich jemand mit meinem Schnarchen wach halte.«

»Und morgen sind Sie zum Brunch bei uns eingeladen. Wenn Ihnen das recht ist.«

»Vielen Dank«, sagte Buck, »es ist mir sehr recht.«

Dooley bremste an der Ecke. »Wir fahren bei Mama vorbei, wollt ihr?«

»Ich fahr überall hin mit«, erklärte Harley.

»Wir fahren nur vorbei und drücken auf die Hupe«, sagte Dooley, »dann machen wir noch einen kleinen Umweg, bevor wir zum Laden fahren, OK?«

Der Pfarrer grinste. »Wie du meinst, Junge. Du fährst.«

Dooley bog links an der Ecke ab und dann nach rechts in die

Allee. Das kleine Haus von Pauline, eingebettet in einen Lorbeerwäldchen, sah entzückend aus. Hinter den Fensterscheiben glitzerten die Lichter eines Baums und der Schnee wirbelte wie Nachtfalter um die Verandalampen.

Dooley drückte auf die Hupe und der Pfarrer kurbelte sein Fenster herunter, da erschienen schon Pauline, Poo und Jessie an der Tür.

»Schau, Mama, ich fahre!«

»Dooley, Pater! Können Sie hereinkommen?« Sie lugte zum Rückfenster, konnte aber in der Dunkelheit auf dem Rücksitz niemanden erkennen.

»Wir haben einen Auftrag im Laden zu erledigen, aber wir sehen uns morgen. Fröhliche Weihnachten! Bleibt im Warmen!«

»Fröhliche Weihnachten, Mama, Jessie, Poo! Bis morgen!«

»Fröhliche Weihnachten! Wir backen den Schinken, den Sie uns geschickt haben, Pater, fahr vorsichtig, Dooley!«

»Fröhliche Weihnachten, Mr. Tim!«

Sammy und Kenny, dachte der Pfarrer. Er hoffte, er würde den Tag erleben...

Dooley schaltete den Buick in den ersten Gang und glitt davon.

»Kavaliersstart!« gellte Poo.

Am Ende der Allee beugte sich Buck plötzlich nach vorn.

»Pater, kann ich nicht... ich möchte zurück und Pauline und den Kindern guten Tag sagen. Denken Sie, das wäre in Ordnung?«

Dooley sprach sofort. »Ich denke ja.«

»Nur zu«, sagte der Pfarrer.

Im Seitenspiegel sah er Buck die Allee entlang laufen. Mit weit ausholenden Schritten ging er auf das Licht zu, das vom Haus in den Lorbeerbüschen auf den Schnee geworfen wurde.

»Das letzte Mal, wo wir Schnee an Weihnachten hatten, haben wir die Möbel verbrannt, erinnerst du dich?« fragte er, als Dooley in die Hauptstraße einbog. Es war tatsächlich der Blizzard, den die Medien als Jahrhundertschneesturm bezeichneten. Dooley lachte vor sich hin. »Wir ham den alten Stuhl ins Feuer geschmissen und Würstchen drüber gebraten...«

»Tja, die gute, alte Zeit«, seufzte der Pfarrer, der sicher damals anders darüber dachte.

Jagen durch den Schnee...

Er verlor sein Zeitgefühl. Er fühlte sich glücklich in diesem fremden Zauberland, wo kein Mensch den Schnee durch Schuhabdrücke entstellte, wo Dooley mit dem Radio mitsang und Harley wie ein Kind große Augen machte...

Und da oben lag Fernbank, hell erleuchtet durch die kahlen Winterbäume schimmernd. Die Villa krönte den Hügel so wundersam, wie er es nie zuvor wahrgenommen hatte. Plötzlich wollte er die Villa von nahem sehen, die Wärme spüren, nachprüfen, ob alles echt war oder nur ein weihnachtlicher Wunschtraum.

»Möchtest du bei Jenny vorbeifahren?« fragte er. »Es liegt auf dem Weg zum Laden.«

»Nein«, sagte Dooley. »Wir fahren bei Lace vorbei.«

»Ausgezeichnet! Dann können wir auch gleich nach Fernbank rauf fahren, wenn wir schon dabei sind.«

»Und zu Tommy! Der kriegt sich nicht mehr ein!«

»Möchten Sie auch irgendwo hinfahren, Harley?«

»Nein, ich bin schon, wo ich sein will, Sir, hier mit euch allen.«

Sie hätten Geschenke mitbringen sollen – Früchtekuchen, Süßigkeiten, Mandarinen! Er wollte gern etwas verschenken, etwas geben, jemanden erfreuen...

Kling Glöcklein, klingelingeling, kling Glöcklein kling, ach wie ist es schön heut nacht, auf der Schlittenfahrt!

Sie hupten in Harpers Einfahrt und riefen ihre Weihnachtsglückwünsche, dann fuhren sie den langen, gewundenen Weg nach Fernbank hinauf. Es hätte ihm schon genügt, nur im Wagen zu sitzen und auf die erleuchteten Zimmer – mit einer Kerze in jedem Fenster – zu blicken.

Sie fuhren um das Rondell und hupten. Da traten Andrew und Anna an die Tür und öffneten sie und winkten und riefen ihre Glückwünsche. »Sagt Rodney Underwood nichts!« sagte er zu dem Paar auf der Veranda.

Andrew lachte. »Unsere Lippen sind versiegelt! *Joyeux noel!*«

»*Ciao*!« rief Anna. »Kommt bald wieder!«

Sie fuhren langsam von Fernbank die Straße abwärts und sahen die Stadt am Fuß des steilen Hügels wie eine Spielzeugstadt unter dem Weihnachtsbaum liegen. Da stand die riesige Tanne mit den bunten Lichterketten vor dem Rathaus, die Hauptstraße bildete ein glitzerndes Band, und die Häuser leuchteten.

Wie ein Schuljunge konnte er aufsagen, was eine englische Schriftstellerin, die zufälligerweise auch Mitford hieß, einmal so schön in Worte kleidete.

Sie sagte über ihr Dorf : »Es ist eine Welt, die uns gehört, die dicht bewohnt ist und die uns abschirmt wie... Bienen im Bienenstock oder Schafe im Pferch oder Nonnen im Kloster oder Seeleute im Schiff, wo wir jeden kennen und die Hoffnung hegen dürfen, daß sich jeder für unser Wohlergehen interessiert.«

Verkünde es auf dem Berg, über die Hügel und überall...

Nach einem Halt bei Tommy und dann bei Hattie Cloers wandten sie sich nach Hause.

»Harley, möchten Sie mit uns eine Tasse Tee trinken, vor dem Gottesdienst heute nacht?«

»Nein danke, Hochwürden, ich übe mich an 'nem Schock weichen Schokoplätzchen, die will ich morgen mit rauf bringen.«

Versuchungen von allen Seiten, ohne Hoffnung auf Erfüllung.

»Sag mal, Dad, möchtest du vor dem Kirchgang noch ein Video ansehen? Tommy hat mir sein Videogerät geliehen. Es ist ein Baseball-Spiel, das macht dir bestimmt Spaß.«

Gäbe es eine Steuer auf Glückseligkeit in dieser Nacht der Nächte, er wäre total pleite.

»Betrachte es als abgemacht!« sagte er.

Er saß da, die Halblitertüte Sahne umklammernd und kam sich vor, als seien sie auf Eroberungsreise gewesen und hätten eine wertvolle Trophäe oder einen Preis errungen. Langsam fuhren sie an der Reihe schwebender Engel vorbei und bogen in ihre verschneite Straße ein.

400